EXCALIBUR

Herausgegeben von
Melissa Andersson
und
Gerd Rottenecker

Das Reich der Inseln bei Excalibur:

1. Gefährten des Sturms (70110)
2. Der Thron von Malkar (70101)
3. Die Erben des Carus (70161)
4. Die Königin der Dämonen (70162)
5. Die Geisterbrücke (70197)
6. Die Diener des Drachen (70198)

David Drake

DAS REICH DER INSELN
6

Die Diener des Drachen

Ins Deutsche übertragen von
Regina Winter

Knaur

Die amerikanische Originalausgabe erschien 1999 unter dem Titel
»Servant of the Dragon, Part 2« bei Tor Books, New York

Besuchen Sie uns im Internet:
www.droemer-weltbild.de

Deutsche Erstveröffentlichung 8/2000

Umschlagkonzept: Melissa Andersson
Umschlaggestaltung: Agentur Zero, München
Umschlagillustration: Romas Kukalis/
Agentur Thomas Schlück, Garbsen
Lektorat: Ralf Reiter
Satz: Ventura Publisher im Verlag
Druck und Bindung: Clausen & Bosse, Leck
Printed in Germany
ISBN 3-426-70198-7

2 4 5 3 1

1

Der Hof, in dem Garric mit Tenoctris und Liane stand, war groß genug, um das ganze Feld der Denkmäler in Carcosa aufzunehmen. Sand war von Westen her hereingeweht worden und bedeckte, was es auf dieser Seite an Mauern oder Gebäuden gegeben hatte.

»Ist das hier eine Stadt oder alles ein einziges Gebäude?« wollte Liane wissen. »Es sieht aus, als stünde es miteinander in Verbindung.«

»Es ist im Grunde beides«, sagte Tenoctris. »Ein gewaltiges Gebäude, das die gesamte Menschheit enthielt. Die Erbauer nannten es Alae, was in ihrer Sprache ›Flügel‹ bedeutete, und es war die letzte Stadt der Menschen.«

Obwohl Tenoctris behauptete, sie könne allein gehen, sorgte Garric dafür, daß sein linker Arm sie stützte. Er atmete tief, aber seine Lungen schienen sich nicht richtig füllen zu wollen. Er würde ganz bestimmt nicht zulassen, daß die alte Frau sich weiterhin körperlich anstrengte, wenn er etwas dagegen tun konnte.

»Die letzte?« sagte Liane. Es war schwierig, ihre Stimme zu hören. Die Luft trug Geräusche nicht sonderlich gut, aber Liane sprach außerdem auch leise. Der Gedanke mußte sie verstört haben. Garric war zu sehr auf seine eigenen Probleme konzentriert, um sich über eine längst tote Stadt Gedanken zu machen.

»Die letzten Menschen dieser Welt«, sagte Tenoctris leise. »Es muß irgendwann ein Ende geben. Wir können im Grunde nichts anderes tun, als dafür zu sorgen, daß es ein natürliches Ende ist und nicht das Chaos triumphiert und das Leben vor seiner Zeit auslöscht.«

Liebevoll drückte sie Garrics Armmuskeln und streckte die Hand aus, um Lianes Arm mit der anderen Hand zu tätscheln. »Wir müssen es zumindest versuchen.«

»Das Böse wird nicht siegen, solange ich noch aufrecht stehe«, sagte Garric und gab damit den Gedanken des Königs in seinem Kopf wieder. Lachend fügte er hinzu: »Solange noch einer von uns aufrecht steht.«

Die Gebäude im Westen mochten unter Sand verborgen sein, aber sie stabilisierten die Düne und verhinderten, daß sie den Rest des Platzes mit einer einzigen Woge verschlang. Ranken glitzernden Sands hatten sich zu der ersten von fünf Terrassen gezogen, die sich aus der mittleren Höhlung erhoben, aber die kleinblättrigen Büsche, die in den Rissen des Pflasters dort wuchsen, waren deutlich anders als die Vegetation auf der Düne selbst.

Sie stiegen die drei Stufen zur ersten Terrasse hinauf. Garric hatte Felder gesehen, die in dieser Form angelegt waren, um das Regenwasser besser zu halten und durch eine flache Oberfläche die Bebauung leichter zu machen. Dies hier – die Konturen des Landes in gewaltigem Ausmaß zu verändern, nur um eine bestimmte Aussicht zu schaffen – war ihm vollkommen neu.

Aus Carus' Erinnerungen kamen Abbilder der großen Städte des alten Königreichs. Carcosa, Valles und ein Dutzend anderer Hauptstädte hatten Gebäude beeindruckender Größe vorzuweisen, aber nicht eine einzelne, vereinigte Struktur wie diese.

Etwa jeweils zwanzig Schritte voneinander entfernt, als spähten sie in die Senke hinab, gab es Statuen hockender Tiere. Sie waren von den Sandstürmen gewaltig in Mitleidenschaft gezogen.

»Sind das hier Löwen?« fragte Garric. Auf den Rücken der steinernen Geschöpfe gab es so etwas wie Buckel.

Der Mond war weit aufgegangen. Er schien zwar größer zu sein als der auf der Welt, in die Garric geboren worden war, aber sein Licht war rötlich und nicht so klar, wie er erwartet hätte.

»Das sind Sphingen, Garric«, sagte Liane. »Geflügelte Sphingen. Aber mit so kleinen Flügeln könnten sie nicht richtig fliegen.«

Sie schaute Tenoctris an. »Oder?« fügte sie hinzu. Garric war sich nicht ganz sicher, ob Liane die Frage ernst meinte.

»Die Statuen dienen nur der Dekoration«, sagte Tenoctris und betrachtete eine von ihnen, als sie daran vorbei zur nächsten Terrasse stiegen. »Obwohl die Menschen, die sie gemeißelt haben, fliegen konnten. Zumindest hätten sie fliegen können, wenn sie gewollt hätten. Sie haben es aufgegeben, lange bevor der letzte von ihnen starb.«

Garric stolperte vor Staunen über eine Stufe. »Wie könnte man fliegen aufgeben?« fragte er.

Er hatte oft, wenn er mit den Schafen draußen gewesen war, das Buch, das er in der Hand hatte, niedergelegt und statt dessen die Möwen beobachtet, die über das Meer glitten. Landvögel beeindruckten ihn nicht. Die Kleinen schossen von einem Ort zum anderen, ohne an etwas anderes als Sicherheit oder den nächsten Bissen zu denken; Geier kreisten den ganzen Tag über einem sonnigen Feld, aber ihre Kreise waren, wenn irgend möglich, noch inhaltsloser als das Geflatter ihrer geringeren Brüder.

Den Möwen jedoch gehörte die ganze Welt. Ihre grauen Schwingen trugen sie von einer Insel zur anderen, und sie ließen sich für die Nacht nieder, wo sie wollten.

»Die Menschen, die Alae erbauten, hatten andere Sorgen«, sagte Tenoctris. Sie schaute die Reihe der nach unten spähenden Sphingen entlang. »Vielleicht wäre es ihnen besser ergangen, wenn sie sich an das Fliegen erinnert hätten«, fügte sie hinzu. »Aber ich sollte nicht ein so vorschnelles Urteil über andere Menschen fällen.«

Die dritte Terrasse war von einem Geländer umgeben. Der Sand hatte die Stützen dieses Geländers noch dünner gerieben, einige waren bis zu Stümpfen abgetragen, die aufeinander zustrebten wie Paare von Stalagtiten und Stalagmiten.

Ein kunstvoller Durchgang, kantig und massiv, umrahmte die Stufen. Seine flachen Oberflächen waren mit Reliefs bedeckt. Der Wind kam hier offenbar immer aus Nordwesten, denn die Gestalten in den geschützten Bereichen waren immer noch deutlich zu erkennen. Es gab schlanke Menschen, nackt, aber geschlechtslos, die Rituale vollführten, die mit dem Umgießen von Flüssigkeit von einem Becken zum anderen zu tun hatten. Ihre Gesichter waren mandelförmig und ausdruckslos.

Liane hatte den Klapptisch dabei, der ihre Schreibsachen enthielt und welche Dokumente sie auch immer für ihre derzeitigen Abenteuer zu benötigen glaubte. Der Kasten war kaum schwerer als eine Reisebörse, aber sie blieb stehen, um den Träger von einer Schulter auf die andere zu hängen. Auch Garric ermüdete in der dünnen Luft schnell.

»Alman ist also der letzte seines Volkes?« fragte Liane.

»Alman bor-Halimann war ein Zauberer zu Zeiten von König Lorcan«, erklärte Tenoctris mit einem dünnen Lächeln. »Er war entsetzt von dem Aufruhr, den die Gründung des Königreiches mit sich brachte, und wollte sich an einen Ort begeben, an dem er Frieden für seine Studien hatte. Er kam nach Alae, nachdem die anderen Menschen diese Stadt verlassen hatten.«

Sie sah sich in dieser windverwehten Großartigkeit um. »Er hat ein magisches Glas, das aus der Linse des einzigen Auges eines Behemoth hergestellt ist«, fügte sie hinzu. »Ich möchte es mir ausleihen, um nachzusehen, was auf der anderen Seite der Brücke liegt.«

»Wird Alman uns denn helfen?« fragte Liane. »Wenn er hierherkam, um seine Ruhe zu haben?«

»Er wird uns helfen, weil er ein Mensch ist und die Menschheit Hilfe braucht«, sagte Garric. »Oder, falls Alman sich nicht länger für die Menschheit interessiert ...«

Er berührte den Schwertgriff und überzeugte sich, daß er noch dort war, wo er sein sollte.

»... dann interessiert *mich* eigentlich nicht, ob er will oder nicht.«

Die Pflastersteine der vierten Terrasse waren aus anderem Material als der rötliche Stein, aus dem der Rest der Stadt hergestellt war. *Wasser*, sagten Garrics Augen ihm, aber auch eine Spur von Sand lag auf dieser relativ geschützten Oberfläche. Laut sagte er: »Ist das Glas?«

Die Oberfläche war glatt, gefährlich glatt. Garric setzte seine Füße vorsichtig, trat gerade nach unten, denn er wußte, daß er ansonsten stürzen und Tenoctris mitreißen würde. Sandkörner knirschten unter seinen Stiefeln.

»Es ist zu hart für Glas, Garric«, erwiderte Liane. »All dieser Sand hat es nicht zerkratzen können.«

Sie schluckte; die dünne Luft trocknete die Kehle ungewöhnlich schnell aus. »Aber es könnte Saphir sein«, fügte sie leise hinzu.

Garric runzelte die Stirn und versuchte, das Pflaster eher als Kunstwerk denn als Hindernis zu sehen, das so gefährlich war wie ein schmales Sims. Die Oberfläche war flach: Sie spiegelte die umgebenden Gebäude ohne Verzerrung wider, und die Sterne glitzerten als reglose Punkte im selben Abstand zueinander wie am kalten Himmel.

Garric war sich nicht sicher, ob das Pflaster Farbe hatte. Vielleicht war es blau oder blauschwarz, aber es mochte auch sein, daß er eine Widerspiegelung des Himmels in einem Kristall von weißer Reinheit vor sich hatte.

Dann erreichten sie die höchste Terrasse. Garric seufzte erleichtert, als er den Fuß auf den Rand aus hellem Sandstein setzte. Er war fest und ursprünglich glänzend poliert gewesen, wenn man von den Ecken ausgehen konnte, die der Sand nicht stumpf gerieben hatte, aber man konnte sich sicher darauf bewegen, solange die Oberfläche trocken war. »Wie konnten sie diese Fläche überqueren, ohne sich den Hals zu brechen?« beschwerte er sich.

»Sie haben das Gebäude meist nicht verlassen«, erklärte Tenoctris. »Gegen Ende blieb jeder in seinem Zimmer, ernährt von den Geschöpfen, die sie geschaffen hatten. Und schließlich ist der letzte von ihnen gestorben.«

»Wie kann irgend jemand hier freiwillig leben?« fragte Liane. »Alman hätte an einen anderen Ort gehen können, wenn er seine Ruhe haben wollte. Alae ist nicht nur tot – es hat niemals gelebt.«

»Die Menschen, die es erbaut haben, dachten nicht so wie wir«, sagte Tenoctris. »Und dafür bin ich sehr dankbar. Und was Alman angeht – das weiß ich nicht, aber er hat jederzeit die Macht, es zu verlassen, also scheint er sich hier freiwillig aufzuhalten.«

»Es ist in gewisser Weise schön«, sagte Garric. »Ich würde mich hier nie wohl fühlen können, aber es ist sehr friedlich.«

»*Und das bist du nicht, Junge*«, warf König Carus ein. »*Auch zu meiner Zeit gab es weise, friedliche Menschen – ein paar Priester, Philosophen, ganz gewöhnliche Menschen, die entschieden hatten, daß sie sich selbst nicht ertragen konnten, wenn sie das Leben selbst eines Geschöpfes nahmen, das sie zerstören wollte.*«

Der uralte König sah durch Garrics Augen mehr, als Garric selbst bemerkte: eine Nische, in der vielleicht ein Attentäter lauerte; einen Vorsprung, von dem aus Bogenschützen Pfeile auf jene im Hof darunter regnen lassen konnten; ein vom

Sand unterhöhltes Sims, das selbst ein Kind auf einen Feind niederstoßen konnte, der sich der Mauer näherte. Mit einer Grobheit, die Carus sonst selten an den Tag legte, fügte er hinzu: »*Vielleicht erfreuen sie die Götter mit ihrem Leben; aber sie haben untätig zugesehen, wie das Königreich und viele ihrer Nachbarn zugrunde gingen.*«

Garric schaute erst Liane und dann Tenoctris an. Laut sagte er: »Die Welt hat genug Platz für friedliche Menschen. Ich gehe davon aus, daß sie sich dem Guten ebenso annähern wie ich, wenn ich die Hand an mein Schwert lege.«

Die Frauen sahen ihn an – Tenoctris wissend, Liane mit einem fragenden Stirnrunzeln. In Garrics Geist lachte sein Urahn zustimmend.

Sie betraten das Gebäude durch ein Portal, das quadratisch und hoch genug für einen Riesen war. Die Türblätter waren aus silbrigem Metall, das der Sand mehr abgetragen hatte als den Stein, in den sie eingelassen waren. Eine Seite hing in den Angeln; die andere war nur noch eine Ansammlung von Fetzen halb innerhalb, halb außerhalb des Flures, der sich dahinter auftat. Die Metalloberflächen wiesen Muster auf, aber es konnten durchaus Muster sein, die von Sand und dem wirbelnden Wind geschaffen worden waren.

Aus der Ferne hatte das Gebäude monolithisch ausgesehen, unveränderlich und unbeschädigt. Aus der Nähe konnte Garric erkennen, daß der Sand alle feinen Einzelheiten von Steinmetzarbeit abgeschliffen hatte und daß viele stachelige Pflanzen mit holzigen Ranken Risse im Mauerwerk gefunden hatten, in denen sie nun wuchsen. Die Mauern würden am Morgen mit Tau bedeckt sein, und wenn die kleinen Tröpfchen zum Fuß des Gebäudes rannen, gab es dort eine der seltenen Wasseransammlungen in diesem unfruchtbaren Ödland.

Ein erster Blick in den Flur mit seiner Gewölbedecke zeigte, daß auch hier die Ranken der Zeit sich zerstörerisch ausgewirkt hatten. Dennoch legte Garric die Hand an den Schwertgriff, und Liane schnappte nach Luft, als sie die riesigen Gesichter bemerkte, die von den Mauern auf sie niederstarrten.

Ein Käfer von der Größe von Garrics kleinem Fingernagel huschte in die Ritze zwischen den Blöcken, die die rechte und linke Seite der Lippen der nächsten Gestalt bildeten. Das war das erste Tier, das Garric an diesem Ort gesehen hatte.

»Wer sind sie?« fragte Liane. Mondlicht drang durch Öffnungen hoch oben und verlieh den zehn Gesichtern – fünf an jeder Wand – ein bedrohliches Aussehen, aber bei angemessener Beleuchtung hätten sie vermutlich ruhig und heiter ausgesehen. Ihre Lippen waren fleischig, die Nasen breit und die Wangen schwer im Kontrast zu der schlanken Anmut der Gestalten auf dem Terrassentor.

Tenoctris betrachtete diese Steinmetzarbeiten mit nichts weiter als dem allgemeinen Interesse, das sie für alles hatte, was ihr begegnete. Jede von ihnen hatte einen komplizierten Kopfschmuck aus Säulen, Hallen und Tänzern. Trotz des schlechten Lichts konnte Garric erkennen, daß die Künstler die Gestalten verzerrt hatten, um der verkürzten Perspektive vom Boden aus Rechnung zu tragen.

»Ich nehme an, sie stehen für die Menschheit als Ganzes«, sagte Tenoctris. »Aber ich bin selbstverständlich nicht sicher.«

Sie lächelte ihre Begleiter an. »Die einzigen, die irgend etwas über Alae wußten, waren Alman selbst und ein Schüler aus seiner eigenen Zeit, der ihm geholfen hat, als er die Stadt studierte«, erklärte sie. »Der Schüler – wir kennen seinen Namen nicht, er ist nur als ›der Schüler aus Shengy‹ bekannt – hinterließ einen Bericht, den andere zum Teil für ihre Zauberbücher kopierten.«

Tenoctris hüstelte ein wenig verlegen angesichts dessen, was ihr wie Prahlerei vorkam.

»Ich bin keine wichtige Zauberin«, sagte sie, »aber es gibt

mehr Wege, um Dinge zu erfahren, als durch Zauberei. Ich habe mehrere Berichte, die Alman nicht beim Namen nennen, mit dem verglichen, der es tat, in dem aber nichts davon erwähnt wurde, daß er Alae ins Auge gefaßt hatte. Mir wurde klar, daß er hier vor den Vereinigungskriegen Zuflucht gesucht haben mußte, zusammen mit allem, was er für seine Kunst benötigte. Ich war sehr stolz auf mich.«

Sie blickte zu den hochaufragenden Gesichtern über ihnen empor, und ihre Miene war denen der steinernen Gestalten sehr ähnlich, trotz des Kontrastes zu ihren feingemeißelten, vogelhaften Zügen. »Ich hätte allerdings nie gedacht«, sagte Tenoctris, »daß es mir möglich wäre, Alae mit eigenen Augen zu sehen. Ich habe nicht die Macht, diesen Ort zu erblicken, und erst recht nicht, ihn leibhaftig aufzusuchen. Die Brücke zieht das Universum zu einer einzigen Ebene auseinander, wo alle Zeit eine Zeit ist. Das macht es uns möglich, hier zu sein.«

Liane nickte. »Und es macht es nötig, daß wir die Brücke wieder entfernen«, sagte sie, »bevor sich Alae und Valles und alle Zeiten vermischen. Ich weiß nicht genau, was das Ergebnis sein würde, aber ich fürchte ...«

Sie grinste und drückte Garrics Hand zum Trost für sie beide.

»... eine Wiederholung des Endes des alten Königreiches wäre dem vorzuziehen.«

»Deshalb sind wir hier«, meinte Garric.

Tenoctris lachte. »Ja, tatsächlich«, sagte sie. Sie hielt inne, um zu husten und ihren trockenen Hals frei zu räuspern. »Ich bin so daran gewöhnt, mich als Gelehrte zu betrachten, daß ich manchmal vergesse, daß die Zeiten verlangen, eine Frau der Tat zu sein. Also, wie sollen wir Alman finden?« Sie blickte zu jedem der drei Flure, die vom Vorraum ausgingen. »Der Zauber, den ich gesprochen habe, hätte uns durch das Prinzip der Kongruenz an den Punkt bringen sollen, wo Alman diese Ebene betreten hat: Dieselbe Handlung im selben Medium wird dasselbe Ergebnis bewirken. Das sagt uns allerdings nicht, wohin er gegangen ist, nachdem er hier eintraf.«

Der Sand am Boden wies keine Spuren auf, wenn man von den Wirbeln absah, die sich bewegende Luft selbst verursacht hatte. Garric schaute zurück. Sie hatten alle drei deutliche Fußabdrücke hinterlassen. Der Wind würde sie schließlich wieder zum Verschwinden bringen, aber die Luft war zu dünn, um Sandkörner rasch zu bewegen.

»Wird er irgendwelche Lebensmittel anbauen?« fragte Garric. »Oder erhält er seine Nahrung durch Zauberei?«

»Ich weiß nicht, wie es für einen so mächtigen Zauberer wie Alman ist«, meinte Tenoctris mit müdem Lächeln. »Aber die Anstrengung, um die Materie zu schaffen oder zu verändern, vor allem in der Menge, die ein Mensch zum Leben braucht, würde den größten Teil der wachen Zeit der meisten Zauberer beanspruchen.«

Sie sah sich um und spähte noch einmal durch die offene Tür auf den Platz vor dem Gebäude hinaus. »Aber es ist vielleicht ebensoschwer, hier Dinge anzubauen. Ich bin kein Experte für Ackerbau. Oder für irgend etwas anderes, das nicht mit Büchern zu tun hat.«

Garric lachte. »Ich kann dir selbst nicht viel über den Anbau von Getreide oder Gemüse in dieser Wüste sagen«, meinte er, »aber wenn Alman freiwillig hierhergekommen ist, können wir wohl annehmen, daß er einen Plan hatte, wie er sich ernähren wollte. Gehen wir einfach direkt hier durch ...«

Er streckte den Arm aus.

»... und sehen wir, ob wir zu einem anderen Hof auf der anderen Seite kommen. Ich kann mir nicht vorstellen, daß er im Gebäude selbst etwas angebaut hat.«

»Es ist möglich, daß das Dach des rechten Flügels eingestürzt ist«, wandte Liane ein. »Von dort, wo wir standen, als wir hier eintrafen, sah es ganz so aus.«

Garric stampfte mit dem Fuß auf. »Der Boden ist immer noch aus Stein«, meinte er, »selbst wenn die Pflanzen genug Licht haben könnten.«

Er erinnerte sich, wie verwirrt er gewesen war, als er zum ersten Mal eine Stadt betrat; und wie verwirrend er Städte immer noch fand. Stadtbewohner verhöhnten Leute, die ihnen Fragen stellten, deren Antwort sie für offensichtlich hielten. Liane jedoch erklärte einfach, ohne jemals nahezulegen, daß Garric dumm war, weil er bestimmte Dinge nicht wußte. Diese Haltung war eine von Lianes vielen guten Eigenschaften, die Garric zu kopieren versuchte.

Sie gingen den Flur entlang, und ihre Schritte hallten wider. Tenoctris zog hörbar die Zehen nach; Garric hielt inne, um seinen Griff zu verlagern, und breitete die Hand über den Hüftknochen der alten Frau, um sie zu stützen, ohne ihr das Atmen schwerer zu machen.

»Tenoctris?« fragte Liane. »Warum ist Almans Schüler nicht mit ihm hierhergekommen?«

»Wie?« erwiderte die Zauberin. »Ich bin nicht sicher, Liane; keines der erhaltenen Fragmente seines Berichts sagt etwas darüber aus, obwohl ...«

Sie sah die jüngere Frau an. Garric, der über Tenoctris' Kopf hinwegschaute, war überrascht darüber, wie ernst Lianes Miene war.

»Ich nehme an, da Alman vorhatte, diese Welt vollständig zu verlassen«, fuhr Tenoctris fort, »hatte er nie geplant, daß sein Schüler ihn begleitet.«

»Das kommt mir ebenfalls wahrscheinlich vor«, sagte Liane. »Ich frage mich, wie sich der Schüler fühlte, als er verlassen wurde.«

Es war nicht wirklich eine Frage, also gab Garric keine Antwort. Hätte Tenoctris nicht zwischen ihnen gestanden, hätte er Liane allerdings umarmt.

Metalltüren – einige davon geschlossen, die anderen offenstehend – waren etwa alle zwanzig Fuß zu beiden Seiten des Flurs angebracht. Risse in den Außenmauern ließen Licht einfallen. Die Räume waren so leer wie die Eingangshalle, obwohl Garric hin und wieder von den Reliefs so stark getäuscht wurde, daß er glaubte, beobachtet zu werden.

Zum größten Teil war die einzige Beleuchtung ein geisterhafter Schimmer von oben. Garrics Augen paßten sich an, aber er hatte das Gefühl, im Licht von schimmernden Pilzen durch eine Höhle zu wandern.

»Tenoctris?« sagte er. »In diesen Räumen gab es ursprünglich keine Fenster. Wie haben die Menschen gesehen? Durch Zauberei?«

»So haben sie es nicht genannt«, erwiderte Tenoctris. »Sie verfügten über Künste, die sie für so natürlich hielten wie du das Anzünden einer Kerze. Selbstverständlich ist auch der Zauber, der uns hergebracht hat, vollkommen natürlich.« Sie lachte. »Und ich könnte zweifellos diese Hallen nicht auf dieselbe Weise beleuchten wie ihre Erbauer«, fügte sie hinzu.

Nachdem sie sich eine Viertelmeile vom Vorraum entfernt hatten, sah Garric eine Rotunde, die sich vor ihnen öffnete. Sie gingen darauf zu. Der Flur und die Räume dahinter hatten zwanzig Fuß hohe Decken, was aus den Räumen vollendete Würfel machte. Die Rotunde hatte über hundertfünfzig Fuß Durchmesser und war so hoch wie breit. Eine weitere, gewaltige Türöffnung klaffte auf der anderen Seite. Ein wenig Licht fiel durch, aber das meiste kam aus einer Luke in der Decke, zu der sich Metallstufen in einer engen Spirale erhoben.

»Er geht hier ein und aus«, sagte Garric und nickte zu dem von Spuren durchzogenen Sand hin. »Ich werde mir das einmal näher ansehen.«

Ungebeten übernahm Liane es, Tenoctris zu stützen. Garric ging rasch durch die Rotunde und hatte dabei beide Hände frei. Er erwartete keine Gefahr von der Türseite her – der Käfer war immer noch das einzige Tier, das sie auf dieser Welt gesehen hatten –, aber er brauchte Carus' Erinnerungen an Hinterhalte und Überraschungen nicht, um sich zu erinnern, daß er nichts über diesen Ort wußte außer der Tatsache, daß er in der Vergangenheit nie etwas Ähnliches erblickt hatte.

Der Wind stöhnte und hallte in dem hohen, zylindrischen Raum wider. Sonst regte sich nichts. Die Mauern zeigten ein Relief von Menschen, die den Körper einer gewaltigen Schlange als Poller benutzten, um Mühlsteine zu bewegen, die über der Tür dargestellt waren. Zweibeinige Geschöpfe mit Kiemen und Schuppen verschlangen die Teile von Menschen, die in die Mühle gefallen waren.

Im unteren Teil des Reliefs steckten Zwiebeln und Knollen von Mannskopfgröße und Samenkapseln wie die eines Rubinienbaums. Was Garric für Müll gehalten hatte, war tatsächlich eine Sammlung von Lebensmitteln.

Garric drehte sich um. Die Frauen waren ihm in einem Tempo gefolgt, das von der Gebrechlichkeit der alten Zauberin bestimmt wurde. »Ich denke, wir haben Alman gefunden«, sagte er. »Wenn er hier seine Speisekammer hat, kann er nicht weit weg sein.«

Alle drei schauten zu der silbrigen Spirale hin, die sich zur Decke erhob. Sie war so zart wie ein Spinnennetz, und sie hatten wiederholt den Beweis dafür gesehen, daß Metall hier schneller verwitterte als Stein. Die Stufen zeigten frische Kratzer von Füßen, die Sandkörner ins Metall gerieben hatten.

»Dann denke ich, wir sollten ihn besuchen«, sagte Tenoctris und machte sich an Lianes Arm auf den Weg zur Treppe.

»Laß mich vorausgehen«, sagte Garric leise. Er zog sein

Schwert einen Fingerbreit in der Scheide hoch und ließ es zurückfallen.

Der Wind ächzte.

Nicht, daß irgendeine Gefahr bestand ...

Cashel reckte sich, erst indem er die Arme hob und sich auf die Zehenspitzen stellte, dann indem er sich nach hinten beugte, den Stock hinter sich ausgestreckt als drittes Bein eines Dreifußes, das verhinderte, daß er umfiel. Er fühlte sich ungewöhnlich ...

Nun, er wußte nicht genau, wie er es bezeichnen sollte. Nicht ungewöhnlich *stark*, denn Stärke war etwas, das Cashel für ebenso selbstverständlich hielt wie den Sonnenaufgang.

»Sauber« war schon eher das richtige Wort. Er hatte wie ein Toter geschlafen, nachdem Colva geflohen war, aber es war mehr als nur ein guter Nachtschlaf. Er fühlte sich, als wäre alle Schlacke aus ihm herausgebrannt, wie es ein Fieber tun würde. Er nahm an, daß das an Colva lag.

Vielleicht sollte er ihr danken, aber wahrscheinlich war zu befürchten, daß sie ebenso wie ein Fieber mit derselben Wahrscheinlichkeit tötete wie heilte.

»Was grinst du so selbstzufrieden?« wollte Krias wissen. »Ist dir klargeworden, daß du dich lieber umdrehen und wegrennen solltest?«

Cashel sah den Ring an. Normalerweise war die Gestalt darin nur verschwommen im Stein zu sehen, aber im Augenblick glitzerte der kleine Dämon wie ein purpurner Funke nahe der Oberfläche.

»Nein«, sagte Cashel, »ich wollte gerade nach unten gehen. Sollte ich die Tür hinter mir schließen?«

»Die Tür wird die Ungeheuer nicht draußen halten«, sagte Krias. »Nur der Wächter konnte das tun, und du hast ihn ge-tötet!«

»Das habe ich«, stimmte Cashel ihm zu. Er überprüfte noch einmal seine Tasche, dann schnürte er die Klappe über dem Brot und dem Käse fest, die er aus Valles mitgebracht hatte – und dem kleinen Plättchen mit Landures Leben. Die Scheibe schien haltbar genug, aber er hatte sie dennoch in Moos gewickelt und das Bündel mit einem Grashalm gebunden.

»Ich werde sie trotzdem lieber zumachen«, sagte er, als er durch das große Portal ging. Er verstand nicht, wieso Leute immer versuchten, ihn zu ärgern. Häufig geschah das, wenn sie mehr Bier getrunken hatten, als gut für sie war.

»Trinkst du, Krias?« fragte Cashel. »Bier oder Apfelwein zum Beispiel?«

»Wie bitte?« kreischte Krias. »Selbstverständlich nicht, du Blödmann! Ich bin ein Dämon, hast du das vergessen?«

Also von Natur aus so mürrisch, stellte Cashel fest. Nun, das waren viele. Er seufzte und betrachtete die Tür.

Es gab keinen Türknauf oder Riegel, nur auf beiden Seiten eine vertikale Griffleiste. Die untere Hälfte dieser Leiste war von der Benutzung abgeschliffen. Landure hatte seine Zeit draußen nicht mit gezogenem Schwert verbracht. Er mußte diese Unterwelt auf dieselbe Weise regiert haben, wie Cashel sich um seine Schafe kümmerte, immer anwesend, um ein Auge auf sie zu haben und sich um sie zu kümmern, wenn sie sich irgendeinen dummen Ärger einhandelten.

Cashel betrat die Höhle. So weit er sehen konnte, gab es hier nur Felsen, bis auf einen Flecken von Feuchtigkeit am Ende des einfallenden Lichtkreises. Das würde ein Problem werden, fiel ihm ein: das Licht. Dennoch, Landure war zurechtgekommen – und offenbar auch Colva –, also würde auch Cashel es schaffen. Vielleicht würde Krias ihn ja führen.

Cashel legte die linke Hand auf die innere Griffleiste und zog die Tür hinter sich zu. Sie schwang leicht in den Scharnieren, sobald er sie erst einmal in Bewegung gebracht hatte. Er fragte sich, welche Art Scharniere die Erbauer verwendet hatten, die so viel Gewicht ohne Beschläge trugen.

Und wo er gerade darüber nachdachte, fragte er sich auch, wer die Erbauer waren.

Die große Tür schloß sich mit einem leisen Schnappgeräusch. Türblatt und Rahmen paßten so gut, daß sie die Luft dazwischen als Kissen einfingen.

Es war plötzlich keine Höhle mehr. Licht, so rötlich wie rostiges Eisen, schimmerte überall auf. Alles hatte sich ver-ändert.

Cashel stand auf einem Felsen oberhalb eines mit Kiefern bewachsenen Tals. Er konnte so weit sehen, wie ... nun ja, wie er je gesehen hatte. Es war, als schaute man von den Weiden südlich von Barcas Weiler aufs Meer hinaus, aber er befand sich hier erheblich höher.

Er spähte über die Schulter. Nun war die Tür in einen steilen Felsabhang eingelassen, der dem, den er von außen gesehen hatte, recht ähnlich war. Krüppelkiefern und Rhododendren wuchsen aus dem Felsen, obwohl irgend etwas an ihnen nicht ganz richtig aussah. Ihre Äste waren ein wenig zu gebogen, und Cashel hatte noch nie Kiefern mit so glatter Rinde gesehen wie diejenige, die direkt über seinem Kopf schwankte. Nun, man mußte auf Reisen damit rechnen, auf Dinge zu stoßen, die man noch nicht kannte.

»Ich nehme an, du fragst dich, wo das Licht herkommt«, sagte Krias.

Cashel dachte darüber nach. »Nein«, erwiderte er. »Aber ich bin froh, daß es da ist. Ich hatte mich schon gefragt, wie ich zurechtkommen soll.«

Er räusperte sich. Die Luft hatte immer noch einen Hauch von Schwefel; sie biß ein wenig in seine Nase, wenn er atmete. Er nahm an, er würde sich daran gewöhnen. Die Bäume sahen recht gesund aus, wenn auch ein wenig seltsam.

»Soll ich einfach da runtersteigen und dem Fluß folgen?« fragte Cashel und zeigte mit dem Stock auf etwas, das wie ein vernünftiger Weg ins Tal aussah. Er sah keinen Fluß, aber das war es im allgemeinen, was man in Tälern fand.

Cashel wäre auch mit dem Felsen zurechtgekommen, aber er war kein begeisterter Kletterer. Es war keine Frage von Kraft oder Höhe; es ging einfach ums Gewicht. Simse und Vorsprünge, die leichtere Männer trugen, brachen einfach unter ihm ab.

»Es ist dir gleich, wie?« fragte Krias. Der Dämon klang tatsächlich erstaunt statt nörglerisch wie zuvor. »Du glaubst in eine Höhle zu gehen, und es ist dir gleich, woher das Licht kommt! Es kommt nicht *von* irgendwo! Es gehört zur Unterwelt wie die Felsen und alles andere, wenn man von den Ungeheuern einmal absieht. Es ist Teil ihres Käfigs!«

»Oh«, sagte Cashel. Das klang nicht, als würde er eine Antwort auf seine Frage erhalten, also machte er sich auf den Weg hangabwärts. Er hatte angenommen, daß der Stock ein Problem sein könnte, aber wenn er ihn zwischen den Wurzeln der Bäume unter sich aufstützte, half er eher beim Abstieg.

»Du bringst mich noch um den Verstand!« sagte Krias.

Cashel sagte nicht, daß es ihm leid tat – das wäre eine Lüge gewesen –, aber er versuchte auch nicht, allzu breit zu grinsen. Es geschah häufig, daß Leute Wutanfälle bekamen, weil sich Cashel nicht über sie aufregte. Krias war nicht klar, daß er ein altes Lied sang, zu dem Cashel selbst den Kontrapunkt gelernt hatte.

Etwas schwatzte zwischen den Bäumen, aber es klang nicht sonderlich nach den Waldgeschöpfen, die Cashel von zu Hause kannte. Es klang überhaupt nicht wie etwas, das er gerne kennen wollte. Eines der Geräusche war wie das Klacken von Knochen und ein anderes wie das Heulen von Eulen, die etwas Unangenehmes über einen wußten.

Cashel griff nach einem Hartriegelstrauch, zog fest daran, um sich zu überzeugen, daß die Wurzeln verankert bleiben würden, und ließ sich daran ein weiteres Stück nach unten. Direkt darunter gab es ein richtiges Sims, so breit, daß Gras darauf wuchs. Und danach war der Abhang etwas weniger steil, so daß er normal gehen könnte.

Er dachte über Landure den Wächter nach, der in der kurzen Zeit, in der er und Cashel einander gekannt hatten, nicht zum Bergsteigen gekleidet gewesen war. Selbstverständlich war es möglich, daß er ein kürzeres Hemd an- und diese albernen Stiefel ausgezogen hatte, bevor er die Höhle betrat, aber das lange Schwert wäre immer noch im Weg gewesen.

»Was hat Landure getan, Meister Krias?« fragte Cashel, als er auf das Sims trat und einen Augenblick lang nach Luft schnappte. »Wie ist er ins Tal hinuntergeklettert, meine ich. Hat er eine andere Route genommen?«

Er wackelte mit den Zehen. Die Wurzeln der Pflanzen, die sich als erste auf diesem Felsen angesiedelt hatten, hatten feinkörniges Geröll und vom Wind herbeigewehten Staub eingefangen und damit für Nachkömmlinge eine bessere Umgebung geschaffen. Man konnte das Ergebnis nicht als Humus bezeichnen, aber es fühlte sich trotzdem recht gut an.

»Landure ist nicht zu Fuß gegangen wie ein Schafsjunge!« sagte Krias. »Er war ein großer Zauberer. Er hat die Arme verschränkt und ist durch die Luft geschwebt.«

»Ah«, meinte Cashel und nickte. Er hätte sich eigentlich denken können, daß es so etwas gewesen war.

Er stieg vorsichtig vom Rand des Simses herunter und stützte sich mit dem Stock auf. Es war jetzt vielleicht nicht mehr halsbrecherisch steil, aber er würde sich immer noch unendlich lächerlich machen, wenn er ausrutschte. Wie ein runder Käse den Abhang hinunterzurollen wäre wohl auch nicht die günstigste Art, den Einheimischen zu begegnen. Colva war schlimm genug gewesen, und Cashel hatte keine Zweifel daran, daß dort, wo sie herkam, noch Schlimmere lauerten.

»Du könntest auch fliegen, weißt du«, warf Krias unerwartet ein. »Du könntest majestätisch über die Baumwipfel segeln.«

»Wie bitte?« fragte Cashel. »Das hier ist schon in Ordnung. Ich bin kein Zauberer.«

Er ging weiter, den Stock vorsichtshalber vorgestreckt, aber er machte sich keine Gedanken mehr, daß er stürzen könnte. Er war einfach nur vorsichtig wie üblich.

»Ich bin ein Dämon, und ich habe unvorstellbare Macht!« sagte Krias. »*Ich* kann dich fliegen lassen!«

Cashel grinste. Er hatte vielleicht nicht viel Phantasie, aber er hatte seit seinem Abschied aus Barcas Weiler einiges gesehen, von dem er nicht glaubte, daß ein kleiner Bursche wie Krias das übertreffen könnte. Laut sagte er: »Oh, es stört mich nicht, zu Fuß zu gehen. Ich habe mich nur gefragt, wie Landure zurechtgekommen ist.«

Krias murmelte vor sich hin. Er klang wie ein ganzer Taubenschlag vor dem Einschlafen, nur wütender.

Hätte Krias gefragt, hätte Cashel ihm erklärt, daß er seine Füße lieber fest auf dem Boden haben wollte, falls es Ärger gab, denn nach allem, was Krias selbst angekündigt hatte, würde das früher oder später geschehen. Aber Cashel sprach es nicht aus, denn Krias gehörte zu jenen, die jede Gelegenheit nutzen würden, Cashel zu verhöhnen, und außerdem äußerte Cashel selten, was er dachte.

Nun hatte er den eigentlichen Wald erreicht. Es waren überwiegend Kiefern, wie es von oben ausgesehen hatte, aber es gab auch Ahorn und Hartriegel, wenn die höheren Bäume das Licht durchließen. Hin und wieder ragten nackte Felsen aus dem Boden, und dazwischen hatte hier und da Moos einen Platz gefunden, aber nichts Größeres an Unterholz konnte hier wachsen. Das Moos bewegte sich unter Cashels Zehen auf eine Weise, die ihm aktiver vorkam, als er von einer kleinen Pflanze erwartet hätte.

Er hörte Musik, sehr rein und sehr süß. Normalerweise drangen hohe Töne wie diese in einem Wald nicht sonderlich weit, aber Cashel war sich ziemlich sicher, daß er sich in keinem gewöhnlichen Wald befand.

»Was ist das für ein Geräusch, Krias?« fragte Cashel. Er hatte gerade daran gedacht, sich den Stock jetzt auf die Schultern zu legen, aber das Geräusch bewirkte, daß er es sich anders überlegte. Er behielt das feste Stück Hickory in beiden Händen schräg vor sich.

»Ich weiß es, und du wirst es erfahren, Schafsjunge!« rief der Ring vergnügt. »O ja, das wirst du! Du wirst dir noch wünschen, die Unterwelt nie betreten zu haben!«

Die Flöte oder das Horn – oder war es nur eine Kehle, ein Sänger, der laut genug sang? – erklang weiter. Die goldenen Töne schienen aus unterschiedlichen Richtungen zu kommen, aber das konnte auch am Echo liegen.

Cashel konnte sich schon vorstellen, daß er nicht mögen würde, was er in der Unterwelt fand, das stimmte. Aber bedauern? Nein, das würde nicht geschehen. Das hier war die Richtung, die ihn zu Sharina brachte. Er konnte sich nicht vorstellen, irgendwo anders hinzugehen.

»Und willst du mich nicht fragen, was das ist?« wollte Krias schmollend wissen, weil Cashel ihn nicht um die Information angebettelt oder gebrüllt hatte.

»Schon gut«, meinte Cashel. »Ich werde es wohl früher oder später erfahren.«

Er hätte selbstverständlich gerne gewußt, was da rief – deshalb hatte er auch gefragt. Aber es half nicht, alberne Spielchen mit Leuten zu spielen, die schwierig sein wollten. Jeder Versuch, den Ring zu überreden, mehr zu verraten, wäre eine ebenso große Zeitverschwendung, als würde man ein Huhn ums Haus jagen, wenn man Hunger hatte. Es war viel besser, ein paar Haferkörner vor sich zu streuen und sich auf die Hintertreppe zu setzen.

Und den Hals des dummen Vogels umzudrehen, wenn er kam, um das Futter aufzupicken.

Cashel grinste. Er fragte sich, ob man aus einem Dämon wohl Suppe kochen konnte. Krias würde vermutlich schlimmer schmecken als eine Krähe.

Das hier war offener Wald, der sich nicht sonderlich von dem Waldland unterschied, das den Hausbesitzern von Barcas Weiler gemeinsam gehörte. Bruchholz wurde gesammelt und tote Bäume gefällt, weil man Brennholz brauchte, und Schweine auf der Suche nach Futter hielten das Unterholz sauber. Vielleicht geschah hier dasselbe, aber Cashel hätte den Holzrauch gerochen, wenn er sich nahe Barcas Weiler befunden hätte.

Er roch auch keinen Schwefel mehr, aber sein Hals war trocken und wurde trockener, also wußte er, daß er nicht wirklich verschwunden war. So war es mit üblem Gestank: Es dauerte nicht lange, bis man ihn nicht mehr bemerkte. Ermand or-Pile störte sich nicht daran, wie sein Gerberhof roch, aber die anderen Dorfleute, die in die Nähe kamen, würgten bei dem Gestank von Urin, Alaun und vergammelndem Fett.

Cashel bemerkte aus dem Augenwinkel eine Bewegung. Zwischen den Bäumen huschten Dinge hin und her, obwohl es manchmal auch schien, als bewegten sie sich *innerhalb* der Bäume. Waren es Frauen? Aber Colva hatte auch wie eine Frau ausgesehen, als er ihr zum ersten Mal begegnet war.

Die Hörner erklangen nicht mehr. Nun hörte Cashel gezupfte Saiten, und jemand sang zu der Musik. Er konnte die Worte nicht verstehen.

Cashel wirbelte seinen Stock zur Übung, erst vor sich und dann über den Kopf. Die Beschläge glitten in einer anmutigen Acht dahin, so geschmeidig wie Butter. Cashel überkreuzte die Handgelenke, dann wiederholte er die Bewegung mit anderer Handstellung, um den Stock genau in die Ausgangsposition zurückzubringen.

Er war froh, daß es nicht viel Unterholz gab. Ein Stock wie dieser brauchte selbst in der Ruheposition viel Platz, und wenn sich sieben Fuß eisenbeschlagenen Hickoryholzes mit der Geschwindigkeit bewegten, die Cashels kräftige Handgelenke aufbringen konnten – Duzi allein wußte, daß man bald vor lauter Efeublättern und Holzsplittern nichts mehr sehen konnte!

»Du willst also mit deinem Stock gegen sie ankämpfen, Schafsjunge?« fragte Krias.

»Ich werde überhaupt nicht kämpfen, wenn es nicht sein muß«, sagte Cashel und verlangsamte seinen Atem wieder zum angemessenen Tempo. Es waren weniger die Übungen mit dem Stock, die Cashels Herz stark beschleunigt hatten, als die Gelegenheit, jetzt endlich zu dem Kampf zu kommen, von dem er Krias gesagt hatte, er sei nicht darauf aus.

Cashel war nie auf einen Kampf aus gewesen. Aber er hatte sich auch noch nie von einer Gelegenheit zum Kämpfen abgewandt. Vor sich hörte er das Gurgeln von Wasser, das rasch über Felsen rinnt. Das war genau die Art von Geräusch, die einen zum Narren hielt. Es wirkte nicht laut, übertönte aber alle anderen Geräusche, die einen normalerweise vor Dingen warnten, die man ...

Ein Mann trat aus dem Wald, direkt vor Cashel. Vielleicht aus einer riesigen Buche heraus? Aber vielleicht hatte er auch einfach in deren Schatten gestanden. Er hielt einen Bogen in der Hand, der aus Gold statt aus Eschen- oder Eibenholz bestand, und die Pfeile in seinem Köcher hatten silberne Schäfte.

Er war groß und war so schlank und anmutig gebaut wie ein junges Mädchen.

»Sei gegrüßt, Fremder«, sagte er. »Wir haben hier nicht viele Besucher.«

Sein Blick wanderte immer wieder zu den Eisenbeschlägen von Cashels Stock und dem Glitzern von Krias an seinem kleinen Finger. Der Bursche schaute drein wie Kiefer, wenn er in einer Ecke von Reises Wirtsstube saß und zusah, wie seine Nachbarn Krüge von Bier tranken, das Kiefer sich nicht leisten konnte, da er sein Land versoffen hatte und von Hilfsarbeiten lebte.

Cashel stellte sich breitbeiniger hin. Er drehte den Kopf ein wenig von einer Seite zur anderen – nichts Verstohlenes, er sah sich ganz offen um, ob er noch mehr Gesellschaft hatte.

Das war der Fall. Es gab zumindest vier Handvoll von ihnen, Männer und ebenso schlanke Frauen, die in einem großen Kreis zwischen den Bäumen standen. Nur der erste davon war in Reichweite von Cashels Stock.

»Guten Tag«, sagte Cashel. »Ich bin Cashel os-Kenset und auf der Durchreise durch diese Gegend. Ich habe nicht vor, Euch Ärger zu machen.« Die Fremden trugen Röcke, die über dem rechten Bein länger waren als über dem linken, und sonst nichts. Viele von ihnen hielten goldene Bögen in der Hand, wie der Bursche, der Cashel begrüßt hatte. Drei hatten schlanke Hörner über die Schulter geschnallt; diese trugen auch Schwerter im Gürtel. Die Klingen wanden sich wie Schlangen.

Nur einer aus der Gruppe war unbewaffnet, ein schlaksiger Junge mit wirrem roten Haar statt der goldenen Locken der anderen. Er trug eine doppelt bespannte Lyra und starrte Cashel angewidert an.

»Ich heiße Wella, Cashel«, sagte der Mann, der ihn als erster begrüßt hatte. Er starrte den Ring mit gierigen Augen an. »Wir vom Volk fühlen uns durch deinen Besuch geehrt. Du mußt eine Nacht bei uns bleiben, so daß wir dich feiern können, wie du es verdient hast.«

Eine der Frauen ging auf Cashel zu und streckte ihre schlanke Hand aus, als wolle sie etwas Vollendetes, Zerbrechliches berühren. Er sah die Bewegung und drehte sich rasch um. Sie wich sofort zurück und lächelte.

»Ich ...«, sagte Cashel. Er wollte nicht länger bei diesem Volk bleiben, als es brauchte, bis seine Beine ihn davontrugen; aber sie waren viele, und sie hatten Bögen. Er dachte daran, Krias zu fragen was er tun sollte, aber er konnte sich nicht darauf verlassen, daß der Dämon etwas Hilfreiches von sich gab. Außerdem war das Volk bereits schon viel zu sehr an dem Ring interessiert.

»Komm, Cashel«, sagte Wella und streckte die freie Hand aus. »Komm zum Heim des Volkes.«

Cashel bewegte sich ein wenig; die eiserne Kappe des Stocks kam Wella um Haaresbreite näher. Er wich ruckartig zurück, und die gelblich braunen Augen blitzten.

»Elfin, führe du unseren Gast«, sagte Wella.

Der Junge mit der Lyra trat vor und legte die Hand auf Cashels Arm. »Komm, schwere Person«, sagte Elfin. Seine Stimme war so rein wie der Klang von berstendem Eis in einem harten Winter. »Komm, und wir vom Volk werden dich begrüßen, wie es sich gehört.«

»Nun, ich denke, ich müßte ohnehin etwas essen«, meinte Cashel. Die Berührung des jungen Mannes war vertrauenerweckend warm. Cashel hatte etwas Glattes, Metallisches erwartet.

Das Volk drehte sich um und ging durch den Wald davon. Cashel befand sich in der Mitte der Gruppe; Elfins Finger wichen nicht von seinem Oberarm.

»Ich weiß es, und du wirst es erfahren«, flötete die leise Stimme des Rings.

»Wie alt bist du, schöne Maid?«, sang Chalcus an einem der Treibholzfeuer der Meuterer. *»Sag es mir ohne Sorgen.«*

Ilna mußte an Garrics Flötenspiel denken und wandte sich dann wieder der Gegenwart zu, weil es keinen Sinn hatte und noch weniger Freude machte, ihre Gedanken in diese Richtung abschweifen zu lassen. Vier Seeleute tanzten auf dem Sand, die Hände auf den Hüften, mit hohen Tritten. Die einzige Begleitung kam von einem anderen Mann mit winzigen Zimbeln aus ausgehöhlten Nußschalen an Daumen und Zeigefingern. Er klackte sie zusammen, schlug mit der rechten Hand den Rhythmus und einen komplizierten Kontrapunkt mit der anderen.

»Wenn du mir das Herz nicht brichst«, sang Chalcus jetzt im Diskant, *»dann werde ich sechzehn morgen.«*

Ilna warf einen Blick auf das Kind, das neben ihr schlief. Merota hatte ein Stück vom Saum ihres Umhangs im Mund und kaute darauf, während sie träumte. Ilna dachte daran, den Stoff herauszuziehen, aber schließlich schadete das Kauen dem Mädchen nicht.

Ilna seufzte. Sie mußte sich daran erinnern, die vielen Dinge zu übersehen, die falsch waren, aber keinen Schaden anrichteten. Und einige von ihnen waren nicht einmal falsch, obwohl Ilna os-Kenset sie dafür hielt. Im Kopf akzeptierte sie das, aber ihr Herz würde das nie glauben, solange sie lebte.

Zum Beispiel war mit dieser Musik durchaus alles in Ordnung. Ilna war nur nicht in der Stimmung zuzuhören, und anders als Merota war sie nicht so erschöpft von den Ereignissen des Tages, daß sie trotzdem hätte schlafen können.

Die Vorräte für Lord Tadai und sein Gefolge waren immer noch an Bord gewesen, als Mastyn seine Meuterei begann. Heute abend hatten die Seeleute Lebensmittel zu sich genommen, von deren Existenz sie zuvor nicht einmal gewußt hatten – sie hatten einiges gegessen und mehr verschwendet, um genau zu sein. Für Seeleute von der Südküste Ornifals waren Eier, die in einer Soße aus verfaulten Schafsgedärmen konserviert waren, einfach verdorbene Eier, während der Geschmack des königlichen Hofes noch auf viel exotischere Dinge ausgerichtet war.

Ilna lächelte müde. Prinz Garrics Geschmack unterschied sich, was das anging, kaum von dem der Seeleute, obwohl er es mehr mit Lammfleisch mit Haferbrei hatte und die Seeleute mit Haferbrei und Fisch. Die Höflinge waren entsetzt.

Tadais Weine waren allerdings allgemein begrüßt worden. Sie kamen von überall auf den Inseln, einige gewürzt und viele aus anderen Früchten als Trauben, aber das war gleich. Die Seeleute schienen der Ansicht zu sein, wenn man nur betrunken genug wurde, war es gleich, ob das Zeug stank, als wären Würmer im Faß gestorben. Die Feier würde bis zum Morgengrauen weitergehen. Vonculo und die anderen Anführer mußten sich anstrengen, wenn sie dafür sorgen wollten, daß die Schiffe bis Mittag wieder im Wasser waren.

Ilna erhob sich, warf noch einen Blick auf Merota und ging zu dem Feuer am anderen Ende des langgezogenen Halbmonds. Hinter ihr fielen ein Dutzend Seeleute mit Chalcus in den Refrain ein: »Tidi tidelidi tidelidu!«

Es störte Ilna nicht zuzuhören, wenn andere ihren Spaß hatten. Sie verzog den Mund zu einem Beinahe-Lächeln. Es sollte sie zumindest nicht stören.

Vonculo und vier andere Männer saßen um das Feuer am anderen Ende des Inselchens. Sie hatten das Oberteil des langhalsigen Kruges abgeschlagen, der aufrecht im Sand neben ihnen steckte, aber die Atmosphäre hier war im Kontrast zu der der größeren Truppe bedrückt.

Ilna hatte nicht vor, sich zu Vonculo zu setzen. Die einfachen Seeleute waren Narren und im Augenblick auch noch betrunken, aber immer noch bessere Gesellschaft als diese Männer, die solchen Unsinn planten.

Ilna dachte nur daran, eine größere Entfernung zwischen sich und dieses laute Vergnügen zu bringen, bis sie ihren Ärger genügend bezwungen hatte, um zurückzukehren und sich zum Schlafen neben Merota niederzulegen. Sie erwartete nicht, glücklich zu sein. Einige waren es, andere nicht. Es schien gleich, was rings um sie her geschah – es hatte damit zu tun, wie sie innerlich waren.

Cashel war glücklich. Nicht die ganze Zeit, aber mehr als jeder andere Mensch, dem Ilna je begegnet war. Sie nahm an, daß sie und ihr Bruder zusammen eine normale Menge an Glücklichsein gehabt hatten, aber keiner wäre auf die Idee gekommen, ein schwarzweiß gestreiftes Kleidungsstück für grau zu halten.

Im Augenblick war Ilna einfach wütend auf die Welt; und das führte in der Folge dazu, daß sie sich über ihre eigene *dumme* Reaktion ärgerte. Den Wolken war es gleich, auf wen sie regneten, und der Welt war es gleich, ob Ilna os-Kenset das Leben als ein Gewirr von Garn sah, das größer war, als daß ein Mensch es ordnen konnte.

Die Welt erwartete nicht von Ilna, die Dinge zu ordnen. Das war eine Pflicht, die sie sich selbst auferlegt hatte. Deshalb kam sie sich gleich noch *dümmer* vor.

Ilna setzte sich gegen eine Sanderhöhung, die von dem Kalk der zerdrückten Muschelschalen zusammengehalten wurde, aus denen der größte Teil des Inselchens bestand. Sie blickte zu den Sternen auf und fragte sich, ob die Menschen in den himmlischen Sphären, auf denen die Sterne sich bewegten, glücklicher waren als sie.

Jene, die wie Cashel waren, würden es wohl sein. Zweifellos gab es im Himmel ebenso wie hier ein Gleichgewicht.

Vonculo und seine Genossen unterhielten sich mürrisch

weiter, ohne Ilna zu bemerken. Sie hatte nicht versucht, sich zu verbergen, aber sie war leise gewesen, und ihr dunkelblauer Umhang verbarg sie in der Nacht besser, als wirkliches Schwarz es getan hätte.

Ilna war zu weit entfernt, um das Gespräch belauschen zu können – nicht, daß sie das gewollt hätte. Sie würden wahrscheinlich eine Reihe verärgerter Bemerkungen darüber machen, in welch üble Lage sie sich gebracht hatten. Das würde Ilna zumindest tun, wäre sie dumm genug gewesen, sich ihnen anzuschließen.

Der Steuermann der *Schrecken* stocherte mit einem salzverkrusteten Kiefernast im Feuer und warf dann seinen Schürhaken auf die wiederaufflackernden Flammen. Vonculo steckte den Schlüssel in die Spieluhr und zog sie auf.

Ilnas Blick war vom Aufflackern der Funken angezogen worden, aber als sie Vonculo mit der Spieluhr sah, schaute sie weiter zu. Sie spionierte nicht – sie wäre immerhin deutlich zu sehen gewesen, wenn einer der Seeleute sich umgeschaut hätte –, aber sie war dennoch nicht sonderlich mit sich zufrieden.

Vonculo ließ den Schlüssel los. Er drehte sich glitzernd, und die Spieluhr begann ein tonloses Klirren, als schlüge jemand gegen die Klinge eines guten Schwertes. Es war ein leerer Rhythmus ...

Aber die Funken des Feuers wirbelten Bilder auf. Sahen denn Vonculo und die anderen nicht, was geschah? Sie starrten weiter die Spieluhr an und ignorierten den feurigen Tanz in ihrer Mitte.

Ilna beobachtete das Muster, das die Funken bildeten. Sechs Zauberer und eine Mumie standen rezitierend im Kreis. Ilna konnte die Worte hören – bedeutungslos für sie, bedeutungslos für jeden bis auf die Mächte, die sie beherrschten – und sah in den Funken des Feuers, was weiter geschah.

Über Ilna drehten sich die Sterne; vor ihr wirbelten die Funken. Zusammen ergab das im Klimpern der Spieluhr eine sinnvolle Einheit, wie Zahnräder, die Mühlsteine drehten und Korn zu Mehl mahlten. Sie war nicht mehr auf einem kleinen Inselchen des Inneren Meeres, obwohl ein Teil von ihr sich an diesen Ort erinnerte; ebenso wie an Valles und Barcas Weiler und ihre gesamte Vergangenheit.

Im Kreis der Zauberer kniete ein Siebter: In der rechten, hocherhobenen Hand hielt er einen Dolch, mit der linken drückte er ein gefesseltes Kind auf den Boden vor sich. Ein Mann, der größer war als jeder, den Ilna kannte, war neben den Zauberern an eine Säule gefesselt. Er schrie, und seine Muskeln traten hervor wie die Biegungen einer Ankerkette.

Die Zauberer rezitierten, dann hielten sie inne. Ihr Anführer in der Mitte brüllte die letzten Worte der Beschwörung und stach mit dem Dolch zu.

Holz knisterte im Feuer wie von plötzlichen Blitzen. Funken explodierten aufwärts, und die Szene löste sich auf. Ilna schauderte in der warmen Nacht, als der letzte Ton der Spieluhr verklang.

Vonculo zog den Schlüssel heraus und wickelte die Spieluhr wieder in den Seidenbrokat ein. Er und die andere tranken und redeten und verfluchten das Pech, das sie sich an den Hals geladen hatten.

Nach einiger Zeit stand Ilna auf und ging wieder zu dem anderen Feuer, wo Merota schlief und Chalcus von einem schwarzhaarigen Mädchen mit Lippen süß wie Honig sang.

Sharina holte tief Luft, richtete sich gerade auf und ging auf die Straße hinaus. Drei Frauen mit Marktkörben auf den Köpfen kamen unter lautem Geschnatter auf sie zu. Sie drückte sich an die Mauer. Die Frauen rauschten vorbei und gönnten ihr nur einen flüchtigen Blick. Der gebundene Kapaun im mittleren Korb reckte den Hals, um Sharina anzustarren, solange sie einander sehen konnten.

Sie verzog das Gesicht. Sie hatte kein Ahnung, was der Vogel gegen sie hatte: Er würde schließlich nicht in *ihrem* Ofen landen.

Sharina wollte die goldene Brustplatte verkaufen, aber zunächst wollte sie mehr über den Ort wissen, an dem sie sich befand. Also ging sie weiter nach Osten, so daß die untergehende Sonne den Leuten, die auf sie zukamen, ins Gesicht und in die Augen scheinen würde. Sie belauschte die Gespräche und Rufe auf der Straße, nicht wegen dem, was die Leute sagten, sondern um sich noch einmal zu überzeugen, daß sie die Menschen hier verstand und von ihnen verstanden wurde, bevor sie versuchte, mit ihnen zu feilschen.

Sie bekam schrecklichen Hunger. Sie begegnete einer Frau mit einem Tablett voll Weizenbroten unter einem Stück Tuch. Sharinas Magen zog sich bei dem Geruch nach frischem Brot sehnsüchtig zusammen.

Die Straßen waren kurvenreich. Diese Stadt war nach den Wegen gebaut worden, die Schafe nahmen, wenn sie zum Markt gingen, oder von Menschen, die ebensowenig Verständnis für gerade Linien hatten wie Schafe. Die breitere Straße, auf der Sharina zunächst gegangen war, verzweigte sich in zwei Gassen, die so eng waren, daß die Frauen, die sich von den Balkonen im ersten Stock über die Straße hinweg miteinander unterhielten, einander die Hände hätten reichen können. Sharina bog nach links ab.

In den Läden im Erdgeschoß der Häuser hier wurden Töpferwaren verkauft. Es waren nützliche Dinge, aber nicht einmal so gut wie die salzglasierten Töpferwaren aus Dashens Dorf, das auf Haft an der Straße von Barcas Weiler nach Carcosa lag. Die Formen waren primitiv, und die rasch aufgepinselte Dekoration fügte zwar Farbe, aber keine Schönheit zu dem beigen Feld hinzu.

Manchmal warfen die Leute Sharina Blicke zu. Sie war größer als die meisten hier, sowohl Männer als auch Frauen, und ihr langes, blondes Haar war bei diesem dunkelhaarigen Volk mit bräunlicher Haut eine Ausnahme.

Dasselbe hatte auch für Barcas Weiler gegolten. Die Leute zu Hause hatten allerdings achtzehn Jahre gehabt, um sich an Sharinas Aussehen zu gewöhnen. Dennoch hatte niemand hier bei ihrem Anblick aufgeschrien, und Sharina glaubte nicht, daß sie bei dem Versuch, sich verständlich zu machen, Schwierigkeiten haben würde.

Sie wartete, bis sie zu einer Kreuzung kam, wo drei Straßen aufeinander stießen und eine vierte ein paar Schritte entfernt von der breitesten abzweigte. An einer Ecke hatte ein Arzt seine Bude aufgestellt. Seine Werkzeuge und Arzneien befanden sich auf der Theke vor ihm: Arzneikrüge aus Steingut und eine Reihe von Operationswerkzeugen. Die Klingen waren aus Eisen, hatten aber vergoldete und silberne Verzierungen an den Bronzegriffen, um mit ihrem Aufblitzen Kunden an-zu-locken.

Im Hintergrund der Arztbude hing ein Geschöpf, wie Sharina es noch nie zuvor gesehen hatte. Es hatte Form und Krallen eines Skorpions, aber seine unzähligen Beine waren flache Paddel, und sein Körper war insgesamt sechs Fuß lang. Sharina nahm an, daß dieses Tier vor allem geeignet war, Neugierige anzulocken, und nicht zu den Arzneien gehörte.

Der Doktor war gerade damit fertig, ein Stück Kupfer zu wiegen, das er dafür erhalten hatte, eine Salbe auf die nässenden Wunden eines Mannes mit Himbeerseuche zu streichen. Er wischte soeben den Spatel mit einer Handvoll Stroh ab, das er dann auf die Straße warf, als Sharina näher kam.

»Was kann ich für die reizende junge Dame tun?« fragte der

Arzt. Er kniff die Augen ein wenig zusammen. »Sollte es sich um eine vertrauliche Angelegenheit handeln, könnten wir ...«

»Ich brauche nur eine Information«, sagte Sharina und hoffte, ein Gespräch vermeiden zu können, das sie nur in Verlegenheit bringen würde. »Könnt Ihr mir sagen, wie ich zur Straße der Goldschmiede finde?«

»Ah«, sagte der Doktor und setzte sich wieder auf seinen Hocker. »Woher stammt denn die reizende junge Dame, wenn ich fragen darf?«

Sharina wäre gerne weitergegangen, aber das wäre vielleicht gefährlicher gewesen, als zu antworten. Sie wußte nicht, wo sie war, oder *wann*, obwohl die Menschen dieses Zeitalters zumindest Eisenwerkzeuge hatten.

»Ich komme von Ornifal«, sagte sie knapp. Ihr Blutsvater war ein Adliger von Ornifal gewesen, und ihr Aussehen schlug dieser Seite der Familie nach. Sie wandte sich ab und rief über die Schulter: »Ich hoffe, Ihr findet alle Kundschaft, die Eure Höflichkeit verdient.«

»Verzeiht, meine Dame«, sagte der Arzt. »Wenn Ihr der Reisiggasse ...«

Sharina drehte sich um; der Doktor zeigte auf eine der Gassen, die von der Kreuzung abzweigten.

»... bis zum nächsten Platz folgt, findet Ihr die Goldschmiede in der Straße zu Eurer Linken.«

»Danke«, sagte Sharina. Sie lächelte, aber es fühlte sich irgendwie steif an. Sie hatte selbst nicht gemerkt, wie nervös sie war, bis sie mit etwas so Unschuldigem wie der Neugier eines aufdringlichen Schwätzers konfrontiert worden war. Und selbstverständlich hatte sie Hunger.

Sie machte sich auf den Weg. »Ich wünsche Euch Glück bei all Euren Angelegenheiten, reizende Dame aus Ornifal«, rief der Doktor ihr hinterher.

Ein Brunnen mit einem niedrigen Rand und einem Steintrog, um die Tiere zu tränken, stand in der Mitte des Platzes. Gaukler hatten ihre Stände aufgebaut, wo die Straßen auf die kreisförmige, offene Fläche stießen.

Ein Mann sang und spielte ein Monochord, während ein Kind von sechs oder jünger neben ihm Diskant sang. Die Worte waren entweder unverständlich, oder die beiden benutzten ihre Stimmen als Instrumente. Auf der gegenüberliegenden Seite des Platzes jonglierte ein Mann mit Messern und schnappte dabei hin und wieder eines mit den Zähnen aus der Luft.

Sharina wandte sich nach links. Hier tanzte ein Vogel von Menschengröße. Daneben lag ein Stück Stoff, auf das Zuschauer ein paar fingerlange Eisenkeile geworfen hatten.

Sharina sah sich nach dem Besitzer des Tieres um. Ein kahler Bursche mit einer Lederschürze über dem Hemd war der einzige, der nicht nur einen Blick auf den Vogel warf und weiterging oder einfach nur weiterging. Er griff in den Geldbeutel an seinem Gürtel, tastete darin herum und ging dann rasch weiter, ohne etwas auf die Decke zu werfen.

Der Vogel war sein eigener Herr.

Trotz der Beschwerden ihres Magens blieb Sharina stehen und sah zu. Das Geschöpf bewegte sich mit der geschmeidigen Anmut einer Möwe über der Küste. Es hatte Arme, keine Flügel, obwohl sich die kurzen Glieder bogen wie Vogelflügel und nicht wie die eines Menschen oder eines Hundes. Es war mit feinen Daunen bedeckt wie ein Küken – obwohl diese Daunen von grauer und nicht gelblicher Farbe waren –, und es trug ein Geschirr aus groben Fasern, die wie Makrame geknotet waren.

Der Kopf des Vogels war etwas kleiner als der eines Menschen von entsprechender Größe: Das hier war tatsächlich kein Mensch, der ein schlau ausgedachtes Kostüm trug. Außerdem hätte vermutlich kein menschliches Wesen einen solchen Tanz vollführen können. Wiederholt sprang der Vogel in die Höhe und riß einen mit stumpfen Klauen besetzten Fuß zum Himmel, während der andere zu Boden zeigte.

Nur unwillig ging Sharina an dem Tanzvogel vorbei und die Reisiggasse entlang. Der Vogel achtete nicht auf sie. Er tanzte weiter, drehte den Körper langsam und unterbrach jede Folge zierlicher Schritte mit einem weiteren vertikalen Tritt.

In der Reihe auf der linken Seite der Straße befanden sich fünf Goldschmiede, jeder in seiner eigenen Bude. Sie standen der nackten Mauer eines Steingebäudes gegenüber, bei dem es sich nach dem Giebel, den Sharina über die anderen Dächer hinweg von weitem gesehen hatte, um einen Tempel handeln mußte.

Die Buden waren nach vorne geöffnet, aber ein kräftiger Wachtposten mit blankem Schwert oder einer glitzernden Axt stand auf der Straßenseite einer jeden. Die Schmiede saßen auf ihren Truhen hinter einem Tisch, gegenüber einem Elfenbeinhocker für den Kunden. Auf der rechten Vorderseite jeder Bude befand sich ein winziger Schrein.

Ein brusthoher Vorhang war über die Vorderfront einer Bude gezogen, um der Transaktion darin, bei der es sich vermutlich eher um eine Verpfändung als um einen Kauf handelte, mehr Verschwiegenheit zu verleihen. Eine Zofe wartete auf der Straße neben dem Wachmann und versuchte unbeteiligt dreinzuschauen, wenn sie nicht gerade damit beschäftigt war, die Hände zu ringen.

Sharina betrachtete die Schmiede, die im Augenblick frei waren. Drei von ihnen begegneten ihrem Blick mit kühler Berufsmäßigkeit. Der letzte zog fragend die Braue hoch. Sein Leibwächter war ordentlich gekleidet, wenn auch nicht so aufwendig wie die seiner Nachbarn, und sein Schrein enthielt nur eine einfache Elfenbeinplakette des Hirten, im Gegensatz zu vergoldeten, edelsteinbesetzten Statuen der Herrin des Glücks wie bei den anderen.

Sharina betete im allgemeinen zur Herrin, aber es war mehr als der Gedanke an Cashel, der sie zu der Bude mit dem Mann mit dem Hirten gehen ließ. Sein Leibwächter nickte ihr höflich zu, aber der Blick wurde unfreundlicher, als er bemerkte, wie sich das Pewlemesser unter Sharinas Umhang abzeichnete. Statt den Vorhang hinter Sharina zuzuziehen, betrat er die Bude zusammen mit ihr.

Der Goldschmied erhob sich von seiner Truhe und warf dem Mann einen fragenden Blick zu. Sharina sagte: »Euer Mann hier macht sich Sorgen, weil ich ein Messer habe. Wenn das Euch ebenfalls beunruhigt, kann ich anderswohin gehen.«

Der Goldschmied lächelte dünn. »Danke, Tilar«, sagte er zu dem Wächter, »aber ich glaube, du kannst die Dame und mich uns selbst überlassen. Es ist verständlich, daß jemand mit wertvollem Besitz Maßnahmen ergreift, um sich zu schützen.«

Zu Sharina gewandt fuhr er fort: »Ich bin Milco aus Rasoc, meine Dame.« Er wies auf den Hocker.

Der Leibwächter ging wieder nach draußen und zog den Vorhang zu. Durch das Holzgitter der Decke fiel immer noch viel Licht herein.

Sharina setzte sich hin und überlegte dabei sorgfältig ihre nächsten Worte. Die Menschen hier fügten ihrem Namen nicht den Vatersnamen an, wie es auf den Inseln zu ihrer Zeit allgemein der Brauch war.

»Ich heiße Sharina«, sagte sie. Milco war dünn, alt und sehr präzise, und seinem Blick entging nichts. »Ich habe ein Erbstück, das ich verkaufen muß.«

Der Goldschmied lächelte mit dem Mund, aber nicht mit den Augen. »Da Ihr mir fremd seid, meine Dame ...« – sowohl Sharinas Akzent als auch ihr Aussehen allein hätten ihm das mitgeteilt –, »... muß ich Euch, ohne Euch zu nahe treten zu wollen, mitteilen, daß ich diesen Gegenstand nicht einmal sehen will, falls Ihr ihn Euch unrechtmäßig verschafft habt. Keiner der Händler hier würde das wollen. Ich muß außerdem erwähnen, daß die Chancen, daß ich oder meine Kollegen nicht wissen, was in Valhocca oder Umgebung gestohlen wurde, geringer sind als das Risiko für einen Dieb, uns einen solchen Gegenstand zu zeigen.«

Sharina lächelte. *Sehr klug.* »Ich weiß Eure Offenheit zu schätzen«, sagte sie. »Der Gegenstand, um den es geht, wurde mir von seinem Besitzer übergeben, damit ich ihn verkaufe. Aber bevor wir uns um Einzelheiten kümmern, dürfte ich Euch vielleicht fragen, wie Eure Haltung gegenüber der Religion ist?«

Sie hatte in Epen über das silberne Zeitalter von Valhocca gehört; von jener Epoche, die der tausendjährigen Herrschaft des Gelben Königs folgte; in den geographischen Schriften der Autoren des alten Königreichs kam die Stadt nicht vor. Valhocca war die Hauptstadt der Seeherren von Cordin gewesen.

Alles, was man über diese Seeherren erfuhr, war mythischer Natur. Aber diese Stadt war echt genug, und es war nichts Unmögliches an einem uralten Königreich, das die südlichen Inseln vereinigt hatte, Jahrtausende bevor König Lorcan den ganzen Archipel zusammenschweißte.

Wenn es Valhocca wirklich gab, dann mußte sich Sharina fragen, ob auch die Geschichten von der Zerstörung der Stadt der Wahrheit entsprachen. Angeblich hatte der letzte und größte Seeherr, Mantys, einen Zauberer hinrichten lassen und seine Leiche ins Meer geworfen. Der Zauberer war mit einer Armee von Meeresdämonen zurückgekehrt, die durch die Straßen trieben wie schwebende Quallen. Sie hatten alle verbrannt, denen sie begegneten, und mit ihren Tentakeln Gebäude niedergerissen.

Das waren selbstverständlich alles Legenden. Der Philosoph Brancome behauptete, diese Geschichten in alten serianischen Aufzeichnungen gefunden zu haben, aber viele dachten, er hätte sie erfunden, um seiner Theorie über göttliche Vergeltung ein weiteres Argument hinzuzufügen.

Sharina hatte ohnehin nicht vor, sich lange in Valhocca aufzuhalten. Mit einigem Glück würde sie nie erfahren, wieviel Wahrheit in Brancomes Geschichte lag.

Milco wies mit dem Kinn auf das Elfenbeinblättchen, das den Hirten und zwei Ziegen zeigte. »Ich bete zum Hirten«, sagte er. »Viele von uns in Rasoc tun das, obwohl in der Stadt hier mehr zur Herrin beten.«

»Ich selbst bete auch in erster Linie zur Herrin«, sagte Sharina, »aber es geht mir eher darum, wie Ihr Dingen gegenübersteht, die etwas mit anderen Religionen älterer Zeiten zu tun haben.«

Die Siedler, die sie in die Stadt des Drachen gejagt hatten, hatten auf etwas Übernatürliches reagiert. Sharina hoffte, daß ihre Abkömmlinge, die Bewohner von Valhocca, den Drachen nicht ähnlich betrachteten. Wenn das der Fall war, würde sie die Brustplatte mit Steinen bis zur Unkenntlichkeit hämmern müssen, bevor sie versuchte sie zu verkaufen.

»Ah«, sagte Milco und nickte voller Verständnis. »Falls Ihr in alten Grabmälern gewühlt habt, nun ... es gibt unterschiedliche Haltungen zu diesem Thema, aber ich denke, wenn Menschen der Erde einen Gegenstand zurückgeben, dann ist der, der ihn wieder entdeckt, nicht schuldiger als jener, der einmal das Erz zu seiner Herstellung ausgegraben hat. Ihr habt allerdings recht, die Möglichkeiten vorher anzusprechen.«

Sharina schob ihren Umhang zurück. Sie zupfte am Halsausschnitt ihres Hemdes und fischte mit einer Hand die Brustplatte heraus. Sie legte sie, noch warm von ihrem Körper, auf den leeren Tisch zwischen sich und dem Goldschmied.

Milco riß die Augen ein wenig weiter auf, als er die Größe des Pewlemessers bemerkte. »Ich habe Tilar unrecht getan«, sagte er. »Ich konnte mir nicht vorstellen, weshalb er sich Sorgen macht, nur weil eine Dame einen Dolch trägt, um sich zu schützen.«

»Es gehörte einem Freund«, sagte Sharina. Es tat immer noch weh, sich an Nonnus zu erinnern. Sie legte die dünne Goldplatte mitten auf den Tisch. »Ich trage es zur Erinnerung an ihn.«

Und um es zu benutzen, falls es notwendig würde. Wie sie es in der Vergangenheit benutzt hatte.

Milco nickte zerstreut, aber er hatte seine ganze Aufmerksamkeit auf die Goldplatte konzentriert. »Darf ich?« fragte er und griff nach der Platte, nachdem Sharina es ihm mit einer Geste gestattet hatte.

»Ein wunderschönes Exemplar«, erklärte Milco, hielt die Platte an den Kanten und drehte sie im Licht. »Gold läuft selbstverständlich nicht an, aber ich hätte immer noch eine gewisse Verfärbung von Schmutz erwartet, der auf dem Stück lag.«

Sharina zuckte die Achseln, dann lächelte sie, um ihre Weigerung, mehr zu sagen als die Goldplatte selbst, etwas freundlicher zu machen.

Milco nahm eine zierliche Waage aus dem Regal hinter sich und hängte sie an einer langen Kupferkette an einen Deckenhaken. Als nächstes holte er Goldgewichte, auf die Bilder von Dämonen geprägt waren, aus seiner Truhe und wog drei von ihnen gegen die Platte ab. Um die beiden Waagschalen ins Gleichgewicht zu bringen, rückte er den Querbalken um eine Kerbe zurecht.

Sharina wartete ruhig, während Milco arbeitete. Der Goldschmied tat dies ohne Eile, aber dennoch rasch; er verschwendete keine Bewegung. Als er fertig war, zog er ein kleines

Messer aus dem Ärmel und kerbte damit einen Zählstock aus Weidenholz ein.

»Ich hoffe, es beleidigt Euch nicht, wenn ich das Stück nach Legierungen überprüfe?« fragte er. Er zog die Brauen hoch. »Manchmal kann der Glanz trügerisch sein.«

»Tut das nur«, sagte Sharina. »Ich habe selbst keine Ahnung, wie rein das Gold ist.«

Milco nahm von demselben Regal einen Gegenstand, den Sharina für eine Mischschale für Wein gehalten hatte. Sie war von erheblich besserer Qualität als die Töpferwaren, an denen Sharina auf dem Weg zu den Goldschmieden vorbeigekommen war. Sie war bereits halb mit klarem Wasser gefüllt.

Auf der Innenseite des Gefäßes war eine erstaunlich detaillierte Harpyie aufgemalt. Die Spitzen ihrer ausgebreiteten Flügel berührten den Rand, so daß die Enden der Federn eine Reihe winziger Kerben an den Seiten bildeten.

Milco ließ die Brustplatte mit großer Vorsicht ins Wasser gleiten. Sharina stand auf und spähte mit ihm in das Gefäß, obwohl sie nicht die geringste Ahnung hatte, worauf sie achten sollte.

Milco schüttelte in erfreutem Staunen den Kopf. Er zeigte, wohin sich das Wasser vor den Harpyienflügeln gehoben hatte – genau bis an die Spitze einer Feder auf dem einen und halb zwischen zweien am anderen Flügel.

»Vollkommen rein«, sagte er. »Ich hatte das schon angenommen, nach der Art, wie es sich anfühlte. Ich härte meine Gewichte mit Kupfer. Metall so weich wie das Eure kann nicht berührt werden, ohne daß man seinen Wert verringert.«

Er stellte das Gefäß auf einer Seite des Tisches ab, setzte sich wieder hin und bat auch Sharina, sich wieder auf den Hocker zu setzen.

»Damit bleibt nur noch die Frage, wie Ihr fortfahren wollt«, sagte Milco. »Wie Ihr schon angesprochen habt, gibt es Elemente in unserer Gesellschaft, die sich durch diesen Gegenstand gestört fühlen würden. Genügend, um gegen den Besitzer gewalttätig zu werden.« Mit einem winzigen Lächeln fügte Milco hinzu: »Zumindest werden sie es versuchen. Ich wäre nicht gerne die Person, die Euch angreift, meine Dame. Aber das ist nur eine Seite der Angelegenheit. Es gibt andere, die eine beträchtliche Summe zahlen würden, um sich in den Besitz eines solchen Gegenstandes zu setzen, ganz gleich aus welchem Material er besteht.«

»Sammler?« fragte Sharina. Aber sie glaubte nicht, daß Milco von Sammlern sprach.

»Eine Art von Sammlern«, erwiderte der Goldschmied. »Wie Ihr bereits bemerkt habt, hat der Gegenstand eine religiöse Bedeutung. Ich könnte diskrete Anfragen durchführen, wenn Ihr wollt; einige von ihnen im Palast selbst. Der Verkaufswert würde dadurch erheblich höher als der reine Metallwert des Gegenstandes.«

Sharina zuckte die Achseln. »Nein danke«, sagte sie. »Ich werde es Euch zum Metallwert verkaufen.«

Milco nickte. Er hakte die erste Waage ab und ersetzte sie durch eine andere, deren Gegengewichtsarm viel länger war als der für die Schale mit den zu wiegenden Gegenständen.

Der Goldschmied hätte ihr wahrscheinlich einen Vorschuß für etwas zu essen gegeben, aber Sharina hatte nicht die Zeit zu warten, bis er vorsichtige Fühler zu jenen ausgestreckt hatte, die sich insgeheim für Dämonenanbetung interessierten. Zumindest glaubte sie, die Zeit nicht zu haben. Es war durchaus möglich, daß sie Monate oder Jahre in Valhocca bleiben mußte, bevor der Drache sie auf die nächste Etappe ihrer Reise schickte – oder bevor ihre Freunde sie retteten. Sie dachte an Cashel, der zu ihr kommen würde, ganz gleich, was ihm im Weg stand.

Während sie wartete, mußte Sharina lächeln, als sie sich

vorstellte, daß die Bürger von Valhocca insgeheim den Drachen anbeteten. Er war kein Gott und nicht einmal ein Dämon – obwohl es sie nicht wundern würde zu erfahren, daß der Drache dämonische Kräfte hatte. Sharina bezweifelte allerdings, daß Gebete nutzen würden, ihn zur Hilfe zu rufen.

»Da Ihr eine Fremde seid«, erklärte Milco, nachdem er drei Golddämonen in die Schale seines Gegengewichts gelegt hatte, »sollte ich erwähnen, daß wir zwanzig Silbergewichte gegen ein goldenes austauschen, und zwölf Kupfer für ein Silberstück. Eisen gegen Kupfer ist zehn zu eins.«

»Welche Münzen benutzt Ihr hier?« fragte Sharina. Sie hatte die kleinen Eisenkeile gesehen, die die Leute den Gauklern zuwarfen, und einmal einen Brocken Kupfer, mit dem jemand in einer Bude bezahlte, an der sie vorbeigekommen war, aber kein richtiges Geld.

»Münzen?« wiederholte Milco ein Wort, das für ihn offensichtlich keine Bedeutung hatte.

Sharina erkannte ihren Fehler. Nun, der Goldschmied wußte bereits, daß sie von weit her kam – obwohl er vermutlich davon ausging, daß die Entfernung eher eine räumliche als eine zeitliche *und* räumliche war.

»In meinem Land«, sagte Sharina, »prägt der Herrscher sein Gesicht auf Metall eines gewissen Gewichts und einer gewissen Reinheit, so daß es nicht jedesmal gewogen werden muß.«

Milco lächelte dünn. »Ihr seid ein sehr vertrauensseliges Volk«, sagte er und begann, kleine Silberbarren in die Waagschale zu zählen. »Wenn mir einer meiner Kollegen hier Silber anböte, wäre ich sicher, daß ihre Gewichte korrekt sind – aber ich würde trotzdem nachwiegen. Und wenn der Barren von Lord Mutums käme, würde ich ihn erst einkerben, um mich zu überzeugen, daß es kein Blei unter einer Silberschicht ist.«

Sharina lachte. »Jedes Land hat andere Bräuche«, sagte sie.

»Obwohl Ihr nicht vergessen solltet, daß das Gesicht des Herrschers einem Kaufmann nur zeigt, was das Metall *ist*; welchen Wert er ihm zuschreibt, ist etwas anderes. Historiker sagen, daß die Münzen einiger Herrscher nur zum Wert von Blei gehandelt wurden.«

Milco zeigte auf die Waage; das Gegengewicht hing ein wenig niedriger als die Schale mit dem Silber. Der Goldschmied nahm eine dritte, viel kleinere Waage vom Regal und stellte sie auf den Tisch. Er plazierte das kleine silberne Abbild eines Schweins ins Gegengewicht und legte Kupferstreifen in die Waagschale.

Sharina runzelte die Stirn. Das Silber wog mindestens vier Pfund und hatte außerdem beträchtlichen Umfang. Die feste Lederbörse, die zu dem Gürtel des Pewlemessers gehörte, würde eine solche Menge aufnehmen, aber es würde eine unangenehme Last werden.

Nicht so unangenehm allerdings, wie zu hungern. Sie grinste und fragte sich, wieviel ein Essen in Valhocca kostete.

Milco nahm das Silber von der hängenden Waagschale und fügte drei Kupferstreifen und vier Eisenkeile hinzu. Silber und Kupfer hatten Stempel – manchmal mehrere – mit dem Zeichen jedes Goldschmieds, durch dessen Hände sie gegangen waren, und eine Reihe von Kreisen und Punkten, um das Gewicht anzuzeigen.

Nun griff Milco abermals in seine Truhe und holte zwei weitere Silberbarren heraus, einen großen und ein Stück, das etwa ein Fünftel der Größe des ersten hatte. Er fügte sie dem Stapel hinzu.

»Ich gebe Euch eine zusätzliche Prämie zum Metallwert«, sagte der Goldschmied. Nun lächelte er mit Mund *und* Augen – geringfügig. »Wenn ich dieses Artefakt in seiner gegenwärtigen Form verkaufen kann, werde ich immer noch beträchtlichen Profit machen.«

Statt das Metall sofort an sich zu nehmen, sagte Sharina: »Das müßt Ihr nicht. Wir haben einen Handel abgeschlossen.«

»Das haben wir«, stimmte Milco zu. »Vielleicht werden mich die Götter ja in der Zukunft begünstigen, weil ich eine Fremde nicht ausgenutzt habe.«

Er lachte. Dann fügte er hinzu: »Außerdem glaube ich Euch, wenn Ihr sagt, daß der Besitzer des Gegenstandes« – die Brustplatte war in der Truhe verschwunden, sobald er sie von der Waage genommen hatte – »ihn Euch zum Verkauf übergeben hat. Ich bete, wie ich sagte, zum Hirten. Aber ich möchte auf keinen Fall die Persönlichkeit, der dieser Gegenstand gehört hat, gegen mich aufbringen.«

»Ich verstehe«, sagte Sharina. Sie begann, das Silber in ihre Lederbörse zu packen. Kupfer und Eisen würden in den Brokatbeutel passen, den sie in ihrem linken Ärmel trug.

Sie erinnerte sich an den Tonfall des Drachen, als er von jenen sprach, die seine Leiche zu Zwecken ihrer eigenen Zauberei benutzten. Sie bedachte Milco mit einem angespannten Lächeln und sagte: »Ja, ich denke, das zeigt nur Euer gutes Urteilsvermögen.«

2

W*ir krochen leise ins Kinderzimmer«*, sang Elfin. Er zupfte die gedoppelten Saiten seiner Lyra mit knapper Präzision. Statt die vollständige Melodie zu spielen, deutete die Lyra nur die musikalischen Höhepunkte an, während der junge Mann die gesamte Last mit seiner silbernen Stimme trug. *»Und als sie einschlief, fielen wir über die Kinderfrau her.«*

Die vom Volk lachten, und es klang wie das helle Plätschern von Bachwasser. Sie schwatzten untereinander, während sie Cashel an den hohen Bäumen vorbeiführten. Hin und wieder schaute einer über die Schulter zurück zu ihrem Gast; dann lachten sie alle lauter.

»Silbern waren die Drähte, mit denen wir ihre Lippen zunähten«, sang Elfin, *»golden die Nägel, die wir durch ihre Handgelenke trieben.«*

Er hatte eine reizende Stimme, so hoch und rein wie die Sänger, die Cashel gehört hatte, als Garric zum ersten Mal im Palast ein Bankett gegeben hatte. Als Garric erfahren hatte, wie es kam, daß erwachsene Männer auf diese Weise singen, hatte er sie mit einer Pension davongeschickt ... nicht, daß irgend etwas wieder anwachsen würde, weil Prinz Garric keine Eunuchen mehr singen hören wollte.

Cashel warf einen mißtrauischen Seitenblick auf Elfin. Der Stoff des Gewandes des jungen Mannes war fließend, aber man konnte nicht hindurchsehen. Elfin kam ihm bis auf seine Stimme allerdings ziemlich normal vor.

»Kunstvoll pflückten wir die Augen«, sang Elfin. *»In Gold gefaßt, tragen wir sie als heiligen Schmuck.«*

»Mögt Ihr unsere Musik, Meister Cashel?« fragte Wella.

Wenn der König des Volkes lächelte, zuckte seine Zungenspitze so rasch wie ein Fliegenflügel über die Lippen.

»Elfin ist großartig«, sagte Cashel. »Mein Freund Garric spielt Flöte, aber das hier ist viel besser.«

Dann kam ihm ein Gedanke, und er runzelte die Stirn. »Ich weiß allerdings nicht, ob die Schafe es mögen würden«, fügte er hinzu. »Wenn Garric Flöte spielt, schlafen sie sogar mitten im Gewitter ein.«

Wella blinzelte, aber es waren nicht seine normalen Lider, die sich bewegten: Eine klare Membran glitt von einer Seite zur anderen über jedes Auge. Cashel hatte so etwas bisher nur bei Schlangen gesehen.

»In ihre Nase schoben wir unsere Zangen«, sang Elfin. *»Zangen aus Gold, um ihr Hirn zu holen.«*

Das Volk hatte Cashel über eine aus Weiden geflochtene Brücke über einen Fluß geführt. Das Holz wuchs immer noch; schmale grüne Blätter verbargen das Flechtwerk halb. Die Bäume auf der anderen Seite des Wassers waren alle groß und breit, ebenso wie hoch, aber die weiße Eiche direkt vor ihnen war der größte Baum, den Cashel je gesehen hatte. Es war, als käme man auf eine Lichtung, obwohl die Äste ein Dach bildeten.

Cashel runzelte leicht die Stirn. Die Eiche war ein Wolfsbaum und beanspruchte Boden, der ein Dutzend normale Bäume ernährt hätte. Zu Hause hätte man sie schon vor Generationen gefällt und ein Dutzend Eicheln an ihrer Stelle gepflanzt.

Aber das hier war nicht der Gemeindewald von Barcas Weiler. Das Volk hatte hier nichts anderes als Wald, also nahm Cashel an, daß sie nicht darüber nachdenken mußten, wie sie die Bäume am besten nutzten.

»Seid willkommen beim König des Waldes, Meister Cashel«, sagte Wella über seine Schulter. »Das hier ist das Zuhause des

Volkes. Wir werden Euch angemessen unterhalten, lieber Gast.«

Elfin hatte aufgehört zu singen; er hatte die Lyra unter den Arm geklemmt. Er warf Cashel einen nervösen, zornigen Blick zu. Cashel konnte sich nicht vorstellen, was der Junge gegen ihn haben sollte. Elfin benahm sich wie ein Hund, dessen Herr ihn schlug, wenn er betrunken war.

»Ich freue mich, hier zu sein«, sagte Cashel, weil seine Gastgeber erwarteten, daß er so etwas sagte. Sie zwitscherten wie ein Schwalbenschwarm, als sie ihn auf eine Spalte in dem Eichenstamm zuführten.

Cashel hätte sich nicht beschweren können, daß sie unfreundlich waren, vielleicht mit Ausnahme von Elfin, aber sie würden ihm zweifellos auf die Nerven gehen, wenn er längere Zeit hierbleiben müßte. Er wäre sogar lieber wieder bei Hof in Valles gewesen. Obwohl es tatsächlich eine Menge Ähnlichkeiten zwischen dem Volk und den Höflingen dort gab.

Cashel hob die Faust an die Wange, als riebe er sich das Kinn, und murmelte: »Krias, sind wir noch auf dem richtigen Weg?«

Elfin starrte Cashel an mit einem Ausdruck von ... nun, es war etwas anderes als Haß. Sehnsucht? Zweifellos Neid.

»Wir sind auf dem Weg, den du gehst, du Dummkopf«, erwiderte der Dämon. »Was den Weg zu Landures Haus angeht – das wäre schon der richtige, Schafsjunge, wenn du hier jemals wieder rauskommen würdest.«

Krias' knarzende kleine Stimme war so verschieden von Elfins Gesang, wie es nur sein konnte. Das Komische dabei war nur, daß Cashel den Dämon jetzt eigentlich recht *gern* hörte. Es war wie ein Bissen gesalzenen Fleisches nach zuviel Honig.

Das Volk wußte von Krias, soviel war sicher. Einer nach dem anderen schlüpften sie durch die Öffnung in den großen

Baumstamm. Jeder warf, bevor er das tat, einen Blick auf den Ring. Sie hatten schmale Augen, mit der Ausnahme von Elfin.

Es störte Cashel – es war wie eine Art Kribbeln in seinem Geist –, daß der Ringdämon aufgehört hatte, seine übliche Litanei von Beleidigungen und Beschwerden von sich zu geben, als sich Cashel aufgemacht hatte, dem Volk zu folgen. Cashel ließ sich nicht gerne beleidigen, aber es störte ihn auch nicht sonderlich. Das war immer so gewesen, und es war gut so, da er arm aufgewachsen war und, nun ja, nicht so klug war wie die meisten Leute.

In Wahrheit hatte er sich an Krias' Murren gewöhnt. Cashel war hier von vielen Dingen umgeben, die neu und beunruhigend waren; es wäre ihm ganz recht gewesen, wenn zumindest der Dämon derselbe geblieben wäre. Nun, er hatte immer noch seinen eisenbeschlagenen Stock ...

»Tretet ein, geehrter Gast«, sagte Cashel und zeigte auf die Spalte im Baum. »Betretet das Zuhause des Volkes, lieber Cashel.«

»Es ist nicht groß genug für ...«, begann Cashel und hielt inne, denn nun war es groß genug. Es würde immer noch eng werden, aber zuvor war die Öffnung für jene vom Volk, die Cashel vorausgegangen waren, eng gewesen, und keiner von ihnen war auch nur halb so breit oder so groß wie er.

»Tretet ein, damit das Volk Euch unterhalten kann«, sagte Wella. Cashel hielt seinen Stock vor sich und betrat hinter ihm die Höhlung des Königs des Waldes.

Was immer sich hinter dem Riß in der Rinde befinden mochte, es war nicht die Innenseite eines Baums. Sicher, die Eiche war riesig, aber dieser Raum war noch größer, und seine Wände schienen aus farbigem Wachs zu bestehen. Cashel trat zur Seite, um den Eingang freizugeben, und berührte die Oberfläche mit der linken Hand. Sie war warm, aber hart wie Stein.

Die grünliche Beleuchtung des Raumes kam von innerhalb der Wände. Es war kein besonders helles Licht, aber Cashel konnte die Knochen durch die Haut seiner Finger sehen, wenn er die Mauer berührte. Der Ring war eine scharf gezeichnete, schwarze Leere.

Unter der hohen Kuppel der Halle stand ein Tisch von Hufeisenform, der außen von hochlehnigen Stühlen umgeben war. Der einzige Platz innen im Hufeisen war ein Hocker, der einem Thron aus Gold und Elfenbein gegenüberstand.

Wella schlüpfte hinter Cashel herein, der letzte vom Volk, der diese Kammer betrat. Ein Ausdruck von Triumph veränderte das Gesicht des Königs. »Elfin«, sagte er, »führe unseren Gast zum Ehrenplatz.«

Elfin nahm Cashel bei der linken Hand. »Kommt«, sagte er. »Kommt.«

Die Stimme des jungen Mannes klang wie ein weit entferntes Windglockenspiel. Als er Cashel zu dem Hocker gegenüber von König Wellas Thron führte, schlichen sich seine Finger über Cashels Handfläche, beinahe bis zu dem Ring. Elfin warf Cashel einen Seitenblick zu, wie ein Kaninchen eine Schlange ansieht.

Das Volk setzte sich an die Außenseite des Hufeisenbogens und bewegte sich dabei wie Disteldornen auf einer leichten Brise. Ihre Gewänder flossen wie ein Bach über Felsen, jedes nun von eigener Farbe, statt der des Lichts aus den Wänden. Gold, Beige, Blau – alle möglichen Farben. Alle von ihnen veränderten sich, nur Wellas Gewand behielt sein feuriges Rot mit metallischem Schimmer.

Ein schrilles Geräusch erfüllte die Halle, aber es war beinahe zu leise, um es hören zu können. Cashel hätte nicht sagen können, wo es herkam, oder ob er tatsächlich Musik oder Insekten zirpen hörte.

Es war, als säße man im Frühsommer an einem Waldrand, wenn die Wiesen und Bäume blühten und glitzernde Bienen zwischen den Blüten hin und her schossen. Elfin allein war schlicht gekleidet; sein Gewand war grün, und das Licht warf dieselbe kränkliche Farbe auf das Gesicht des jungen Mannes.

Cashel setzte sich. Der Hocker hielt seinem Gewicht stand, obwohl er ihn knarren hörte. Er bestand nicht aus gebleichter Eiche, wie er erst geglaubt hatte. Jemand hatte ihn aus Knochen geschnitzt. Der Schreiner hatte kleine Stücke so zusammengesetzt, daß nur die unterschiedlichen Strukturen von Rippe und Schulterblatt und Markknochen die Übergänge sichtbar machten.

Es war ein schönes Stück Handwerksarbeit, aber es gefiel Cashel nicht besonders. Schafsknochen, dachte er. Es mußten einfach Schafsknochen sein.

Die vom Volk hatten ihre Waffen an Haken an der Wand gehängt, als sie hereingegangen waren. Dort hingen bereits Schilde, gebogen wie Halbmonde, die offenbar aus Metall bestanden. Daneben waren goldene Speere befestigt.

Elfin wich gegen die Wand zurück. Auf beiden Seiten war kein Platz mehr für ihn frei. Cashel war nicht sicher, wie viele vom Volk anwesend waren. Zwei doppelte Handvoll, nahm er an, aber die Anzahl von Stühlen und Leuten schien sich jedesmal zu verändern, wenn er wieder hinschaute. Einer vom Volk trat aus der Wand heraus und hatte ein Tablett mit dampfendem Fleisch darauf in den Händen. Cashel wußte nicht, ob dieser Diener zu denen gehörte, die er zuvor schon gesehen hatte, oder ob es noch mehr vom Volk gab, als sich in diesem Raum aufhielten. Ihre Gewänder veränderten die Farbe, obwohl sie das niemals genau dann taten, wenn er einen seiner Gastgeber ansah.

Der Diener stellte das Tablett vor Wella ab und trat zurück, verschwand wieder in der Wand oder setzte sich zu seinen Genossen an den Tisch – das hätte Cashel nicht genau sagen können. Der König kam auf die Beine. Er griff nach einem Streifen Fleisch, hob ihn hoch und knabberte an dem unteren Teil. Als Wella schluckte, fiel Cashel auf, daß seine Kehle sich dabei nicht bewegte.

Wella streckte die Hand über den Tisch und hielt Cashel den Rest des Fleischstücks hin. »Eßt mit uns, lieber Cashel«, sagte er.

Cashel hatte seinen Stock aufrecht zwischen die Beine geklemmt, aber auf diese Weise war er im Weg. Er legte ihn quer über die Knie und paßte auf, daß er nicht an den Tisch stieß, der ihn auf beiden Seiten umgab.

Er nahm das Fleisch entgegen. Es war immer noch heiß, aber kaum fettig. Nun kam eine Frau vom Volk aus der Wand, die einen Elfenbeinkelch mit Gold- und Silberverzierungen trug.

»Danke«, sagte Cashel. Er traute seinen Zähnen nicht zu, so säuberlich abzubeißen, wie der König es getan hatte, also steckte er sich das ganze Stück in den Mund. Er kaute sorgfältig, um sich nicht zu verbrennen.

Wella hob den Becher und trank. Er lächelte Cashel an. Der Becher war nicht aus Elfenbein. Unter all diesem Gold- und Silberfiligran befand sich ein Menschenschädel.

»Hast du schon herausgefunden, was das für ein Fleisch war, Schafsjunge?« sagte Krias.

Cashel spuckte das Fleisch aus, dann spuckte er abermals, um so viel von dem Saft aus seinem Mund zu bekommen, wie er noch nicht geschluckt hatte. Er stand auf und riß den Stab hoch, aber seine Gastgeber standen bereits.

Ihre Münder öffneten sich so weit, daß ihre Gesichter beinahe rissen. Sie hatten Zähne wie glitzernde Nadeln, drei Reihen von ihnen, die sich übereinanderschoben, wenn sie die Kiefer schlossen. Wellas Zunge schoß vor wie eine Peitsche und wickelte sich um Cashels rechtes Handgelenk. Sie war klebrig und so fest wie geflochtene Seide.

Cashel riß den Arm zurück und damit den König über den Tisch auf sich zu. Becher und Tablett fielen klappernd zu Boden, jeder in einem eigenen, verrückten Bogen. Eine weitere Zunge schlang sich um Cashels Hals. Eine dritte umfaßte seinen linken Oberschenkel – eine Handvoll, zwei Handvoll, die Zungen von allen vom Volk umgaben Cashel und zogen ihn gleichzeitig in alle Richtungen.

Cashel schrie. Eine Zunge wickelte sich um seinen Kopf und bedeckte seine Augen. Er ließ den Stock fallen und griff nach der Zunge, die ihn blendete, während die anderen an seinen Armen zerrten.

Cashel kämpfte mit aller Kraft gegen die kalte, elastische Fessel. Er konnte seine Augen befreien, aber selbst seine Kraft genügte nicht, um die Zunge in Stücke zu reißen. Das Volk zischte durch offene Mäuler, aber in dem Geräusch hörte Cashel Lachen.

»Eine Menge Leute, die einen Ring der Macht besitzen«, sagte Krias mit einer Stimme wie Moskitoflügel, »würden ihn vielleicht benutzen. Offensichtlich ziehst du es vor, statt dessen gefressen zu werden, *Herr.*«

»Dann tu etwas!« sagte Cashel. Die Zunge, die seine Kehle umwickelt hatte, zog sich fester. Aus dem Augenwinkel sah er, wie sein Stock von einem anderen Geschöpf weggeleckt wurde. Ein Eisenbeschlag berührte die Wand mit dem Aufblitzen blauen Feuers. Es blieb ein Flecken von Schwärze auf dem Grün, wie Mehltau auf einem Rosenblatt.

»Du mußt meinen Namen aussprechen!« rief der Dämon. »Du kannst mir nichts befehlen, ohne meinen Namen zu benutzen!«

»Tu etwas, Krias!« sagte Cashel und drehte seinen Oberkörper, um den Druck von seinem Hals zu nehmen. Das half nichts. Zumindest drei vom Volk versuchten, ihn zu erwürgen, während andere seine Arme und Beine ausreißen wollten wie die einer zerdrückten Küchenschabe. »Tu etwas, oder, bei Duzi, ich werde dich zu Pulver zerstampfen!« Cashels Haut kribbelte. Er versuchte, eine Hand um die Dreifachschlinge aus Fleisch zu zwingen, die ihn würgte, und fragte sich, ob das Brennen bedeutete, daß die Berührung des Volkes ihn auch vergiftete. Im Augenblick schien das recht unnötig zu sein, obwohl Cashel noch nicht aufgab.

Seine Haut *brannte.* Die Zungen, die ihn packten, schrumpften wie Schnecken auf einem heißen Stein. Das Volk schrie mit dem schrillen Entsetzen von Achsen in der Radnabe. Wellas Augen traten vor wie die eines Frosches. Die Haut des Königs wurde schwarz, und sein Rücken bog sich durch, als all seine Muskeln sich im Todeskrampf verzogen. Die Hitze war verschwunden. Cashel war schwindelig. Er saß auf dem Boden; er mußte gestürzt sein, während er mit dem Volk kämpfte. Er versuchte aufzustehen, dann setzte er sich wieder und zupfte die Zungen von sich wie Spinnweben.

Das Fleisch des Volkes war schwarz und geschrumpft; manchmal brachen Fetzen ab, wenn Cashel die Zungen abrollte. Die Berührung hinterließ klebrige Spuren auf seiner Haut; er würde sich unbedingt waschen müssen, sobald er Wasser fand.

Elfin stand noch an der Stelle, an die er sich zurückgezogen hatte, nachdem er Cashel zu seinem Platz geführt hatte. Die Finger des Jungen ruhten auf den Seiten seiner Lyra, aber er spielte nicht, und er sang auch nicht. Cashel konnte seine Miene nicht deuten.

»Danke, Krias«, sagte Cashel. Eigentlich krächzte er es; er hatte sich während des Kampfes wohl heiser geschrien.

»Es war wirklich nicht schlecht, wenn ich das sagen darf«, zirpte der Dämon. »Und gerade noch rechtzeitig. Es ist mir gleich, in wessen Suppentopf zu landest, aber ich möchte wirklich nicht für den Rest der Ewigkeit König Wella dienen.«

Cashels Haut kribbelte schlimmer als bei einem Sonnenbrand. Er betrachtete seinen Unterarm und erkannte, daß er das richtig wahrgenommen hatte: Die dünnen Härchen darauf waren verschwunden, als wäre er einem Feuer zu nahe gekommen. Er berührte die Stirn und bemerkte, daß auch seine Augenbrauen versengt waren.

Das Volk lag verstreut am Boden der Kammer, geschrumpft und tot. Nur das Gewand zeigte noch, wer der König gewesen war. Das schwärzliche Fleisch fiel von Knochen ab, die weniger menschlich wirkten, als die lebenden Wesen ausgesehen hatten.

Cashel fand seinen Stock an der gegenüberliegenden Wand. Er griff danach und ließ sich von der Berührung glatten Hickoryholzes an seinen Handflächen beruhigen.

Das Volk hatte es nicht besser verdient, aber was sie erhalten hatten, war etwas, das Cashel niemandem wünschen würde. Nun gut, es war vorüber, und er würde sich nicht über etwas beschweren, das es ihm ermöglichte, weiter nach Sharina zu suchen.

Das Licht in der Kammer wurde trüber. Die Wände hatten immer noch Farbe, aber es war das mürrische Glimmen einer Kohle, die bald verglüht.

»Ich möchte mich ja nicht in deine philosophischen Überlegungen einmischen, Herr«, sagte Krias, »aber der König des Waldes stirbt. Es liegt mir fern, dich davon abbringen zu wollen, falls du dich entschlossen hast, deine elende Existenz auf diese Weise zu beenden, aber solltest du *nicht* wollen, daß ein Baum auf dich fällt ...«

»Oh«, sagte Cashel. »Danke.«

Er hielt den Stock vor sich und drehte den Oberkörper nach

rechts, dann nach links, und arbeitete die Verspannungen aus den Schultermuskeln. Von Cashels Seite aus war es kein richtiger Kampf gewesen, mehr der Versuch, in einem Eisblock zu schwimmen, der ihn von allen Seiten packte und sich nicht bewegen wollte. Aber er hatte alles gegeben, was er konnte, das ließ sich nicht leugnen!

Die Eiche ächzte, als würde ein Sturm sie hin und her reißen. Sie würde nicht mehr lange stehen; und Cashel war der Ansicht, daß sie ohnehin schon länger gestanden hatte, als es gut war.

Er ging auf die Öffnung zu und fand sie größer, als er sie in Erinnerung hatte; verrottetes Holz bröckelte am Rand ab, wie es geschieht, wenn der Wind einen Ast von einer alten Ulme abreißt und das hohle Herz sichtbar wird.

Elfin blieb reglos stehen. Es war so dunkel, daß er ein Fleck vor dem feuchten Holz hätte sein können.

»Kommst du mit?« sagte Cashel.

Elfin sagte nichts, aber Cashel hörte die Lyra flüstern.

»Tu, was du willst!« sagte Cashel und ging in den Wald hinaus. Er fühlte sich schwach und zornig, und das rötliche Licht draußen hatte einen Schimmer, der seiner Seele keine Ruhe ließ.

Garric stieg auf das Dach von Alae hinaus. Selbst der Wind, der ihm nun heftig ins Gesicht blies, füllte seine Lungen nicht mit Luft. Er kam sich vor, als würde er mit Spinnennetzen ausgepeitscht, die zu fein waren, um sie sehen zu können.

Nahe dem Rand des Gebäudes, nach Westen hin so aufgestellt, daß man über die unfruchtbare Wüste hinwegschauen konnte, befand sich ein Saphirthron wie für einen Riesen. Im Augenblick saß ein Mensch normaler Größe darauf.

Das Dach war leer bis auf den Wind, den Thron und die Person darauf. Garric half Tenoctris die letzte Treppe nach oben. Sein Hemd flatterte, und sein Schwert schauderte in der Scheide.

»Er ist dort, glaube ich«, murmelte Garric und nickte zum Thron hin. »Jedenfalls ist irgendwer dort.«

Tenoctris lächelte, aber sie verschwendete ihren Atem nicht zum Sprechen. Zwischen den beiden jüngeren Freunden ging sie mit kleinen Schritten zum Thron.

Aus der Nähe wirkte er noch größer als von der Treppe her. Er paßte zu seiner Umgebung: der flachen Ebene des Dachs, dem Horizont hinter den halbverwehten Stadtgrenzen, der in alle Richtungen leer war, und einem Himmel voller glitzender, nicht blinkender Sterne.

»Lord Alman«, sagte Tenoctris mit überraschend fester Stimme. Von hier aus war nur der Kopf des sitzenden Mannes über die Kristallarmlehne des Throns sichtbar. »Wir kommen aus einer Zeit vor der Euren, um Euch um Eure Hilfe zu bitten, das Chaos aufzuhalten.«

Einen Augenblick lang geschah überhaupt nichts. Dann drehte sich der Mann auf dem Steinsitz so langsam wie eine Winterdämmerung um, um sie anzusehen. Er legte die Hand auf die Armlehne.

»Träume ich etwa?« fragte er. Seine Stimme war heiser von der trockenen Luft und vermutlich, weil er sie lange nicht mehr benutzt hatte.

Garric streckte den Arm aus, um Alman die Hand zu drücken. Die Knochen und Sehnen des Zauberers standen unter einen dünnen Schicht Haut vor. »Wir sind echt, Herr«, sagte er.

»So scheint es«, meinte Alman. »Oder ich habe vollkommen den Verstand verloren. Aber was auch immer, ich komme lieber zu Euch. Einen Augenblick bitte.«

Alman drehte sich um, dann stieg er langsam die drei hohen Stufen herab. Garric glaubte nicht, daß der Thron hier zur

Benutzung gedacht gewesen war; auf der anderen Seite stellte ein leerer Stuhl ein seltsames Denkmal dar.

»Ich hätte nicht geglaubt, daß jemand mich finden könnte«, sagte Alman und betrachtete seine Besucher mit einer Mischung aus Interesse und Staunen. Er war jünger, als Garric zunächst gedacht hatte: wahrscheinlich nicht älter als Reise. Almans Haar war schütter geworden, aber was noch verblieben war, wirkte beinahe schwarz. Seine Haut war trocken und vom Wind gegerbt, aber sein Gesicht war nicht so runzlig wie das von Tenoctris.

»Eure Macht bedeutete, daß Menschen trotz Eurer Zurückgezogenheit von Euch wissen«, sagte Tenoctris. »Dennoch wäre ich nicht imstande gewesen, Euch zu finden, und schon gar nicht Euch hier aufzusuchen, würde mein Zeitalter nicht von einer Krise heimgesucht.«

Sie wischte die nicht ganz richtige Äußerung mit einer knappen Geste weg. »Das Zeitalter, das ich nun als das meine bezeichne«, verbesserte sie sich.

Alman zuckte die Achseln. »Wir sollten vielleicht nach unten gehen«, sagte er. »Nun, da Ihr mich geweckt habt, habe ich Durst. Und ich denke, ich sollte auch etwas essen.«

Wenn Alman sich bewegte oder sprach, tat er das mit der Gebrechlichkeit der Uralten. Tenoctris war tatsächlich alt, aber das war nur eine Schwäche ihres Körpers: Ihr Intellekt und ihre Persönlichkeit waren so stark wie die einer Zwanzigjährigen. Alman hatte einen Fuß in einer anderen Welt. Alles rings um ihn her strahlte graue Mattigkeit aus. Mit gesenktem Kopf ging er zur Treppe. Garric ging voraus, wie schon auf dem Weg nach oben. Vom leeren Dach her drohte ihnen keine Gefahr. Wahrscheinlich lauerte auch unten nichts und niemand auf sie, aber Garric wußte auch ohne König Carus' zustimmendes Nicken, daß dies kein Ort war, an dem man unnötige Risiken eingehen sollte.

»Es gibt überhaupt keinen Ort für unnötige Risiken, Junge«, flüsterte der König in Garrics Kopf. *»Selbstverständlich gibt es auch keinen Platz für einen Anführer, der nicht bereit ist, Risiken einzugehen.«*

Garric dachte daran, Alman seinen Arm als Stütze anzubieten, aber dann dachte er, daß der Zauberer das vielleicht als Beleidigung auffassen würde. Immerhin hatte er die Treppe ohne Hilfe erklommen, und er ging hier zweifellos öfter auf und ab. »Wir sind gekommen, um uns die Linse von Rushila auszuleihen, Lord Alman«, sagte Tenoctris. »Ich sage ›leihen‹, aber es mag sein, daß ich nicht in der Lage bin, die Linse zu Euch zurückzubringen, falls ich Erfolg damit habe, unser Zeitalter von dem Übel zu befreien, das uns bedroht.«

Tenoctris hatte die Hälfte der Treppe hinter sich gebracht, die Hand auf Lianes Schulter. Die Stufen waren schmal, und das fehlende Geländer ließ selbst Garric unsicher werden. Es war kein guter Ort, um zu stolpern.

»Die Linse von Rushila?« sagte Alman nach einer so langen Pause, daß Garric schon nicht mehr an eine Antwort geglaubt hatte. »Ja, die habe ich. Ich glaube es zumindest. Ich weiß nicht mehr genau, was ich alles mit nach Alae gebracht habe.«

»Ein Zauberer hat ein Tor in unser Zeitalter geöffnet«, sagte Tenoctris, obwohl Alman nicht um eine Erklärung gebeten hatte. »Ich bin nicht stark genug, um ihn durch die üblichen Rituale zu erreichen. Mit der Linse könnte ich ihn sehen und eine bessere Vorstellung bekommen, was er vorhat.«

»Die Linse von Rushila«, wiederholte Alman leicht staunend. »Ich war so stolz, als ich den Felsen spaltete und sie zum ersten Mal ans Licht hielt, seit ...«

Er schüttelte den Kopf. »Vielleicht seit Anbeginn der Zeit«, meinte er. »Seit unsere Welt geschaffen wurde.«

Garric hatte den Boden erreicht und seufzte erleichtert. Die Treppe bebte wie das Herz eines Spatzen durch die Sohlen seiner Stiefel und vibrierte im Rhythmus des Windes. Die Spirale schien so solide wie an dem Tag, an dem sie gebaut wurde, aber ... nun, es war gut, wieder auf festem Boden zu stehen.

»Die Linse kam aus dem Auge eines Geschöpfs, das älter war als die Sterne«, sagte Alman. Er ging auf jenen Teil des Reliefs zu, wo Garric die gesammelten Lebensmittel gefunden hatte. »Rushila war zwar anwesend, hatte die Linse aber nie selbst gefunden. Ich allein war dazu in der Lage!«

Einen Augenblick lang sah Garric einen anderen Alman – einen Zauberer von unübertroffener Macht, arrogant in seiner Kunst. Seine Worte lockten Echos von der hohen Decke der Rotunde. Dann verging der Augenblick der Erinnerung und Alman, schwach von Entbehrungen und älter als seine Jahre, wurde von einem rasselnden Husten geschüttelt.

Garric streckte die Hand aus, um ihn zu stützen, und sagte: »Habt Ihr Wasser hier? Ich hole Euch etwas zu trinken.«

Alman hob abwehrend die Hand. »Nein«, sagte er, als er wieder Kontrolle über seine Kehle hatte. »Nein, ich habe nur über mich selbst gelacht.«

Er schlurfte auf seine Vorräte zu und klammerte sich für die ersten paar Schritte an Garrics Arm. Er holte ein Messer mit goldverzierter Klinge aus seiner Schärpe. Dann nahm er eine Knolle von Menschenkopfgröße aus seinem Vorrat und schnitt einen Kreis oben heraus. Alman hob diesen Pfropf mit Daumen und Zeigefinger der Dolchhand, dann kippte er die Knolle, um aus der Öffnung zu saugen.

»Ist das Eure einzige Flüssigkeitsquelle?« fragte Liane.

»Sie gehört mir!« sagte Alman, drückte mit einem Arm die Knolle an seine Brust und fuchtelte wild mit dem Dolch herum. Dann wurden sein Blick und seine Miene wieder klar. »Oh«, sagte er. »Ich ... ich war ganz in Gedanken versunken; Ihr seid immerhin meine Gäste. Möchtet Ihr ...?«

Zögernd bot er ihnen die Knolle an. Ein kleines Rinnsal von

Fruchtfleisch tröpfelte aus der Öffnung. Es hatte die Konsistenz dünnen Haferbreis und roch stark nach Terpentin. Der Geruch und der Gedanke daran, so etwas zu trinken, drehten Garric den Magen um, obwohl er hoffte, daß man ihm das nicht ansah.

»Nein danke«, sagte Liane ruhig. »Wir werden schon bald wieder zurückkehren.«

Sie warf Tenoctris einen Blick zu. »Ja, das stimmt«, sagte die alte Zauberin. »Sobald wir die Linse haben, lassen wir Euch in Frieden, Lord Alman. Es sei denn ... möchtet Ihr nicht mit uns zurückkehren?«

»Es ist nur, daß die Wasserwurzeln immer schwerer zu finden sind«, meinte Alman entschuldigend. »Ich muß weiter und weiter wandern, um welche zu finden. Und ich möchte Alae nicht verlassen, wegen des Throns.«

Er spähte die Treppe hinauf zur Öffnung im Dach. »In meinem Raum in Sandine hatte ich einen Spiegel«, sagte er, »in dem ich die Zauberer früherer Zeiten beschwor. Ich zog Rushila zu mir. Er kam und beantwortete meine Fragen, denn er war tot, und ich hatte die Macht der Lebenden über die Toten. Ich beschwor andere herauf, sammelte ihr Wissen und fügte es meinen eigenen Forschungen hinzu. Ich hatte die Weisheit aller Zeitalter zum Greifen nah!«

Wieder bemerkte Garric die Macht, die hinter diesen Sätzen lag. Das gewaltige Gebäude, oder zumindest Garrics Wahrnehmung davon, schimmerte im Rhythmus von Almans Worten.

»Dann wurde mir klar«, sagte Alman und schrumpfte wieder zu einem Mann, und zwar einem gebrechlichen, »daß ich trotz all meiner Macht eines Tages sterben werde. Ein anderer Zauberer würde sich erheben, und ich werde ein Schatten in *seinem* Spiegel sein und für Ewigkeiten zu der Musik tanzen, die er spielte. Also habe ich den Spiegel zerschlagen und bin hierher nach Alae gekommen. Wenn ich sterbe, wird niemand mehr da sein, um mir Befehle zu geben. Ich sitze auf dem Thron Gottes und schaue dem Untergang der Sonne zu und warte auf den Tag, an dem sie nicht mehr aufgehen wird.«

»Würdet Ihr uns jetzt die Linse leihen?« fragte Tenoctris leise. »Wir sollten wieder gehen, und Ihr habt eigene Angelegenheiten, um die Ihr Euch kümmern müßt.«

»Ja, ja«, sagte Alman. Wieder trank er von der Knolle und saugte diesmal mit verzweifelter Beharrlichkeit, um den letzten Rest Flüssigkeit aus der dicken Rinde zu ziehen. Dann verschloß er die Knolle sorgfältig wieder und steckte sie zurück in eine Nische des Reliefs.

»Manchmal fließt noch etwas nach, wenn ich es eine Weile stehenlasse«, erklärte er.

Garric wußte nicht, was er sagen sollte. Alles hätte wie eine Beleidigung geklungen, und er brauchte Almans Hilfe. In seinem Kopf sagte Carus mit steinerner Miene: *»Wenn irgendwer einen meiner Gefangenen so behandelt hätte, hätte ich ihm die Haut vom Rücken gezogen, sobald ich imstande gewesen wäre, nach einer Peitsche zu greifen. Aber dieser Mann hat sich das selbst angetan.«*

Alman hielt inne, dann bemerkte er wieder seine drei Besucher. »Oh!« sagte er in milder Überraschung. »Ihr seid noch hier. Ja, ich wollte Euch die Linse von Rushila geben. Sie ist dort, wo ich schlafe. Windgeschützt, versteht Ihr.«

Er ging auf das gewaltige Doppeltor zu und schlüpfte durch es hindurch in die sternenbeleuchtete Nacht. Tenoctris nickte; Garric folgte Alman auf dem Fuße, während Liane und die ältere Frau langsam hinterhergingen. Draußen befand sich ein halbkreisförmiger Platz, begrenzt von einem niedrigen Geländer. Verwehter Sand hatte bedeckt, was einmal die Aussicht dahinter gewesen war.

Bei allem Pfeifen des Windes in der Rotunde war seine Kraft draußen doch merklich stärker. Hier am Boden benutzte die dünne Luft Sandkörner als Zähne und knabberte an der Haut von Garrics Unterschenkeln über seinem Stiefelrand.

»Manchmal schlafe ich auch auf dem Thron ein«, sagte Alman. »Aber es ist kalt dort. Einmal mußte ich die Treppe herunterkriechen, weil ich zu steif war, um aufrecht zu stehen.« Sie schlurften auf die Mündung eines Wasserabflusses zu, der in das Geländer eingelassen war. Garric spähte zum Horizont und war verblüfft über den Gedanken, daß einmal heftiger Regen diese trockene Einöde heimgesucht haben sollte. Das machte ihm mehr als der verfallene Zustand des Gebäudes begreiflich, wie uralt Alae sein mußte.

»Hier ist es«, sagte Alman und kniete am Eingang nieder. In den Stein mußte einmal ein Metallgitter eingelassen gewesen sein, aber das war längst zerfallen. Alman kroch hindurch, und seine nackten Füße verschwanden wie die einer Wühlmaus, die in einen Riß in den Steinen hüpft.

Garric hockte sich an den Eingang. Er würde hindurchpassen, selbst mit dem Schwert, aber er war nicht sicher, ob er in ein Loch kriechen wollte, ohne eine Ahnung zu haben, was ihn dort erwartete. »Habt Ihr dort Licht, Herr?« rief er.

»Licht?« wiederholte Alman. »Oh. Oh, ich bin sicher, daß ich es finden werde ...«

Tenoctris hockte sich vor das Zeichen, das sie mit einem der Bambusstäbe aus der Tasche, die Liane trug, in den Sand gezeichnet hatte. *»Thai picale«*, murmelte sie und tippte mit dem dünnen Zauberstab auf die Silben, während sie sie aussprach. *»Huprista ...«*

»Ich bin sicher, es muß hier irgendwo sein«, erklang Almans gedämpfte Stimme. Garric hörte, wie etwas hin und her geräumt wurde. Er verzog das Gesicht, obwohl er davon ausging, daß die Linse von Rushila ziemlich fest sein mußte, wenn sie aus einem Felsen geholt werden konnte. »Ich kann es schließlich nicht verloren haben.«

Der Platz war mit wirbelnden Mustern aus weißem und grauem Stein gepflastert, oder vielleicht in Weiß und Farben, die Garric im schwachen Sternenlicht nicht unterscheiden konnte. Der Sand hatte sich zu mehr als nur einer dünnen Schicht erhoben, bedeckte aber noch nicht alles.

Im Sand nahe der Abflußöffnung gab es Spuren, die die Abdrücke beschuhter Füße hätten sein können – nicht seiner eigenen.

Oder Insektenspuren. Was immer sie bewirkt hatte, sie waren deutlich und erst vor kurzer Zeit hinterlassen worden.

»Konaioi!« sagte Tenoctris. Blaues Licht blitzte in der Mitte des Sechsecks auf, ein faustgroßer Ball, so schwach glimmend wie ein Irrlicht. Er trieb wie eine Disteldaune über das Pflaster und auf die Abflußöffnung zu. Ohne eine weitere Frage folgte Garric dem Licht.

Er befand sich in einer gemauerten Kammer, die so niedrig war, daß er sich ducken mußte. Auf beiden Seiten führten Röhren weiter. Sand füllte die zur Linken, die andere war blockiert mit menschlichen Besitztümern – Behälter aus Holz, Glas und Stein, einige zerbrochen, lagen überall herum. Alman wühlte in ihnen und warf, was er nicht wollte, auf den Stoffhaufen auf dem Kammerboden.

»Seht Ihr?« sagte er, ohne sich umzudrehen. Seine Stimme hallte aus der Röhre wider, verschwommen, ohne dadurch kräftiger zu wirken. »Das hier ist mein Athame. Die Linse sollte eigentlich ganz in der Nähe sein.«

Er warf das Zaubermesser hinter sich. Es war aus Streifen von Eisen und Silber hergestellt, die man in ein so kunstvolles Muster geflochten hatte, daß es hätte von Ilna stammen können. Die Metalle schimmerten auf ihre unterschiedliche Art in dem bläulichen Zauberlicht.

Garric hob die Stoffstücke hoch, ein Samtgewand und die Fetzen eines Hemdes aus beinahe transparenter Seide, und suchte dort, während der Zauberer weiterwühlte.

Ein weiterer kleiner Käfer fiel aus dem Stoff und huschte in eine schattige Ecke. Die Kleidungsstücke waren leer bis auf die Dinge, die Alman gerade daraufgeworfen hatte.

»Das verstehe ich nicht!« sagte Alman. Er griff tief in die Röhre, so tief wie sein Arm reichte. »Wo könnte sie nur sein? Habe ich die Linse doch nicht mitgebracht?«

»Laßt mich es versuchen«, sagte Garric. Er schob den Zauberer beiseite – nicht grob, aber Almans magere Gestalt schien überhaupt kein Gewicht zu haben. Das Zauberlicht trieb zur Mündung der Röhre und glitt dann hinein. Garric konnte die Nähte zwischen den Blöcken sehen. Sie bildeten ein regelmäßiges Muster, das ...

Er wich zurück und blinzelte, dann rieb er sich die Augen. An dem Muster der Steinmetzarbeit war etwas Hypnotisches: Die Erbauer hatten mehr getan als nur Stein mit Stein verbunden. Aber Garric war sicher, daß sich nichts Größeres als Sandkörner in der Röhre befand. Das Licht, das durch den Eingang fiel, war nun das einzige, das die Kammer beleuchtete. »Gehen wir nach draußen, Lord Alman«, sagte Garric. »Ich fürchte, wir werden die Linse nicht finden.«

Garric zog sich durch die Öffnung und fühlte sich dabei ganz schwach. Sein Kopf begann zu schmerzen, und seine Augen brannten von Sand und Trockenheit. »Tenoctris«, sagte er. »Sie ist nicht da. Ich glaube, es war jemand vor uns hier.«

Garric runzelte die Stirn, als er daran dachte, wie frisch die Abdrücke im Sand ausgesehen hatten. Er konnte nicht sicher sein, aber ...

»Ich denke, jemand hat die Linse vielleicht genommen, während wir nach Lord Alman suchten«, meinte er. »Ist das möglich?«

Tenoctris nickte. »Ja«, sagte sie. »Das ist möglich. Jemand, der mich beobachtet, hätte uns durchaus folgen können, wenn er genügend Macht hat. Ich weiß nicht genau, was das bedeutet, aber ...«

Sie lächelte Garric und Liane an.

»... ich bin sicher, daß es mich nicht erfreut.«

Nun kam auch Alman aus der Röhre geklettert. Er bewegte sich mit der uralten Sorgfalt einer Schildkröte.

»Lord Alman?« sagte Tenoctris. »Danke für Euren Versuch, uns zu helfen. Wir werden Euch nicht wieder belästigen.«

»Ich kann mir nicht vorstellen, wo sie hin ist«, sagte Alman und schüttelte verwundert den Kopf. »Ich bin sicher, daß ich sie mit nach Alae gebracht habe. Ich war so stolz darauf, die Linse von Rushila zu besitzen.«

Ein Meteor schoß über den Himmel und kam dabei viel näher als die, die Garric nachts auf Haft gesehen hatte. Einen Augenblick lang war er so hell wie ein Komet.

Alman hatte den Feuerstreif ebenfalls beobachtet. »Die Linse von Rushila gehörte zum Auge eines Geschöpfs, das älter war als unsere Welt«, meinte er nachdenklich. »Älter noch als unser Teil des Universums. Und dennoch ist es gestorben. Alles stirbt.«

»Damit wir zurückkehren können, muß ich meinen Zauber dort sprechen, wo wir auf dieser Ebene eingetroffen sind«, sagte Tenoctris leise. Sie packte Lianes Arm.

»Herr?« fragte Garric. »Lord Alman?«

Alman hatte dazu angesetzt, zum Palast zurückzukehren. Auf Garrics Ruf drehte er sich um. Er schien überrascht, andere Menschen zu sehen.

»Möchtet Ihr nicht mit uns zurückkommen?« fragte Garric. Er wies auf den Horizont voll Sand. »Das hier ist kein Ort für einen Menschen. Es ist überhaupt kein Ort für etwas Lebendiges.«

»Hier weggehen?« fragte Alman. Er lächelte dünn. »Ihr versucht, freundlich zu sein, das kann ich verstehen, aber Ihr irrt Euch. Hier kann ich auf meinem Thron sitzen und den Sonnenuntergang beobachten. Ich werde damit weitermachen bis zu jener Nacht, nach der die Sonne nicht mehr aufgeht, nicht für die Welt und nicht für mich. Das ist dasselbe, versteht Ihr, und anderswo gibt es nichts – nichts als Dunkelheit oder das Versprechen von Dunkelheit.«

Alman ging weiter auf den Palast zu. Garric schaute ihm einem Augenblick lang nach, dann hob er Tenoctris hoch.

»Ich werde dich tragen«, sagte er. Dafür war er stark genug, zumindest für die kurze Strecke. »So wird es schneller gehen. Und ich möchte diesen Ort unbedingt verlassen. Mir gefällt nicht, was er den Menschen antut.«

Ein paar Männer mit gelben Streifen an den Ärmeln beobachteten die Vorstellung des Vogels, als Sharina zum Platz zurückkehrte. Einer von ihnen warf einen Eisenkeil hin, der gegen die beiden anderen klirrte, die schon auf dem Tuch lagen. Unter Gesprächen über das Abendessen gingen die Männer weiter.

Der Vogel hörte auf zu tanzen, hockte sich nieder und verblüffte Sharina damit, weil seine Knie nach hinten knickten. Er begann, das Tuch an den Ecken hochzuheben.

»Warte«, sagte Sharina und trat näher zu dem Tänzer, Daumen und Zeigefinger schon im Geldbeutel. »Ich habe schon vorher zugesehen, aber ich hatte kein Geld. Hier.«

Sie holte einen kurzen Kupferstreifen heraus, dessen Ränder glatt waren von der Berührung all jener, durch deren Hände er gegangen war. Sie hielt das Metallstück ausgestreckt, unsicher, ob sie es dem Tänzer überreichen oder warten sollte, bis er das Tuch noch einmal öffnete, um direkten Kontakt zu vermeiden. Sharina hatte genug von der Welt gesehen, um zu wissen, daß es an unterschiedlichen Orten unterschiedliche Bräuche gab. Sie hatte auch gesehen, daß Menschen sich mit einer Entschlossenheit an das hielten, was sie gewohnt waren, die sie selten aufbrachten, wenn es darum ging, die Gesetze zu befolgen.

Der Vogel richtete sich auf und hielt das Tuch als ordentliches Bündel in beiden Händen. Er war eine Handbreit größer als Sharina, aber der größte Teil dieses Unterschiedes wurde durch hochgesträubte Federn bewirkt. Ein Daunenkreis umgab jedes der runden Augen und ließ sie größer wirken, als sie tatsächlich waren.

»Nein danke«, sagte der Vogel. »Ich habe heute schon genug verdient.«

Sie war nicht sicher gewesen, ob er sprechen konnte. Die Stimme wäre tatsächlich als die eines Valhoccaners durchgegangen, zumindest für Sharinas fremde Ohren.

»Ja, aber ich möchte, daß du das nimmst«, sagte Sharina und hob das Kupferstück ein wenig, damit der Vogel aufmerksam wurde. »Ich habe vorher schon zugesehen und konnte nicht zahlen. Nun zahle ich meine Schuld.«

Sie wußte, daß der Streifen zumindest doppelt so viel wert war wie die drei Eisenstücke, die der Tänzer bereits besaß. Am Boden stand ein kleiner Korb, offensichtlich der einzige Besitz des Vogels außer dem Harnisch und dem Stück Tuch. Vielleicht hatte der Vogel frühere Einnahmen hier abgelegt, aber Sharina bezweifelte das. Der Deckel des Korbs war mit Schnüren gebunden, die verfärbt gewesen wären, wenn man sie jeden Tag auf- und zugeschnürt hätte.

»Ich bin Dalar, jüngster Sohn und Leibwächter der Rokonar«, sagte der Vogel. »Ich habe meine Schwester beschützt, als sie aufs Schiff ging, um Testigs Braut zu werden. Ich konnte sie nicht vor dem Sturm schützen, der das Schiff zerstörte.

Er blies mich in dieses ferne Land, obwohl ich lieber gestorben wäre.«

Dalar hob den Kopf zum Zwielicht und gab einen Schrei von sich, der dem eines schwarzen Seeadlers ähnelte, einmal, zweimal und ein drittes Mal. Die Leute auf dem Platz schauten sich verblüfft um, und eine Frau mit einer Schubkarre schimpfte, als sie die Quitten wieder auflas, die sie vor Schreck ausgekippt hatte.

»Da ich mich entschieden habe zu leben«, sagte der Vogel mit normaler Stimme und starrte Sharina wieder in die Augen, »demütige ich mich, indem ich den Schlachtentanz der Rokonar vorführe. Aber ich habe nicht alle Ehre verloren, also nehme ich nur, was ich brauche, um zu überleben.«

Er hob das Bündel mit den Eisenkeilen. »Und das genügt. »

»Warte«, sagte Sharina, als Dalar sich von ihr abwandte. Er drehte den Kopf, so daß er sie mit seinen großen Augen wieder ansehen konnte. »Ich bin fremd in Valhocca. Ich komme von noch weiter her als du.«

Dalar drehte sich jetzt ganz herum, so daß Sharina und er sich wieder gegenüberstanden. Die winzigen Bewegungen, die seine Füße dabei vollzogen, waren schon an sich ein Tanz.

»Ich weiß nichts über diese Stadt, und ich weiß nicht, wie lange ich hierbleiben muß«, sagte Sharina und leckte sich die trockenen Lippen. »Ich heiße Sharina os-Reise.«

Sie wich nicht erschrocken zurück, als es aussah, als wolle Dalar sich den eigenen Hals umdrehen, aber viel hätte nicht daran gefehlt. Sie nahm an, daß der Vogel seine unmenschliche Beweglichkeit benutzte, um eine Barriere zwischen sich und den Neugierigen zu errichten.

»Möchtest du, daß ich dich zu jemandem bringe, der dir mehr über diese Stadt sagen kann, Sharina os-Reise?« sagte Dalar mit demonstrativer Ausdruckslosigkeit.

»Ich möchte dich als Leibwächter einstellen«, sagte Sharina.

Sie zwang sich, Dalar direkt anzusehen, denn das schien seiner Art zu entsprechen. Die Augen des Vogels waren von gelblichem Braun mit großen, schwarzen Pupillen. »Ich hatte zuvor kein Geld; nun habe ich es, und ich brauche in dieser fremden Stadt Schutz.«

Sie hatte zunächst nichts weiter vorgehabt als das, wovon sie gesprochen hatte: einem einzigartigen Schausteller einen kleinen Teil ihres Geldes abzugeben. Der andere Plan hatte Wurzeln gefaßt und war erblüht, während sie mit dem Vogel sprach. Sharina wußte nicht, wie gut Dalar als Kämpfer war – obwohl sie sich nur ungern hätte von diesen klauenbewehrten Füßen treten lassen –, aber sie war sicher, daß ein Krieger, dessen Ehre ihm verbot, mehr von Fremden zu nehmen, als für sein nacktes Leben notwendig war, ihr nicht wegen einer Börse voll Silber die Kehle durchschneiden würde.

Die Sonne ging unter. Öllampen schimmerten aus ein paar nach Osten gewandten Fenstern, während für die andere Seite des Platzes immer noch das Licht des rötlichen Himmels genügte.

»Ich bin Dalar, Sohn der Rokonar«, sagte der Vogel. Er sprach leise, obwohl die Worte eine Andeutung des stolzen Schreis von Augenblicken zuvor in sich bargen. »Der Wind hat mich dreißig Tage lang auf dem Wrack nach Norden geblasen. Ich trank den Regen, der meine Federn durchnäßte, und aß Fisch, der neben meinem Floß auftauchte. Es gibt niemanden in Valhocca, der von weiter her kommt als ich.«

»Und dennoch kann es sein«, erwiderte Sharina. »Wir sind beide Fremde. Ich brauche deine Kraft, Dalar, aber ich brauche deine Ehre noch mehr. Wirst du mir dienen?«

»Ich werde von dir nehmen, was ein Krieger zum Leben und Schlafen braucht, Sharina os-Reise«, sagte der Vogel. »Und an jedem Jahrtag wirst du mir neue Silberbänder für meine Krallen geben. Im Haus von Rokonar ist es Brauch, dem obersten

Leibwächter für einen Sieg als Zeichen besonderer Hochachtung eines der Weibchen aus dem Harem zu geben, aber ich glaube ...«

Dalar öffnete seinen kurzen Schnabel erstaunlich weit und gluckste wie eine zornige Henne. Es dauerte einen Moment, bevor Sharina begriff, daß der Vogel lachte. »Wie ich schon sagte«, begann Dalar erneut, »das sollten wir im Augenblick vielleicht lieber vergessen.«

Sharina atmete erleichtert aus und war überrascht über diese Empfindung. Sie brauchte einen Leibwächter, das war wirklich wahr; Milco war ehrenhaft gewesen, aber sie zweifelte nicht daran, daß es unter den Valhoccanern den üblichen Prozentsatz an Dieben und Schlimmerem gab. Eine einzelne Frau, die mit einer vollen Geldbörse aus der Bude eines Goldschmieds kam, würde vermutlich genau die falsche Art von Interesse erwecken.

Aber es ging um mehr als nur das Bedürfnis nach Sicherheit. Sharina war hier genauso fremd, wie sie es Dalar gesagt hatte. Jemanden zu haben, der zu ihr gehörte, war für Sharina wichtiger als die Fähigkeit des Vogels, einen Feind bis auf die nächste Insel zu treten.

»Also gut«, sagte Sharina, »ich beginne meine Pflichten mit der Unterkunft und dem Essen – und ich hoffe, etwas Entsprechendes für mich zu finden. Besonders Essen. Gibt es ein brauchbares Gasthaus in Valhocca?«

Dann fiel ihr noch etwas ein. Bevor Dalar antworten konnte, fügte sie hinzu: »Ein Gasthaus, wo man nichts gegen Fremde von weit her hat.«

Wieder lachte der Vogel glucksend. »Ich schlafe im Stall des Goldenen Thunfischs und bezahle einen Eisenkeil pro Nacht«, sagte er. »Für einen Stall ist es dort recht sauber. Sie haben auch Zimmer, die angemessen wären für eine Dame von dem Stand, den das Gewicht eures Geldbeutels ausdrückt, und sie werden kein Geschrei veranstalten, wenn ein Krieger der Rokonar auf der Türschwelle schläft.«

Sharina nickte. »Also dann gehen wir«, sagte sie. »Dalar ...?«

»Herrin?«, sagte der Vogel. Er hatte begonnen, die Schnüre aufzuknoten, mit denen der Deckel seines Korbs festgebunden war. Den »Daumen« eingeschlossen, hatte Dalar vier Finger. Wie seine Arme waren auch sie kürzer als bei einem Menschen seiner Größe.

»Ich werde Valhocca wieder verlassen, aber ich weiß nicht, wann«, sagte Sharina. »Und ich weiß auch nicht, wohin ich dann gehen werde, nur daß es ein langer Weg sein wird. Man hat mir gesagt, es wäre gefährlich, was ich ohne weiteres glaube.«

Sie grinste, und dann fragte sie sich, ob Dalar diese Miene deuten konnte. Aber das war vermutlich der Fall. »Jedenfalls«, fuhr sie fort, »wenn du mich begleiten könntest, würdest du das dann tun?«

Dalar lachte abermals. »Ein Krieger der Rokonar würde seinen Arm in einen Brennofen stecken, wenn sein Herr es verlangt, Herrin«, sagte er.

»Nun, ich hoffe, dazu wird es nicht kommen«, entgegnete Sharina, obwohl ihre Worte bewirkten, daß sie sich fragte, was der Drache eigentlich befürchtet hatte, als er sie warnte. »Sehen wir, daß ich etwas zu essen bekomme, ja?«

»Einen Augenblick, Herrin«, sagte Dalar. Er hatte den letzten Knoten gelöst und den Deckel vom Korb genommen. Er holte den Inhalt heraus und ließ den Weidenkorb fallen.

»Als ich Gaukler war«, sagte er und bewegte etwas von einer Hand zur anderen, »hatte ich nicht das Recht, sie zu berühren. Jetzt bin ich wieder ein Krieger.«

Er hielt Sharina die kurzfingrigen Hände hin. In jeder Hand lag ein achtseitiges Gewicht, das aus zwei an der Basis verbundenen Pyramiden bestand. Eine feine Kette verband die beiden Gewichte. Sie bestanden aus demselben dunklen Metall. Sharina konnte die Länge der Kette nicht abschätzen, da sie sich bewegte wie eine Flüssigkeit.

Dalar wirbelte das Gewicht aus seiner rechten Hand an einem etwa schrittlangen Stück der Kette. Es verschwamm in der Luft, nur noch sichtbar, weil die Lampen von Passanten es aufblitzen ließen. Es gab ein Krachen, und der Korb hüpfte vom Pflaster, in zwei Teile zerschmettert.

Dalar streckte die Hand aus, und das wirbelnde Gewicht verschwand wieder dort. Die Kettenglieder surrten leise.

»Woraus besteht es?« Sharina mußte sich dazu zwingen, *irgend etwas* zu sagen. Sie hätte nicht überrascht sein sollen. Immerhin hatte sie Dalar tanzen sehen.

»Eine Art Bronze«, erklärte der Vogel. Er gluckste leise. »Eine sehr harte Art Bronze. So hart wie Stahl, Herrin, aber sie wird nicht rosten.« Er hielt die beiden Gewichte und die Kette in einer Hand – alles zusammen nahm nicht mehr Platz ein als zwei Hühnereier. Sharina lächelte und sagte: »Dann führ uns zum Goldenen Thunfisch, Dalar. Da du den Weg bereits kennst.«

Der Vogel nickte. Sehr entschlossen öffnete er das Tuchbündel mit seiner freien Hand und schnippte die Eisenkeile in die Nacht hinaus. Er ließ das Tuch auf den Boden fallen und schritt aufrecht die Straße entlang. Sharina folgte ihm auf dem Fuß; Dalar schien im Dunkeln besser sehen zu können als sie, und außerdem wußte er, wohin er ging.

Leute mit Marktkarren schafften diese von der Straße, und die meisten Ladenbesitzer hatten bereits Gitter oder Fensterläden geschlossen. Garküchen und Tavernen bereiteten sich auf die Aktivitäten des Abends vor, und in einer Querstraße entdeckte Sharina Frauen in grellbunten Kleidern, die sich in Fenster setzten.

Ein schmale Gasse führte zwischen zwei Geschäften hindurch, die beide bereits geschlossen waren. Dalar blieb an der Ecke stehen und sagte: »Herrin? Wenn Ihr wollt, können wir einen Umweg machen, aber dies hier ist der direkte Weg zum Gasthaus.«

»Die Abkürzung ist in Ordnung«, sagte Sharina. Sie berührte den Griff des Pewlemessers, das immer noch halb verborgen unter ihrem Arm hing. Die Geste war ein Reflex und hatte nichts damit zu tun, daß sie sich wegen des Weges Gedanken machte.

In einer Wohnung im ersten Stock rechts weinte ein Baby. Es gab keine richtigen Fenster, nur mit Bambusgittern versehene Luftschlitze nahe der Dachlinie. Jemand kochte Kohl in dem Gebäude zur Linken. Sie konnte Dalars schlaksige Gestalt vor sich erkennen, die sich als Silhouette in dem schwachen Licht der Straße, aus der sie gerade abgebogen waren, abzeichnete.

Dann fiel ihr der trockene Reptiliengeruch auf. Sie blieb stehen. »Dalar!« rief sie. »Warte!«

Der Drache saß in einer Nische zu ihrer Linken, wo einen Augenblick vorher nur eine leere Mauer gestanden hatte, von der der größte Teil des Verputzes abgeblättert war. »Ich grüße dich, Sharina, meine Dienerin«, sagte er. »Bist du bereit, deine Reise fortzusetzen?«

Dalar hatte sich umgedreht. »Herrin?« fragte er. »Ist etwas nicht in Ordnung?«

»Dein Begleiter sieht mich nicht«, sagte der Drache. »Beruhige ihn, wenn du willst, und dann werde ich mit meinen Anweisungen fortfahren.«

»Dalar, ich habe eine Vision«, sagte Sharina rasch. Sie hoffte, daß dies in etwa der Wahrheit entsprach, obwohl sie im Augenblick bereit war, die Wahrheit zu verschleiern, um die Dinge einfacher zu machen.

»Ich muß mich einen Augenblick lang konzentrieren.«

»Sehr gut«, erwiderte der Drache mit einem Nicken. Seine Stimme erklang, wie schon zuvor, direkt in ihrem Kopf. »Bevor du das Ende dieser Gasse erreichst, wirst du einen Block weißen Steins sehen, der in das Fundament des Gebäudes zu deiner Linken eingelassen ist. Es war einmal der Sitz meines Throns.«

Er lachte klackend. »Das ist sehr lange Zeit her. Er wird aus der Wand gleiten, trotz aller Anstrengungen der heutigen Menschen, ihn mit Mörtel an Ort und Stelle zu halten. Du mußt den Stein entfernen und durch die Öffnung kriechen.«

»Herr?« sagte Sharina. Einen Augenblick zuvor war sie noch schrecklich hungrig gewesen, aber nun war ihr Magen zu verkrampft, um an Essen zu denken. »Ich habe einen Begleiter. Er wird mit mir kommen – ist das in Ordnung?«

Der Drache lachte abermals. »Solange meine Diener ihren Pflichten treu nachgehen«, erklärte seine tonlos kalte Stimme, »ist mir gleich, wie sie ihr eigenes Leben führen. Lebe wohl, Sharina.«

Das Lichtmuster verschwand wie die Sternbilder bei Sonnenaufgang. Sharina stand wieder einer nackten Mauer gegenüber. Dalar war neben ihr, sein Körper dem Ende der Gasse zugewandt, aber er beobachtete seine Auftraggeberin.

»Wir gehen doch nicht zum Goldenen Thunfisch, Dalar«, sagte Sharina. Sie zitterte. Zu viel war zu plötzlich geschehen, und sie mußte tatsächlich etwas essen, obwohl sie bezweifelte, daß sie im Augenblick imstande wäre, es bei sich zu behalten. »Wir suchen einen Block weißen Steins in diesem Fundament.«

Sie berührte die Mauer hinter sich mit dem Fuß.

»Und dann gehen wir an einen anderen Ort, du und ich«, fügte Sharina hinzu. »Möge die Herrin uns gnädig sein.«

»Untiefen voraus!« rief der Ausguck auf dem Mast der zweiten Trireme. Seine Stimme klang ebenso heiser wie die der Möwen, die über den Schiffen kreisten.

»Untiefen!« schnaubte Chalcus von der Reling neben Ilna, zwei Schritte vom Bug entfernt. »Das da sind keine Untiefen, es sind die Schalen der Großen.«

Kühl fügte er hinzu: »Obwohl ich nie so viele zusammen an der Oberfläche gesehen habe, das muß ich zugeben. Und ich habe in diesen Gewässern auch noch nie eine Insel gesehen.«

Vonculo und seine vier wichtigsten Helfer standen vorn am Bug. Die *Schrecken* bewegte sich mit zwanzig Rudern vorwärts, und selbst diese wenigen wurden nur mit halber Geschwindigkeit bedient. Ein gewöhnlicher Seemann hatte das Ruder übernommen und dem Steuermann die Möglichkeit gegeben, sich zu den anderen Anführern zu gesellen.

Ilna lächelte höhnisch. Immer vorausgesetzt, daß »Anführer« das passende Wort für diese Bande von Hanswursten war.

»Du warst schon öfter hier, Chalcus?« fragte Merota und lehnte sich von der Reling zurück, so daß sie hinter Ilnas schlanker Gestalt den Seemann anschauen konnte.

»Ja«, erwiderte Chalcus. »Obwohl das lange her ist. Ein ganzes Leben lang. Nicht wahr, Ilna-Mädchen?« Er grinste sie an.

»Ich weiß nichts von Eurem Leben oder Euren Lieben«, sagte Ilna kühl. »Ich weiß allerdings, daß es mir lieb wäre, nicht mit ›Mädchen‹ angesprochen zu werden.«

Sie fügte keine Drohung hinzu. Sie war nicht sicher, was sie tun würde, falls Chalcus sein »Ilna-Mädchen« wiederholen würde, aber sie wußte, wenn sie jetzt eine Drohung aussprach, würde sie ihr später folgen müssen – ob sie wollte oder nicht.

»Ah«, sagte Chalcus und nickte. »Dann sollte ich lieber aufpassen und das nicht mehr tun, oder? Aber es ist in Ordnung, Euch ›Ilna‹ zu nennen?«

»Das ist mein Name«, erwiderte Ilna. »Selbstverständlich ist das in Ordnung.«

Chalcus war ... interessant. Er verstand genau, was sie meinte: zum Beispiel warum sie nicht gedroht hatte, ihn schreiend über die Reling zu schicken. Und auch, daß Ilna trotzdem genau das ohne weitere Vorwarnung tun könnte, falls sich die Situation ergäbe und sie zornig genug wäre.

Das wäre selbstverständlich eine schreckliche Überreaktion, aber Ilna hatte in ihrem Leben schon Schlimmeres getan. Ebenso wie, da war sie ganz sicher, Chalcus. Ein interessanter Mann.

Die Triremen fuhren in den Sonnenuntergang. Was sie von der Insel sehen konnten, war mit Vegetation bedeckt, aber es war etwas marschig Frisches in der Brise vom Land her.

Das Meer schimmerte von den im Sonnenlicht opalisierenden Schalen der Großen, die sich im Wasser drängten. Garric nannte die Geschöpfe Ammoniten, wenn er jene Meerestiere mit Tentakel und einer spiralartigen Schale meinte, und nicht die Schreckensgestalten der uralten Götter des Bösen. Aber als sie diese Tiere nun vor sich sah, dachte Ilna, daß Chalcus recht gehabt hatte: Das da waren die Großen.

Die Triremen näherten sich der Insel nicht schneller, als ein Baby krabbelt. Männer riefen einander über das Wasser zwischen den Schiffen Bemerkungen zu.

»Sie versuchen, sich gegenseitig ein besseres Gefühl zu geben«, sagte Chalcus kichernd.

Sie fand die Geschöpfe nicht erschreckend. Ein armes Mädchen, das versuchte, sich selbst und ihren Bruder, der zur Größe von zwei anderen Männern wuchs, am Leben zu erhalten, lernt zu kochen, was erhältlich und billig ist. Manchmal bedeutete das auch Ammoniten. Ihrer Schale entledigt und in Ringe geschnitten waren sie gar nicht so übel, nachdem Ilna erst einmal gelernt hatte, daß alles andere als kurzes Sautieren nur dazu führte, daß sie so schwer zu kauen waren wie Ochsenknorpel.

Tentakel bewegten sich plötzlich, und die Großen verschwanden mit gewaltigem Schaumaufwirbeln unter dem Meer. Die Gezeiten an diesem Abend waren mürrisch und träge, als gefiele selbst den Wellen ihre derzeitige Umgebung nicht.

Ilna störte sich nicht an den Großen, aber wenn diese Insel tatsächlich Vonculos Ziel war, hatte Chalcus recht, daran zu zweifeln, daß die Meuterer hier ein Seemannsparadies finden würden. Aus diesem Winkel gesehen senkten sich die Hügel in dunklen, waldigen Hängen direkt zum Wasser ab; im Süden hingen hohe Klippen über dem Meer. Es gab nichts offensichtlich Bedrohliches, aber die Landschaft erinnerte Ilna trotzdem an die kurzfristigen Pferche, die im Herbst gebaut wurden, wenn Stallert, der Metzger, die Herden des Dorfes ausdünnte.

Vonculo drehte sich um. »Auf die Bänke!« befahl er mit einem Winken seines Arms. Die Geste war forsch gemeint, wirkte aber beinahe verzweifelt. »Wir bringen die Schiffe bis auf Bogenschußweite heran, dann drehen wir bei und ziehen sie an den Strand!«

»Dazu wird er ein Wunder vollbringen müssen«, murmelte Chalcus Ilna grinsend zu. Er tätschelte Merota die Schulter und schlenderte zu seiner Ruderbank. Er rückte die Scheide seines gebogenen Schwerts so zurecht, daß der Griff ihm beim Rudern nicht im Weg sein würde, und bellte: »Bugabteilung, Ruder raus!«

Einen halben Lidschlag lang hatte Ilna geglaubt, Chalcus wolle sie ebenfalls tätscheln. Sie hätte ...

Sie blinzelte verwirrt. Ilna wußte nicht, was sie getan hätte. Nun, es war nicht geschehen.

»Ilna?« fragte das Mädchen. »Ist etwas hier komisch?«

»Ich lache über mich selbst, Merota«, sagte Ilna. »Vielleicht ist das komisch.«

Chalcus war tatsächlich ein Anführer. Ganz bestimmt hätte er eine beeindruckendere Bande zusammengestellt als diese unwilligen Meuterer. Mastyn war derjenige gewesen, der wirklich geglaubt hatte zu wissen, wie er es tat, und Chalcus wäre mit dem Burschen ebenso leicht zurechtgekommen, wie es Ilna gelungen war.

»Verbringen wir die Nacht dort?« fragte Merota. Sie versuchte, ruhig zu klingen, aber Ilna konnte die Anspannung unter den Worten hören. Selbst Vonculo und seine Genossen konnten sehen, daß diese Insel kein Ort war, wo man gern an Land ging, aber sie ließen sich dennoch von Hoffnung und Verzweiflung vorwärts ziehen.

»Zumindest heute nacht«, sagte Ilna leise. »Ich sehe allerdings kein Anzeichen von gold- und edelsteinbedeckten Straßen. Das mag jedoch daran liegen, daß das Licht so schlecht ist.«

Die zweite Trireme ruderte bereits vorwärts. Die *Schrecken* war langsamer gewesen als ihr Schwesterschiff, sich in Bewegung zu setzen, aber nun wurden auch hier die Ruder wieder stetig bedient.

Chalcus grinste Ilna zu. Der Schatten der Insel fiel über das Schiff, aber sie konnte sehen, wie die Zähne des Seemanns aufblitzten.

Der Ausguck auf dem anderen Schiff schrie und fiel ruckartig nach vorn. Ruder schwankten wild, als die Männer von ihren Bänken fielen.

»Halt dich an mir fest, Kind!« sagte Ilna. Sie hockte sich nieder und schlang die Arme um Merota, dann griff sie auf der anderen Seite des Mädchens nach der Reling.

»Rückwärts!« schrie Chalcus und sprang auf, um sich zwischen seiner Bank und dem Ruder abzustützen.

Die *Schrecken* kam zu einem saugenden Halt. Besatzungsmitglieder, Ausrüstung und Gepäck, das nicht gut verstaut gewesen war, nachdem die Meuterer es durchsucht hatten, purzelten zum Bug der Trireme.

Der Ausguck hatte den Ärger kommen sehen und war rasch in die Sicherheit zurückgerutscht, aber der Mast selbst peitschte unter der plötzlichen Belastung vorwärts. Er brach nicht, aber Ilna hörte selbst über das Geschrei der erschrockenen Seeleute hinweg das Holz gefährlich knacken. Sie würden den Mast flicken müssen, bevor sie ihn mit einem Segel belasten konnten.

Ilna lächelte freudlos. Es war vermutlich voreilig, darüber nachzudenken, wie man die Schiffe reparieren konnte.

Sie erhob sich, immer noch Merota schützend. Die Trireme blieb aufrecht, obwohl ihr Schwesterschiff mehrere Längen voraus langsam nach links kippte. Das Wasser um beide Schiffe wirbelte in dunklen Mustern.

Chalcus kam zu ihnen. Der Steuermann der *Schrecken* war von der Wucht über die Reling geschleudert worden. Vonculo und ein anderer Seemann waren auf die Ramme der Trireme geklettert, um dem Mann zurück an Bord zu helfen. Ein halbes Dutzend Männer schrie Befehle, von denen nach allem, was Ilna sah, keiner auch nur im geringsten hilfreich war.

»Es könnte diese Schule von Großen sein, die einen Schritt unter der Oberfläche im schlammigen Wasser schwimmt«, sagte Chalcus. »So etwas habe ich noch nie gesehen, aber ich hätte Vonculo raten sollen, noch einen Mann in den Bug zu stellen, bevor sie näher heranfahren.«

Er spähte zum Ufer. Die Insel lag in vollständiger Dunkelheit. Lampen glitzerten auf dem anderen Schiff. Auf dieser Trireme befand sich ein Rettungsboot, und ein paar Männer schoben es über das Deck, das inzwischen so schräg wie eine Rampe war.

»Was sollen wir tun, Ilna?« fragte Merota leise. Sie beobachtete Chalcus.

Ilna zuckte die Achseln. »Warten oder schwimmen«, sagte sie. »Und was mich angeht, ich kann nicht schwimmen. Kann ein Schiff sich von so etwas befreien, Meister Chalcus?«

»Nach dem Gezeitenwechsel«, sagte der Seemann, »was in etwas sechs Stunden sein sollte. Wenn der Mond *dort* steht.«

Er wies mit dem linken Arm auf eine Stelle in der Mitte zwischen Zenit und dem westlichen Horizont. Zwei Finger seiner rechten Hand ruhten leicht auf dem Knauf seines Schwerts, in einer Geste, die Ilna für unbewußt hielt. »Immer vorausgesetzt, wir haben kein größeres Leck«, fügte er mit einer säuerlichen Grimasse hinzu. »Was ich auf Schlamm bezweifle, aber ich habe Eierschalen gesehen, die fester waren als der Rumpf eines Kriegsschiffs. Kiefernholz ist leicht und einfach zu bearbeiten, das gebe ich zu, aber ich ziehe jederzeit eine lataeenische Bireme aus Eisenholz vor, falls ich noch einmal an Bord eines anderen Schiffes gehen sollte.«

»Die lateenischen Inseln sind die Pirateninseln, nicht wahr, Chalcus?« fragte Merota. Ilna hoffte, daß die Frage unschuldig genug klang.

»Ich habe nie gehört, daß man sie so nannte«, sagte Chalcus, und er klang dabei so ungerührt wie eh und je. »Aber du darfst nicht alles glauben, was du hörst.«

Dann warf er über Merotas Kopf Ilna einen Blick zu. »Obwohl davon einiges selbstverständlich wahr sein könnte«, fügte er mit derselben falschen Sorglosigkeit hinzu.

»Eines Tages werde ich Euch vielleicht erzählen, was ich getan habe, als ich zum ersten Mal nach Erdin kam«, sagte Ilna und hielt den Blick auf das Rettungsboot gerichtet, das nun schon näher an Land war. Im Bug stand ein Seemann mit einer Laterne, die vermutlich nicht viel nützte. Die Späher, die an Land gingen, waren verängstigt und benutzten das Licht überwiegend, um sich irgendwie zu trösten.

Ilna hatte nicht vor, Chalcus jemals Einzelheiten über die Amulette zu erzählen, die sie für jede Frau gewoben hatte, die sie bezahlen konnte. Liebeszauber, die tatsächlich funktionierten, visuelle Zauber, die Männer anzögen, ganz gleich, wie sehr sie durch Liebe oder Pflicht oder Ehre gebunden waren.

Ilna wußte nicht, wie viele Morde und Selbstmorde und wieviel Elend in tausenderlei Weise sie mit diesen Bändern bewirkt hatte. Der Preis hatte sie zu jener Zeit, als das Böse sie beherrschte, nicht interessiert, und nun spielte es keine Rolle mehr. Es zählte nur noch, daß Ilna wußte, selbst wenn sie ihr gesamtes Leben damit verbringen würde, für den Schaden zu zahlen, würde sie nie genug tun können.

Chalcus war also ein Pirat gewesen? Es gab Menschen, die das Recht hatten, ihn deshalb zu verurteilen, aber Ilna os-Kenset gehörte nicht dazu.

Das Boot hatte offenbar das Ufer erreicht, aber abgesehen von der Laterne gab es keine Möglichkeit, die Seeleute von der Insel zu unterscheiden. Der Himmel war noch hell, aber er warf kein Licht auf die Oberfläche darunter. Die zweite Trireme war dem Ufer näher als die *Schrecken*; sie war offenbar einige Zeit einem Kanal durch die unter dem Wasser liegende Schlammbank gefolgt.

»Wir werden noch etwa eine Stunde Ebbe haben«, sagte Chalcus mit einem Blick zum Land. Ilna fragte sich, ob der Seemann im Dunkeln mehr sah als sie. »Ich denke, wir sitzen tief genug im Schlamm, daß wir nicht umkippen wie die da drüben.«

Er nickte zu der anderen Trireme hin, die nun auf der Seite lag, die Backbordreling im Wasser. Männer kletterten mit Lampen und Werkzeugen hin und her, schrien einander an und brüllten ihren Genossen auf der *Schrecken* Forderungen zu. Vonculo schrie zurück, aber zum größten Teil war die Besatzung der *Schrecken* offenbar bereit, auf Neuigkeiten von den Spähern zu warten.

»Und es wird hier heute Nacht zwar eng werden«, meinte Chalcus mit einem breiteren Grinsen als üblich, »aber ich denke, ich bin doch lieber hier, oder?«

»Ja«, sagte Ilna. Sie drückte Merotas Schulter.

»Ich habe ein wenig Brot und Käse«, fuhr sie fort. »Da es kein Lagerfeuer geben wird ...«

Die Laterne an Land bewegte sich in einem hohen Bogen und ging aus, kurz nachdem sie wieder abwärts geflogen war. *Warum rufen sie nicht*, fragte sich Ilna, aber der Schrei folgte nur ein paar Herzschläge nach dem Funken des erlöschenden Lichts. Sie hatte vergessen, wie weit es bis zum Land war.

Der Schrei brach plötzlich ab. Einen Augenblick lang herrschte Stille, durchdrungen nur vom Flüstern der Wellen und dem Schluchzen eines Seemanns.

Jemand am Ufer begann zu lachen. Das Geräusch war zu laut und schrecklich, um aus einer menschlichen Kehle zu stammen. Es ging weiter, hallte wider und verklang langsam, bis es schließlich abbrach, als hätte sich das Geschöpf hinter einen Hügel begeben. Ilna glaubte immer noch Spuren davon zu hören, wenn auch erheblich schwächer.

»Ilna os-Kenset!« rief Vonculo. »Zauberin! Kommt her!«

3

»Anhira panton phrougi«, sagte Tenoctris und stieß mit ihrem kleinen Zauberstab in die Mitte des Bildes. »*Atithe!*«

Ein Wirbelwind kam auf, und er war rascher und trug mehr Dinge mit sich, als die dünne Luft dieser Wüste hätte tragen können. Der Wirbel stürzte sich auf das Pflaster unter dem verwehten Sand und grub, während er sich ausdehnte, noch tiefer.

Blaue Funken sprangen zwischen die Sandkörner. Garric lehnte sich zurück und legte jeder der Frauen eine Hand auf die Schulter, als die Ränder des Wirbels sie erfaßten. Das Loch zu ihren Füßen erstreckte sich bis –

Garric, Liane und Tenoctris hockten am Rand eines Tunnels, nicht einer Grube, die zum Mittelpunkt der Welt führte. Die Mauern waren von feuriger, blauer Durchsichtigkeit, manchmal nach innen gebogen, als drückte etwas schwer auf die Röhre.

Tenoctris sagte: »Vorwärts«, Garric hielt sie fest. »Wir müssen weitermachen«, flüsterte sie, die Augen vor Erschöpfung geschlossen. »Helft mir, wenn ihr könnt.«

Wenn ich kann! dachte Garric. Er hob die alte Frau auf vom Boden, so daß ihr Kopf an seiner rechten Schulter zu liegen kam. Liane nickte ihm zu und lächelte angespannt. Sie hatte bereits die Tasche mit Tenoctris' Sachen geschultert. Seite an Seite gingen sie den schimmernden Tunnel entlang.

Die Luft war trocken und ohne Spuren irgendwelchen Geruchs, aber sie war zumindest dick genug zum Atmen. Garric hatte das Gefühl, nach zu langer Zeit unter Wasser wieder an die Oberfläche gelangt zu sein. Er verstand nicht, wie Alman auf diese Weise leben konnte.

Er warf einen Blick zurück über die Schulter, aber der Tunnel erstreckte sich auch in diese Richtung unendlich weit. Liane sah die Geste und meinte: »Es wäre nicht richtig, Lord Alman gegen seinen Willen dort wegzuschleppen.« Und dann: »Oder?«

»Ich denke nicht«, erwiderte Garric. Er schüttelte den Kopf. »Ich schätze, wo er sich befindet, ist er in Sicherheit.«

»Er könnte noch sicherer sein«, sagte Carus, *»wenn er sich aufhängte. Ich kann einem Menschen viel verzeihen, aber nicht Feigheit. Der da ist zu feige, um zu leben!«*

Garric dachte an die Zeiten, zu denen er Angst gehabt hatte. Erst vor kurzem, während er am Flußufer in Valles wartete, daß Tenoctris' Zauber wirkte und die Brücke hinter ihm als Zeichen unwirklicher Macht schimmerte.

Garric konnte der Linie dieser Erinnerungen rückwärts folgen bis zum Alter von drei, vielleicht sogar jünger. Er hatte gezittert, wenn er im Gastzimmer darauf wartete, daß sein Vater erfuhr, daß er nicht gelernt hatte, was er lernen sollte ...

All diese Erinnerungen hatten eins gemeinsam: Garric war nicht imstande gewesen, etwas zu tun, oder es war zu spät gewesen, etwas zu unternehmen. Also ging es ihm, solange er noch etwas tun konnte, gut.

Garric brach in ehrliches Gelächter aus, ebenso wie König Carus in seinem Kopf. Liane warf ihm einen Blick zu. Tenoctris, die an Garrics Schulter kaum bei Bewußtsein war, murmelte etwas Unverständliches.

»Ich dachte nur gerade«, sagte Garric zu seinen Freunden, »daß es doch gut ist, daß ich nun Prinz Garric bin. Das bedeutet, daß ich in der Zukunft immer etwas zu tun haben werde.«

Liane blinzelte. Sie griff an Tenoctris vorbei nach Garrics Hand und sagte: »Ich weiß manchmal nicht, ob du Witze machst oder es ernst meinst, Garric ... Du verwirrst mich. Aber ich bin froh, daß ich bei dir bin.«

Sie klang halb verzweifelt; nicht verängstigt, aber über alle Maßen verwirrt. Garric drückte ihre Hand und sagte: »Überwiegend ernst. Es geht mir gut, wenn ich nicht dasitzen und darauf warten muß, daß etwas geschieht.«

Er räusperte sich. »Ich bin auch froh, daß wir zusammen sind«, fügte er hinzu.

Die Mauern des Tunnels wurden nun entweder dünner oder klarer. Zunächst glaubte Garric, die Flecken und Linien, die er sah, seien ein Makel in der blauen Durchsichtigkeit selbst, aber die Flecken bewegten sich aus eigener Kraft. Als Garric und seine Freunde weitere hundert Schritte zurückgelegt hatten, konnte er sehen, was sich neben ihnen bewegte.

Liane betrachtete die Tunnelmauern mit ernster, aber ruhiger Miene. Sie warf Garric einen Blick zu.

»Ja«, sagte er, »ich sehe sie auch.«

Er senkte leicht den Kopf, um Tenoctris anzuschauen, aber die alte Zauberin war wieder in erschöpften Schlaf gefallen. Der Besuch bei Alman hatte sie alle körperlich gefordert, und Tenoctris hatte außerdem noch die Magie wirken müssen.

»Ich denke, etwas ist dort vor uns«, sagte Garric und widersetzte sich dem Impuls loszurennen. Er konnte nur eine Veränderung in dem blauen Licht erkennen. Der Tunnel zwängte sie nicht sonderlich ein – Garric hätte nicht so hoch springen können, um die gebogene Decke zu erreichen –, aber seine glatte Leere war ebenso bedrückend wie die Wüste außerhalb der Ruinen von Alae.

Die Wände waren nun ein dünner Schimmer; Garric spürte, wie seine Füße tief in den Boden sanken, als er weiterging. Wäre er auf dem Weg über einen Knüppeldamm gewesen, hätte er gewußt, daß das Holz verrottet war und jeden Augenblick einstürzen könnte. Er schaute Liane an, aber ihr schien nichts aufzufallen. Selbstverständlich wog sie nicht einmal halb soviel wie Garric.

Garric grinste müde. Außerdem hatten adlige Frauen wenig Erfahrung darin, auf verrotteten Holzdämmen zu gehen.

»Hm?« sagte Liane und erwiderte Garrics Lächeln.

»Ich dachte gerade daran, daß es der Bildung einiger Leute doch an vielem fehlt«, meinte Garric vergnügt. Er hatte nicht vor, Liane anzulügen, aber er sah auch nicht, was es helfen sollte, jetzt finster zu sein.

Eine Barriere funkelnden Golds verschloß den Tunnel direkt vor ihnen. Garrics Magen zog sich zusammen. Er fragte sich, ob diese Barriere sich öffnen oder zurückziehen – oder nichts davon tun würde.

Die Tunnelwände waren so klar geworden wie die Glasfenster der Kutsche mancher Adliger. Neben ihnen stampften Männer in Rüstung, sowohl Kavalleristen als auch Fußsoldaten. Die Truppen schlurften schweigend weiter, blieben in Formation, bewegten sich aber mit einem Mangel an Zusammenhalt, der Garric überraschte und den König, der durch seine Augen zusah, erstaunte. Die Gestalten waren so schattenhaft wie die einer Armee, die man im Zwielicht sieht, aber es waren zweifellos Menschen.

»Sie marschieren auf der Brücke«, sagte Liane leise. »Der Brücke, die wir in Valles sehen.«

Sie hatte recht. Garric hatte sich mehr für die Soldaten interessiert, aber die Krieger marschierten tatsächlich auf einer Brücke mit demselben Filigrangeländer und denselben gedrehten Stützen wie der Brücke, die nachts über dem Beltis schimmerte.

Dieselbe Brücke, die der träumende Garric auf dem Weg nach Klestis überquerte.

»Ich kann ihre Standarte erkennen«, meinte Liane nervös. »Ich glaube, es ist ein Krebs. Ich weiß aber von keinem Fürstentum, das einen Krebs als Symbol benutzt.«

»Tenoctris?« sagte Garric. Er wollte die schlafende Zauberin nicht stören, aber er wußte nicht, was geschehen würde, wenn er die Barriere berührte.

»Soll ich weitergehen?« fragte er drängend.

Der Tunnel löste sich in Funkenflug auf wie ein Feuer. Garric taumelte vorwärts auf festen, gepflasterten Boden und fing sich auf einem Knie ab, ohne Tenoctris fallen zu lassen. Liane neben ihm keuchte, und die Blutadler kamen die Straße entlang auf sie zugerannt. Garric und seine Freunde waren wieder am Flußufer in Valles. Eine falsche Dämmerung erhellte den Himmel im Osten, aber die Sonne war immer noch einen Finger breit unter dem Horizont. Die Brücke aus Zauberlicht verblaßte. Auf ihr, grau und transparent werdend wie die Brücke selbst, marschierte die Armee weiter. Sie zog nach Klestis.

»Ich kann dir etwas über den Krebs erzählen, Junge«, sagte König Carus grimmig. *»Es ist das Wappen der Herzöge von Yole. Aber die Armee von Yole ist zum selben Zeitpunkt wie ich auf den Meeresgrund gesunken – vor nun tausend Jahren.«*

Sharina hockte sich neben die Steinplatte. Es bestand keine Frage, welchen Block der Drache gemeint hatte: Diese drei Fuß breite, feste, weiße Granitplatte sah vollkommen anders aus als die grob behauenen Kalksteine, die den Rest des Fundaments bildeten. Dennoch konnte sie sich nicht vorstellen, wie Dalar und sie den Stein entfernen sollten.

Dalar stand zwischen ihr und der Straße und drehte sich rasch immer wieder nach den Seiten und nach hinten um. Er sah aus wie ein extremes Beispiel eines Zuschauers, der beide Seiten eines Netzballspiels verfolgt. Sharina fürchtete, daß die Bewegungen des Vogels mehr Aufmerksamkeit erregen als helfen könnten, aber sie war zu unsicher, was *sie* nun tun sollte, um ihn davon abzuhalten, den Kopf hin und her zu reißen.

»Nun, er meinte ...«, murmelte sie und versuchte, den Stein

mit den Fingerspitzen zu packen. Zu ihrem Erstaunen zeigte er tatsächlich eine gewisse Willigkeit, sich zu bewegen, aber was immer mit der normalen Reibung geschehen war, der Stein wog trotzdem noch doppelt so viel wie sie und Dalar zusammen.

Sharina zog das Pewlemesser und schob es in die Ritze zwischen dem Altarstein und dem Block zu seiner Linken. Sie verwendete das einzige Andenken, das sie an Nonnus hatte, nur ungern als Stemmeisen; aber sie brauchte eines, und das Messer war alles, was sie hatte. Nonnus selbst hatte sie ausgebildet, nie zu vergessen, daß Gegenstände nur Gegenstände waren und allein Menschen besonderer Sorge bedurften. Sharinas Erinnerungen an ihren Freund und die Lektionen, die er ihr erteilt hatte, waren wichtig; sein Messer war nur ein Werkzeug.

Sanft schob sie die Klinge seitlich in die Fuge. Mörtelbrocken rieselten aus den Fugen, als bewegte sie einen Block Eis und nicht Stein. Sharina steckte einen Kieselstein in den Ritz, um den Stein zu halten, wo er war, dann schob sie das Messer in die gegenüberliegende Fuge. Der Stahl war dick und von bester Qualität. Er würde nicht brechen, wenn Sharina ihn sorgfältig einsetzte, obwohl sie die Kratzer wegpolieren müßte, sobald sie die Gelegenheit hatte.

Der Stein rutschte volle zwei Finger breit heraus. Sharina wischte unwillkürlich den Sand von der Klinge, bevor sie sie wieder einsteckte. »Hilf mir, Dalar«, sagte sie und preßte die Finger beider Hände an die linke Seite des Steins.

Dalar kniete sich auf die andere Seite. Sharina drückte fest und schob den Stein schräg vorwärts. Als er auf dieser Seite ebenso willig herausgerutscht war wie auf der anderen, drückte und zog Dalar ebenso.

Der Block rutschte zur Hälfte in die Gasse hinein, bevor Sharina auch nur ihren Griff neu ansetzen mußte. Sie konnten jetzt die Handflächen benutzen. Sie fragte sich, wie stark die dünnen Arme des Vogels wirklich waren. Die Antwort war offensichtlich »durchaus stark genug«.

»He, was macht ihr da?« rief jemand vom Ende der Gasse. Sein Schatten blockierte die Hälfte des trüben Lichts auf der Straße.

»Wir reparieren das Fundament, damit die Mauer nicht einstürzt!« rief Sharina zurück. Sie sah Dalar direkt in die Augen und murmelte: »Jetzt.«

Sie packten zu und taumelten rückwärts, als der Block vollkommen aus der Mauer rutschte.

Sharinas Hände waren von der Anstrengung beinahe verkrampft. Die Kanten des Granits waren scharf. Sie schnitten nicht in die Haut, aber sie preßten die Durchblutung in den Fingern ab, die fest gegen sie drückten.

»Ihr repariert das Fundament?« sagte die Stimme. »Das ist Unsinn. Leimon, komm her und sieh dir das an.«

Falls es sein müßte, würde Sharina eine Handvoll Silberbarren in die Straße werfen. *Das* sollte eine angemessene Ablenkung bieten, damit sie und Dalar entkommen konnten.

Obwohl »entkommen« nicht das richtige Wort war.

»Noch einmal«, sagte sie und packte den Rand des Altarsteins, um ihn direkt nach vorne zu ziehen. Sie zogen ge-meinsam. Das Gewicht des Steins widerstrebte, während Sharinas Armmuskeln sich bogen und der Vogel ein schwaches, keuchendes Geräusch durch seinen geschlossenen Schnabel machte.

Als der Block sich schließlich bewegte, ging es so schnell, daß beide aufspringen und zurückweichen mußten, um nicht verletzt zu werden. *Dumm!* dachte Sharina. *So albern, als würde ich Gemüse gegen die Handfläche schneiden, und erheblich gefährlicher!*

»He, ihr habt hier nichts zu suchen«, sagte der Sprecher und ging einen Schritt weiter in die Gasse. Zwei Freunde hatten sich zu ihm gesellt. Der Mann klang nicht zornig – oder betrunken, was dasselbe gewesen wäre. Er wollte sich einfach nur einmischen.

»Geh!« murmelte Sharina und wies auf die Öffnung. Die Mauer darüber hielt, aber sie wollte nicht darauf wetten, daß es ewig so bleiben würde.

Dalar glitt durch das rechteckige Loch, die Klauenfüße voran. »He, was macht ihr da?« winselte einer der Fremden.

»Hört zu, Mann!« sagte Sharina und versuchte so hochnäsig zu klingen, wie das in einem fremden Dialekt möglich war, während sie in einer schmutzigen Gasse hockte. »Geht doch zum Besitzer des Gebäudes, und er wird Euch sagen, daß er uns für diese Reparaturen bezahlt. Und er wird vermutlich nicht glücklich darüber sein, daß Ihr Eure Nase in seine Angelegenheiten steckt!«

Sie nahm den Gürtel mit Börse und Messerscheide ab. Er hing so unter ihrem Umhang, daß sie zunächst die Schnalle lösen mußte. Diese Schnalle war aus dem festen Knochen eines Meeressäugetiers geschnitzt.

»Ich glaube dir kein Wort!« sagte der erste Mann. Er warf einen Blick zurück zu seinen Kumpanen, bevor er entschied, was er als nächstes tun sollte.

Sharina zog das Pewlemesser, dann warf sie Börse und Gürtel durch die Öffnung. »Bei der Herrin!« rief ein Mann. Alle drei wichen hastig zurück und stolperten dabei übereinander. »He, was *soll* das?«

Sharina steckte die Füße in die Öffnung und schob sich dann mit der linken Hand weiter. Das Messer wackelte; sie bewegte es nicht bedrohlich, und sie würde es nicht benutzen, es sei denn, einer der Männer versuchte, sie aufzuhalten. Es war allerdings wahrscheinlicher, daß die drei in die Straße zurückrennen und nach Hilfe rufen würden.

Sharinas Füße wurden regenfeucht. Sie drückte die Bauchmuskeln gegen die Mauerkante und ließ sich auf den Boden rutschen, nicht weiter als einen Fuß tief. »Oh!«, keuchte sie und war froh über Dalars Hand, die sie stützte.

Sie standen in den Ruinen einer Stadt. Es war früher Nachmittag. Der warme Regen war wohl schon den ganzen Tag über gefallen, denn Pfützen füllten jede Senke und jede Kerbe.

Dalar reichte Sharina ihren Gürtel. Sie steckte das Messer ein und betrachtete sich forschend. Sie hatte sich die Oberschenkel verkratzt – nichts Ernstes – und das Hemd bis zum Nabel hochgezogen. Ihr Umhang hatte sich an etwas verfangen, als sie über den Rand gerutscht war. Der Flügel des emaillierten Schmetterlings an der Schließe hatte sie in den Hals gestochen, aber als sie darüber rieb, bemerkte sie, daß die Haut nicht aufgerissen war.

»Ich verstehe jetzt, was Ihr gemeint habt, als Ihr sagtet, daß Ihr von weit her kommt«, sagte Dalar. Er lachte glucksend. »Wäre es möglich, daß Ihr auch nach Rokonar gelangen könnt?«

Sharina bemerkte, daß der Vogel, während er sprach, die zusammengeketteten Gewichte in der rechten Hand hielt. Er betrachtete ihre Umgebung mit kurzen, ruckartigen Kopfbewegungen.

»Das glaube ich nicht«, sagte sie. Sie schnallte den Gürtel wieder über die Schlangenhautschärpe und konzentrierte sich darauf, damit sie Dalar nicht ansehen mußte. »Ich gehe, wohin die Person, der ich diene, mich schickt. Ich weiß nur, daß ich mich weiterbewegen werde, bis ich dort bin, wo er will, daß ich bin.«

Nun sah sie Dalar an. Er nickte; sie wußte nicht, ob es eine Geste seines eigenen Volkes war oder etwas, was er von den Menschen gelernt hatte. »Ein Krieger der Rokonar hinterfragt nicht, wohin sein Herr ihn führt«, sagte er. »Es war nur eine

Angelegenheit persönlicher Neugier, die vielleicht besser unausgesprochen geblieben wäre.«

Sharina warf den ersten konzentrierteren Blick auf die Landschaft, die sie umgab. Hinter ihr befand sich eine Mauer, die bis auf den Granitbrocken, den sie und Dalar in Valhocca entfernt hatten, aus Kalkstein bestand. Der feste Stein war deutlich abgetragen, und die Hälfte hatte sich in einer gezähnten Diagonale abgesplittert.

»Ich sah, wie Ihr darüberkrocht«, sagte Dalar und nickte zu dem Stein hin. »Erst erschienen Eure Füße, dann der Rest. Aus dem Nichts.«

Der Granit fand sich oben auf dem Rest der Mauer, aber das Gebäude, zu dem er gehört hatte, mußte gewaltig gewesen sein, bevor es einstürzte. *Vielleicht ein Tempel; aber auf jeden Fall sollten die Säulen, deren Bruchstücke dort liegen, sich wohl an der Vorderseite befunden haben.*

Dalar wartete schweigend. Manchmal wirbelte er ein Gewicht zwischen zwei Fingern an einem Zoll Kette – vielleicht wollte er damit andeuten, daß er erwartete, daß seine Herrin ihn irgendwo hinschickte. Es wäre Sharina lieb gewesen, wenn jemand sie selbst irgendwo hingeschickt hätte.

»Ich habe keine Ahnung, wo wir sind«, sagte sie. »Oder wohin wir als nächstes gehen sollten. Der Drache – die Person, der ich diene – erscheint, wie du es gesehen hast.«

Sie lächelte. »Nun, du hast nur mich gesehen«, verbesserte sie sich. »Die ersten Male, als er mir neue Anweisungen gab, wußte ich es nicht vorher, und ich bezweifle, daß es in der Zukunft anders sein wird.«

Die Ruinen hätten die von Valhocca sein können, aber die Zerstörung war so vollständig, daß es sich auch um jede Stadt der Insel hätte handeln können – Jahrhunderte nach dem Zusammenbruch. »Zu meiner Zeit gab es eine Legende«, sagte Sharina, »daß ein Zauberer Valhocca zerstörte und es verfluchte, so daß es nie wieder aufgebaut würde. Das ist angeblich in der mythischen Vergangenheit *meines* Zeitalters geschehen. Niemand hätte es wirklich wissen können.«

Dalar gluckste. »Ihr kommt tatsächlich von sehr weit her«, sagte er. Seine daunigen Federn wurden glatt, als der Regen darauf fiel; der Krieger sah aus wie eine größere Version eines Huhns, das Sharina zum Abendessen abgebrüht und gerupft hatte. Um nicht kichern zu müssen – und weil sie irgend etwas tun sollten –, sagte Sharina: »Laß uns Schutz suchen. Und denkst du, daß es hier in diesem Wald etwas zu essen gibt?«

Die Beerenzeit war schon vorüber, und Sharina hatte bei ihrem kurzen Rundblick keine Nußbäume entdeckt. Die Vegetation hatte überwiegend breite, üppige Blätter, ganz anders als die Wälder, durch die man sie bei ihrem Weg zu dem Drachen gescheucht hatte.

Im Wald südlich von ihnen heulte etwas laut. Sharina konnte nicht abschätzen, wie weit entfernt es sein mochte. Sie wollte gerade sagen: »Wahrscheinlich ein Vogel«, schloß dann aber den Mund wieder.

Das hätte geklungen, als wolle sie so tun, als bestünde keine Gefahr. Sie wußte einfach nicht, was das gewesen war. Und obwohl *alles* dieses Geräusch hätte machen können, hatte es nicht wirklich wie ein Vogel geklungen.

Sie grinste Dalar an und zog das Pewlemesser. »Wir gehen hier entlang«, sagte sie und nickte nach Norden zu einem Boulevard hin, der zwei Reihen Ruinen voneinander teilte.

»Es könnte eßbar sein«, sagte der Vogel. Er drehte den Kopf in so raschen und unsicheren Bewegungen wie Licht, das von facettiertem Glas gespiegelt wird.

»Wir auch«, erwiderte Sharina.

Sie machten sich auf den Weg, nebeneinanderher auf beiden Seiten der Mittellinie der Straße. Die Bäume hier waren genauso groß wie überall sonst in den Ruinen – viele waren so dick, daß Sharina und Dalar sie nicht hätten umspannen können –, aber der Untergrund war bequemer, wenn man nicht über Trümmerhaufen klettern mußte, die einmal Gebäude gewesen waren.

Der Nieselregen machte es schwieriger, sich auf irgend etwas zu konzentrieren, das weiter als Armeslänge entfernt war. Sharina erinnerte sich mehrmals daran, daß sie wirklich auf ihre weitere Umgebung achten sollte, aber dann stellte sie immer wieder fest, daß sie sich auf den Boden direkt vor ihren Füßen konzentrierte.

Sie kicherte. Der Vogel sah sie an und fragte: »Herrin?«

»Es ist einfach ungerecht, in Gefahr zu sein, wenn es auch noch regnet«, sagte Sharina.

»Ich dachte bereits daran, eine umfangreiche Beschwerde an die Götter über unsere Situation zu verfassen«, stimmte Dalar mit unbewegter Miene zu. »Alles, was mich noch zurückhält, ist, daß ich mich nicht entscheiden kann, welcher Gott für diese Situation verantwortlich ist. Mein Volk hat zehntausend einzelne Götter, also ist es schwierig, einem davon korrekt die Schuld zuzuschreiben.«

Sharina kicherte erneut. Der Vogel hatte keine andere Wahl gehabt, als diese Worte mit unbewegter Miene auszusprechen – statt beweglicher Lippen hatte er einen Schnabel, der so fest war wie ein Kuhhorn. Es freute Sharina zu sehen, daß ihr Begleiter nicht nur Sinn für Humor hatte, sondern auch eine Art, die zu der ihren paßte.

Sie hörten den Ruf abermals und blieben beide stehen. »Es klang weiter entfernt als zuvor«, sagte Sharina. Diesmal hatte sie es ausgesprochen, statt ihre Worte herunterzuschlucken, denn diesmal konnte sie eine wahrheitsgemäße Äußerung machen, statt nur einen verängstigten Wunsch von sich zu geben.

»Ja«, erwiderte Dalar, »und weit rechts von uns. Was immer es sein mag.«

Ein Ungeheuer mit gelben Reißzähnen und Haut in der Farbe von flechtenüberwachsenen Felsen trat aus dem eingestürzten Gebäude neben Sharina. Es bewegte sich auf zwei Beinen wie ein Mensch, war aber trotz seiner gebückten Haltung acht Fuß groß.

Sharina verlagerte leicht das Gewicht, so daß sie mit beiden Füßen fest stand. Dalar machte einen Schritt nach rechts, so daß sie beide dem Geschöpf gegenüberstanden. Der Ghul hob den Kopf und heulte seinen Genossen zu, die in der Ferne gerufen hatten. Von nahem war das Geräusch ohrenbetäubend wie ein Bulle, der durch eine primitive Eisentrompete brüllt.

Die Arme des Ghuls waren lang genug, um den Boden zu berühren, aber im Augenblick hielt er einen kopflosen Hasen in einer Klauenhand und pickte mit der anderen Fleischstückchen aus den Zähnen. Sechs Brüste hingen flach am Bauch des Geschöpfs; es war weiblich.

Der Ghul grinste und ließ die Kaninchenreste fallen. Sharina hob das Pewlemesser und packte den Griff mit beiden Händen. Ihre einzige Chance war, sich dem Angriff des Geschöpfs mit aller Kraft zu stellen. Flucht wäre sinnlos gewesen.

Sie hörte ein pfeifendes Geräusch von der Seite, wagte aber nicht, den Blick von dem Ghul zu nehmen. Wenn die Zeitabstimmung gut war, würden sie vielleicht ...

Der Ghul machte einen Sprung. Das matschige *Tschunk* des Aufpralls klang wie eine Axt, die eine Melone trifft.

Der haarlose Schädel der Kreatur wurde zur Seite gerissen und verlor die Form. Eines von Dalars Bronzegewichten hing einen Augenblick lang wie erstarrt in der nebligen Luft, nachdem es all die Wucht seines Flugs auf den häßlichen Kopf übertragen hatte.

Dalar riß das Gewicht zurück in die Handfläche und wirbelte das andere an seiner sechs Fuß langen Kette. Nach zwei kurzen Bewegungen mit dem Handgelenk war die Bronze mehr ein Schimmern in der Luft als ein deutlich sichtbarer Gegenstand. Dalar hatte darauf geachtet, daß seine Waffe sicher über Sharinas Kopf hinwegflog.

Der Ghul brach neben Sharina in die Knie und ruckte mit um sich schlagenden Armen seitwärts – Sharina wich zurück, war aber nicht schnell genug, um einen Klauenkratzer an ihrem linken Unterschenkel zu vermeiden –, fiel schließlich auf den Rücken und schlug weiter um sich. Alle vier Glieder zuckten in einem unterschiedlichen Rhythmus.

Das Ungeheuer öffnete das Maul und enthüllte Vorderzähne so lang wie Sharinas kleine Finger. Zunge und Inneres des Mauls waren weiß mit blauen Sehnen. Der Ghul sagte: *»Guck, guck, guck«,* und hielt dann inne. Der Körper bog sich in einem Krampf, der ihn keuchen ließ. Noch einmal zuckten Arme und Beine, dann wurde der Ghul schlaff. Sharina atmete aus. Ihre Hände zitterten so heftig, daß sie nach zwei vergeblichen Versuchen, das Pewlemesser einzustecken, die Waffe einfach weiter in der Hand behielt, während sie den Kratzer an ihrem Bein untersuchte. Normalerweise wäre es nicht ernst gewesen, aber wenn man den Zustand der Klauen betrachtete, sollte sie ihn lieber sofort reinigen.

Sie blickte zu ihrem Begleiter auf. Sie sagte: »Das war gute Arbeit, Dalar.«

»Es freut mich, meiner Herrin dienen zu können«, erwiderte der Vogel. Ein Unterton von gurrendem Entzücken färbte die neutrale Schlichtheit seiner Worte. Und er fügte hinzu: »Ein solches Geschöpf war mir neu.«

»Mir ebenfalls«, meinte Sharina. »Ich möchte diesen Schnitt gerne mit Kampferblättern säubern und sehen, ob wir ein paar Spinnweben finden können, um sie darauf zu legen. Nonnus ...«

Ein Ghul schrie in mittlerer Entfernung. Ein anderer antwortete von weiter weg. Bevor dieser Schrei zu Ende war, gaben noch ein Dutzend weitere Geschöpfe Laut. Alle schienen südlich von Sharina und Dalar zu sein, aber einige klangen sehr nah.

»Andererseits kann der Schnitt auch warten«, sagte Sharina. Zusammen begannen sie, durch die Ruine nordwärts zu laufen.

Elfin sang irgendwo in der Nähe, wenn auch nicht so nah, daß Cashel die Worte hätte verstehen können – das war vielleicht besser so, dachte er.

Er warf den letzten Kiefernzapfen von der rechten in die linke Handfläche und ließ ihn dann auf den Boden fallen. Er erhob sich und kaute die kleinen Nüsse, die er aus dem Zapfen geholt hatte. Cashel wußte nicht, ob er sich an so etwas als ständige Nahrung gewöhnen könnte – sie hatten einen Nachgeschmack von Terpentin, obwohl das beim Kauen nicht auffiel –, aber um sich hier in der Unterwelt zu ernähren, waren sie in Ordnung.

»Die Wälder hier sind wirklich ruhig«, sagte er zu dem Ring, »wenn man von Elfin einmal absieht. Ist es immer so?«

»Die anderen Bewohner dieser Ebene haben Angst vor dir«, sagte Krias. »Sie sind dennoch hier. Sie werden herauskommen, wenn du weg bist.«

»Ah«, sagte Cashel mit einem Nicken. »Aber du meinst, sie haben Angst vor *dir.*«

»Das ist dasselbe, Schafsjunge«, sagte der Ring.

»Nein«, erwiderte Cashel, »das ist es nicht.«

Er lächelte dem Ring zu, um zu zeigen, daß er nicht zornig war. Er hatte einfach keine falsche Aussage, die ihn betraf, hinnehmen wollen.

Cashel reckte sich und wirbelte seinen Stock einmal herum.

Er blickte über die Schulter in Richtung des Gesangs und rief: »He, Elfin! Komm her. Ich werde dir nichts tun.«

Die Musik brach einen Augenblick lang ab und ging dann weiter. Sie kam nicht näher.

»Weißt du, er hat mich nicht angegriffen wie der Rest seines Volkes«, erklärte Cashel dem Ring. »Und er kann wirklich spielen und singen, nicht wahr?«

»Der Rest *seines* Volkes?« fragte Krias. Der kleine Dämon gackerte vor Lachen. »*Du* bist Elfins Volk, Junge. Die anderen haben ihn als Kind aus der Wiege gestohlen. Hast du nicht gehört, *was* er gesungen hat?«

»Nun«, meinte Cashel, »Lieder bedeuten mir nichts, Krias. Großmutter Brisa hat immer von ihrer Liebe gesungen, die auf See ist, oder dem grauäugigen Jungen, der sie geliebt hat, und all solchen Dingen. Aber niemand hat sie geliebt, seit ihr Mann lange vor meiner Geburt gestorben war.« Der Ringdämon seufzte, aber nicht ganz so dramatisch wie sonst. »Nun, über solche Dinge singt das Volk nicht«, meinte er. »Sie haben dieses Lied geschrieben, als sie die Kinderfrau getötet und Elfin gestohlen haben – nicht, daß er damals Elfin hieß. Und sie haben tausend mehr solcher Lieder, und jedes von ihnen entspricht der Wahrheit.«

»Duzi!« sagte Cashel staunend. »Das ist ja schrecklich!«

Krias gackerte. »Nun, als wir sie zum letzten Mal sahen, sangen sie nicht mehr, oder?« fügte er vergnügt hinzu.

Cashel legte die Hände an den Mund, lehnte den Stock in die Ellbogenbeuge und brüllte: »Elfin! Komm her! Ich bringe dich nach Hause, sobald ich hier alles erledigt habe!«

Der Junge hörte nicht einmal mit Singen auf. Es war schrecklich zu denken, daß diese Worte Wirklichkeit waren.

»Nun ja, vielleicht wird er uns später einholen«, sagte Cashel. »Und außerdem werden wir denselben Weg zurückkommen, oder?«

»Ich bin ein magischer Ring«, hauchte Krias, »und keiner, der die Zukunft verkündet. Ich habe nicht die geringste Ahnung, was du tun wirst, Schafsjunge, ich weiß nur, daß es dumm sein wird.«

»Nun gut, dann gehen wir einfach weiter«, sagte Cashel. Er mußte über das Getue des Rings einfach lachen.

»Weißt du was?« fügte er hinzu. »Zu Hause im Dorf haben die Jungen manchmal Strohhalme in einen Ameisenhügel gesteckt und dann zugesehen, wie die Ameisen aufgeregt herumrannten. Ich denke, das tut niemandem weh, und manchmal ist es recht witzig, zuzusehen.«

Krias spuckte wie ein Kessel mit kochendem Wasser. Cashel grinste weiter, während er sich auf den Weg machte.

Cashel hatte jedesmal, wenn die Bäume ein wenig dünner wurden, einen Blick auf einen felsigen Hügel weit voraus werfen können. Er ging durch einen Buchenhain – es waren zumindest beinahe Buchen; die Blätter hatten die richtige sägezähnige Form, aber sie waren zu groß für diese Art Bäume – und sah den Hügel wieder direkt vor sich, nur einen Steinwurf entfernt.

Er hatte ihn schon einmal gesehen, oder zumindest etwas sehr Ähnliches. »Das ist derselbe Ort, an dem ich Landure begegnet bin«, sagte er. »Sind wir einfach im Kreis herumgelaufen, Meister Krias?«

»Sieh dir doch das Portal an, Schafsjunge«, sagte der Ring. »Sieht das aus wie jenes, durch das wir zuvor gekommen sind? Nein! Denn dies ist das Tor zur zweiten Ebene.«

»Ja, das sehe ich jetzt«, sagte Cashel und ging an dem Felsen vorbei, der die Öffnung aus dem Winkel, aus dem er sich näherte, beinahe verborgen hatte. Die Tür war tatsächlich aus Holz und nicht aus Bronze.

Er machte sich nicht die Mühe, Krias mitzuteilen, daß er die Tür zunächst nicht gesehen hatte. Der Dämon wußte das bereits, und Erklärungen waren nicht viel wert, selbst wenn sie besser waren als »ich habe nicht gesehen, was direkt vor meiner Nase war«.

Es war eine schwere große Tür aus massiven Eichendielen, die mit Holznägeln statt mit Eisen zusammengefügt waren. Den Handwerkern war es mehr auf Festigkeit als auf Kunst angekommen. Die Planken der Tür waren nicht mit Nut und Feder aneinander befestigt, also konnte Cashel, obwohl sie so dick waren, durch die Ritzen Licht erkennen.

Das Licht war von kränklichem Grün. Nun, das wäre eine Abwechslung gegenüber dem roten Licht, in dem er sich befunden hatte, seit er durch die Bronzetür gekommen war. Beides war allerdings keine Lichtfarbe, die Cashel besonders begeisterte.

»Ich gehe also hier durch?« sagte Cashel zu dem Ring.

»Woher weiß ich, was du tust?« fauchte Krias. »Du bist frei, umherzuhuschen wie ein pelziges Tier, das gerade genug Verstand hat, morgens wieder aufzuwachen. Du mußt nicht auf dem Finger eines Idioten sitzen wie ich!«

»Meister Krias«, sagte Cashel, »es wird dir nicht gelingen, mich zu ärgern, also könntest du auch gleich aufhören. Außerdem nehme ich an, daß du ebenso wie ich Landure wieder lebendig sehen möchtest. Ist diese Tür nun der Weg zu Landures neuem Körper?«

»Ja, diese Tür und eine andere ähnliche, wenn du so weit gelangst«, sagte der Dämon. »Genauer gesagt, *falls.*«

Er klang gereizt – nun, das tat er immer, außer wenn er über Dinge sprach, von denen Cashel wünschte, daß sie nicht geschehen wären, nicht einmal dem Volk –, aber er war ein wenig gedämpfter als sonst. Es konnte tatsächlich nicht viel Spaß machen, in einem kleinen Ring festzusitzen.

»Danke«, sagte Cashel und packte den Türgriff an einem horizontalen Griff, der lang genug war, daß drei Männer ihn gleichzeitig hätten fassen können. Als Cashel zog, knarrte die Tür und ächzte, statt sich zu öffnen.

Cashel dachte schon, daß sie von der anderen Seite verriegelt wäre, als er versuchte, gleichzeitig zu heben und zu ziehen. Das funktionierte, und er wich zurück und hielt dabei die Tür vom Boden weg. Sie war zu schwer, um nicht in ihren Scharnieren nach unten zu hängen. Bei all ihrer Größe war sie nicht besser zusammengenagelt als eine Stalltür.

Das Gelände, das nun vor ihnen lag, war nicht viel anders als das, was Cashel gesehen hatte, bevor er die Bronzetür öffnete. Die Vegetation glich allerdings keinem Baum oder Strauch, die er je gesehen hatte.

Direkt hinter der Tür wuchs etwas, das einer jungen Weide halbwegs ähnlich sah, aber nur halbwegs. Die Äste waren schlangenhaft wie die einer Trauerweide, aber der Baum hatte überhaupt keine Blätter. Er hatte sie auch nicht für den Winter verloren: Die Brise, die von unten kam, war warm und feucht wie ein Sommernachmittag in den Marschen.

Cashel packte seinen Stock fester und seufzte. »Lebt dort unten auch das Volk, Meister Krias?«

»Die?« fragte der Ringdämon. »Nein, aber dort gibt es Schlimmeres, Schafsjunge. Viel Schlimmeres!«

»Nun, dann laßt uns hoffen, daß wir ihnen nicht begegnen«, meinte Cashel. Er ging durch die Tür.

»Willst du sie nicht schließen?« fragte Krias. »Was ist los – bist du schon so schlaff, daß du glaubst, du könntest die Tür nicht mehr bewegen?«

»Nein, es geht mir gut«, erwiderte Cashel und strich über das glatte Holz. Er wünschte sich, Garric wäre hier bei ihm. Aber zumindest der Stock war ein Freund von zu Hause. »Ich dachte, ich lasse sie offen, falls Elfin doch noch mit uns kommen will. Ich glaube nicht, daß er die Tür öffnen könnte, wenn ich sie geschlossen habe.«

Krias gackerte höhnisch. »Irgendwie bezweifle ich, daß du Elfins kulturellem Standard angemessen bist«, sagte er.

»Aber es mag dennoch sein, daß er sich einsam fühlt«, sagte Cashel. Er ging in die riesige, grün beleuchtete Höhle hinein. Wie schon bei dem Ort, den er gerade verlassen hatte, gab es nichts, was einer Höhlendecke vergleichbar gewesen wäre. Er hätte unter freiem Himmel stehen können.

Die Bäume an den Abhängen unter ihnen bebten leise wie ein Gerstenfeld in einer herbstlichen Brise. Allerdings sah es nicht aus, als wehten alle Bäume in dieselbe Richtung. Jeder schien sich zu einem unterschiedlichen Rhythmus zu schütteln.

»Das ist komisch«, sagte Cashel. Er wollte den Ring gerade fragen, aber als er schon den Mund öffnete, hörte er im Kopf all die Beleidigungen, die er von Krias zu erwarten hatte. Also ging er lieber zu der kleinen Nicht-Weide hin, um sie sich näher anzusehen. Der Stamm des Bäumchens maß etwa drei Finger im Durchmesser und war so biegsam wie eine Angelrute aus Bambus. Die Rinde war glatt.

»Das wird dir leid tun!« zwitscherte Krias.

Die langen, peitschenartigen Äste des Baumes wickelten sich um Cashel. Es war, als würde er in einem Netz gefangen.

»Ruf mich zu Hilfe!« sagte Krias. »Mach schon, Schafsjunge!«

Cashel ließ seinen Stock los; er würde ihm jetzt nicht helfen. Die Äste wanden sich über ihn wie Schlangen.

Er versuchte zurückzuweichen, nicht ernsthaft, sondern um zu sehen, was geschah. Äste verbanden sich zu einer Barriere aus lebendigem Korbgeflecht zwischen Cashel und der Sicherheit. Er grinste, denn das war, was er erwartet hatte. Der Baum war vermutlich noch nicht vielen Ringern begegnet.

»Bist du noch bei Verstand?« kreischte Krias. »Benutz meinen Namen!«

Cashel beugte sich vor und ging auf den Baum zu. Er packte ihn unten am Stamm, so wie er sich auf die Fußknöchel eines Gegners gestürzt hätte, der auf seine Finte hereingefallen war.

Kein Mann hatte sich je aus Cashels Griff gelöst. Er bog langsam seine Knie durch und ließ die Muskeln die Arbeit machen. Dabei lehnte er sich ein wenig zurück und erhöhte die Spannung auf den Stamm.

Einen Augenblick lang zupften die Äste an Cashel – fest, fest genug, um Striemen zu hinterlassen, wo sie seine Arme und den Oberkörper umschlangen. Dieser Baum hatte nicht die geringste Ahnung von Kämpfen. Mit allem, was er tat, half er seinem Gegner!

Cashel hatte die Zähne zusammengebissen, und keuchende Atemzüge kamen aus seinen Lungen, aber er konnte spüren, daß die Wurzeln langsam nachgaben. Der Baum mußte wissen, was geschehen würde. Seine Äste hörten auf zu zupfen und peitschten statt dessen auf Cashel ein wie ein Viehtreiber auf ein störrisches Maultier.

Cashel preßte das Gesicht an den linken Oberarm, um seine Augen zu schützen, und was den Rest anging – Peitschenhiebe würden nichts ändern. Nicht, wenn er schon sehen konnte, daß die Hauptwurzel aus dem Boden kam, fett und gelb und mit kleinen abgebrochenen Würzelchen bedeckt, die sich wanden wie Regenwürmer, die man mit der Schaufel durchtrennt hatte.

Der Baum gab ein Geräusch von sich. Es war eigentlich kein Schrei, eher wie das Klappern eines Topfes voll kochendem Wasser. Die Äste hörten auf zu peitschen, und der Stamm wurde in Cashels Händen so schlaff wie die Zunge eines toten Schafs.

Cashel ließ den Baum los und richtete sich langsam und unter keuchenden Atemzügen auf. Ihm war schwindlig, und er wußte, daß er aufpassen mußte, um nicht über die Klippe zu fallen. »Oh!« sagte er.

»Und was glaubst du, damit bewiesen zu haben?« Krias klang mehr verblüfft als nörglerisch.

»Ich habe überhaupt nichts bewiesen«, sagte Cashel. »Der Baum hat einen Kampf begonnen, und ich habe einen beendet.«

Vorsichtig reckte er die Arme und betrachtete sich forschend. Er hatte keine Muskeln gezerrt, aber seine Haut brannte, und er blutete an ein paar Stellen, wo der Baum auf ihn eingeschlagen hatte. Er hoffte, daß es im Tal drunten Wasser gab, damit er sich waschen konnte.

Er wußte allerdings nicht, was er mit der Kleidung anfangen sollte. Der Baum hatte ihm den rechten Ärmel aus dem Hemd gerissen, und er hatte, als er sich bückte und anspannte, um die Wurzel herauszuziehen, einen großen Riß im Hemdrücken verursacht. Er wünschte sich, Ilna wäre hier, um sein Hemd zu flicken.

Um ehrlich zu sein, wünschte er sich, daß irgendeiner seiner Freunde hier wäre. Nun gut, er würde bald wieder bei ihnen sein. Zunächst bei Sharina, und dann würden sie zu den anderen zurückkehren.

»*Ich* hätte mich erheblich besser um das Problem kümmern können«, sagte Krias.

Cashel griff nach seinem Stock und wirbelte ihn, wobei er aufpaßte, nicht gegen die Felsen hinter sich zu stoßen. »Ich werde dich nicht immer in der Nähe haben«, sagte Ca-shel. »Außerdem zertrete ich meine eigenen Schlangen lieber selbst.«

Er kicherte. »Oder die Bäume.«

Cashel beugte sich über den Abhang und suchte nach einem Weg. Es sollte nicht schlimmer sein als die erste Kletterpartie. Er stützte seinen Stock weiter unten auf.

»Schafsjunge?« sagte der Ring.

»Hm?« erwiderte Cashel.

»Du könntest die Wurzel dieses Baums essen, den du getötet hast«, sagte Krias. »Sie soll angeblich sogar gut schmecken. Wenn du zu den niedrigen Lebensformen gehörst, die feste Nahrung brauchen.«

»Ah«, erwiderte Cashel. Er richtete sich auf und zog sein Messer. »Danke, Meister Krias. Ich hatte diese Kiefernzapfennüsse langsam satt.«

Cashel schnitt die Wurzel direkt unter der Rindenlinie ab. Irgendwo weiter hinten, immer noch auf der anderen Seite des offenen Tors, hörte er Elfin singen.

Vonculo packte den Griff seines breiten Schwerts mit beiden Händen, obwohl die Waffe immer noch in der Scheide steckte. Er mußte sich wohl an seinem Glücksbringer fest-halten. Sein bärtiges Gesicht sah im Lampenlicht aus wie das eines Tieres.

»Paßt auf das Kind auf«, sagte Ilna rasch zu Chalcus. Sie ging zum Navigator.

»Wir können ...«, begann Chalcus und schaute zu Vonculo und den anderen hin.

»Sie zu diesen verängstigten Narren bringen?« fauchte Ilna. »Das denke ich nicht.«

Die Hälfte der Besatzung hatte sich zum Bug und ihren Anführern vorgedrängt, verzweifelt, etwas zu erfahren. Sie machten Platz für Ilna, wie sie es auch für eine Giftschlange getan hätten, die über das Deck kroch.

Es gab nichts zu sagen – das hätte jedem mit dem Hirn auch nur einer Taube klar sein müssen, aber diese Männer hier hofften offenbar auf ein Wunder. Ein Wunder schien auch für Ilna die wahrscheinlichste Quelle einer Lösung, wenn man bedachte, wie die Schiffe festsaßen.

»Nun gut, Merota«, hörte sie Chalcus hinter sich sagen, »ich bringe dir den Frauenteil von ›Der Freier und das Würfelspiel‹ bei, und wir singen zusammen.«

»Also gut«, sagte Vonculo zu Ilna. »Ihr seid eine Zauberin, und wenn das, was wir am Ufer gehört haben, nicht das Werk von Zauberern ist, dann sind es Dämonen. Wir brauchen Euch für unsere Sicherheit!«

Er und die Männer um ihn herum waren so verängstigt, daß sie zu allem fähig gewesen wären. Ilna achtete darauf, daß ihre leeren Hände von allen zu sehen waren, denn sie wußte, wenn sie ihre Schnüre berührte, würde sie einer der Seeleute hinter ihr mit dem Knüppel niederschlagen oder erstechen. Es gab ohnehin nicht genug Licht, daß sie alle Anwesenden hätte binden können.

»Ich bin nicht diese Art von Zauberer«, sagte Ilna. »Ich kann Muster weben, die eine bestimmte Wirkung haben. Meine Kunst wird Euch nichts nützen.«

»Beim *Werkzeug* des Hirten!« fluchte der Navigator. »Wenn Ihr uns nicht helft, dann seid Ihr nur eine Verschwendung der Rationen, die Ihr gegessen habt. Ihr und das Mädchen.«

Ilna schnaubte. »Ich kann Euch keine Sicherheit weben, Meister Vonculo«, sagte sie. »Ich kann an Land gehen und mich umsehen, was dort los ist. Dasselbe, was jeder von euch hier tun könnte ...«

Sie drehte sich um und sah jeden Mann einzeln an. Sie wichen zurück, wie sie erwartet hatte.

In der Stille hörte Ilna Merota singen. *»Mein Herr, ich sehe, Ihr seid wieder da ...«*

Chalcus sah Ilna über den Kopf des Mädchens hinweg an. Er grinste wie ein Krummesser.

Ilna wandte sich wieder Vonculo zu. »... wenn ihr Männer wärt!«

»Ihr meint ...?« sagte Vonculo. Er blinzelte. Das ging in eine

Richtung, die er nicht erwartet hatte, also brauchte er einen Augenblick, bis er die Worte wirklich verstand.

»Ich meine damit, daß ich an Land waten und nachsehen werde, was den anderen Männern wirklich zugestoßen ist«, sagte Ilna verächtlich. »Ich kann nichts Übernatür-liches daran erkennen, daß ein Mann schreit. Ihr steht kurz davor, dasselbe zu tun, wenn jetzt auch nur ein Fisch springt.«

»Das ist in Ordnung«, meinte der Steuermann. »Wir lassen das Mädchen hier, also ...«

»Nein, Tias«, sagte Chalcus deutlich genug, daß er vermutlich auch auf der Insel zu hören war. »Merota wird Herrin Ilna und mich begleiten, wenn wir an Land gehen.«

»Ich werde Merota nicht mitnehmen!« sagte Ilna und drehte sich so rasch herum wie ein Eichhörnchen.

»Dort kann es keine so große Gefahr geben«, meinte Chalcus mit der linken Hand auf der Schulter des Kindes, »wie sie hier mit Leuten allein zu lassen, denen ich nicht einmal zutrauen würde, daß sie Pisse richtig aus einem Stiefel kippen können. Und ich nehme dich von dieser Beschreibung nicht aus, Meister Vonculo.«

Chalcus war zornig; das bemerkte Ilna, obwohl der Seemann grinste und mit freundlicher Stimme sprach. Es steckte noch mehr dahinter. Der Bursche hatte etwas an sich, daß ihn, wenn man ihn genügend bedrängte, dazu führen könnte, absolut alles zu tun, ohne an die Folgen zu denken. Und die gegenwärtige Situation, die das Ergebnis der Dummheit, Brutalität und Angst der Meuterer war, hatte Chalcus an diesen Punkt gebracht.

Ilna konnte sich nicht erinnern, je einen gefährlicheren Menschen gesehen zu haben – außer vielleicht, wenn sie in Wasser geschaut hatte, das klar genug war, ihr Abbild widerzuspiegeln.

»Aber ...«, sagte ein Seemann weiter hinten. »Woher wissen wir, daß sie zurückkommen?«

»Das ist eine gute Frage, Skogara«, meinte Chalcus mit freundlichem Lächeln. »Möchtest du mitkommen und unsere Zauberin bewachen?«

Die Antwort des Seemanns war ein unterdrückter Fluch. Chalcus grinste noch breiter und fuhr fort: »Das dachte ich mir – aber keine Angst, wir kommen zurück. Was ich bei Tageslicht von der Insel gesehen habe, hat mich nicht ermutigt, dort in Ruhestand zu gehen, das kann ich euch sagen.«

Ilnas Geist glitt wie ein Weberschiffchen durch die zur Verfügung stehenden Möglichkeiten. Chalcus hatte recht, daß Merota mit ihnen beiden besser dran wäre als allein, und Ilna war nicht dumm genug zu glauben, daß sie Chalcus zwingen konnte, bei dem Kind an Bord zu bleiben. Tatsächlich würden sie vielleicht alle drei am Ufer sicherer sein als inmitten von fünfzig verängstigten Narren.

»Wir brauchen eine Art Floß für Merota und die Sachen, die wir mitnehmen«, sagte sie laut. »Ich werde das Kind nicht diesem Schlamm anvertrauen.«

»Wir werden Lord Tadais Matratze benutzen«, verkündete Chalcus vergnügt. »Sie besteht aus Federn in einem gewachsten Leinenbezug. Und *denk nur,* Vonculo, wie der arme Mann ohne sie leiden wird.«

»Bei den Titten der Herrin!« sagte Vonculo. »Du bist verrückt, Chalcus! Verrückt!«

Ilna war vollkommen seiner Meinung, aber Chalcus war nicht dumm – alles andere als das. Und wenn sie sich nicht sehr irrte, hatte Chalcus Situationen überlebt, die viele andere das Leben gekostet hätten.

Er drehte sich um, schnitt zweimal über das Gepäckbündel unten im Schiff und durchtrennte das Frachtnetz. Das Federbett, oben auf dem anderen Gepäck zusammengedrückt, blähte sich, als wolle es sich freiwillig melden.

Chalcus hatte das Schwert in derselben Bewegung gezogen, mit der er den Doppelschnitt durchgeführt hatte. Es war eine mindestens so hübsche Bewegung wie die von Gauklern, die auf dem Schafsmarkt jonglierten.

Er steckte die Waffe wieder ein. »Wenn Ihr jetzt über die Reling steigen würdet, liebe Ilna«, sagte Chalcus, während die anderen nervös zusahen, »werde ich Euch das hier reichen und das Kind hinterherschicken. Wenn Ihr noch etwas anderes mitnehmen wollt, kümmere ich mich auch darum.«

Ilna warf dem Seemann ihr schmales Bündel zu, dann trat sie auf ein Ruder und ließ sich ins Wasser gleiten. »Ich bin nicht Eure Liebe«, rief sie über die Schulter, aber ohne sonderliche Betonung.

»Und woher wollt Ihr das wissen?« meinte Chalcus. Lachend reichte er ihr die Matratze, um sie ins Wasser zu lassen; sie schwamm wie die Enten, deren Federn sie füllten – und dann streckte er den linken Arm aus wie einen Hebebaum, an dem Merota sich aufs Floß lassen konnte. Ilna nickte zustimmend: Hätte Chalcus das Kind seinerseits gepackt, hätte er ihr vermutlich blaue Flecken verursacht.

Das Seewasser war kalt und klebrig von Salz. Es reichte Ilna bis zur Taille oder ein wenig höher – nichts Gefährliches, aber darin zu waten war ausgesprochen unangenehm.

Ilna grinste. Wie so vieles an dieser Reise.

Sie störte sich nicht an dem feinen Schlamm unter ihren Füßen, aber ihre nackten Zehen wühlten Gasblasen auf. Der Gestank nach uraltem Tod war erstickend, viel schlimmer als die Hinterlassenschaften des Fleckbachs in der Nähe des Dorfes bei Ebbe. »Oh!« keuchte Merota, als sie auf dem Floß saß. »Oh, was stinkt hier so schrecklich, Ilna? Ich bekomme kaum Luft!«

Chalcus glitt beinahe geräuschlos über die Reling. »Wir gehen an Land, Kind«, sagte er, »und wir hoffen, daß die Luft dort besser ist ... obwohl ich nichts versprechen kann, ich kann überhaupt nichts Gutes über diese Insel versprechen.«

»Euer Schwert wird naß«, sagte Ilna und bewegte sich landwärts, wobei sie das Floß mit der linken Hand hinter sich herzog. Das Gewicht des Mädchens ließ die Matratze in der Mitte einsinken und ein Wasserrinnsal über Merotas Knie rieseln. Das Kind zuckte zusammen, beschwerte sich aber nicht.

»Ja«, sagte Chalcus, »und der Stahl ist so gut, daß er schon rostet, wenn er nur hört, wie eine Frauenträne fällt ... aber es ist die Klinge eines Seemanns, Ilna, und ich habe genug Schafswolle in meiner Tasche, um das Salz wegzuwischen, sobald wir Land erreichen. Falls ich dort keine anderen Anwendungszwecke für die Klinge finden sollte.«

Er lachte. Zu Ilnas Überraschung kicherte Merota mit ihm. Chalcus' gute Laune brachte selbst Ilna zum Lächeln, obwohl sie sich zusammennahm.

Das Meer war nicht gefährlich tief, aber es war immer noch Schritt für Schritt unangenehm genug. Der Schlamm glitt um Ilnas Zehen und bot keinen guten Halt, wenn sie sich vorwärts schob. Das Wasser saugte an ihrer Kleidung.

Ilna schnaubte. Nun, Schlamm und Wasser würden sie nicht davon abhalten, ihren Plan weiter durchzuführen, und Unannehmlichkeit gehörte zum Leben. Unannehmlichkeit war der größere Teil des Lebens, hatte sie festgestellt, obwohl andere vielleicht nicht dieser Meinung waren.

»Ilna?« fragte Chalcus nach ihrem Schnauben. Er und Ilna zogen das Floß wie ein Gespann von – was? – bestimmt nicht Ochsen. Vielleicht Kutschpferde; nicht das Gespann eines Adligen, aber zweifellos ein gesundes, gutgepflegtes Paar. Und sie paßten recht gut zusammen.

»Ich fragte mich gerade«, meinte Ilna laut, »wie Lady Liane bos-Benliman das Leben betrachtet.«

»Eine Freundin, Ilna?« wollte Chalcus wissen; er sprach nur mit mildem Interesse, das es Ilna erlauben würde, die Frage zu ignorieren, ohne daß ein Problem entstand. Ilna fragte sich, was dieser Mann, falls überhaupt, von ihr wußte, und was davon über das hinausging, was er gesehen und was er in ihren Augen erblickt hatte.

»Liane war immer wie eine Freundin zu mir«, sagte Ilna vorsichtig. Eine Zeile aus einem Gedicht von Celondre ging ihr durch den Kopf: *Folge einem angemessenen Ziel, denn es bringt nur Unheil, sich zu wünschen, was die Götter dir mit Grund vorenthalten.* »Und ich hoffe, daß ich in der letzten Zeit auch eine Freundin für sie war.«

Sie waren nun in der Nähe der anderen Trireme, ein Glitzern von Lampenlicht und Flüche zu ihrer Rechten, und der schlammige Boden wurde endlich fester. An Land war nichts zu sehen, aber eine dünne Linie aus Schaum und Treibgut markierte den Küstenverlauf.

Chalcus zog das Floß im selben Rhythmus wie Ilna; er paßte seinen Schritt dem ihren an, denn er war zweifellos kräftiger und vertrauter mit der Art von Aufgaben, die sich ihnen stellten. Ilna bemerkte, daß sie aufgehört hatte, an den Gestank und die Kälte zu denken.

Mit einem anderen zu arbeiten war erstaunlich leicht, wenn diese Person dieselbe Gewohnheit hatte, die Arbeit in das wirkungsvollste Muster zu bringen. Das traf selbstverständlich nicht auf viele zu.

»Wenn ich eine Gegenfrage stellen darf«, sagte sie laut, »was hat Euch an Bord der *Schrecken* gebracht, Meister Chalcus?«

Er lachte. »Die Frage habe ich mir selbst schon öfter gestellt«, erwiderte er. »Um es kurz zu sagen, ich hatte meine vorherige Arbeitsstelle verlassen und dachte, es wäre recht gut, eine gewisse Entfernung zwischen mich und diese Region zu bringen. Die königliche Flotte suchte nach neuen Seeleuten ... und ich will gesegnet sein, wenn mich meine erste Reise aus der Mündung des Beltis nicht gleich wieder in die südlichen Gewässer gebracht hat, die ich hinter mir lassen wollte!«

Nun lachte er laut und dröhnend, und es hallte vom Strand wider. Ilna stellte sich vor, was für eine Unruhe das unter den Meuterern auslösen würde.

»Das läßt einen schon darüber nachdenken, ob man nicht den falschen Göttern opfert, oder?« sagte Chalcus. »Das, oder man opfert die falschen Dinge!«

»Chalcus?« fragte Merota. »Meinst du damit, du wolltest deinen ehemaligen Herren nicht begegnen?«

»Meinen Geschäftspartnern, Kind«, sagte der Seemann höflich. »Und ich werde ihnen auf dieser Seite des Grabes auch nicht begegnen, obwohl auf der anderen einige nach mir suchen – daran habe ich keinen Zweifel.«

In anderem Ton fuhr er fort: »Ich denke, du kannst jetzt die letzte Beinlänge auf deinen eigenen Füßen zurücklegen, Kind.«

Er ließ seine Ecke der Matratze los. Das Wasser war nur noch knöcheltief, aber Ilnas Füße sanken wieder tief in den Schlamm.

Chalcus zog sein gebogenes Schwert; der Stahl seufzte vibrierend. »Und ich selbst«, meinte er, »werde ein Stück vorgehen, um aufzupassen, daß es hier keine Löcher am Ufer gibt, in die wir fallen könnten.«

»Ja, geht voraus«, sagte Ilna. »Halt dich an meinem Hemd fest, Merota, ich brauche einen Augenblick lang beide Hände.«

Das Waten hatte die Schlinge, die sie in ihrem rechten Ärmel trug, feucht werden lassen. Sie zog sie zwischen Daumen und Zeigefinger durch und drückte das Wasser so gut wie möglich heraus. Die weiße Seide würde fließen wie Milch, wenn sie sie werfen müßte.

Chalcus grinste anerkennend, dann ging er vor ihnen her. Er hob die Füße ohne wahrnehmbares Platschen aus der Suppe und senkte sie ähnlich lautlos.

»Nicht zu weit, Chalcus!« rief Merota.

»Überhaupt nicht weit, Kind«, erwiderte Chalcus vergnügt, aber er drehte sich nicht nach ihr um. Den Bereich hinter sich überließ er Ilna.

Das Wasser wurde flacher, der Boden fester und endlich trocken. Chalcus' Hemd, ein verschwommener Fleck im Sternenlicht, verharrte.

»Wir sind direkt hinter Euch, Meister Chalcus«, warnte Ilna.

»Warum hast du das gesagt, Ilna?« fragte Merota.

»Weil Ilna weiß, daß ich so nervös wie eine Katze bin«, sagte der Seemann grinsend, »und es würde uns doch allen sehr leid tun, wenn ich dir den Kopf abschlüge, wenn ich mich erschrecke.«

Er legte Merota kurz die Hand unters Kinn, obwohl er den Blick nicht von der Vegetation nahm, die am Rand der Frühjahrsfluten wuchs. Es gab keine höheren Bäume, aber Gebüsch, dessen Zweige sich dicht miteinander verwoben.

»Nun, zumindest würde es dem Rest von uns leid tun«, fügte Chalcus hinzu.

»Dringen wir ins Land vor?« fragte Ilna. Sie konnte keinen Weg durch die Vegetationen erkennen, fühlte sich aber auf diesem schlammigen Strand verwundbar.

»Nun, da wir wieder zusammen sind«, meinte Chalcus, »schlage ich vor, wir suchen die Stelle, wo die anderen an Land gegangen sind. In Ordnung?«

»Ja, selbstverständlich«, fauchte Ilna. »Merota, bleibe zwischen mir und Meister Chalcus.«

Chalcus hielt inne. »Die Sache ist die, Merota«, sagte er, »Ilna und ich wissen ebensowenig wie du, was hier los ist. Das äußert sich auf unterschiedliche Weise, aber nichts, was einer von uns tut oder sagt, bedeutet, daß wir böse mit dir sind. Hast du das verstanden?«

»Ja, Chalcus«, sagte Merota. Sie schaute von ihm zu Ilna und fuhr fort: »Ich habe keine Angst, wenn ich bei euch beiden bin.«

»Oh, so jung und schon eine solche Lügnerin!« sagte der Seemann lachend. »Aber ich muß zugeben, daß es in der Vergangenheit sicherlich die klügere Wahl war, auf unserer als auf der anderen Seite zu stehen.«

Er warf Ilna einen Blick zu und zog eine Braue hoch. »Oder?«

Sie schnaubte. »Sehr wahrscheinlich«, gab sie zu. »Das sagt allerdings nicht viel über die Zukunft aus.«

»Dieses Gespräch hatten wir doch schon einmal«, meinte Chalcus und ging vorwärts, wobei er den Blick immer wieder sowohl dem Meer zu seiner Rechten als auch dem Gebüsch an der Gezeitenlinie zu seiner Linken zuwandte.

Auch Ilna beobachtete ihre Umgebung. Sie hatte nicht viel Zeit in Wäldern oder an Stränden verbracht, aber alles, was gegen das normale Muster verstieß, würde ihr so deutlich ins Auge fallen wie ein Freudenfeuer.

Sie lächelte. Es war durchaus möglich, daß an diesem Ort Drachen, die ganze Triremen verschlucken konnten, vollkommen normal waren. Drachen von solcher Größe sollten allerdings auch dann auffallen, wenn sie hierher gehörten.

Der Geruch war die erste Warnung. »Merota«, sagte Ilna, »hier ist etwas getötet worden, und es mag sein, daß es ein Mensch war. Vielleicht mehrere Menschen. Schrei nicht, wenn du es siehst.«

»Haltet das Mädchen zurück!« sagte Chalcus.

»Wir können ihr Leben retten, wenn wir uns auf unsere Arbeit konzentrieren!« sagte Ilna scharf.

»Aber an einem Ort wie hier können wir ihr nicht viel ersparen, und wenn wir das versuchen, werden wir Fehler machen, die wir uns nicht leisten können!«

»Schon gut, Chalcus«, sagte Merota. »Ich habe meine Eltern gesehen. Nach dem Feuer.«

Sie gingen noch drei Schritte auf Chalcus zu. »Das ist weit genug«, sagte er, »oder ihr tretet auf seine Eingeweide.«

Die Leiche hing von oben nach unten in der Astgabelung eines Strauchs; ihre Finger schleiften am Boden. Einer der Seeleute, nahm Ilna an, obwohl sie selbst in besserem Licht wohl nicht in der Lage gewesen wäre, das Opfer zu identifizieren. Man hatte ihn nicht nur ausgezogen und ihm den Bauch aufgeschlitzt wie einem Fisch, den man säubern wollte, sondern etwas hatte ihm auch das Gesicht abgebissen.

Das Boot war auf dem Schlamm zertrümmert worden, und einzelne Stücke lagen dreißig Fuß von dem Haupttrümmerhaufen entfernt. Ilna hatte nichts von der gewaltsamen Zerstörung des Holzes gehört. Vielleicht hatte das Lachen dieses Geräusch übertönt.

Der Gestank von Blut, Kot und Angst hing über dem Strand wie über einem Schlachthof. Zu Hause im Dorf hätte man das Blut in einer Schale mit Hafermehl aufgehoben, um Wurst und Pasteten daraus herzustellen. Zu Hause wäre der Kadaver allerdings der eines Schafes oder Schweins gewesen.

Lunge und Gedärme waren einfach auf den Sand geworfen, aber Herz und Leber fehlten. »Ah!« sagte Ilna.

Ihre beiden Begleiter sahen sie an. Ilna verzog angewidert den Mund – sie hätte ihnen ihre Überraschung nicht zeigen sollen – und sagte mit größtmöglicher Ehrlichkeit: »Ich dachte gerade daran, daß, wer immer diese Menschen umgebracht hat, nichts für Wurst und Pasteten übrig hatte.«

Chalcus lachte und drückte Merotas Schulter mit der linken Hand. »Wir passen schon auf dich auf, Kind«, sagte er. »Das schwöre ich!«

Merota sah den Seemann an. »War er ein böser Mann, Chalcus?« fragte sie.

»Drei-Finger-Sinou?« fragte er zurück und sah zu dem Opfer. »Er war faul und hätte den Rhythmus nicht halten können, wenn sein Leben davon abhing ... was es nicht tat, nicht wenn er für mich ruderte, aber ich war froh, als sie ihn auf das andere Schiff geschickt und zu Plestins Problem gemacht haben. Vielleicht hat Plestin ja andere Methoden, die Disziplin zu halten.«

Er lachte. Ilna war nicht sicher, ob er diesen Witz wirklich für komisch hielt oder nur versuchte, das Kind aufzuheitern. Beides, nahm sie an; und sie bemerkte, daß auch sie lächelte.

»Hier ist eine Bresche im Unterholz«, sagte Chalcus und zeigte mit dem Schwert darauf. »Die anderen sind wahrscheinlich hier entlanggegangen, da wir ihre Spuren im Schlamm gesehen hätten, wenn sie weiter am Strand geblieben wären. Ich denke, wir sollten hier warten, bis es heller wird, und dann weiter ins Land hineingehen.«

»Und nicht zurück zum Schiff?« fragte Ilna.

»Jede Entscheidung, die Vonculo bisher getroffen hat, hat uns nur tiefer in den Dreck gebracht, Ilna-Schätzchen«, sagte der Seemann. »Ich denke, wir sind allein besser dran.«

»Das glaube ich auch«, erwiderte Ilna. »Vor allem, da es so aussieht, als hätten die Eingeborenen ihr Abendessen bereits zu sich genommen.«

Sie fand eine Senke zwischen den Wurzeln eines Feigenbaums, dessen Stämme eine federnde Rücklehne bilden würden. Sie würde nicht schlafen, aber das sollte sie nicht davon abhalten, es so bequem wie möglich zu haben.

»Komm her, Merota«, sagte sie. »Leg den Kopf in meinen Schoß und schlaf ein bißchen. Es war ein langer Tag.«

»Das war es wirklich«, stimmte Chalcus zu. Er stellte sich an den Beginn des Pfades durch das Unterholz; Mondlicht tanzte, als er mit einem Stück Wolle die Klinge wieder und wieder sauberrieb, während er wartete. Als Merota sich neben ihr zusammenrollte, hörte Ilna Chalcus mit leiser, tiefer Stimme singen: *»Ich nehm zur Ehe, wen ich will, ebenso wie du.«*

4

Garric stützte die Ellenbogen auf den Tisch des Besprechungszimmers und den Kopf in die Hände. Er wußte, es waren Leute anwesend – er konnte hören, wie Liane sich leise mit Kanzler Royhas und drei Sekretären unterhielt. Die Stadträte von Herax im Osten Ornifals hatten sich gegen die Einrichtung eines königlichen Gerichtshofs in ihrer Gemeinde gewandt und sich dabei auf ein Edikt von Herzog Valbolg dem Starken als Beweis für ihre Unabhängigkeit berufen. Valbolg war vor siebenhundertundfünf Jahren gestorben. Laut Royhas war die Position der Regierung die, daß selbst *falls* das Edikt legitim war, der Aufstieg der herzoglichen Linie zum Königtum alle Entschlüsse der vorangegangenen Dynastie ungültig machte. Die Angelegenheit würde dennoch zumindest fünf Jahre vor Gericht kosten, wenn nicht zwanzig, und den gesamten Prozeß der Rationalisierung des Justizwesens aufhalten.

»O Hirte, hilf!« ächzte Garric. Seine Lippen bewegten sich, aber niemand außerhalb seines eigenen Kopfes hätte die Worte hören können. »Ich weiß, es ist wichtig, aber ich kann einfach die Augen nicht aufhalten.«

»Ich hätte meine Leibwache zusammengetrommelt und wäre die ganze Nacht nach Herax durchgeritten«, sagte König Carus. *»Ich hätte die Stadträte aus ihren Betten gezerrt, sie zum Marktplatz geführt und sie in einem Ring aus Schwertern festgehalten, während ich den Rest der Bürgerschaft informiert hätte, wer in Zukunft ihre Gesetze bestimmt.«*

»Das werde ich nicht tun«, dachte Garric, obwohl er grinsen mußte.

»Ich hätte es auch nicht tun sollen«, erwiderte Carus mit

lautem Lachen. Der König trug die Kleidung eines Kämpfers, aber obwohl das Tuch aus fester Wolle war, war das Hemd hellgelb gefärbt und die Hosen, die in die hohen Stiefel gesteckt waren, orangefarben. Er stand wie eine Flamme vor Garrics geistigem Auge, lebhaft und vergnügt. *»Ich habe so etwas zweimal getan, und beide Städte haben mir die Tore vor der Nase geschlossen, sobald ein halbwegs glaubwürdiger Usurpator auftauchte. Du bist viel zu klug, um zuzulassen, daß dein Ärger dir in Zukunft noch viel größeren Ärger einhandeln wird.«*

»Zumindest habe ich einen guten Berater«, sagte Garric.

Er stand auf. Die anderen sahen ihn überrascht an. *Vermutlich erwarten sie, daß ich umfalle,* dachte Garric. *Damit haben sie vielleicht gar nicht so unrecht.*

»Meine Herren!« sagte Garric. Sie zuckten zusammen, selbst Royhas, der Garric in den letzten Monaten recht gut kennengelernt hatte. Garric hatte nicht so laut werden wollen, aber er hatte sich so darauf konzentriert, halbwegs verständliche Worte zu finden, daß er tatsächlich gebrüllt hatte.

Liane, die Garric besser kannte als *jeder* andere, war nicht erschrocken, aber unter ihrem Lächeln zeichnete sich Sorge ab. Sie sah Garric an, daß er im Stehen schlief.

Es ging nicht einmal um Herax, obwohl diese Angelegenheit genügte, um einen zu Tode zu langweilen. Der Tag, der schon vor dem Morgengrauen begonnen hatte, hatte eine ganze Reihe ähnlicher Probleme gebracht. Taue für die Flotte, Beförderungen innerhalb der Armee, Hochwasser im Quellenland, das die Gerstenernte vernichtet hatte – das behaupteten die Leute zumindest; der Beauftragte des Finanzministeriums für diesen Bezirk war sicher, daß die Ernte sicher eingebracht und das Getreide versteckt worden war.

Solche Probleme und mindestens noch ein Dutzend mehr; jedes einzelne von ihnen wichtig, jedes einzelne von ihnen schier unlösbar – was sollte Garric tun, jede Hütte und jeden Schuppen im Quellenland nach Körben mit Gerste durchsuchen? –, und zusammen waren sie betäubender als alles, was Garric or-Reise sich je hätte vorstellen können. Prinz Garric hatte diesen Punkt schon häufiger erreicht, und das Leben, das vor ihm lag, war eine endlose Prozession ähnlicher Tage.

»Ich schlage folgendes vor, meine Herren«, sagte Garric nun leiser. Ihm wurde ein wenig schwindelig, dann sah er wieder klar. Er versuchte ein Lächeln, obwohl er nicht sicher war, ob es funktionieren würde. »Bittet die Stadträte, zuzulassen, daß die Königlichen Richter vorläufig im Amt bleiben, bis die Angelegenheit vom höchsten Gericht geregelt wurde. Die Regierung wird eine Kaution in Höhe der Steuereinnahmen von Herax und Umgebung von einem Jahr stellen. Über die genaue Höhe des Betrags lassen wir gegebenenfalls mit uns verhandeln.«

»Sie werden niemals zustimmen, Euer Majestät!« warf einer der Sekretäre des Kanzlers ein, bevor Royhas ihn aufhalten konnte. »Wir haben bereits ein ähnliches, ein *sehr* ähnliches Angebot gemacht.«

»In demselben Brief, in dem wir darum bitten, daß die Richter weiter geduldet werden«, fuhr Garric fort, »werden wir höflich um eine Liste von Unterkünften für bis zu achttausend Soldaten bitten. Ihr werdet erklären, daß die Regierung in Erwägung zieht, die Armee außerhalb der Hauptstadt unterzubringen, und daß Herax der Bezirk unserer ersten Wahl ist, falls dieser Plan durchgeführt werden sollte.«

»Planen wir das tatsächlich, Euer Majestät?« rief ein anderer Sekretär überrascht. »In Herax gibt es nur vierhundertzwölf steuerpflichtige Häuser und ...«

Royhas zeigte mit dem Finger auf ihn. Der Sekretär schluckte den Rest seiner Bemerkungen herunter.

»Auf meinen Schwur bei Duzi!« sagte Garric. »Wir *werden*

darüber nachdenken, falls die Stadträte keinen vernünftigen Kompromiß akzeptieren!«

»Ich gehe eigentlich davon aus, daß sie vernünftig sein werden«, meinte Royhas. »Ich werde mich darum kümmern, daß die entsprechenden Dokumente verfaßt werden, Euer Majestät.«

Dann fügte er zu seinen Sekretären gewandt hinzu: »Kommt! Wir brauchen Prinz Garric jetzt nicht mehr zu behelligen!«

Garric setzte sich wieder. Genauer gesagt sackte er zusammen; er hatte Glück, daß es ihm gelungen war, sich mit den Ellenbogen auf dem Tisch abzustützen. Helles Sonnenlicht fiel schräg durch die Jalousie, aber Garric sah nur verschwommen. Er hörte, wie Liane etwas sagte – zu ihm? Zu Royhas? –, und dann wurde die Tür geschlossen.

»Ja, du hast gute Berater, Junge«, sagte König Carus. *»Aber wir haben auch einen guten Prinzen.«*

Garric lachte mit seinem Urahn, und lachend fiel er übergangslos in seinen Traum von Bewegung. Er ging, begleitet von Carus, durch die Mauer des Besprechungszimmers und folgte dabei einem Kurs, in dem sowohl die Zeit als auch die Straßen von Valles eilig an ihm vorbeizogen.

Nacht und Tageslicht wechselten von einem Schritt zum nächsten. Hin und wieder erkannte Garric jemanden auf der Straße, aber häufiger war ihm selbst die Kleidung, die die Leute trugen, nicht vertraut. Einmal erhaschte er einen Blick auf eine Prozession, die die große Chryselephantin-Statue der Herrin trug – eine Arbeit des Bildhauers Gudgin von Charis, die mitsamt dem Tempel der Herrin von Valles schon Generationen vor Carus' Geburt verbrannt war.

Carus blickte seinen Nachkommen an. Wie zuvor sah man dem alten König an, wie anstrengend es gewesen war, sich Garric auf dieser Reise anzuschließen, die für den jungen

Mann allein gedacht gewesen war, aber wie zuvor kam Carus mit. Sie gingen auf den Fluß und die Zauberbrücke zu, das stand außer Frage.

Nach ihren ersten Schritten verblaßten die Bilder aus dem Valles der Vergangenheit und Gegenwart. Die Brücke war fest, und Banner flatterten an zu diesem Zweck auf dem Geländer angebrachten Stangen. Die Luft, in der sie sich bewegten, hatte keine Auswirkung auf Garrics Kleidung oder die seines Begleiters.

Auch andere waren hier unterwegs, überwiegend zu Fuß, aber einige auch zu Pferd. Es gab sogar eine Kutsche mit Vorreitern. Garric konnte die anderen Reisenden sehen, aber statt mit ihnen zusammenzustoßen, konnten sie durch sie hindurchgehen. Alle überquerten ein und dieselbe Brücke, eine Brücke, deren Existenz von nichtmaterieller Art war, die aber dennoch in den verschiedenen Ebenen des Kosmos Wirklichkeit wurde.

Garric und Carus hielten sich an der Hand. Es gab nichts Schlimmeres, als in einer fremden, feindseligen Welt allein zu sein. Was immer sonst geschehen mochte – das zumindest blieb Garric erspart.

Diesmal fegte die Macht, die sie beherrschte, sie durch das zeitzerfressene Klestis und die Steinmauern von Ansalems Palast, ohne noch die Scharade des Treppensteigens hinzuzufügen. Sie standen sofort in Ansalems Kammer. Weiches Licht fiel durch den Alabaster, und helleres Licht glitzerte am Ostfenster.

»Oh?« sagte Ansalem und erhob sich von seiner Couch aus gemustertem Marmor. Er schaute Carus an. »Ich glaube, ich kenne Euch, nicht wahr? Selbstverständlich, Ihr seid der König!«

»Wir sind uns zu meinen Lebzeiten begegnet«, sagte Carus, stand sehr aufrecht und verschränkte die Hände auf dem

Rücken. Garric nahm an, daß Carus sich davon abhalten wollte, seinen Schwertgriff zu umklammern. Carus haßte Zauberei im allgemeinen, und er hatte keinen Grund, Ansalem zu lieben. »Und seitdem sind wir uns noch einmal hier in diesem Palast begegnet.«

»Ihr habt uns schon zuvor hierhergebracht, Lord Ansalem«, meinte Garric. Beim Anblick der Amphisbaena, die über der Travertincouch sichtbar wurde und dann wieder verschwand, fiel es ihm schwer, sich zu konzentrieren. Es war wie Licht, das in einem Spiegel, den man nur aus dem Augenwinkel wahrnimmt, flackert, während man versucht, angestrengt über etwas nachzudenken. »Was sollen wir für Euch tun?«

Ansalem ging zu dem Fenster nach draußen und schüttelte den Kopf. »Ich kann mich wirklich nicht erinnern, Euch gerufen zu haben, junger Mann«, sagte er. »Um ehrlich zu sein, kann ich mich überhaupt nicht an Euch erinnern.«

Er schaute über seine Schulter hinweg Carus an, und seine Miene veränderte sich ein wenig. »Ich erinnere mich allerdings an Euch. Ihr wolltet, daß ich ein Mann des Blutes werde. Wie Ihr selbst.«

Carus zuckte die Achseln. Die Anspannung in seiner Haltung wäre selbst einem Fremden aufgefallen.

»Ich wollte etwas von Euch, das Ihr mir nicht geben wolltet«, sagte Carus. »Und, ja, ich habe manchmal Blut vergossen, wenn ich es nicht hätte tun sollen. Ich habe in meinem Leben viele Fehler gemacht; aber ich hoffe, daß ich jetzt weniger mache.«

»Was wollt Ihr von uns, Ansalem?« fragte Garric. »Habt Ihr uns hierher gebracht, damit wir Euch bei Euren Plänen helfen?«

»Oh, das glaube ich nicht«, meinte Ansalem mit einem müden Lächeln. »Ihr seid kein Zauberer, oder? Und ich habe ohnehin keine Hilfe gebraucht. Kommt und seht.«

Er zeigte auf das vergitterte Fenster und trat beiseite, um den anderen Platz zu machen. Garric warf seinem Urahn einen Blick zu. Carus zwang sich zu einem ironischen Lächeln und drückte Garrics Schulter; dann gingen sie zusammen ans Fenster, um sich Klestis anzusehen.

König Carus hatte Zauberei lange Zeit für die Ursache des Zerfalls des Königreichs der Inseln gehalten, nicht nur für ein Symptom. Er wußte nun, daß er sich geirrt hatte, aber er konnte nichts gegen seine Empfindungen tun, und er brauchte ebensoviel Willenskraft, um höflich zu Ansalem zu sein, wie Garric gebraucht hätte, um sich freiwillig eine Spinne übers Gesicht laufen zu lassen.

Der Ausblick durch das Gitter zeigte nicht das zerstörte Klestis auf dieser Seite der Brücke und auch nicht die lebendige Stadt, die Carus bei seinem ersten Besuch bei Ansalem gesehen hatte. Garric schaute hinab auf Bürger, die von Bäumen in den Parks zwischen den schimmernden Gebäuden Obst und Nüsse ernteten. Gärten mit üppigen Gemüsebeeten ebenso wie Blüten schmückten die Dächer und die Mittelstreifen der Straßen. Selbst die Balkongeländer waren grün überwuchert.

Gesundes, rundliches Vieh stolzierte zwischen den Menschen einher und tat sich an der Vegetation gütlich. Es genügte sowohl für die Tiere als auch für die menschlichen Bewohner der Stadt.

Hin und wieder sah Garric einen Mann oder eine Frau, die eine Kuh an einem Melkblock hatten, einem kleinen Stock mit Halfter, der das Tier nicht unbedingt festhalten, sondern ihm nur zeigen sollte, wo es stehen mußte, während es gemolken wurde. Der größte Teil der Milch in Barcas Weiler kam von Schafen, aber Garric wußte, wieviel Milch eine gute Milchkuh gab. Die Leute dort drunten molken Eimer nach Eimer von ihrer Herde, viel mehr, als unter normalen Umständen möglich gewesen wäre.

»Das da ist nicht die Wirklichkeit«, sagte er. »Die Milch, das Obst auf den Bäumen – das ist nicht wirklich.«

»Es hätte wirklich sein können«, sagte der rundliche Zauberer und verzog unwillig das Gesicht. »Es wäre wirklich gewesen, aber ...«

Ansalem schaute zurück zu seiner Steincouch. »Ich dachte, es wäre ein Fehler, aber das kann es einfach nicht sein«, meinte er. »Ich bin eingeschlafen, nachdem ich Klestis aus der Zeit genommen hatte, und meine Schüler haben die Amphisbaena verknotet, damit ich für immer hier eingesperrt bleibe. Warum haben sie das nur getan?«

»Weil sie Eure Macht zu ihren eigenen Zwecken nutzen wollten«, sagte Carus barsch. »Weil sie die Inseln beherrschen wollten. Und weil Ihr geglaubt habt, Ihr wärt zu gut, um Euch mit einer anderen Welt abzugeben als der, die Ihr selbst schaffen wolltet – genau aus diesem Grund haben sie Euch betrügen können.«

»Das hat Purlio getan?« fragte Ansalem. Er verzog das Gesicht zu einer Miene erstaunten Entsetzens. »Aber er muß es wohl gewesen sein, er und die anderen.«

»Meine Freundin, die Zauberin Tenoctris«, meinte Garric, »sagt, Ihr hättet Gegenstände der Macht gesammelt, die sich nicht auf Euch auswirkten, aber andere waren nicht so stark wie Ihr. Sie ist Euch einmal begegnet, aber sie hat Klestis vor Angst, was diese Kräfte ihr antun würden, sofort wieder verlassen.«

»Ich kann mich nicht an Eure Freundin erinnern«, sagte Ansalem und schüttelte traurig den Kopf. »Ich kann mich leider an überhaupt nicht viel erinnern. Ich habe hier und da Kostbarkeiten aufgelesen. Ich hatte sie gerne um mich, und sie haben nicht geschadet. Abgesehen davon wären einige von ihnen in anderen Händen sehr gefährlich gewesen. Ich besitze einen der Großen aus einer Zeit lang vor der unsrigen, der sich in Makasit verwandelt hat, aber immer noch auf seine eigene Weise lebendig ist. Ich hätte den nicht dort lassen können, wo andere ihn finden konnten, oder?«

»Es sieht so aus, als *hätten* andere ihn gefunden«, sagte Carus. Seine Miene war kalt, und die Worte kamen abgehackt von seinen Lippen. »Offensichtlich war das Euer Purlio.«

»Ich habe einen Fehler gemacht, nicht wahr?« fragte Ansalem leise. Er sah dem König in die kalten Augen. »Hätte ich tun sollen, was Ihr von mir wolltet?«

Einen Augenblick lang regte Carus sich nicht, und er sagte kein Wort. Dann lachte er – ein Zeichen ehrlicher guter Laune – und ergriff die Hände des Zauberers. »Nein, das hättet Ihr nicht tun sollen«, sagte er, »denn ich wußte nicht besser als Ihr, was ich tat. Zusammen hätten wir einiges ändern können – zumindest für einige Zeit. Aber es wäre nicht besser gewesen. Das weiß ich jetzt.«

Carus schüttelte den Kopf und trat einen Schritt zurück; er war nicht mehr so angespannt wie zuvor. »Ich wünschte nur«, sagte der König, »wir hätten beide jemanden, der uns sagt, was wir tun sollen. Ich habe es gut gemeint, das schwöre ich.«

»Ansalem?« fragte Garric. »Können wir Euch aus dieser ... Falle herausholen? Aus diesem Käfig hier? Vielleicht habt Ihr uns deshalb hergebracht.«

»Es muß von außen aufgebrochen werden«, sagte der Zauberer traurig. »Die Amphisbaena ist der einzige Schlüssel. Und sie ist hier bei mir.«

Garric zwang sich, die Schlange anzuschauen, die in Zeit und Raum schimmerte. Manchmal waren beide Köpfe sichtbar; oft waren die Steincouch und die Luft darüber leer bis auf ein Pulsieren, das so echt war wie der wirkliche Körper der Amphisbaena.

»Können wir sie nicht zu unserer Freundin bringen?« fragte

Garric. »Vielleicht kann sie diesen Raum für Euch öffnen – oder sie kann jemanden finden, der mächtiger ist und der es an ihrer Stelle tut.«

»Ich weiß Euren guten Willen zu schätzen, junger Mann«, sagte Ansalem in dem Tonfall, wie ihn Erwachsene häufig verwenden, wenn ein Kind fragt, wieso der Himmel blau ist, »aber Ihr seid nicht wirklich. Nichts außer mir ist hier Wirklichkeit.«

Die Kammer löste sich auf, oder Garric löste sich in ihr auf. Wieder überquerte er mit Carus an seiner Seite die Brücke. Klestis war eine Ruine hinter ihnen, gefangen im ewigen Zwielicht, ohne Hoffnung oder Zukunft.

»Jetzt tut er mir leid«, sagte der König. Er mußte rufen, aber Garric war trotzdem gezwungen, seinem Begleiter die Worte von den Lippen abzulesen. »Ich wünschte, er hätte eine zweite Chance gehabt, so wie ich sie durch dich habe.«

Eine Armee marschierte in der Gegenrichtung über die Brücke. Garric sah die Truppen diesmal deutlich: die Leichen von Männern auf den Leichen von Pferden. Krebszangen und die Zähne von Fischen hatten hier eine Nase, dort die Haut eines Fingers abgeknabbert, aber der kalte Abgrund hatte den normalen Verfallsprozeß aufgehalten.

Über der Armee flatterte eine Fahne, die einen schwarzen Krebs auf weißem Grund zeigte. Darunter ging ein ganz in Weiß gekleideter Mann. Unter der Bemalung erkannte Garric das Gesicht eines der Männer, die König Carus empfangen hatten, als er in den letzten Tagen des alten Königreichs Ansalem besuchte.

Der Zauberer wandte seinen Kopf ein wenig, als er und Garric auf unterschiedlichen Ebenen aneinander vorbeikamen. In seinen Augen standen nicht mehr Empfindungen als in den Augen einer Spinne.

»... eine zweite Chance«, flüsterte Carus, als Garric schaudernd wieder in die wache Wirklichkeit seines Besprechungszimmers zurückkehrte.

Im Laufen hielt Sharina das Pewlemesser vor sich, mit der rechten Hand am Griff und mit den Fingerspitzen der linken an der Klinge, nahe der Spitze. Sie war zu müde, um die Waffe sicher in einer Hand halten zu können, und sie traute sich nicht zu, sie rasch genug ziehen zu können, wenn Gefahr drohte.

Wenn, nicht *falls*; das Geschrei der Ghule erklang jetzt in einem breitgezogenen Halbkreis, dessen Enden sich schon auf Sharina und Dalar zubewegten. Bald würde aus dem Halbkreis eine Schlinge werden, die sich um die Beute schloß.

»Ich kann nicht ...«, keuchte sie Dalar zu, »sehr viel ... weiter ...«

»Ich auch nicht«, erklärte der Vogel. Er keuchte oder ächzte nicht – vielleicht war seine Kehle nicht so gebaut, daß das möglich war –, aber seine Worte waren abgehackt. »Wir müssen einen Baum finden, an den wir uns lehnen können, und uns dem Feind stellen.«

Er gluckste und fügte verbittert hinzu: »Es wäre wohl angemessen, jetzt meinen Sterbegesang zu komponieren, aber ich weiß nicht, ob unsere Feinde ein Gefühl für Ehre haben.«

Eichen und Bäume, die Schierlingstannen und Wacholdern verwandt schienen, waren hier am verbreitetsten. Einige von ihnen waren riesig: Sharina hatte gesehen, wie Cordin kolonisiert wurde, als der Vogel sie hier absetzte, aber in den vergangenen Jahrtausenden war die Wildnis zurückgekehrt.

Moos hing in grauen Strähnen von den Ästen. Überall tropfte es, obwohl der Regen einen Augenblick lang aufgehört hatte.

Als sie näher kamen, riefen die Ghule einander häufiger zu. Sharina nahm an, daß es zumindest zwanzig waren. Dann fiel ihr ein, daß weder sie noch Dalar längere Zeit etwas gegessen hatten. Eine Mahlzeit hätte allerdings auch nichts an ihrer Situation geändert.

»Da!« sagte sie. Sie zeigte mit dem ausgestreckten Messer auf ein halb überwuchertes Gebäude. Die Geste brachte sie aus dem Gleichgewicht, so daß sie beinahe vorwärts gefallen wäre. »Dort, wo die Eibe auf dem Dach wächst, können wir uns hineinzwängen!«

Das Gebäude war rechteckig. Es hatte ein spitzes Dach, das wie die Mauern aus den Blöcken älterer Gebäude gebaut war. Das Ergebnis sah aus wie eine Stufenpyramide auf einem Podest, aber es hatte sich bei aller Schlichtheit als beständig genug erwiesen, um sich den Kräften zu widersetzen, die die Wände und Türme komplizierterer Strukturen der alten Stadt verschlungen hatten.

Die Umgebung des Gebäudes war in vergangenen Zeitaltern mehrmals gerodet worden. Zedernstümpfe, keiner von ihnen dicker als sechs Zoll im Durchmesser, waren überall innerhalb von zwanzig Schritten Entfernung von den Mauern zu sehen; Gruben waren im Boden geblieben, wo die Wurzeln von weniger widerstandsfähigen Bäumen in den vergangenen Jahrhunderten gewachsen waren.

Aber während der letzten Generationen hatte hier niemand mehr die Vegetation zurückgeschnitten, und der Wald wuchs in der feuchten Wärme rasch. Eine klebrige Eibenbeere war zwischen den Steinen des Dachs hängengeblieben, und der daraus wachsende Sprößling hatte schließlich die Steine auseinandergezwängt. Der entstandene Riß war schmal, aber Sharina war schlank, und Dalar sah mit dem vom Regen platt gedrückten Gefieder noch dünner aus. Sie würden es schaffen.

Sie mußten es schaffen.

Die Mauern waren nur acht Blöcke hoch, schulterhoch für Sharina. Zu anderen Zeiten hätte sie einfach hinaufspringen können, sich auf der mittleren Höhe mit dem rechten Fuß abgestützt und den Rest mit Hilfe ihres Schwungs zurückgelegt.

Zu einer anderen Zeit. Nun legte sie das Messer auf die erste moosüberwachsene Stufe des Dachs und kroch keuchend nach oben, drückte ihre nackten Zehen in die Fugen zwischen den Steinen. Selbst dann hätte sie es vielleicht nicht ohne die Hilfe Dalars geschafft.

Die Mauern waren auf allen Seiten glatt: Es gab keine Tür und keine andere Öffnung.

»Dalar«, sagte Sharina und drehte sich um, um ihrem Begleiter die Hand zu reichen und ihn nach oben zu ziehen – er war ebenso erschöpft wie sie. »Das hier ist ein Grabmal.«

Der Vogel gab eine Reihe leiser Gluckser von sich. »Wie angemessen.«

Er klang allerdings nicht verängstigt. Sharina hatte selbst ebenfalls keine Angst, was sie überraschte. Ein Vorteil dieser vollkommenen Erschöpfung bestand darin, daß sie keine Energien für heftige Gefühle mehr hatte, weder für Angst noch für Hoffnung.

»Geht hindurch!« befahl Dalar. Seine Gewichte kreisten in unterschiedliche Richtungen, jedes an sechs Fuß Kette, während die verbliebene Kette in einer kurzen Schlinge zwischen seinen Händen bebte. Die Waffe pfiff leise, so wie ein Hund winselt, der sich anstrengt, die Leine abzustreifen.

Sharina hätte Dalar gern vorgeschickt: Der Vogel war sogar noch dünner, und wenn sie in der Öffnung steckenblieb, wären sie beide von der Sicherheit abgeschnitten. Aber dies war nicht der Zeitpunkt, über solche Dinge zu streiten.

Sie griff nach dem Pewlemesser und zwängte sich durch den Riß im Mauerwerk. Während sie das tat, kam ein Ghul aus dem Wald. Er war männlich und erheblich größer als das Geschöpf, das Dalar getötet hatte. Sein Schrei, als er die Beute entdeckte, klang wie zerreißendes Metall.

Der Riß zwischen den Blöcken wurde nach innen schmaler. Sharina hatte mit dem Kopf schon die andere Seite erreicht, als ihre Schultern hängenblieben. Sie streckte den rechten Arm so weit wie möglich aus und drehte sich nach links.

Ihr Hemd riß. Die haarige Wurzel der Eibe kratzte ihr über die Rippen, aber das war kein zu geringer Preis für Sicherheit. Sharina drehte sich noch einmal um und taumelte ins Dunkel. Draußen endete der Schrei des Ghuls mit dem knappen *Wack!* von Bronze auf Knochen.

Sharina war darauf vorbereitet gewesen, daß der Boden sich mehr oder weniger auf derselben Höhe befand wie draußen. Es ging mindestens doppelt so tief hinunter. Sie hatte das Glück, noch die Beine unter sich ziehen zu können, aber sie rutschten auf dem glitschigen Stein weg. Sharina landete auf der Wirbelsäule, fest genug, daß der Ruck Flammen des Schmerzes in ihrem Kopf aufflackern ließ.

Dennoch hielt sie das Messer fest. Nonnus wäre stolz auf sie gewesen.

Ihre Füße hingen in der Luft. Sie blinzelte, um besser sehen zu können: In der Mitte des kleinen Gebäudes befand sich eine Grube. Sie wäre beinahe hineingerutscht ...

Dalar blockierte nun das Licht, das durch die Öffnung fiel; er kam mit den Füßen zuerst herein. »Im Boden ist ein Loch!« rief Sharina. Sie versuchte ihn zu führen, ohne in den Weg der Bewegungen geraten, die ihr Begleiter brauchte, um sich durch die Enge zu winden.

Dalar stürzte. Sharina schubste ihn mit der Schulter nach vorn, weg von der Grube. Sie wußte nicht, wie tief dieses Loch war, aber bei dem kurzen Blick hinein hatte sie keinen Boden erkennen können.

Das Licht wurde wieder weniger; ein langer, klauenbewehrter Arm griff nach drinnen und tastete herum. Dalar richtete sich auf, ein Gewicht in jeder Hand, und spähte nach oben.

»Nein!« sagte Sharina. »Heb mich hoch.«

Der Vogel ließ die Gewichte fallen, hockte sich hin und verschränkte die Hände. »Jetzt«, sagte Sharina und trat in den Steigbügel.

Dalar richtete sich auf und hob Sharina in einer glatten Bewegung auf Schulterhöhe. Sie zog das Pewlemesser über den Kopf und hackte in den Ellenbogen des Ghuls.

Knorpel und poröse Knochen knirschten. Die Klauenhand des Ghuls verkrampfte sich; der Unterarm baumelte einen Augenblick lang und fiel dann auf den Boden. Der Rand des Mauerwerks hatte die Haut durchtrennt, als das Geschöpf den Arm zurückgerissen hatte.

Sharina landete mit leicht gebogenen Knien; Dalar stützte sie. Draußen mischte sich das Geschrei des verwundeten Ghuls mit dem begierigen Kläffen seiner Genossen, die die Lichtung erreicht hatten.

Sharina hockte sich auf den Grabmalboden; sie war nicht sicher, ob ihre Beine sie länger tragen würden. Ihre zitternden Hände ließen das Licht auf der Messerklinge beben. Beinahe zerstreut wischte sie die Waffe mit dem Hemdsaum ab.

Dann lächelte sie. Das Kleidungsstück war zu nicht viel anderem mehr gut, es konnte nur noch als Wischlappen dienen.

Die Ghule vor dem Grabmal röhrten. Keiner wagte mehr, durch das Loch zu greifen, aber Sharina hörte angestrengtes Grunzen, als einige aus dem Rudel versuchten, die Steine zu bewegen.

»Es riecht hier seltsam«, sagte Dalar. »Irgend etwas hat sich hier eingenistet.«

Sharina blickte auf. Ihr erster Gedanke war Erleichterung – *wir sind gerettet!* –, dann kniff sie die Lippen zusammen. Laut sagte sie schließlich: »Ja, wir sind in einem Schlangennest. Ich dachte einen Augenblick lang, daß mein Herr uns ... zur nächsten Ebene bringen würde.«

»Eine Schlange?« fragte Dalar. Die Gewichte zuckten einen Zoll oder zwei, bevor er sie wieder in die Hände nahm. Sie waren keine gute Waffe für so eng begrenzten Raum, obwohl Sharina nicht daran zweifelte, daß ihr Leibwächter das Beste aus der Situation machen würde. »Ich verstehe. Vermutlich eine große Schlange.«

Die Innenmauern des Grabmals waren verputzt und mit Fresken bemalt. Eine große Wurzel war in einer unteren Ecke eingedrungen und verrottet, als der Baum, den sie nährte, gefällt wurde. Eindringendes Wasser und kleine Tiere hatten die Höhle vergrößert, bis schließlich ein Block aus der Mauer gerutscht war.

Die Schlange, die hier lebte, hatte die Steine dieses Eingangs oben und unten glattgeschliffen. Eine Schuppe war am Rand eines Steinblocks hängengeblieben. Sie war größer als der Kreis, den Sharina mit Daumen und Zeigefinger bilden konnte.

»Wir können durch den Tunnel nach draußen kriechen«, sagte Dalar leise. »Er ist vielleicht groß genug.«

Es gab nicht viel Licht, aber Sharinas Augen hatten sich angepaßt. Sie konnte sehen, daß der Schlangentunnel noch enger war als das Loch im Dach. Sie wußten auch nicht, wie lang dieser Tunnel war, aber vielleicht reichte er bis über den Rand der ursprünglichen Lichtung hinaus.

»Ja«, sagte sie. Es wurde dunkler, als ein Ghul zwischen den Riß im Dach und das Licht trat. Sharina und Dalar blickten mit der raschen, kühlen Entschlossenheit von Katzen auf, die bemerken, daß sich etwas auf dem Speisekammerboden bewegt.

Der Ghul wich wieder zurück. Mehrere der Geschöpfe grunzten gleichzeitig; ein Dachstein knirschte, dann war nichts mehr zu hören. Einen Augenblick später erhoben sich die Grunzer zu verärgertem Fauchen.

»Ja«, wiederholte Sharina. »Das müssen wir wahrscheinlich. Aber im Augenblick denke ich, ich muß mich eine Weile ausruhen.«

»Ich ebenso«, sagte Dalar. »Ich schätze, uns bleibt ungefähr eine Stunde Zeit. Wir sollten uns während dieser Zeit ein wenig ausruhen.«

Draußen schlug Holz gegen Stein. Die Ghule benutzten Äste, um das Dach aufzuhebeln. Sharina war nicht überzeugt, daß ihr und Dalar wirklich eine ganze Stunde bleiben würde, bis die Öffnung groß genug war, um die Ghule hereinzulassen, aber sie würden zumindest eine Atempause haben.

»Ja, wir werden uns ausruhen«, sagte sie. Ihr müdes Lachen hallte von den Wänden des Grabmals wider.

»Nun, Ilna«, sagte Chalcus mit einer Stimme so glatt wie fließender Sirup, »der Himmel ist nicht hell genug, um von der Nachtwache zur ersten Morgenwache zu wechseln, aber er läßt sich immerhin schon vom Land unterscheiden. Wenn Ihr und das Kind bereit wärt ...«

»Ja, selbstverständlich«, erwiderte Ilna und rüttelte Merota sanft wach. Sie wollte nicht, daß der Seemann Merota für eine Last hielt, nur weil sie jung und ein Mädchen war. Ilna hatte bereits, bevor sie Merotas Alter erreichte, für sich selbst und ihren Bruder gesorgt!

»Hmm?« sagte Merota. »Oh!« Sie setzte sich aufrecht hin und schaute sich hektisch nach möglicher Gefahr um.

»Wir machen jetzt einen kleinen Spaziergang«, sagte Chalcus beruhigend. »Es ist alles in Ordnung, es ist nur hell genug geworden, um etwas zu sehen, und das sollten wir am besten ausnutzen, oder?«

Ilna spähte zum Meer hin. Die Lampen auf den Triremen

waren um Mitternacht ausgegangen. Obwohl der Himmel tatsächlich heller wurde, genügte das Licht nicht, um die Schiffe vom Wasser unterscheiden zu können. Nach dem, was Chalcus zuvor gesagt hatte, hätten sich die Triremen inzwischen von der Schlammbank gelöst haben müssen, aber sie hätte es wahrscheinlich gehört, wenn sie bei Nacht weitergerudert wären.

»Ja, Chalcus«, sagte Merota und stand auf. »Chalcus? Ich habe Durst.«

»Wir werden uns auch darum kümmern«, meinte der Seemann. »Da es hier so viele Pflanzen gibt, sollten wir sicher bald eine Quelle finden können. Aber es ist auch möglich, daß wir auf andere Dinge stoßen, also solltest du diese scharfen jungen Augen offenhalten.«

»Ja, Chalcus«, erklärte das Mädchen strahlend. Sie gingen hintereinander den Pfad entlang, Merota zwischen den beiden Erwachsenen.

Er mag ein Mörder und Pirat sein, aber er kann mit Frauen umgehen, oder vielleicht kann er ja gerade deshalb *mit Frauen umgehen ...*

Der Pfad zog sich steil den Hügel hinauf. Die größeren Bäume waren Ulmen und Eichen, aber sie waren jung, und die höchsten waren kaum dreißig Fuß hoch. Nicht hoch und nicht dicht genug, um die Oliven und Dornenranken von der Sonne abzuschneiden, die sich deshalb auf beiden Seiten zu einer dichten, stacheligen Masse ausgebreitet hatten.

Chalcus ging vorsichtig voran und brach Olivenzweige ab oder bog Dornenranken mit dem Fuß, wenn er glaubte, daß sie ein Hindernis für die Frauen hinter ihm sein könnten. Seine schwieligen Sohlen ignorierten die Dornen.

Er hielt das Schwert vertikal vor sich, den Griff taillenhoch. Er benutzte die Klinge nie, um eine Ranke abzuhacken, und er durchkämmte das Gebüsch zu beiden Seiten mit Blicken.

Als sie dem Hügelkamm näher kamen, drehte sich Ilna um, um nach den Schiffen Ausschau zu halten. Das Gebüsch war aber so dicht, daß sie außer dem Pfad direkt hinter ihnen nichts erkennen konnte. Sie ging ohnehin nicht davon aus, daß es sonderlich von Bedeutung war.

Chalcus erreichte den Hügelkamm, der parallel zur Küste verlief. Er kroch nicht den Rest des Weges, aber er duckte sich, was weniger dem Verstecken diente, sondern ihm möglicherweise Schwung geben sollte, falls er springen mußte.

»Da sollen doch Seejungfrauen auftauchen und mit meinen Zehen spielen!« sagte er schließlich und entspannte sich ein wenig. »Ilna, Liebes, kommt her und seht Euch das an und sagt mir, was Ihr davon haltet.«

Ilna runzelte die Stirn, aber sie ließ nicht zu, daß ihr Zorn ihre Zunge erreichte. Chalcus konnte wahrscheinlich nichts dafür, daß er so albern war, und falls doch, gab es wichtigere Dinge, um die man sich Sorgen machen konnte. Sie schob Merota sanft vor sich her und stellte sich neben den Seemann auf den Hügelkamm.

Ilna hatte erwartet, mehr Gebüsch und Unterholz zu sehen. Statt dessen fand sie sich einem ordentlich gepflanzten Obstgarten gegenüber. Es war zwar offensichtlich, daß es sich um Ostbäume handelte, aber die runden Früchte selbst erkannte sie nicht. Es waren keine Äpfel, und ihre Farbe war zu grell für die Pfirsiche, die das einzige andere Obst waren, das sie von zu Hause her kannte.

»Orangen!« quiekte Merota. »O Chalcus, können wir welche pflücken? Ich habe *solchen* Durst!«

»Ich glaube nicht, daß jemand etwas dagegen hätte, wenn durstige Schiffbrüchige sich in einem so üppigen Garten bedienen«, meinte der Seemann. Er sah Ilna an und zog fragend die Brauen hoch.

»Was meint Ihr, meine Liebe?«

Ilna hatte bei Banketten in Erdin und Valles schon Orangen gesehen. Anscheinend wuchsen sie an Bäumen wie Äpfel. Sie hatte geglaubt, sie wären eine Art Gemüse.

»Ich denke, das ist in Ordnung«, meinte sie laut. *Selbst Kinder und Seeleute wissen mehr als ich!* »Wenn der Besitzer kommt, können wir ihn ja bezahlen.«

Chalcus schlenderte scheinbar sorglos den Abhang hinunter, aber Ilna bemerkte, daß er sich weiter wie eine nervöse Wühlmaus umsah. Er hatte das Schwert immer noch in der Hand, obwohl er die Spitze, nachdem sie das Unterholz verlassen hatten, nach links gesenkt hatte und nun weniger bedrohlich wirkte.

»Vom Ufer aus sah die Insel vollkommen wild aus«, meinte Ilna. »Aber diese Bäume wurden schon vor längerer Zeit gepflanzt. Der Hügelkamm verbirgt sie.«

»Das alles ist noch interessanter, als Ihr ahnt«, meinte Chalcus, »wenn man bedenkt, daß Ihr diese Gewässer nicht befahren habt wie ich. Ich kann ebenso gut wie Vonculo meine Position mit Hilfe der Sterne bestimmen, also weiß ich, daß wir zwischen Seres und Kanbesa sind. Aber das letzte Mal, als ich hier war, waren wir auf dem Wasser, und es gab in allen Himmelsrichtungen nichts anderes als Meer.«

Sie hatten den Rand des Obstgartens erreicht. Chalcus pflückte mit der linken Hand eine Orange. Er warf sie Merota über die Schulter zu, offenbar ohne sich zu ihr umzuschauen.

Dann wandte er sich lächelnd zu Ilna und fuhr mit den Fingern über die rauhe Rinde eines Astes. »Vor noch nicht drei Monaten war das hier Meer. Eine Insel mag sich vielleicht aus dem Meer erheben, aber solche Bäume wachsen nicht nur in ein paar Monaten. Nicht ohne Zauberei.«

»Nun, wir wußten ja bereits, daß wir auf Zauberer stoßen würden«, erwiderte Ilna kühl. Sie verzog den Mund zu einer Art Grinsen. »Selbst Vonculo wußte das, obwohl ich ihm ansonsten bestenfalls zutrauen würde, daß er weiß, wo die Sonne aufgeht.«

Chalcus' Lachen war wie Messingglocken. Er pflückte noch zwei weitere Orangen und warf dann die größere Ilna zu. Er ritzte die Obstschale mit dem Daumennagel und begann, die Frucht mit einer Hand zu schälen. Ilna sah ihm zu, dann schälte sie ihre Orange mit dem Messer, das sie in der Schärpe trug. Merota hatte einfach ein Stück der Schale abgebissen und drückte und saugte den Inhalt direkt in den Mund.

»Warum glaubt Ihr, daß die Leute, die so etwas können ...«, Chalcus hielt inne, um ein paar Kerne auszuspucken, »... unsere Schiffe wollen? Oder die Besatzungen, wo es sich dabei doch um einen jämmerlichen Haufen handelt.«

»Vielleicht gibt es hier keine Menschen«, sagte Merota mit klebrigen Lippen. »Wir haben noch niemanden gesehen.«

»Jemand muß sich um diese Bäume kümmern«, sagte Ilna. Sie kannte sich mit Obstbäumen nicht sonderlich aus, aber sie wußte, daß ein Apfel- oder Pfirsichbaum, wenn man ihn sich selbst überließ, rasch von Insekten befallen wurde. Die Süße der Früchte schien das Ungeziefer anzuziehen wie frisches Fleisch die Fliegen.

»Als wir sie vom Hügelkamm aus sahen, schienen das nicht mehr als vierzig Reihen zu sein«, meinte Chalcus und warf die Orangenschale durch die Äste des Baumes auf seiner Seite. *Durch*, nicht hinein, bemerkte Ilna, obwohl der Seemann zu dem Zeitpunkt in die andere Richtung geschaut hatte. »Auf der anderen Seite lagen Felder. Wir sollten uns vielleicht dort noch ein wenig umsehen und dann Vonculo berichten, was wir gefunden haben.«

»Ja«, meinte Ilna. »Aber es wird ihm nichts nützen.«

Sie gingen weiter. Die Bäume waren nicht nur regelmäßig in Reihen gepflanzt, sondern auch schräg versetzt. Jeder Schritt öffnete neue Durchgänge links und rechts, ohne jene ganz zu schließen, die man einen Schritt zuvor hatte sehen können.

Chalcus lachte leise. »Das einzige, was Vonculo helfen würde, wäre ein starkes Seil«, meinte er.

Insekten – Bienen und flinke Motten – umschwirrten sie. An ihren Flugmustern war eine Kleinigkeit falsch, obwohl Ilna nicht hätte beschreiben können, worin der Fehler bestand. Wäre sie selbst ein Insekt gewesen, hätte sich ihr Weg um ein Winziges von denen *dieser* Insekten unterschieden. Sie begriff allerdings nicht den Grund und erwähnte es ihren Begleitern gegenüber auch nicht.

»Vorsichtig jetzt«, sagte Chalcus. Sie hatten die vorletzte Baumreihe erreicht. Der Seemann blieb neben einem knorrigen Stamm stehen und stützte sich mit der Linken leicht dagegen, als er nach vorn spähte.

Eine gepflasterte Straße, die von der Zeit und anderer Beanspruchung in ein Durcheinander schiefstehender Pflastersteine verwandelt worden war, trennte den Obstgarten von einem Gerstenfeld, das sich den gegenüberliegenden Hügel hinaufzog. Am oberen Rand des Feldes hatten Leute begonnen, das Getreide zu ernten. Sie waren zu weit entfernt, als daß Ilna hätte Einzelheiten erkennen können, aber die Bewegungen der Erntearbeiter waren so falsch wie die der Bienen.

»Sollen wir mit ihnen reden, Ilna?« fragte Merota leise. Sie hatte die Hände verschränkt, aber sie zitterten ein wenig.

»Leise, Kind«, sagte Ilna.

Die Leute auf dem Feld ernteten mit Sensen, an denen ein flacher Korb angebracht war, der die abgetrennten Halme auffing. Jedem Mann folgte eine Frau. Sie nahm die Halme aus dem Korb und band sie dann mit Roggenstroh und legte das Bündel in den kleinen Wagen, den sie hinter sich herzog.

All diese Bewegungen waren im allgemeinen jedem Bauern in einem Land, wo Getreide angebaut wurde, vertraut. Die

Summe der Bewegungen ging allerdings nicht auf, weil diese Leute *ausschließlich* ernteten.

Sie waren keine Gemeinschaft, sie unterhielten sich nicht miteinander über die Qualität der Ernte, die Hitze, das Fieber, das Sincarfs Schweine befallen hatte, und ob es sich im ganzen Dorf ausbreiten würde. Zwanzig Individuen mähten sich ihren Weg durch das Feld, hatten aber nicht mehr miteinander zu tun als Steine, die in einer Geröllawine niedergehen.

»Ihre Kleider sind zerfetzt«, sagte Merota sehr leise.

»Ihre Haut ist zerfetzt, Kind«, sagte Chalcus. »Sie sind tot, obwohl sie sich noch bewegen.«

»Die Insekten sind auch tot«, sagte Ilna. »Sie fliegen und krabbeln, aber sie sind tot. Ich denke, wir sollten zu den Schiffen zurückkehren und alles tun, was notwendig ist, um Vonculo zum sofortigen Aufbruch zu überreden.«

»Ja«, erwiderte der Seemann, »ich für meinen Teil habe genug Gold auf den Straßen gesehen.« Er nickte Ilna zu. »Vielleicht solltet Ihr vorangehen und ich komme dann nach?«

»Also gut«, erwiderte Ilna. Sie begann, rasch durch den Obstgarten zurückzugehen, einen Gang neben dem, den sie beim Abstieg genommen hatten.

Es war schwer zu sagen, aus welcher Richtung sie bedroht sein könnten. Chalcus nahm offenbar an, daß die Nachhut der gefährlichste Ort sei. Ilna befürchtete, Gefahr könne von überall her kommen, aus dem Boden oder aus der Luft, die sie atmeten, aber da sie irgendeine Ordnung einhalten mußten, war das gleich. Es war beinahe eine Erleichterung, das Gebüsch wieder zu erreichen, das den Obstgarten umgab. Ilna drehte sich seitwärts, um sich auf dem schmalen Pfad besser bewegen zu können.

»Einen Augenblick, meine Lieben«, sagte Chalcus. »Es ist etwas da unten auf der Straße. Wir können noch einen Augenblick warten.«

Eine Prozession kam vom Süden her die aufgebrochene Straße entlang. Ein Bataillon von Leichen, die als Lakaien gekleidet waren, ging vor zwei offenen Kutschen her, die jeweils von acht abgemagerten Pferden gezogen wurden. Trotz der großen Räder wackelten die Gefährte, und manchmal kippten sie so weit zu einer Seite, daß sie fast umgefallen wären.

Paare von Frauen tanzten in den Kutschen. Zumindest waren sie einmal Frauen gewesen, bevor der Tod sie holte. Der Schleim von Jahrhunderten befleckte ihre Kleidung, aber selbst auf diese Entfernung konnte Ilna erkennen, daß sie einmal gekleidet gewesen sein mußten wie Prinzessinnen. Ihre Edelsteine und ihr Gold blitzten und glitzerten in der aufgehenden Sonne.

Eine der Tänzerinnen trug Bänder mit Rubinen und Diamanten vom rechten Handgelenk bis zum Ellenbogen. Vielleicht war ihr linker Unterarm einmal ähnlich geschmückt gewesen, aber jetzt bestand er nur noch aus Knochen und den Sehnen, die sie verbanden. Die Krebse hatten den Rest gefressen.

Am Ende dieser Parade des Todes kam eine geschlechtslose Gestalt, die weder ging noch ritt: Sie hatte die Arme vor der Brust verschränkt und schwebte einen Fuß hoch über der Straße. Sie trug ein schwarzes, wallendes Kapuzengewand und hatte sich die Haut des Gesichts und der Hände mit einer Mischung aus Ruß und Fett eingerieben.

Die Gestalt war so reglos wie eine aus Kohle gemeißelte Statue und so schlimm anzuschauen wie ein eiternder Abszeß.

»Wir gehen jetzt«, sagte Ilna. Es war keine Frage. Ihre Begleiter folgten ihr ohne eine weitere Bemerkung.

Ilna spielte mit der Seidenschlinge und schlang sie rasch zu komplizierten Knoten, die sie beinahe vor der Vollendung schon wieder löste. Laut sagte sie: »Als ich diesen Burschen da – ich nehme an, es war ein Zauberer – sah, hat es mich daran erinnert, wie ich dreinschaute, wenn ich vor nicht allzu langer Zeit in Erdin in den Spiegel schaute.«

»Ich glaube nicht«, meinte Chalcus leichthin, »daß Ihr in der Zukunft je wieder ein solches Spiegelbild sehen werdet. Und ich bezweifle ebenso, daß der dahinten irgendein anderes Gesicht sehen wird als das, welches er im Augenblick hat.«

»Das hoffen wir«, sagte Ilna. Sie schnaubte. »Ja, selbstverständlich; ich werde dafür sorgen. Bei meiner Seele, das werde ich!«

Sie kamen aus dem Unterholz wieder auf den schlammigen Strand. Die Ebbe hatte eingesetzt, obwohl das Wasser noch höher stand als zu dem Zeitpunkt, als Ilna und ihre Begleiter an Land gegangen waren.

»Die Schiffe sind weg«, sagte sie mit einer klaren Stimme, die nur einen Bruchteil lauter war, als es notwendig gewesen wäre, damit Chalcus sie hörte.

»Sind wir in der ...«, sagte der Seemann und trat neben Ilna. Verlegen fügte er beinahe als Teil desselben Satzes hinzu: »Ja, selbstverständlich, und ich bräuchte nicht meinen verstorbenen Freund Sinou als Wahrzeichen, um mich zu erinnern, daß Ilna or-Kenset mich auf keinen falschen Weg führen würde.«

Er ging aufs Wasser zu, dann blieb er stehen und rief über die Schulter: »Bleib dicht bei mir, Kleines, und Ihr bitte auch, Ilna.«

»Komm«, sagte Ilna, aber Merota eilte sich bereits, Chalcus zu folgen. Er schaute den Strand entlang nach Süden.

»Da sind sie«, sagte Chalcus. »Sie umfahren gerade die Landspitze.«

Ilna schirmte mit der rechten Hand die Augen ab. Die Schiffe bewegten sich auf seltsam abgehackte Art. Eines war immer noch vollständig zu sehen, von dem anderen schaute nur noch das geschwungene Heck hinter den Klippen südlich dieses Strandes hervor.

»Ich kann niemanden an Deck erkennen«, sagte Ilna und fragte sich, ob es nur ihre Unkenntnis war, die die Bewegungen der Schiffe so falsch scheinen ließ. »Und die Ruder regen sich nicht.«

»Seht Euch die Farbe rings um die Schiffe an, meine Liebe«, meinte Chalcus. »Das da hat nichts mit der Sonne auf dem Wasser zu tun.«

»Ah«, erwiderte Ilna. »Nein, das sind die Schalen der Großen. Und sie sind es, die die Schiffe davontragen.«

Cashel wischte sich mit dem Ärmel den Schweiß von der Stirn. Das grüne Licht kam von keiner Sonne, also hätte er nicht behaupten können, daß die Sonne heute sehr heiß war, aber *ihm* war heiß, das konnte er nicht leugnen.

Eine Mondblume wuchs, die Götter allein wußten, wie, aus einem Riß im steinigen Boden. Die Blütenblätter wären unter normalem Licht wohl hellrot gewesen, aber hier waren sie überwiegend braun. Es war dennoch angenehm, sie zu sehen.

Zuerst glaubte Cashel, ein halbes Dutzend dunkelhäutiger Menschen zu erkennen, die in einiger Entfernung im Kreis standen und auf ihn warteten. Aus der Nähe sah er, daß es alles Bäume waren, mit erheblich dünneren Ästen, als man nach den knorrigen Stämmen erwartet hätte. Und es gab auch dort, wo die Äste sich ausbreiteten, eine Art Buckel.

»Diese Bäume sehen wirklich wie Leute aus«, sagte er zu Krias, einfach nur um freundlich zu sein. Cashel redete auch mit den Schafen, um die er sich kümmerte. Er war nicht sicher, ob sie ihn verstanden, aber es schien den Schafen zu gefallen, daß er sie zur Kenntnis nahm, und immerhin wußte er auch nicht genau, daß sie ihn *nicht* verstanden.

»Das sollten sie auch«, meinte der Ringdämon, »denn das

sind sie. Oder genauer gesagt, das *waren* sie, bevor sie dumm genug waren, nicht den Mund zu halten, als ich es ihnen riet. *Das* war ein Fehler, den sie nicht so bald wiederholen werden!«

Cashel seufzte, als er hörte, wie sehr der Dämon diese Worte genoß. Diese Burschen hatten vielleicht verdient, was sie bekommen hatten, aber man sollte sich auch nicht noch so darüber freuen. Nun, er nahm an, daß ein Krias ebensoviel Recht hatte zu leben wie ein Cashel.

In der Mitte der Bäume war ein Glitzern zu erkennen. Cashel wollte sich keine zu großen Hoffnungen machen, aber sollte das Wasser sein, wäre es ihm wirklich willkommen. Er hatte die Wurzel des Baums gegessen, der ihn angegriffen hatte. Sie war ölig und nahrhaft gewesen, aber schlichtes Wasser wäre jetzt wirklich ein Segen.

Statt nach dem Vielleicht-Wasser zu fragen, sagte Cashel: »Hatten die da Probleme mit einem Zauberer, Meister Krias?«

»Das kann schon sein«, erwiderte der Dämon mit einer ätzenden Selbstzufriedenheit, die Cashel an Sharinas Mutter Lora erinnerte – eine Frau, die weder er noch sonst jemand im Dorf hatte leiden können. »Oder vielleicht war es auch ein Gott, denn in der Unterwelt geschieht so einiges, das sich ein Schafsjunge nicht träumen ließe. Oder vielleicht war es auch ein Dämon, der nicht *immer* in einem Saphir am Finger eines Narren festsaß.«

»Ah«, erwiderte Cashel. Nun, er wollte nichts über die Einzelheiten einer Angelegenheit wissen, die vielleicht schon zu Zeiten geschehen war, die weiter zurücklagen als die Ereignisse in den Büchern, die Garric las. Besonders nicht, wenn Krias es ihm erzählte.

Er räusperte sich. »Das da sieht wie ein Teich mit Wasser aus«, sagte er.

»O ja, da gibt es tatsächlich Wasser«, meinte Krias. »Der Geschmack wird dir nicht gefallen, aber es wird dich nicht umbringen. Was dich vielleicht umbringen wird, ist der Versuch, es aus der Mitte des Teers, auf dem es schwimmt, herauszuholen.«

Cashel blieb ein paar Schritte vor den Bäumen stehen. Das Wasser – es war grün von der Reflexion des Himmels und sah ziemlich scheußlich aus – schimmerte inmitten einer größeren Fläche aus Teer. Der Teer war verkrustet und staubbedeckt, aber Cashel wußte, daß er vermutlich unter dieser Decke weich war, und Duzi allein mochte wissen, wie tief man dort einsinken konnte.

Cashel dachte einen Augenblick lang nach, dann sagte er: »Meister Krias? Werden die Bäume angreifen, wenn ich näher komme?«

»Ängstlich, Schafsjunge?«

»Nein«, erklärte Cashel wahrheitsgemäß. »Aber ich weiß gern, womit ich es zu tun habe, bevor ich hineingerate.«

Krias schnaubte. »Die da? Nein, die werden niemanden angreifen. Erst recht niemanden, der mich trägt.«

»Da bin ich aber froh, das zu hören«, sagte Cashel und ging zum Rand der Teerfläche. Die Regenwasserpfütze war immer noch einen langen Doppelschritt von seinem gegenwärtigen Standpunkt entfernt.

Cashel glaubte, einen der Bäume seufzen gehört zu haben, als er vorbeikam, aber das hatte er sich vielleicht nur eingebildet. Die Art der Bäume war ihm nicht vertraut, aber ihre rauhe Rinde und die Stacheln waren recht ähnlich jenen, die er anderswo auf trockenem Land gesehen hatte.

Das Licht wurde schwächer; bald würde es stockfinster sein. Es gab hier unten ebensowenig einen Mond wie eine Sonne, und auch nichts, was als Mondlicht hätte durchgehen können.

»Es könnte sein, daß es heute nacht kalt wird«, sagte Cashel und löste den Riemen, der seine Wasserflasche am Gürtel hielt. Selbst leer war diese Flasche ein schweres Stück Steingut, versiegelt mit einer hellen Glasur. Er löste den Korken.

»Dann mach ein Feuer!« sagte Krias. »Und falls du seit gestern vergessen haben solltest, wie das geht: Ich kann es für dich anzünden. Reiß einfach ein paar Äste ab.«

Cashel band den Riemen um ein Ende seines Stocks. Er sah die nächststehenden Bäume an. Sie waren wirklich häßlich.

»Ich denke, das werde ich nicht tun«, meinte er. »Mir war schon öfter kalt.«

Cashel trat ein Stück vom Rand des Teers zurück und legte sich flach auf den Bauch. Er bewegte sich vorsichtig und entschlossen, wie er das immer tat, solange er es nicht für notwendig hielt, sich zu beeilen. Cashel hielt es so selten für notwendig, sich zu beeilen, daß die meisten Leute annahmen, er *könne* sich nicht schnell bewegen. Jene, die sich darauf verließen, endeten oft mit gebrochenen Knochen oder Schlimmerem.

Er schob den Stock vorwärts und hielt die Mündung der Wasserflasche unter die Oberfläche des flachen Teichs. Es war nicht nötig, daß Krias ihm sagte, daß das Wasser scheußlich schmecken würde, aber es war ein heißer Tag gewesen, und es bestand kein Grund, morgen einen Wetterwechsel zu erwarten.

»Du könntest vielleicht Brocken trockenen Teers verbrennen«, murmelte Krias. »Dann solltest du dich nicht in Windrichtung legen, aber das wirst du vermutlich trotzdem tun. Wenn du natürlich zu empfindsam bist, das am Boden liegende Holz als Zündspäne zu benutzen, wirst du den Asphalt ohne meine Hilfe nie anzünden können.«

Cashel hob den Stock und die gefüllte Flasche und kam dann mit seiner üblichen trägen Anmut auf die Beine. Er spähte zu dem Saphir hinunter. »Danke, Meister Krias«, sagte er. »Daran hätte ich nicht gedacht.«

»Selbstverständlich nicht, Schafsjunge!« kreischte der Dämon. »Selbstverständlich hättest du das nicht.«

Das Wasser schmeckte so widerlich, wie Cashel erwartet hatte. Er hoffte, die Flasche an der nächsten klaren Quelle auswaschen zu können. Er grinste.

»Was gibt es denn da zu lachen?« wollte Krias wissen.

»Ich bin ein wenig voreilig«, meinte Cashel. »Ich sollte zunächst lieber hoffen, eine klare Quelle *zu finden,* und nicht darüber nachdenken, ob ich meine Flasche darin waschen könnte.«

Er trank noch einen Schluck und fügte hinzu: »Fürs erste wird dieses Wasser genügen.«

Er fragte sich, was Sharina jetzt wohl trank, aber er würde sie wohl bald selbst fragen können.

Nachdem er genug getrunken hatte, schob Cashel mit dem Fuß die Steine von einem Stück Boden, das nicht weit vom Teich entfernt war. Die Steine waren überwiegend glatt und von der Größe eines der Länge nach durchgeschnittenen Enteneis. Es war nicht schwierig, auf ihnen zu laufen – sie hatten keine scharfen Kanten –, aber wenn er die Wahl hatte, würde er lieber nicht auch noch darauf schlafen.

Duzi, der Boden war wirklich hart! Cashel zog sein Messer heraus und benutzte die breite Spitze als Hacke, um ein Stück herauszukratzen, das seine Hüftknochen aufnahm.

»Ich könnte das tun«, sagte Krias. »*Ich* könnte dir ein Federbett herbeizaubern, Schafsjunge.«

»Schon gut«, sagte Cashel und schob den Dreck mit der Handfläche und dem Messerrücken weg. Er mochte keine weichen Unterlagen zum Schlafen. Er hatte gehört, daß Federbetten warm waren, aber das waren auch die Wolldecken, die seine Schwester webte.

Krias murmelte vor sich hin. Cashel konnte die Worte nicht verstehen, aber er konnte sie erraten. Es waren wahrscheinlich dieselben Worte, die der Dämon die meiste Zeit und bei den meisten Gelegenheiten benutzte, obwohl man annehmen sollte, daß sie nach einer Weile selbst ihm langweilig wurden. Aber das war offenbar nicht so – nicht bei Dämonen, und nicht bei Menschen, die ihnen ähnlich waren.

Cashel häufte auf der Innenseite des Bogens, den er freigeräumt hatte, ein paar abgebrochene Zweige auf. Die Zweige hatten ein Harz, das schnell zu klaren Tropfen gerann, und an einigen hingen noch trockene Blätter.

Die Oberfläche des Teers riß, wenn sie fest wurde. Cashel hebelte faustgroße Brocken heraus und legte sie dann dicht ans Holz. Er versuchte so gut wie möglich zu vermeiden, das klebrige schwarze Zeug auf die Messerklinge zu bekommen. Die rauhe Rinde der Bäume würde das Eisen gut säubern, aber er hatte nicht vor, sie zu benutzen. Es würde noch andere Bäume am Weg geben. Bäume, die einfach nur Bäume waren.

Cashel benutzte einen der Steine, um aus der Rückseite der Messerklinge Funken zu schlagen. Er hatte auch einen kleinen Feuerstein im dem Beutel an seinem Gürtel, aber die hiesigen Steine waren fest genug und von einer brauchbaren Größe. Bald schon brannten die Zweige mit einer flinken, heißen Flamme, die ihrerseits rasch den Teer entzündete.

Der Teer brannte dunkelrot und sonderte viel fettigen Rauch ab. Die Luft war rasch abgekühlt, nachdem es dunkel geworden war. Cashel war froh über die Wärme, aber was er gerochen hatte, als er das Feuer entzündete, ließ ihn hoffen, daß die milde Brise nicht die Richtung wechselte, während er schlief.

»Gute Nacht, Meister Krias«, sagte er. Er benutzte die rechte Ellenbogenbeuge als Kissen und packte mit der linken Hand den Stock in der Mitte.

»Eine wahrhaft *gute* Nacht!« sagte Krias. »Was immer du willst. Glaubst du, es interessiert mich, ob es draußen dunkel oder hell ist?«

Cashel fragte sich, *was* den Dämon interessierte. Irgend etwas würde es schon sein. Krias wäre nicht so gereizt, wenn ihn nicht etwas störte. Ihn zu fragen würde ihm allerdings nichts weiter einbringen als eine Beleidigung, und es war ohnehin nicht Cashels Angewohnheit, sich in anderer Leute Angelegenheiten zu mischen.

Das Gemurmel des Rings war dem Zirpen von Zikaden nicht unähnlich, wenn man sich erst einmal daran gewöhnt hatte. Lächelnd und an Sharina denkend döste Cashel ein.

Er war nicht sicher, was ihn geweckt oder wie lange er geschlafen hatte. Das Feuer brannte ganz ähnlich wie zu Anfang; die Teerbrocken waren kleiner, aber sie wurden nicht zu Asche, die die offene Flamme erstickte, wie es bei Holz geschehen wäre.

Cashel war nicht mehr allein. Die Bäume, die rings um den Teich gestanden hatten, standen nun nebeneinander auf der anderen Seite des Feuers.

»Ah«, sagte Cashel und stützte sich auf den Ellenbogen. Er sprang nicht auf die Beine und hob auch den Stock nicht. Krias hatte gesagt, sie würden ihn nicht angreifen, und das hatten sie immerhin auch nicht getan, als sie an ihm vorbeigegangen waren, während er schlief.

Cashel räusperte sich und sagte: »Es ist wirklich kalt heute nacht. Soll ich ein wenig mehr Holz aufs Feuer legen? Oh, ich meine Brennstoff.«

Die Bäume regten sich nicht und gaben keinen Laut von sich. Er hätte glauben können, daß sie dort gewachsen wären, hätte er es nicht besser gewußt.

»Erwartest du etwa, daß sie dir antworten, Schafsjunge?« fragte Krias.

»Nun, ich war nicht sicher«, erwiderte Cashel. Zu den Bäumen gewandt fuhr er fort: »Gute Nacht, meine Herren. Und meine Damen, falls Ihr, nun ja, welche sein solltet.«

Er glaubte, irgendwo in der Ferne Elfin singen zu hören. Es hätte allerdings auch der Wind sein können. Was immer es war, es klang angenehm.

Cashel drehte sich auf die andere Seite. Es war wirklich kalt.

Als sich der Himmel zu dem, was in der oberen Welt Dämmerung gewesen wäre, aufhellte, war das Feuer ausgebrannt und die Bäume wieder dort, wo er sie zum ersten Mal gesehen hatte. Vielleicht hatte er das alles nur geträumt.

Cashel füllte seine Wasserflasche noch einmal. Bevor er in die Richtung weiterging, die Krias ihm zeigte, berührte er in einem Gruß zu den Bäumen hin die Stirn.

5

Bitte«, sagte Merota, als die Schiffe um die Landspitze herum verschwanden. Sie schaute flehentlich von Ilna zu Chalcus; sehr jung, sehr beherrscht und sehr verängstigt. »Was sollen wir nur tun?«

Der Seemann lachte. »Ich würde am liebsten sagen, daß du das ebenso entscheiden könntest wie ich, Kind, aber diese Last werde ich deinen jungen Schultern nicht aufbürden.«

Er warf Ilna einen Blick zu und zog die Brauen hoch. »Ilna?«

»Können wir allein mit einem Schiff von dieser Insel wegsegeln?« fragte sie. »Könnt Ihr uns allein hier wegbringen, meine ich? Ich kenne mich mit diesen Dingen nicht aus.«

»Könnte ich ein Boot bauen und dann damit umgehen?« meinte Chalcus und starrte nachdenklich zum Horizont hin. »Ja, wenn ich Zeit genug hätte und wüßte, daß unser Leben davon abhängt; aber ich denke, es wäre besser, die Insel auf der *Schrecken* zu verlassen, mit genügend anderen von der Mannschaft. Selbst wenn diese anderen Vonculo und die Idioten sein sollten, die diese dumme Schatzgeschichte geglaubt haben.«

»Dann folgen wir ihnen«, sagte Ilna. »Ich denke, wir sollten wieder den Hügel hinaufgehen; das Wasser reicht direkt bis zur Landspitze, und die Klippen sehen so aus, als wären sie zu steil für mich.«

Sie wußten sehr wenig; das bedeutete auch, daß das Weben eines Planes einfacher war. An diesem Strand zu stehen und aufs leere Meer hinauszuschauen war vollkommene Zeitverschwendung, und es war gut möglich, daß sie und ihre Begleiter nur wenig Zeit hatten.

»Gut gesagt«, meinte Chalcus. »Aber ich denke, ich sollte vorausgehen.«

Der Seemann bewegte sich, so schnell er konnte, obwohl seine Beine an Bord eines Schiffes eher daheim waren als an Land. Merota mußte sich eilen, um Schritt halten zu können, aber sie beschwerte sich nicht.

Ilna folgte ohne Schwierigkeiten. Sie war daran gewöhnt, sich rasch zu bewegen, und wenn sie auch nicht die großen Schritte ihrer langbeinigen Freundin Sharina machen konnte, fiel es ihr dennoch nicht schwer, den Seemann einzuholen.

Merota war rot im Gesicht, als sie den Hügelkamm erreichten, aber das war eher auf Aufregung als auf Erschöpfung zurückzuführen. Das Kind war einfach froh, sich bewegen zu können, wenn sie sich fürchtete. Sie hatte noch nicht gelernt, daß blindes Handeln einen ebenso wahrscheinlich in Gefahren hineinführte wie hinaus.

Ilna wußte das; aber auch ihr war besser zumute, wenn sie sich zumindest die Beine vertreten konnte. Sie grinste. Wieder ein Beweis ihrer menschlichen Natur. Es war schade, daß sie sich für gewöhnlich, wenn sie so etwas dachte, gleichzeitig auch für dumm hielt.

Weiterhin mit Chalcus an der Spitze, folgten sie dem Hügelkamm nach links, nach Süden. Die Erntearbeiter waren immer noch auf dem Gerstenfeld, aber der Zauberer und seine Leichenprozession waren inzwischen außer Sichtweite.

Ilna hörte das Klicken und Summen von Insekten. Vögel hüpften im Unterholz herum. Der Boden südlich des Obstgartens und des Feldes wurde sumpfiger. Frösche sprangen mit einem Platschen davon, als die Menschen sich näherten – aber sie krächzten oder quakten nicht.

Die meisten Vögel, die durch das Ried flatterten, hatten ihre Federn verloren, und einige waren kaum mehr als Rahmen aus dünnen, hohlen Knochen. Merota betrachtete eine Krähe, die niedrig vorbeiflog und die Menschen aus einer leeren Augenhöhle ansah. Das Kind senkte den Blick zu Boden, aber sie schrie nicht auf, sie keuchte nicht einmal.

Chalcus pfiff ein Tanzlied vor sich hin, und sein Blick huschte so rasch umher wie Schmetterlingsflügel. Es gab keinen Weg, dem sie folgen konnten, aber sie fanden eine Art Route kurz unterhalb des Klippenrandes. Hier war der Boden trocken genug, daß sie nicht einsanken, aber zu feucht, daß das Unterholz undurchdringlich gewesen wäre. Die Sonne hatte übelriechenden Dunst aus dem stehenden Wasser aufsteigen lassen. Eine leichte Brise blies landeinwärts, aber nur eine Bogenschußweite vom Hügelkamm entfernt waren die Binsen in den grauen Nebeln kaum mehr zu erkennen.

»Ich würde davon ausgehen«, meinte Chalcus, »daß sich die Landspitze dort befindet ...«

Er streckte den linken Arm aus. Sie hatten sich ein Stück landeinwärts halten müssen, um halbwegs festen Boden unter den Füßen zu haben. Ilna sah dort, wo der Seemann hinzeigte, nichts weiter als Gebüsch, aber das war zumindest hoch und dicht wie jenes, durch das sie auf dem Weg vom Strand nach oben gegangen waren. Wenn Chalcus glaubte, daß sie die richtige Entfernung zurückgelegt hatten, dann würde das wohl stimmen.

»Nun, wir sollten uns einen Platz suchen, wo wir wieder etwas sehen können ...«, meinte er. »Ich glaube ...«

Noch während er sprach, zwängte er sich in den Wall aus Vegetation. Dornenranken, die in dem allgemeinen Durcheinander aus Unkraut und Büschen wuchsen, knisterten unter seinen schwieligen Fußsohlen.

»Bleib dicht hinter ihm, Kind«, sagte Ilna. »Mach dir keine Gedanken, wenn dein Hemd hängenbleibt. Ich kann Risse flicken.«

Das setzte eine ganze Menge voraus – nicht zuletzt, daß sie und Merota lange genug leben würden, um das Ausbessern von Kleidung notwendig werden zu lassen; aber Ilna ging tatsächlich davon aus. Sie lächelte. Vielleicht war sie optimistischer, als die meisten, die sie kannten, angenommen hätten.

»Und wer wäre nicht vergnügt, wenn er von Helden wie Euch und mir beschützt würde?« rief Chalcus, ohne den Kopf zu wenden.

Kann der Mann Gedanken lesen?

»Allerdings«, sagte Ilna laut.

Merotas Kleidersaum blieb an einer Dornenranke hängen. Bevor Ilna nach unten greifen und ihn lösen konnte, riß das Mädchen das Tuch schon los.

Ilna lächelte zustimmend. Merota nahm Anweisungen entgegen, wie nur wenige Erwachsene es konnten, und der bestickte Stoff war nicht einmal zerrissen. Ilna sah gerne gute Handwerksarbeit ... allerdings hatte sie dazu nicht häufig Gelegenheit, weil so etwas selten genug war.

»Da sind wir«, sagte Chalcus erfreut, wenn auch nicht triumphierend. »Nichts als Flechten und eine Kiefer, die sich da vorn in den Felsen zwängt.«

Ilna fragte sich, was der Seemann wohl eines Triumphes für würdig hielte. Aber vielleicht würde sie das auch noch er-fahren.

Der Rand der Landspitze war ein Keil grauen Sandsteins, der wie ein Türpfosten stehengeblieben war, als Ebbe und Flut weicheren Stein zu beiden Seiten wegwuschen. Ilna folgte Merota dankbar aus dem Gebüsch auf nackten Felsen hinaus. Die Klippe war senkrecht – zum Teil sogar unterspült –, wie Ilna bei ihrer Landung hatte sehen können, aber auf dieser Seite gab es nur einen flachen Abhang, den sie leicht hinaufgehen konnte.

Chalcus lag bereits am Klippenrand, die Beine gespreizt, und beugte sich weit nach vorn. »Seht Euch das an«, rief er.

Merota blieb stehen. »Ilna«, flüsterte sie. »Ich mag Höhen nicht. Wirklich nicht ...«

»Also gut«, sagte Ilna. Sie verstand den Unterschied zwischen der Angst, die jeder gegenüber diesem oder jenem empfand, und dem blinden, atemberaubenden Entsetzen, das sie nun im Blick des Kindes bemerkte. »Warte hier auf uns.«

Danach kroch sie auf allen vieren den Abhang hinauf.

Wenn sie direkt nach unten schaute – keine Erfahrung, die Ilna behagte, obwohl es ihr Herz nicht beinahe zum Stillstand brachte, wie es mit Merota geschehen wäre –, konnte sie das Heck einer Trireme entdecken, die um den Felsen geschleppt wurde. Das Wasser war offensichtlich tief, denn das Schiff war sehr dicht am Land.

»Niemand an Deck«, stellte Chalcus fest. »Und das Wasser ist voll mit diesen Teufeln.«

Die Sonne fiel direkt auf die Meeresoberfläche. Die Ammoniten schimmerten rings um die Schiffe wie Maden in einem verfaulenden Kadaver.

Langsam verschwand die Trireme unter dem Überhang und ruckte dabei auf ganz ähnliche Weise nach vorn, wie Ilna es gesehen hatte, als sie aus dem Schuppen in Valles gezogen wurde. Sie fragte sich, warum das Schiff nicht auf der anderen Seite der Landspitze wieder auftauchte. Die Kriegsschiffe waren so lang, daß sie längst den Bug des zweiten Schiffes hätte sehen müssen, und das erste hätte eigentlich vollständig in Sicht sein sollen.

»Was glaubt Ihr wohl, wohin diese Schiffe verschwinden, meine Liebe?« fragte Chalcus und kam mit einer Lässigkeit auf die Beine, die Ilna ihm nie hätte nachmachen können, während sie direkt an einem steilen Abhang hockte. »Das Werk von Zauberern, würde ich sagen.«

»Ich weiß ebensowenig über Zauberer wie Ihr«, meinte Ilna – gereizt und vielleicht, wenn sie genauer darüber nachdachte, nicht ganz der Wahrheit entsprechend. »Ich würde annehmen, es ist eine Höhle im Felsen, und die Schiffe werden hineingezogen.«

Der Seemann schlug mit den Fingern der rechten Hand auf die linke Handfläche, Schwiele krachte auf Schwiele, mit einem Geräusch wie ein Blitz. »Ja!« sagte er. »Und wie wird es uns gelingen, uns diese Höhle anzusehen?« Er beugte sich wieder vor; das zweite Schiff war nun so vollständig verschwunden wie das erste. Zu Ilnas Überraschung und Entsetzen steckte Chalcus sein Schwert ein und schwang sich über die Felskante.

»Ich werde nicht mit Euch kommen können«, sagte Ilna. Es ging nicht darum, daß sie Angst hatte, aber sie hatte einfach nicht die körperliche Fähigkeit, sich mit Zehen und Fingerspitzen an einem so glatten Felsen zu halten. Garric und Cashel sammelten Eier, wenn die Seevögel auf den Klippen an der Küste von Haft nisteten, aber selbst für sie wäre dieser feste Sandstein eine Herausforderung gewesen.

Nun, Chalcus konnte vermutlich auch nichts Komplizierteres weben als ein paar Knoten. Und sie stand nicht im Wettbewerb mit ihm!

»Einer genügt«, meinte Chalcus. Er versuchte, so normal wie möglich zu klingen, aber Ilna konnte den angestrengten Unterton hören. Sie sollte ihn lieber nicht weiter stören. »Paßt einfach auf Merota auf, bis ich zurückkomme, ja?«

Ilna schaute über die Schulter. Sie hatte gar nicht mehr an das ...

Das Mädchen war weg.

»Merota!« sagte Ilna. *Niemand konnte das Kind verschleppt haben, ohne dabei ein Geräusch zu machen! Es sei denn, der Wind über den Felsen war lauter als ...*

»Ah!« rief Chalcus. »Ich habe tatsächlich etwas gefunden!«

Merota schrie. Es knackte und knisterte im Gebüsch, als würde ein Ochse hindurchrennen. Ilna zog die Schlinge weiter und sprang auf das Geräusch zu. Die Büsche und kleinen Bäume bebten, als liefe etwas durch das Dickicht weg von ihr.

Merotas Schrei hörte auf, als wäre ihre Kehle ...

Als hätte jemand dem Kind die Hand auf den Mund gedrückt. Lachen, das schreckliche gackernde Lachen, das sie gehört hatten, als das Boot an Land ging, erklang.

Ilna rief über die Schulter: »Ich suche das Mädchen!« und warf sich ins Gebüsch. Sie wußte nicht, ob Chalcus sie gehört hatte oder nicht, aber er konnte wahrscheinlich ohnehin nicht schnell genug die Klippe hinaufkommen, um zu helfen.

Ilna glaubte nicht, daß sie etwas Nützliches tun konnte, aber sie mußte es versuchen. *Es war mein Fehler ...*

Hätte sie darüber nachgedacht, dann hätte Ilna erwartet, daß die dichte Vegetation sie aufhielte. Tatsächlich schlüpfte sie zwischen Stämmen hindurch, die eigentlich zu eng standen, und umging Dornen, die sie kaum bemerkte. Es war nicht der Zeitpunkt, um nachzudenken oder sich Sorgen zu machen; dieselben Instinkte, die sie bei ihrer Webarbeit leiteten, führten Ilna auch jetzt.

Das manische Lachen wurde immer leiser und entfernte sich von ihr. Ilna hörte Platschen, dann ein letztes, schreckliches Gackern.

Sie erreichte den Rand des Sumpfes, wo die Büsche dem Ried und dem Schlamm wichen. Ein Geräusch wie von einer zufallenden Tür erklang, aber vielleicht war es auch nur eine Blase von Sumpfgas, die an der Wasseroberfläche geplatzt war.

Ilna hielt inne. Die Wasseroberfläche war voll winziger Wellen und Gegenwellen, die sich an den Stielen der weichen

Pflanzen brachen. Das Wasser zeigte keine Spuren, und es gab keinen offensichtlichen Weg darüber hinweg.

Aber das Geschöpf, das Merota mitgenommen hatte, hatte einen Weg gefunden, und so würde auch Ilna den Sumpf durchqueren. Sie watete ins Wasser. Ihre Füße sanken beim ersten Schritt knöcheltief ein, beim zweiten bis zur Mitte des Schienbeins ...

Und beim dritten Schritt trat sie oben auf eine Steinsäule, die sich direkt unter der Oberfläche des schlammdunklen Wassers und des schwarzen Schleims verrottender Pflanzen befand. Ilna ging weiter. Die Schnur zwischen ihren Fingern war weich und fügsam; Ilna streichelte die Schlinge wie eine alte Jungfer ihre Katze. Sie hatte keine Ahnung, was ihr am Ende dieses Weges gegenüberstehen würde, aber sie wußte, daß dieses Geschöpf, was immer es sein mochte, dort war.

So sicher, als bewegte sie sich in ihrer eigenen Küche, folgte sie einem gewundenen Pfad durch den Sumpf. Jede Stütze war einen langen Schritt von der nächsten entfernt und nicht größer, als es brauchte, um die Fußballen eines Menschen zu tragen. Ilna glitt niemals aus. Das schwarze Wasser gurgelte wie in mürrischem Zorn darüber, daß ihm seine Beute entging.

Der Nebel umschlang sie. Manchmal konnte sie in die eine oder andere Richtung zwanzig Fuß weit sehen, aber häufiger hätte sie nicht einmal ihre Hände sehen können, wenn sie die Arme ausgestreckt hätte.

Ilna grinste mit einem letzten Rest von Humor. Sie war an schlimmeren Orten gewesen als diesem.

Vor ihr ragte etwas auf. Zunächst glaubte Ilna, einen weiteren Nebelgeist vor sich zu haben, aber dieser Umriß veränderte sich nicht, obwohl Grau ringsumher sich weiter bewegte. Es war eine Insel, und an ihrem Rand stand eine Hütte.

Ilna trat auf festen, trockenen Boden. Es gab Gras, obwohl

die Halme gelblich bleich waren wie bei Pflanzen, die beinahe zu lange zugedeckt gewesen waren, um überleben zu können. Was sie für ein Gebäude gehalten hatte, war ein Felsblock von der Größe eines Gebäudes. An seiner Seite war ein Bronzetor eingelassen.

Ilna sah sich um – nicht, daß sie imstande gewesen wäre, viel zu sehen, es sei denn, etwas hätte sie durch den Nebel angegriffen. Sie bezweifelte, daß diese Insel sonderlich groß war, obwohl sie unter den augenblicklichen Bedingungen nicht sicher sein konnte. Blasen platzen, und vielleicht sprangen auch Frösche, ansonsten bewegte sich außer dem Nebel nichts. Es gab kein Zeichen von Merota oder dem Geschöpf, das das Kind verschleppt hatte.

Ilna packte den Türgriff. Die Bronze war trocken und fühlte sich entschieden warm an. Vielleicht sollte sie froh sein, daß das Metall nicht vom kalten Schweiß des Sumpfes tropfte, aber das war etwas anderes, als sie erwartet hatte. Ilna bezweifelte, daß an diesem Ort das Unerwartete jemals etwas Gutes bedeuten konnte.

Die Tür schwang auf sie zu. Ilna hatte nicht geglaubt, daß sie aufgehen würde. Das Türblatt war nackt bis auf den Griff, aber sie hatte gedacht, es gäbe ein Schloß – ein Schloß, das vielleicht nur von Zauberern zu öffnen war.

Eine in den Felsen gehauene Treppe führte abwärts. Ilna verzog das Gesicht. Sie mochte Stein nicht, aber sie war auch nicht so weit gekommen, um jetzt wieder umzukehren. Sie ging hinab.

Sie hatte kaum eine volle Treppenwindung hinter sich gebracht, als sie ein leises Klatschen hörte und spürte, wie die Luft sich veränderte. Das schwache Licht, das sie bis zu diesem Punkt gesehen hatte, war verschwunden. Die Tür war zugefallen, vielleicht zugedrückt von dem leichten Wind. Vielleicht. Sie blieb einen Augenblick lang stehen, aber es gab nichts weiter zu hören außer ihren Herzschlägen, die in ihrem Blutkreislauf widerhallten.

Sie ging ohne sonderliche Eile weiter. Es war recht unwahrscheinlich, daß sie das, was immer dort unten wartete, sofort sehen mußte.

Weiter unten fiel Licht auf die Treppe. Ilna ging nicht schneller, aber sie verzog ein wenig das Gesicht. Das Schimmern war so gleichmäßig wie Sonnenlicht draußen und hatte nicht das gelbliche Beben einer Lampe vierzig Fuß unter dem Erdboden.

Mit einer weiteren Biegung der Treppe kam sie zu einem Schlitz, der in den Felsen gemeißelt war. Wäre sie in einem Turm gewesen, hätte sie gesagt, es handelte sich um ein Fenster, das auf eine Stadt hinausführte. Menschen kauften an Buden ein und schlenderten über den offenen Platz unter ihr. Die dreistöckigen Gebäude bestanden aus Ziegeln und hatte rote Ziegeldächer. Frauen lehnten sich aus Fenstern, um mit ihren Nachbarinnen zu sprechen, und sie waren nahe genug, daß Ilna ihnen hätte etwas zurufen können – wäre ihr Aussichtspunkt und wären die Frauen Wirklichkeit gewesen.

Ein Trupp von Kavalleristen in schwerer Rüstung ritt unter einer Fahne mit einem Krebswappen über den Platz. Die Menschen machten den Soldaten widerwillig, aber ohne sonderliche Besorgnis Platz.

Ilna ging weiter nach unten. Was immer das »Fenster« zeigte, es war nicht die Insel zu dieser Zeit. Alle Menschen, die sie durch den Schlitz gesehen hatte, waren am Leben gewesen.

Es gab mehr Fenster – auf Felder hinaus, auf denen Pferde und lebende Menschen arbeiteten, auf die See hinaus, wo ein paar Kriegsschiffe rasch gerudert wurden, auf einen Palasthof, in dem ein untersetzter Mann in schwarzer Rüstung und mit einer Krone auf eine Menschenmenge aus Höflingen und Bürgern einredete.

Ilna gönnte ihnen nur flüchtige Blicke. Sie interessierte sich nur für die Wirklichkeit, und das da hatte nichts damit zu tun.

Sie war nicht sicher, wie weit sie abwärts gegangen war. Sie hatte die Stufen nicht gezählt, und sie hätte ohnehin einen Zählstock dazu gebraucht.

Die Tür am Ende der Treppe war aus Holz und nur angelehnt. Aus dem Raum dahinter drang kein Licht, aber ein gedämpfter Schimmer fiel aus den Fensterschlitzen in Zeit und Raum über ihr, so daß Ilna die Tür gut erkennen konnte.

Sie drückte sie mit der linken Hand auf und ging hindurch. Als sie die Schwelle überschritt, wurden die Mauern selbst heller, und sie fand sich in einer runden Schatzkammer wieder.

Ilna spürte, daß sich etwas in ihrem Bauch zusammenzog. Als Kind hatte sie sich anstrengen müssen, genug zu verdienen, damit sie und Cashel davon leben konnten, aber »genug« war alles gewesen, was sie interessiert hatte. Nachdem sie sich einen Namen als beste Weberin an der Ostküste von Haft – und darüber hinaus – gemacht hatte, hatte sie darauf bestanden, angemessen bezahlt zu werden, denn sie würde sich ebensowenig berauben lassen, wie sie selbst andere beraubte.

Aber Ilna hatte sich nie um anderer Leute Geld geschert, und weil sie selbst ohne Habgier war, bedeutete ihr die Vorstellung von Reichtum nichts. Dennoch keuchte sie beim Anblick der überraschenden Menge von Münzen und Edelsteinen und Armreifen, schimmernden Tellern und Vasen aus Silber aus Gold. Das weiße Licht war zwar nicht grell, aber es warf keinen Schatten, weil es aus allen Richtungen kam.

Sie gab ein kehliges Lachen von sich. Die Geschichten, mit denen Mastyn und Vonculo die anderen zur Meuterei verlockt hatten, stimmten also doch; obwohl die Chance, daß auch nur ein Bruchteil dieses Reichtums jemals in die Hände eines Seemanns gelangen würde, nicht größer war, als daß Ilna sich durch diesen Anblick von ihrer Pflicht abhalten ließe.

Säcke und Töpfe mit Münzen und anderen kleinen Gegenständen waren aufgestapelt. Einige waren aufgerissen oder umgekippt, und ihr Inhalt hatte sich auf den Boden ergossen. Unter den Reichtümern befanden sich auch Gegenstände, deren Wert nicht so offensichtlich war: ein kleiner hölzerner Sarg; etwas, das aus Kugeln und Spindeln aus Messing bestand; eine klare Scheibe von der Größe eines Tellers, aber nach beiden Seiten konvex, und viele andere Dinge, die irgendwo zwischen dem Gold lagen.

Ilna bemerkte einen aufgerollten Wandteppich unter einem Stapel goldener Teller. Sie griff danach, hatte vor, ihn herauszuziehen, um ihn näher zu betrachten. Als ihre Finger das glatte Gewebe berührten, spürte sie ein Bild von haushohen Wellen, die von allen Seiten heranrasten, und hörte die Schreie von Menschen in Todesangst.

Ilna zog die Hand mit grimmigem Lächeln zurück. Ihre Finger kribbelten. Stoff hatte immer schon zu ihr gesprochen, und das war noch klarer und deutlicher geworden, seit sie aus der Hölle zurückgekehrt war.

Meist war das, was ihre Begabung ihr mitteilte, unangenehm. Selten so unangenehm allerdings wie dies, wie zu spüren, daß Tausende gleichzeitig starben, als eine Insel im schäumenden Meer versank.

Als Ilna die Kammer betreten hatte, war die Tür von selbst hinter ihr zugefallen. Die Innenwände waren kahl und glatt wie polierter Feuerstein, aber sie würde die Tür leicht wiederfinden können. Außerdem gab es noch andere Türen, die in diesen Wänden verborgen waren.

Eine von ihnen öffnete sich nun. Eine Gestalt ganz in Weiß trat herein, und das Portal schloß sich hinter ihm. *Ihm*, obwohl die Gestalt geschlechtslos war wie eine Spindel und so böse wie eine Spinne, die in einem Tunnel weißer Seide lauert. »Willkommen auf Yole«, sagte er. »Ich hatte keinen Besuch erwartet, aber ich bedauere es nicht, Euch zu sehen. Ich bin Ewis von Zampt.«

Er verbeugte sich knapp und ließ den Blick dabei nicht von ihr weichen. Ewis' Pupillen waren das einzige an ihm, was nicht weiß war.

»Ich bin Ilna or-Kenset«, sagte Ilna. »Ich suche nach dem Kind, das sich in meiner Obhut befand. Habt Ihr sie mitgenommen?«

»Ich?« fragte Ewis mit einem Kichern. »Ihr Götter, nein, weder ich noch einer meiner Kollegen. Ich nehme an, das Große Ding hat Eure Freundin. Es hat allerdings erst vor kurzem gegessen, also besteht keine unmittelbare Gefahr.«

Ewis nahm eine Elfenbeinperle mit Facetten aus dem Ärmel, warf sie ein paar Zoll hoch und fing sie wieder auf. »Außerdem«, fügte er hinzu, »mag es Kinder recht gern. Allerdings keine Erwachsenen und ganz bestimmt keine Zauberer.«

»Gut«, sagte Ilna, obwohl nichts an dieser Situation wirklich gut war. »Wo finde ich das Große Ding? Ist es ein wildes Tier?«

»Oje!« Ewis lachte. »Was soll ich sagen? Es ist wild genug, und es ist zweifellos auch tierisch – aber ein wildes Tier? Ich glaube nicht.«

Er wurde wieder ernst und richtete seine schwarzen Spinnenaugen auf Ilna. »Und ich fürchte, ich kann Euch auch nicht sagen, wo es sich befindet. Wir müssen ihm aus dem Weg gehen, versteht Ihr, meine Kollegen und ich. Es ist ziemlich böse auf uns.«

»Wenn Ihr das Große Ding meiden müßt …«, sagte Ilna. Sie betrachtete so viel vom Leben und der Welt mit Haß, daß es ihr jetzt ganz leicht fiel, weiterhin vollkommen ausdruckslos zu diesem Geschöpf zu sprechen. »... dann müßt Ihr wissen, wo es sich befindet. *Sagt* es mir.«

»Damit habt Ihr vielleicht recht«, erwiderte Ewis. »Vielleicht sollte ich das tun. Vielleicht. Aber wollt Ihr Euch nicht zunächst die Schätze ansehen, die meine Kollegen und ich gesammelt haben?«

Er wühlte mit der linken Hand unter ein paar Silbertellern und holte eine Steingutschale heraus. »Damit könntet Ihr jeden auf der Welt zu Euch rufen«, sagte er. »Er würde kommen. Lebendig oder tot, er würde kommen.«

»Ich will das Kind Merota«, sagte Ilna. Sie bewegte die Finger nicht, aber sie umklammerte die weiche Schlinge mit einem Zorn, der ansonsten, ansonsten ... »Das ist alles, was ich von Euch will, Zauberer.«

»Euch gefällt die Schale der Sehnsucht also nicht?« Ewis schnalzte tadelnd mit der Zunge. »Oje, oje.«

Er setzte die Schale ab und ging zu der Kristallscheibe, die Ilna bereits bemerkt hatte. »Vielleicht wird dieser neue Gegenstand Euer Interesse erwecken. Es ist die Linse von Rushila, und sie kann Euch alles im Universum zeigen. Kein Zauberer kann sich vor dem Auge desjenigen verbergen, der dieses Wunder benutzt. Ist es nicht schön?«

In Erdin und Valles hatte Ilna Fenster aus Glas gesehen, das so glatt war, wie Menschen es nur herstellen konnten. Dennoch verzerrte es. Dieses Kristall war zwar nach beiden Seiten konvex, aber so klar wie Luft, als Ilna geradeaus hindurchsah.

»Wenn Ihr so mächtig seid, Zauberer«, sagte sie, »warum fürchtet Ihr dann das Große Ding? Sagt mir, wo es Merota festhält!«

Ewis kicherte, aber Ilna bemerkte, daß seine Hand zitterte, als er die Linse absetzte. Mit der anderen Hand spielte er weiter mit der Elfenbeinperle.

»Ach, das Große Ding«, sagte er. »Das ist ein gewisses Problem, wie ich schon sagte. Wir haben ihn gebraucht ...«

Wieder sah er Ilna an, und sein Blick war so verstörend wie zuvor. »Wir brauchten ihn«, fuhr Ewis fort, seine Stimme dünn und insektenhaft. »Damals war er noch ein Mensch. Er hieß Castigan. Meine Kollegen und ich haben ihn gefesselt und seinen Zorn als Teil des Bannspruchs benutzt, der unseren Mentor Ansalem versiegelt und aus der Zeit herausgenommen hat. Der Zorn war ebenso wichtig wie das Blut, versteht Ihr.«

Ilna erinnerte sich an die Bilder in dem Funkenregen über Vonculos Lagerfeuer, als die Spieluhr leise erklungen war. »Ihr habt ein Kind getötet«, sagte sie. »Ihr habt sein Kind getötet. Während er zusah.«

»Das mußten wir, versteht Ihr«, kicherte Ewis. »Wäre An-salem erwacht, dann wäre er sicher nicht sehr erfreut gewesen. Aber das Problem ist, nachdem wir das Große Ding einmal gebunden haben, können wir ihn nicht wieder binden. Er ist kein Mensch mehr, versteht Ihr, er ist nur noch Zorn ... und Gier.«

»Ewis«, sagte Ilna. »Zauberer. Ich gehe jetzt. Sagt mir, wo ich Merota finde.«

Ewis sah sie an. Seine linke Hand zitterte immer noch. »Ihr wollt gehen?« fragte er. »Glaubt Ihr denn, Ihr könntet eine Tür finden?«

»Ja«, erwiderte Ilna. Sie ließ die Schlinge vor sich in einem weiten Kreis fliegen. Die Tür, durch die sie hereingekommen war, befand sich nun hinter Ewis, aber sie begann, das Muster zu erkennen, und es führte sie ohnehin nicht in diese Richtung ...

»Glaubt Ihr das wirklich?« fragte der Zauberer überrascht. »Vielleicht könnt Ihr das tatsächlich. Dann gibt es nur noch eine Möglichkeit ...«

Die Elfenbeinperle verließ seine Hand. Ewis warf sie nicht, er ließ sie nur los, wie man die Leine eines eifrigen Hundes losläßt.

Ilna warf ihre Schlinge. Die Seide traf nicht, weil das Licht, das von den Facetten der Perle widergespiegelt wurde, sie mit einem weichen Kokon umschlang; eine sanfte Fessel, die aber begann, fester zu werden.

Ewis grinste Ilna breit an und sagte: »Jetzt muß ich Euch töten.«

Valence III., König der Inseln, spielte Schach mit einem Lakaien, als Garric und Liane zu ihm hinaus auf die Veranda kamen, vor der ein Zierteil angelegt war. Schwarze Schwäne schwammen dort in anmutigen Kreisen. Ihre Flügel waren gestutzt, aber die Vögel waren ohnehin zu wohlgenährt, um fliegen zu können.

»Oh, Prinz Garric!« sagte der König. »Es ist immer eine Freude, Euch zu sehen. Und auch Eure reizende Freundin!«

»Er hat zugenommen, seit das Königreich in deinen Händen liegt«, murmelte Carus, der den König kritisch durch Garrics Augen betrachtete. *»Er hatte sich schon lange davongestohlen, bevor du die Verantwortung übernommen hast, aber er war immerhin anständig genug, sich zu schämen.«*

»Ich möchte Euch von ein paar Dingen erzählen, die sich vor kurzem ereignet haben, Euer Majestät«, sagte Garric und verbeugte sich vor dem König. Neben ihm knickste Liane anmutig.

»Es gibt doch nichts, was ich tun muß, oder?« fragte Valence mißtrauisch. Er rückte ein Stück von Garric ab und drohte dabei den Elfenbeinhocker umzukippen, auf dem er saß. Der Lakai war aufgesprungen, sobald Garric den Raum betreten hatte; nun trat er an die andere Seite des Königs, um ihn zu stützen, falls dies notwendig sein würde.

»Nicht das geringste, Euer Majestät«, sagte Garric. »Ich wollte Euch nur in einigen Dingen um Euren Rat bitten.«

Er hoffte, tröstlich und nicht einfach nur angewidert zu klingen. Garric war müde – seit er Herrscher geworden war, war er ständig müde –, und manchmal ließ ihn das ein wenig bissig reagieren.

Es war Lianes Idee gewesen, sich zumindest einmal innerhalb von zehn Tagen mit Valence zu treffen. Für die meisten Bürger von Ornifal war der König nur ein Symbol, kein größerer Teil ihres Alltagslebens als ein Besuch der Herrin und Himmelskönigin. Für diese Mehrheit war Valence III. jetzt so sicher König der Inseln wie bei seiner Thronbesteigung vor zwanzig Jahren.

Das bedeutete, daß es für jedermann von Vorteil war, wenn Valence mit der Situation zufrieden war. Im Augenblick wollte er eigentlich nur Schach spielen, mit alten Freunden schwatzen und sich in kostbaren Gewändern bei öffentlichen Zeremonien zeigen. Hin und wieder stand dabei Valences Adoptivsohn und Erbe, Prinz Garric, zu seiner Rechten, aber zum größten Teil war die Anwesenheit des Königs alles, was erforderlich war. Regelmäßige Besprechungen mit Garric verringerten die Gefahr, daß Valence eines Morgens aufwachte und auf die Idee kam, man habe ihn im Dunkeln gelassen – und daß seine Ehre verlangte, die Macht wieder zu ergreifen.

»Bei einem solchen Versuch könnte ich ihm nur Glück wünschen!« sagte Carus mit jener Verachtung, die Garric vorsichtshalber verborgen hatte. *»Er konnte die Macht, die ihm bei der Geburt gegeben wurde, ja bisher schon nicht halten!«*

Garric wußte, daß dies der Wahrheit entsprach, aber darum ging es nicht – wie sein Urahn genau wußte. Valence konnte die Inseln nicht beherrschen, ganz gleich, wie zornig er wurde, aber er konnte Garric und seiner Regierung das Leben erheblich schwerer machen. Es war immer einfacher zu verhindern, daß etwas funktionierte, als es zum Funktionieren zu bringen.

»Ah«, sagte Valence und nickte zustimmend. Er wirkte immer noch ein wenig mißtrauisch, aber er beugte sich vor, so daß nun alle vier Beine des Hockers wieder auf den Kachelboden standen. »Nun, dann bin ich froh, Euch zu sehen.«

»Die Reorganisation von Ornifal verläuft weiterhin gut, Euer Majestät«, sagte Garric. »Wir haben inzwischen Eure Autorität in allen Regionen wieder fest verankern können. Es gibt zwar Beschwerden, aber uns ist nichts entgegengetreten, das man auch nur annähernd als Rebellion bezeichnen könnte.« Er hockte sich zu Füßen des Königs. Das Protokoll besagte zwar, daß Besucher stehen mußten, wenn der König saß; aber das hätte bedeutet, daß Garric über Valence aufragte. Garric und auch Liane und Royhas – waren der Ansicht, daß diese angedeutete Drohung gefährlicher wäre als ein technischer Verstoß gegen die Etikette. Valence war geistig immer noch sehr instabil.

»Wie ich Euch schon sagte, als wir zum letzten Mal miteinander gesprochen haben«, fuhr Garric fort, »kommen wir, was die Herrscher von Sandrakkan und Blaise angeht, einer Entscheidung näher. Die Gesandtschaft nach Erdin ist leider verspätet – Lord Tadais Mannschaft hat gemeutert und ihn auf einer kleinen Insel ausgesetzt. Er ist inzwischen allerdings gerettet worden und wird seine Reise in Kürze fortsetzen. Mit, wie wir hoffen, besseren Ergebnissen.«

»Tadai verschollen?« sagte Valence und runzelte vor Konzentration die Stirn. »Nein, das ist nicht, was Ihr mir gesagt habt. Ihr habt mir gesagt, Eure *Schwester* sei verschollen – Lady Sharina. Ich erinnere mich sehr genau daran, daß Ihr das erzählt habt!«

Garric räusperte sich, schluckte und ließ sich Zeit. Liane sah, wie die Sehnen in seinem Hals hervortraten, und warf ein: »Das stimmt, Euer Majestät, Lady Sharina wurde entführt. Lord Tadais Mißgeschick geschah erst kürzlich, aber es ist bereits wieder behoben.«

»Ich hoffe, daß Sharina nichts Schlimmes passiert ist«, sagte der König. Er schaute beiseite, bemerkte das Spielbrett und blinzelte, als sähe er es zum ersten Mal. Es war immer noch sehr schwer zu sagen, wieviel von einem Gespräch ihm im Gedächtnis blieb. »Sie ist wirklich sehr hübsch. Eine echte Prinzessin, findet Ihr nicht?«

»Das ist sie wirklich, Euer Majestät«, meinte Garric und zwang sich zu einem Lächeln. »Ihr Verlobter, Meister Cashel, hat sich auf die Suche nach ihr gemacht. Ich vertraue vollkommen auf Cashels Fähigkeiten, und selbstverständlich auch auf die von Sharina. Es geht ihr sicher gut.«

Ohne Cashel oder Sharina etwas absprechen zu wollen, wünschte sich Garric, er sei wirklich so sicher. Ihre größte Hoffnung bestand darin, daß das Geschöpf, das Sharina entführt hatte, dies aus einem bestimmten Grund getan hatte – und aus einem anderen Grund, als sich den Magen zu füllen.

»Ihr habt diesen Cashel schon öfter erwähnt«, meinte Valence. Wieder runzelte er die Stirn, diesmal in aufkeimendem Zorn und nicht nur in Konzentration. »Er ist nicht von adliger Herkunft, nicht wahr?«

»Meister Cashels Herkunft ist ausgesprochen geheimnisvoll, Euer Majestät«, sagte Liane schnell. »Die Zauberin Tenoctris hat angedeutet, daß ihn die Herrin vielleicht geschickt hat, um Euch bei dieser Krise zu unterstützen.«

Garric sah Liane überrascht an, versuchte dann rasch, wieder völlig ausdruckslos dreinzuschauen, und hoffte, daß Valence seine Verblüffung nicht bemerkt hatte. Liane hatte es nur darauf angelegt, den König von Gedanken abzulenken, die Garric auch erzürnt hätten, wäre Cashel nicht sein Freund gewesen.

»Tatsächlich?« fragte Valence. »Oh, das war mir nicht klar. Ich dachte, Meister Cashel wäre ... nun, er ist so *ländlich*, wißt Ihr.«

Tenoctris glaubte nicht an Götter, sei es in der Gestalt, in der sie in Tempeln dargestellt wurden, sei es als philosophische Abstraktionen wie Schicksal, Glück oder was auch immer. Sie hätte Cashel zweifellos nicht als Geschenk der Götter bezeichnet ... zumindest hätte sie nicht diese Worte gewählt. Weder Garric noch das Königreich der Inseln hätten allerdings die vergangenen Monate ohne Cashels Hilfe überstanden.

»Nur wenige Menschen sind imstande, Cashels Verkleidung als solche zu durchschauen, Euer Majestät«, sagte Liane. Ihr freundlicher Tonfall war noch beruhigender als die Worte selbst, und die Verbindung von beidem riß Valence aus der Nörgelei heraus, in die er sich zurückgezogen hatte. »Zu diesen wenigen gehören Tenoctris und selbstverständlich auch Sharina.«

»Oh, ich verstehe«, meinte der König und nickte weise. Wenn er ruhig war, sah Valence aus wie der vollendete Monarch, aber es brauchte nur wenig, um ihn aufzuregen. Wenn Valence aufgeregt und durcheinander war, hätte ihn niemand für etwas anderes als einen jämmerlichen Feigling gehalten. »Ja, selbstverständlich, Sharina wird es wissen.«

In dem Raum hinter der Veranda war leises Gemurmel zu hören. Liane spähte über die Schulter, drehte sich dann um und machte eine winzige Geste zu Garric hin.

»Ich hoffe, ich habe Euch nicht gestört, Euer Majestät«, sagte Garric, erhob sich wieder und trat einen Schritt zurück. »Aber ich wollte Euch davon berichten, daß die Dinge im allgemeinen einen guten Verlauf nehmen.«

»Ihr müßt gehen«, sagte Valence. Lag so etwas wie Bedauern in seinen Worten? »Ich verstehe.«

Garric verbeugte sich tief. Statt ihn förmlich zu entlassen –

oder sich einfach wieder seinem Schachspiel zuzuwenden –, sagte Valence: »Ich war wirklich am Steinernen Wall, wißt Ihr. Es kommt mir nun so vor, als wäre das alles einem anderen passiert. Ich erinnere mich an den Angriff der sandrakkanischen Kavallerie und daran, wie ich dachte, daß ich nun sterben müßte. Glaubt Ihr, ich wäre damals gestorben, Garric?«

Garric sah ihn an; zur Abwechslung sah er Valence einmal wirklich an. Er betrachtete ihn als Menschen und nicht als ein Bündel von Launen und Nörgeleien, mit dem Prinz Garric zum Besten des Königreichs fertigwerden mußte.

»Nein, Euer Majestät«, sagte Garric. »Ihr seid damals nicht gestorben. Ihr seid immer noch die Nabe, die das Rad zusammenhält, während Tenoctris und Royhas und ich und all die anderen versuchen, die Speichen anzupassen. Wir brauchen Euch. Das Königreich braucht Euch.«

»Glaubt Ihr das wirklich?« sagte Valence und strahlte wie eine Frau, der man ein Kompliment für ihre Frisur gemacht hat. »Nun, mag sein. Haltet mich weiterhin auf dem Laufenden, Prinz Garric.«

Abermals verbeugte sich Garric und ging rückwärts. Er drehte sich nicht um, bis er durch die Tür gegangen war und ein Diener sie zwischen ihnen und dem Monarchen geschlossen hatte. Er befand sich in einem halbrunden Empfangszimmer mit Bänken und niedrigen Tischen an der gebogenen Mauer. Statt Wandteppichen gab es hier Fresken mit rotem Untergrund und gemalte Säulen, die individuelle Nischen einrahmten, in denen sich jeweils das Bild eines mythischen Tieres befand.

Tenoctris hatte die Hände gefaltet. Aus dem Winkel, aus dem Garric sie sah, wirkte es, als hätte sich ein goldener Hippogryph in Tenoctris' grauem Haar verfangen. Sie lächelte zur Begrüßung, aber dieses Lächeln war angespannt.

»Das wußten wir bereits, Junge«, bemerkte Carus. *»Oder sie*

hätte dich nicht aus der Besprechung mit dem ›König‹ da drin geholt.«

Bei Tenoctris waren ihre Wachen und die Wachen, die Garric und Liane schützten, und die vier für Valence zustän-digen Blutadler. Zusammen mit den Dienern war dies eine viel größere Versammlung, als man in den letzten fünf Jahren von Valences Herrschaft hier hatte sehen können – als dem König die Macht entglitten war und er sich immer mehr zurückgezogen hatte. Die Menschen meiden jene, die sie in den Abgrund sinken sehen, als hielten sie Versagen für anstrengend.

Nun fehlte es nicht an wohlhabenden Bürgern, die den König treffen wollten. Valence lud regelmäßig zu offiziellen Banketten ein – das gehörte zu den Pflichten seiner derzeitigen Position –, aber zu seinem Vergnügen spielte er mit einem Lakaien Schach. Vielleicht hatte er während seiner fünf Jahre als Ausgestoßener etwas gelernt.

»Ich habe mir die Brücke noch einmal angesehen«, sagte Tenoctris leise, als Garric und Liane zu ihr traten. »Mit Hilfe meiner Kunst.« Die Blutadler bildeten einen starren Halbkreis zwischen den dreien und dem Rest der Welt; selbst hier, selbst im Palast. Gute Leibwachen waren auf alles gefaßt.

»War das denn möglich?« sagte Garric, »wir konnten schließlich ...«

Tenoctris lächelte müde. »Ja, ich hätte mehr erfahren können, und das einfacher«, sagte sie, »wenn ich die Linse von Rushila hätte, aber dennoch kann ich dadurch, daß die Brücke selbst soviel Macht konzentriert, überraschende Dinge tun.«

Sie wurde ernster. »Leider fordert das seinen Zoll. Ich habe die letzten sechs Stunden durchgeschlafen. Ich habe dich unterbrochen, weil ich fürchte, wir können nicht länger warten. Ich fürchte, uns steht eine Invasion aus Yole bevor.«

»Die Insel Yole ist vor tausend Jahren gesunken, Tenoctris«, sagte Liane. »Alle auf der Insel außer dir sind dabei umgekommen.«

»Das habe ich nicht vergessen«, sagte Tenoctris und lächelte, um einer Bemerkung, die für ihre Verhältnisse ein ätzender Tadel war, die Schärfe zu nehmen. »Jemand hat Yole wieder aus dem Meer aufsteigen lassen. Ich befürchte, es ist einer von Ansalems Schülern, oder vielleicht waren sie es alle zusammen, aber das ist unwichtig.«

Sie seufzte und sah plötzlich sehr gebrechlich aus. »Diejenigen, die Yole aus dem Meer gehoben haben«, fuhr sie fort, »sind Nekromanten. Sie erwecken auch die Toten von Yole. Wir haben sie selbst gesehen, als wir aus Alae zurückkehrten.«

»Das war Wirklichkeit?« fragte Garric. »Ich meine, es geschah wirklich in unserer Zeit, Tenoctris?«

»Ja«, erwiderte sie. »Ich glaube schon. Und mit Hilfe der Brücke von Klestis nach hier – die sie früher oder später werden benutzen können – können sie direkt nach Valles einmarschieren. Aber das ist noch nicht das Schlimmste.«

Garric spürte Lianes Hand in der seinen. Ihre Berührung stärkte und entspannte ihn mehr, als er es für möglich gehalten hätte. Impulsiv streckte er die freie Hand aus und legte sie auf Tenoctris' gefaltete Hände.

»Wir können Yole schaden«, sagte Garric. In seinem Geist nickte König Carus mit einem grimmigen Eifer, der nicht mißzuverstehen war.

Tenoctris lächelte, und sie behielt dieses Lächeln bei, während sie sagte: »Das bezweifle ich nicht. Wir können es. Aber wenn die Brücke steht und die Nekromanten so mächtig sind, wie die Beweise nahelegen, werden sie sich nicht auf Yole beschränken. Hast du je darüber nachgedacht, wie sehr die Toten der Vergangenheit in der Überzahl gegenüber jenen sind, die heute leben?«

»Ah«, sagte Garric und nickte, als er schließlich verstand,

was sie meinte. Er dachte daran, wie Valence einen Augenblick zuvor etwas ganz Ähnliches getan hatte, und lächelte dünn. Man sollte nie vergessen, daß man nur ein Mensch war, genau wie jeder andere ...

»Dann sollten wir am besten sofort etwas gegen die Brücke unternehmen, nicht wahr?« sagte er.

»Ich werde die Armee nach Klestis bringen. Wenn die Brücke fest genug ist, daß man sie überqueren kann, dann können wir Ansalem befreien, indem wir die Mauern, die ihn umgeben, zerbrechen.«

»Das glaube ich nicht«, sagte Tenoctris. »Aber ich hoffe, daß ich mich irre, denn ich kann mir keine bessere Möglichkeit denken. Und deinem Traum nach zu schließen, kann Ansalem das auch nicht.«

Sharina hatte einige Zeit die Bilder angestarrt, die auf die Wände des Grabmals gemalt waren, bevor sie endlich begriff, was sie vor sich sah. »Dalar«, sagte sie, »das da ist eine Geschichte. Es sind nicht nur Bilder.«

Stein knirschte über ihr. Es war den Ghulen gelungen, einen Block weit genug zu bewegen, um ein Stück Stein von der Kante abzuschlagen. Der Stein fiel mit einem Klacken auf den Boden und hüpfte dann weiter in die Grube inmitten des Grabmals. Er traf schließlich mit einem klebrigen Klatschen auf dem Boden auf.

Sharina sah wieder die Mauern an. Instinktiv blickte sie nach oben und schirmte die Augen mit der Hand gegen weiteren fallenden Schutt ab.

»Sie sind nicht viel weiter gekommen«, sagte der Vogel leise. »Als dieser Stein herunterfiel, dachte ich schon, sie würden durchbrechen.«

»Ich auch«, meinte Sharina. Sie fühlte sich immer noch nicht kräftig genug, sich in – und hoffentlich durch – den

Schlangentunnel zu quetschen, obwohl sie das lieber getan hätte, als gegen ein Rudel Ghule zu kämpfen.

Sie holte tief Luft und zeigte mit dem Pewlemesser auf einen Teil der Bilder. Sie waren übereinander angebracht und von oben nach unten zu lesen, jeweils vier Bilder nacheinander. Die Schuppen der Schlange hatten die unterste Reihe bis auf die Ecken abgerieben; eindringendes Wasser hatte große Stücke des Verputzes abbröckeln lassen und auf dem Rest große Flecken verursacht. Trotz des Schadens konnte Sharina der Geschichte einigermaßen folgen.

»Die Rokonar benutzten Bilder nicht so wie Euer Volk«, sagte Dalar. Er legte den Kopf schief, als wolle er die Fresken genauer erkennen, dann gluckste er verzweifelt. »Unsere Kunst besteht darin, Farben ineinander überfließen zu lassen, um bestimmte Empfindungen hervorzurufen. Alles, was ich auf diesen Mauern sehe, sind Klecksereien, wie sie selbst das jüngste Küken meines Volkes ausführen könnte.«

Über ihnen johlten mehrere Ghule triumphierend. Ein Steinblock ächzte, dann prallte er zweimal auf, als er vom Grabmal rollte. Sharina und Dalar spannten sich an.

Das Dach schien so fest wie zuvor. Ein Knirschen war zu hören. Ein Ghul kreischte vor Schmerzen und schrie weiter, bis seine Stimme zu einem Winseln verklang.

»Jemand ist einem Stein in den Weg geraten«, sagte Sharina mit dünnem Lächeln. »Sie sind nicht sehr klug ...«

Die Blöcke an einer Decke des Daches sackten schließlich nach innen, und es fiel erheblich mehr trübes Tageslicht ins Grabmal hinein.

»Aber sie sind stark«, schloß sie. »Und wahrscheinlich klug genug.«

»Wir haben immer noch Zeit«, sagte Dalar. »Erklärt mir die Bilder, Herrin.«

Er stieß sein glucksendes Lachen aus. »Ich habe beschlossen, mit meinem Todesgesang noch zu warten«, fügte er hinzu. »Ich glaube nicht, daß diese Zuhörer ein kompliziertes Versmaß zu würdigen wüßten.«

Lächelnd zeigte Sharina wieder auf die Bilder. »Das da ist ein Zauberer«, sagte sie. »Er kommt auf den Wellen in die Stadt – es muß Valhocca sein –, und er bewegt sich in einem Kreis aus rotem Licht.«

»Diese stacheligen Dinger sollen Wellen sein?« sagte Dalar. »Verblüffend. Ich war dreißig Tage *auf* den Wellen und habe nie etwas erblickt, das auch nur annähernd so aussah.«

»Es ist eine Übereinkunft«, sagte Sharina ein wenig defensiv. Dann mußte sie lachen. »Meine Freundin Liane könnte dir das besser erklären. Ich bin sicher, daß sie darüber in Herrin Gudeas Akademie für junge Damen genug gelernt hat. Mein Vater interessierte sich nur für Literatur.«

»Ich würde Eure Freundin gerne kennenlernen«, erklärte der Vogel feierlich. Stein knirschte, dann krachten wieder zwei Blöcke gegeneinander und lösten einen Schauer aus Dreck und Kieseln aus. Es störte Sharina jetzt nicht mehr.

»Der Zauberer tut in Valhocca alle möglichen Dinge«, fuhr sie fort und zeigte mit der Klinge auf die einzelnen Bilder. »Einige von ihnen sind ziemlich unangenehm. Die anderen sind überwiegend schlimmer.«

Die Fresken waren in leuchtenden Grundfarben auf weißem Untergrund ausgeführt. Sie waren alles andere als kunstvoll, aber Szenen von Kindern, die bei lebendigem Leib in einem Kessel gekocht werden, benötigen nur wenig Feinheiten.

»Eine Menschenmenge«, sagte Sharina und ging weiter zur Mauer rechts von der ersten, »hat den Zauberer durch die Straßen gejagt und ihn eingefangen. Ich weiß nicht, wie sie ihn entdeckt haben; das muß wohl auf den Bildern dargestellt sein, die wir nicht sehen können. Er wurde vor ein Tribunal gebracht – nein, der Mann in der Mitte muß der Seeherr von

Cordin sein. Die Frauen zu beiden Seiten sind allegorische Gestalten, die für die Inseln Shengy und Tisamur stehen, über die Valhocca zu jenem Zeitpunkt herrschte.«

»Das sind Frauen?« fragte der Vogel. »Und wenn es tatsächlich Frauen sein sollten, wie können sie gleichzeitig Inseln sein?«

»Im Geist des Malers waren sie beides«, sagte Sharina. Das war keine Erklärung, aber es entsprach der Wahrheit. »Und für die Menschen, die diese Bilder sahen, ebenfalls, selbst wenn sie nicht lesen konnten.«

»Aber wer soll diese Bilder sehen?« fragte Dalar. »Es gibt keinen Weg hier hinein.«

Ein Steinblock kreischte über andere Steine, als Ghule ihn ein ganzes Stück weit verschoben. Das Geräusch endete abrupt mit dem *Klack* von Stein gegen Stein. Ein weiterer Lichtschimmer fiel in die Kammer.

»Ich denke, diese Bilder sollten jene warnen, die hier eindringen«, sagte Sharina und betrachtete die nächste Reihe von Fresken. »Vielleicht Grabräuber.«

Die Ghule hatten viel einfachere Bedürfnisse, und die Bilder würden ihnen ebensowenig bedeuten wie Dalar.

»Man schlug dem Zauberer im Hafen den Kopf ab, so daß so viele Menschen wie möglich zusehen konnten«, sagte Sharina. »Man hat seine Leiche gevierteilt, in eine bleibeschwerte Truhe gesteckt und ins Meer geworfen. Einen ... das da ist ein Mond, aber ich weiß nicht, ob er für einen Tag oder einen Monat steht ... einen was auch immer später kehrte der Zauberer aus dem Hafen zurück. Seine Körperteile hatten sich wieder miteinander verbunden ... aber nicht so, wie es vorher gewesen war.«

Sie wandte sich der nächsten Reihe zu. Das Licht fiel nicht so deutlich auf diese Mauer wie auf die erste, aber es genügte. »Er hat alle getötet, die ihm begegneten, und sie in sich aufgenommen; er hat sie mit sich verschmolzen. Soldaten haben ihn angegriffen, haben das *Ungeheuer* angegriffen, das er inzwischen war. Ihre Waffen haben seinen Körper zerrissen, aber der Körper setzte sich immer wieder zusammen und wuchs weiter, als das Geschöpf auch die Soldaten verschlang.«

Die nächste Wand hatte die schlimmsten Wasserschäden. Sharina hielt inne und versuchte, die Bedeutung des Restes zu erkennen.

Ein Ghul griff durch eine Öffnung direkt oberhalb von ihr. Die klauenbewehrte Faust erreichte nicht annähernd das geplante Ziel. Dalars Arm zuckte vor und schwang ein Gewicht in einem Bogen, der beinahe eine Wand gestreift hätte. Es zerschmetterte das Handgelenk des Ghuls mit einem raschen Knirschen. Der Schrei des Geschöpfs hallte schmerzlich in dem Grabmal wider, als es die baumelnde Hand zurückzog.

»Das Ungeheuer wurde viel größer«, sagte Sharina. »Hundert Fuß hoch, es sei denn, dies ist ebenfalls nur eine Übereinkunft für gewaltige Größe. Es sah aus wie eine Quelle mit Tentakeln um den oberen Rand, mit denen es greifen konnte. Alle flohen aus der Stadt. Das Ding folgte ihnen nicht so weit; es blieb, wo es war, und riß die Gebäude ein.«

Über ihnen verrutschten weitere Steinblöcke. Nun war schon ein größerer Teil des Himmels zu sehen, aber es wurde dennoch dunkler im Grabmal, weil die Sonne so niedrig am Horizont stand. »Vielleicht sollten wir jetzt gehen«, sagte Dalar.

»Bald!« sagte Sharina, die vollkommen in die Beschreibung einer uralten Tragödie versunken war. Etwas ruhiger fuhr sie fort: »Das Ding blieb in den Ruinen. Es fand nichts mehr zu essen, nichts mehr zu absorbieren. Es schrumpfte, aber es starb nicht. Endlich fingen es ein paar Menschen in Netzen und warfen es in einen Brunnen – nein, in eine natürliche Höhle im Kalkstein. Und dann bauten sie dieses Gebäude, dieses Grabmal, darüber, so daß es nie mehr genug zu fressen finden würde, um wieder zu wachsen und zu fliehen.«

Die Ghule heulten. Ein Steinblock polterte draußen vom Dach. Zwei weitere sackten ins Grabmal und klemmten dann gegeneinander fest. Das gesamte Dach stand kurz vor dem Einsturz.

»Herrin!« rief Dalar. »Wir müssen gehen!«

Sharina fuhr sich mit der linken Hand durchs Haar und kämmte den Dreck heraus, der von oben herabgerieselt war. »Ich gehe als erste«, sagte sie zu Dalar. Sie zwängte sich mit ausgestreckten Armen in den Schlangentunnel. Sie hatte das Messer in der rechten Hand.

Die Steine kratzten an Sharinas Schultern, als sie sich an ihnen vorbeidrückte, aber der festgestampfte Boden unter ihr war weich und feucht genug, um sich glatt anzufühlen. Sie stieß sich mit den Füßen ab, zwängte die Hüften durch die Öffnung und benutzte ihre Ellenbogen, um sich vorwärts zu ziehen.

Sie bekam keine Luft mehr. Sie glaubte, es läge nur an dem engen Raum und an ihrer Angst; sie wand sich und stieß sich mit den Zehen an dem Rand der Grabmalwand ab.

Nein, sie konnte nicht atmen. Weder Willenskraft noch Intelligenz halfen ihr, sich über eine Angst hinwegzusetzen, die ihr Hirn in jenen Bereichen traf, die auch schon die ersten Geschöpfe mit Wirbelsäule besessen hatten.

»Dalar!« sagte sie und stützte sich auf die Ellenbogen, um sich zurückzuschieben. Ihre Stimme war nur ein gedämpftes Grunzen. »Der Tunnel ist blockiert! Wir kommen hier nicht raus ...«

Etwas berührte Sharinas Hände. Sie riß den Kopf hoch und stieß fest genug gegen die Tunneldecke, um den Schrei, den sie hatte ausstoßen wollen, zu ersticken.

Eine Schlange ist über mich gekrochen!

Aber es war keine Schlange. Es war die Zunge einer Schlange. Die derzeitige Bewohnerin des Grabmals kehrte nach Hause zurück.

Sharina hatte jetzt die Beine wieder außerhalb des Tunnels und trat heftig um sich, um den Rest ihres Körpers aus der Öffnung zu reißen. Der dunkler werdende Himmel schimmerte durch ein dutzend Stellen im Dach des Grabmals; das ganze Gebäude war nur Augenblicke vor dem Einsturz. Dalar war auf die andere Seite gehüpft, als Sharina, um sich tretend, in den Innenraum zurückgekehrt war.

»Da ist eine Schlange!« keuchte sie. »Sie kommt durch!«

Sharina warf einen Blick zum Dach und versuchte abzuschätzen, ob das Gebäude einstürzen würde, bevor die Ghule ein Loch geschaffen hatten, das groß genug war, um einzudringen. Wenn Dalar seine Kette um einen steinernen Dachbalken schlang, konnten er und sie sich vielleicht nach oben ziehen, bevor die Ghule reagierten. Eine geringe Hoffnung, aber im Augenblick die beste.

»Dalar ...«, sagte sie.

Der Vogel war erstarrt vor Angst – ein ausgestopftes Abbild des aktiven, anmutigen, lebendigen Geschöpfs, das Sharina gekannt hatte. Er starrte zur Tunnelöffnung.

Die Schlangenzunge prüfte zuckend die Luft des Grabmals; dann schob sich der keilförmige Kopf, so groß wie Sharinas Oberkörper, hinein. Die Schlange hatte ein Rosettenmuster, obwohl Sharina die Farben im dunklen Licht nicht erkennen konnte.

Die Schlange starrte Dalar an. Sechs Fuß Hals und Kopf folgten in einer S-Kurve, die bewirkte, daß der Kopf am selben Platz blieb. Die Schlange spannte sich an, um zuzustoßen.

Sharina riß das Pewlemesser mit der Kraft beider Arme abwärts und durchtrennte die Wirbelsäule der Schlange und den größten Teil der Muskulatur, die den Kopf stützte. Der Unterkiefer des Tieres klappte auf. Die Schlange wand sich in einer Reihe von Zuckungen vollständig ins Grabmal hinein und drohte den ganzen Raum wie eine Wasserflut zu füllen.

Eine Zuckung der Schlange warf Sharina gegen eine Wand. Sie wirbelte eine Wolke Gipsstaub von den Fresken auf. Windungen des Schlangenkörpers rollten über sie. Das Reptil war riesig, über hundert Fuß lang, und es kam Sharina endlos vor, als sie beobachtete, wie es sich durch den Raum wand.

Einen Augenblick lang glaubte Sharina, sie würde zerquetscht werden, erstickt von der Schlange, die sie getötet hatte. Sie konnte Dalar nicht sehen; er saß wahrscheinlich in der gegenüberliegenden Ecke fest. Sie hätte über die Ironie gelacht, falls sie zu Atem gekommen wäre.

Die Masse schuppigen Fleisches begann zu verschwinden. Der baumelnde Schlangenkopf war in die Grube gerutscht, nun folgte der Rest des Körpers. Schwerkraft erledigte, was menschliche Kraft nicht hätte erreichen können, und zerrte die Schlange von Sharina weg.

Der Schwanz der Schlange – ein überraschend scharfes Ende für einen Körper, der über den größten Teil der Länge denselben Durchmesser hatte – zuckte einen Augenblick, dann verschwand auch er. Sharina hielt immer noch das Pewlemesser, aber sie war zu schwach, es zu heben. Sie konnte nicht aufstehen, und sie war nicht einmal sicher, ob sie kriechen konnte. Der Tunnel war frei, aber es war zu spät.

Zwei Blöcke fielen vom Dach nach außen, drei weitere nach innen und einer von ihnen verfehlte Sharinas ausgestrecktes Bein nur um eine Fingerbreite. Ein Ghul heulte und ließ sich durch die Öffnung fallen.

Dalar hatte einen Fuß unter sich gezogen. Er hielt seine Gewichte für einen kurzen Wurf bereit – auf diese Entfernung nutzlos.

Ein Geschöpf, das in rotem Zauberlicht glühte, erhob sich aus der Grube. Es versengte den Boden in der Nähe, als hätte der Blitz eingeschlagen. Der durchsichtige Mantel pulsierte wie bei einer schwimmenden Qualle.

Der Ghul schlug mit der Hand, die er schon nach Dalar ausgestreckt hatte, nach dem Geschöpf. Die Klauen rissen drei tiefe Wunden in das schimmernde Fleisch. Tentakel – oder Geißeln – erhoben sich unter dem Mantel, umschlangen den Ghul und zogen ihn nach innen.

Der Ghul zuckte bei der ersten Berührung zusammen, die Muskeln verkrampften sich. Der Beginn eines Schreis erstickte in seiner Kehle.

Ein anderer Ghul sprang abwärts. Geißeln umschlangen ihn noch in der Luft. Auch dieser Ghul verkrampfte sich in einem Bogen, als die starken Muskeln seines Rückens versuchten, Hände und Kopf zusammenzuziehen. Der erste Ghul verschmolz mit dem Fleisch des Ungeheuers aus der Grube.

Das Geschöpf erhob sich weiter. Der Mantel – der purpurfarbene Klumpen oben konnte nicht wirklich als Kopf beschrieben werden – berührte die einstürzenden Überreste des Dachs.

Die Mittelsäule, auf der das Ungeheuer balancierte, schwoll an und schleuderte Tonnen von Steinen beiseite, wie Pilze nach einem Herbstregen Pflastersteine hochstemmen. Geißeln griffen um sich und packten mehrere weitere Ghule, während das Rudel überrascht aufheulte.

Sharina stand wie erstarrt; ihr gegenüber kniete Dalar wie eine Statue. Nur seine Augen bewegten sich; nun stand keine Angst mehr in ihnen.

Das Geschöpf stützte den Mantel auf die Mauern des Grabmals, saugte die Mittelröhre nach oben und kletterte den Rest des Weges aus der Grube. Der schneckenartige Fuß glitt die

Mauer hinauf und dann über die Trümmer, die einmal das Dach des Grabmals gebildet hatten.

Zwei Ghule hatten sich beinahe vollkommen im schimmernden Fleisch des Geschöpfs aufgelöst, und die anderen schmolzen wie Schnee auf einem Ofen. Über den Wipfeln schwebend wie die Rauchwolke eines weit entfernten Feuers, verschwand das Geschöpf im Wald.

Sharina atmete aus. Sie zitterte, aber ihre Kraft kehrte langsam zurück.

»Jetzt können wir gehen«, sagte Dalar. Er stand aufrecht, aber seine Stimme war nicht so fest wie üblich. »Ich denke, das sollten wir tun.«

Der Mond war noch nicht aufgegangen, und die Sonne war seit einer Stunde nicht mehr zu sehen. Der gesamte Verputz war von der Wand gegenüber Sharina abgerieben. Aber statt nacktem Stein sah sie ein schwaches bläuliches Zittern. »Warte ...«, sagte sie zu Dalar, oder zumindest bildeten ihre Lippen diese Worte. Sie war nicht sicher, ob sie sich verständlich machte.

Der Drache saß hinter seinem Tisch und schaute Sharina aus starren Augen an. Sie mußte wieder an die Schlange denken und begann erneut zu zittern.

»Geht es dir gut, Sharina?« fragte er. »Wirst du jetzt weitergehen können?«

»Ich bin noch am Leben«, sagte Sharina. Ein natürliches Lächeln fand seinen Weg zu ihren Lippen. »Ich denke allerdings nicht, daß wir noch lange leben werden, wenn das Geschöpf, mit dem wir diesen Ort geteilt haben, wiederkehrt.«

»Ah ja, Ohmqat«, sagte der Drache. Seine Kiefer öffneten sich im lippenlosen reptilischen Äquivalent eines Lächelns. »Er war nie von menschlicher Art, nahm aber menschliche Gestalt an, als er nach Valhocca kam. Er wird zu den Ruinen gehen und dort bleiben. In ein paar Tagen wird die Küstenlinie sinken und Ohmqat zurück auf den Meeresgrund holen, wo er hingehört.«

Vorsichtig stand Sharina auf. »Ich möchte immer noch so bald wie möglich hier raus«, sagte sie. »Obwohl ... Dalar, möchtest du sofort gehen?«

Der Vogel schaute von Sharina zu dem, was er offensichtlich nur als einen Mauerfleck erkannte. Er zuckte die Schultern. »Ich werde gehen, wann und wohin meine Herrin das wünscht«, sagte er. »Aber wenn ich meine Meinung äußern dürfte ...«

Er gluckste vergnügt.

»... dann möchte ich hier so bald wie möglich verschwinden. Oder noch eher.«

Das Lachen des Drachen trällerte in Sharinas Kopf. »Der Weg nach draußen«, sagte er, »befindet sich unten in der Grube, also dort, wo man Ohmqat gefangenhielt. Die ihn gefangen genommen haben, haben einen Stein auf ihn gelegt, um ihn an Ort und Stelle zu halten. Das war vergeblich, aber die Tiefe der Grube genügte. Ihr könnt den Stein kippen und durch das Loch gehen, das ihr darunter findet.«

»Wie tief ist die Grube?« fragte Sharina. Sie fühlte sich überraschend gut, obwohl sie vermutlich nur von all der Anstrengung wirr im Kopf war.

»Dreißigeinhalb Fuß«, sagte der Drache. Seine Gestalt und die Nische, in der er saß, verblaßten. Mit einem letzten Flüstern fügte er hinzu: »Der Mond wird euch leuchten, wenn ihr noch ein paar Minuten wartet.«

»Wir werden für die Vorbereitungen noch ein wenig Zeit brauchen«, sagte Sharina ebensosehr zu sich selbst wie zu dem verschwundenen Gespenst.

An ihren Begleiter gewandt fuhr sie fort: »Dalar, wir brauchen dreißig Fuß Ranken, um in die Grube hinabzusteigen. Auf diesem Weg werden wir diesen Ort verlassen. Und ich fürchte, wir brauchen noch mehr, um unser Seil um diese Blöcke zu binden, um uns zu verankern. Ich traue mir nicht zu, ohne Hilfe in die Grube zu klettern.«

»Ich auch nicht, Sharina«, sagte der Vogel. »Obwohl, wenn ich nur die Möglichkeit hätte, direkt hineinzuspringen oder zu bleiben, würde ich springen.«

Er lachte abermals. »Meine Abneigung gegen einen Ort, wo mein Leben so unerwartet gerettet wurde, ist ausgesprochen ungerecht«, sagte er. »Es wird mich zweifellos im Leben nach diesem eine lange Bußreise kosten.«

Der Mond, der sein erstes Viertel erreicht hatte, erhob sich über die Baumwipfel. Dalar fand daumendicke Ranken an einer Zeder am Rand der Lichtung. Sharina schnitt sie an der Wurzel ab, aber es gelang ihr und Dalar gemeinsam kaum, die Ranke vom Baum loszureißen.

»Der Drache sagt, das Wesen aus dem Grabmal wird nicht zurückkehren«, murmelte sie, als sie auf das nun in Trümmern liegende Gebäude zugingen. »Ich werde immer noch froh sein, hier wegzukommen.«

»Ich auch«, stimmte Dalar zu. »Das Geschöpf machte nicht den Eindruck, als würde es meinen Sterbegesang besser zu schätzen wissen als die Ghule.«

Sharina band die Ranke um einen Block, der erheblich schwerer war als sie und Dalar. Dieses behelfsmäßige Seil war zu steif, um es vernünftig knoten zu können, aber die beiden Schlingen würden sich nicht so schnell lösen.

»Ich gehe als erster«, sagte Dalar, als Sharina sich umwandte. Er trat bereits in die Grube, hielt die Ranke mit einer Hand und die Gewichte an kurzen Ketten in der anderen.

Sharina wartete, während die Ranke schwankte und über den Kalkstein schabte.

Erst als Dalar mit einer dröhnenden, geisterhaften Stimme »Ich bin unten« rief, begann sie abwärts zu klettern. Die Ranke hätte vermutlich auch beide gleichzeitig gehalten, aber sie wollte kein unnötiges Risiko eingehen, wenn die nötigen schon so schrecklich waren.

Etwa nach der Hälfte verengte sich die Grube zu einem Schlauch vom halben Durchmesser der Öffnungsgröße. Sharina stieß sich immer wieder an Steinen. Es gab beinahe kein Licht hier. *Dalar hätte etwas gesagt, wenn nicht genug Platz für uns beide wäre.*

Sharina stieß sich ab und drehte sich, während die Ranke sich unter ihrem Gewicht geradebog. Wasser, das durch verrottende Pflanzen reich an Säure war, hatte eine tiefe Höhle in den Stein gefressen, wie ein Abszeß an der Wurzel eines Zahns. Sharinas ausgestreckte Beine berührten nichts, bis Dalar ihr Fußgelenk packte und sie die letzten paar Fuß abwärts leitete. Seine Finger waren deutlich wärmer als die eines Menschen.

Es gab immer noch kein Licht. Knochen – *alte* Knochen – knirschten unter ihren bloßen Füßen.

»Es sind Menschenknochen«, sagte Dalar leise. »Der Schädel ist auf der anderen Seite der Kammer. Von der Schlange gibt es keine Spur.«

Er gluckste. »Nicht, daß ich sie gerne wieder gesehen hätte«, fügte er hinzu.

»Und auch nicht das, was die Schlange gefressen hat«, sagte Sharina. »Aber es hat uns gerettet. Ohmqat hat uns gerettet.«

Sie hatten überhaupt kein Licht ... Aber es gab keine Zweifel über die Steinplatte inmitten der Kammer. Sharina ertastete sie. Der Block war an fünf von sechs Flächen glattgeschliffen, aber die letzte war diagonal eingerissen. Sie war von einer größeren Platte abgebrochen –

»Der Sitz des Throns!« sagte Sharina. »Dalar, das hier ist die andere Hälfte des Steins, den wir in Valhocca aus der Wand gezogen haben.«

»Wenn ich wüßte, was in dieser Angelegenheit wichtiger ist«, sagte der Vogel, »wäre ich viel klüger als heute.«

»Ich denke, wenn wir sie auf uns zu ziehen ...«, sagte Sharina. Sie packte die lange Kante des Blocks mit beiden Händen, wartete aber, bis Dalar sich ebenfalls zurechtgestellt hatte, bevor sie dagegen drückte.

Sie zogen zusammen. Nichts geschah, bis Sharina beinahe aufgegeben hätte; dann glitt der Block ein Stück weiter und glitt und glitt, bis er die Stelle, an der er seit tausend Jahren gelegen hatte, verlassen hatte.

Sharina tastete nach dieser Stelle. Statt felsigem Boden gab es dort ein Loch von unsicherer Tiefe. Dank der Abdeckung durch die Granitplatte hatte sich das Wasser, das durch die Wände der Grube drang, hier konzentriert, und die Säure hatte sich in ihrem Schutz weitergefressen.

»Ich gehe voran«, sagte Sharina und machte sich bereit, sich durch die Öffnung zu zwängen. Das Loch war kaum groß genug, und Sharina mußte einfach darauf vertrauen, daß es tatsächlich ein Portal war. Falls es sich nur um einen tiefen Riß im Kalkstein handelte, würde sie auf sehr unangenehme Weise sterben.

»Dalar?« sagte sie, bevor sie sich mit den Füßen zuerst hineinschob. »Wünschst du dir inzwischen, du wärest klug genug gewesen, mein Angebot abzuweisen, als wir uns in Valhocca begegnet sind?«

»Nein, Sharina«, sagte der Vogel. »Das ist das einzige in meinem Leben seit dem Sturm, das ich *nicht* bedaure.«

Grinsend ließ Sharina sich durch die Öffnung herab.

»Ich hoffe, es geht Elfin gut«, sagte Cashel, als er weiter durch den Wald stapfte. »Ich nehme an, wir hören ihn nur deshalb nicht, weil das Laub so dicht ist, aber ich wünschte wirklich, er würde mit uns kommen.«

Die Bäume hier hatten keine Rinde, sondern nur glatte grüne Haut. Die Blätter waren von allen möglichen Arten, aber alle zu groß – keines war kleiner als Cashels Hand mit ausgebreiteten Fingern, und einige hatten die Größe von Handtüchern. Es gab auch Blüten: baumelnde blaue und gelbe Dinger von der Größe eines Kornmaßes und hoch aufragende Kegel von weißer Flauschigkeit.

Alles triefte. Cashel war sich nicht sicher, ob es irgendwo oberhalb des Waldes regnete oder ob das Wasser einfach nur aus der Luft gezogen wurde. Duzi! Es fielen sogar Tropfen von der Spitze seiner Nase und den Beschlägen des Stocks!

»Du machst dir Sorgen um Elfin?« krähte Krias. »Mach dir keine Gedanken wegen des Wechselbalgs, Schafsjunge, mach dir wegen dir selbst Gedanken! Du hast keine Ahnung, wie gefährlich die Unterwelt ist!«

Cashel dachte einen Augenblick nach. »Ich möchte kein Mensch sein, der sich wegen sich selbst sorgt, Meister Krias«, sagte er. »Es gibt viele Leute, die das tun, aber das sind keine Menschen, mit denen ich gerne zusammen bin, und mit mir bin ich die ganze Zeit zusammen.«

Krias schnaubte. »Falls Elfin jemals nahe genug kommen sollte«, sagte er, »dann schlag ihn mit diesem Stock über den Kopf. Oder befiehl mir, mich um ihn zu kümmern. Nachdem er sein ganzes Leben hier verbracht hat, ist er kein Mensch mehr – und ich will damit nicht sagen, daß ihn das Leben beim Volk so dumm wie ein Schaf gemacht hat!«

»Mir gefällt es ja auch nicht«, gab Cashel zu. »Aber es gibt auch Orte in der Welt, aus der ich komme, in die ich nicht freiwillig zurückkehren würde.«

Er grinste. »Ich kann mich nicht erinnern, jemals so durchnäßt gewesen zu sein, wenn ich nicht versuchte zu schwimmen.«

»In deiner Welt herrscht die Sonne«, sagte der Ringdämon.

»O nein, nicht überall und nicht die ganze Zeit ... und nirgendwo vollständig. Aber dort herrscht die Sonne, und hier herrscht Malkar im selben Ausmaß.«

Zwei Vögel lösten sich von seltsam grünen Zweigen und flatterten durch die feuchte Luft. Sie mußten dieses Wetter genauso scheußlich finden wie Cashel. Einer war eine Eule, der andere ein Adler oder eigentlich ein großer Falke. Sie hatten Streifen dunklen Fleisches in den Schnäbeln.

Cashel dachte eine Weile darüber nach, was Krias gesagt hatte. »Also bekämpft Meister Landure Malkar in der Unterwelt?« sagte er schließlich.

Endlich glaubte Cashel über dem Platschen seiner Füße im Blätterhumus Elfins Lyra zu hören. Gut, daß die Saiten aus Silber waren. Därme würden sich hier strecken wie die Wahrheit in Onkel Katchins Mund.

»Deinetwegen, Schafsjunge«, zischte der Ring, »ist Landure im Augenblick damit beschäftigt, ein Stück Wald zu düngen. Und er hat Malkar nie bekämpft, weil er dazu viel zu vernünftig ist. Was er getan hat, war, die Ungeheuer der Unterwelt *in der Unterwelt* zu behalten, statt zuzulassen, daß sie in die wache Welt eindringen.«

»Hätte er hier unten irgend etwas verbessern können?« fragte Cashel. »Wenn er es versucht hätte?«

»Hast du denn nicht zugehört?« kreischte Krias. »Es gibt ein Gleichgewicht, die Sonne und Malkar, Licht und Dunkel. Du kannst das eine nicht ohne das andere haben, und du kannst nur versuchen, sie so weit wie möglich voneinander zu trennen!«

So ähnlich wie Ilna und ihre Muster, dachte Cashel. Würde sie alle Fäden miteinander vermischen, wäre das Tuch einfach nur grau. Aber das tat sie selbstverständlich nicht.

»Meister Krias?« sagte Cashel. »Wer webt die Muster von Gut und Böse?«

Er sprach nicht über die Sonne und Malkar oder auch nur über Dunkel und Licht. Das war in Ordnung für eine Gelehrte wie Tenoctris, die die Dinge aus allen Richtungen betrachtete, aber Cashel war kein Gelehrter. Er war ein Hirte, und wenn etwas für seine Herde – oder seine Freunde oder seine Welt – schlecht war, nannte er es bei seinem richtigen Namen: das Böse.

»Muster?« sagte Krias. »Es gibt kein Muster, Schafsjunge. Es ist alles Zufall!«

»Aber du sagtest doch gerade, es müsse ein Gleichgewicht geben, Meister Krias«, argumentierte Cashel. »Und Gleichgewicht passiert nicht einfach nur. Wenn es so wäre, wäre das Leben von Bauern erheblich einfacher. Wer hält die Welt im Gleichgewicht? Das Gleichgewicht sämtlicher Welten, sollte ich wohl sagen?«

»Was für ein Unsinn!« sagte der Ringdämon. »Erwartest du von mir, daß ich hier in meinem geräumigen Zimmer einen Altar der Herrin aufstelle?«

»Nein, aber ich denke, es würde nichts schaden, bei meiner nächsten Mahlzeit ein wenig dem Hirten zu opfern«, sagte Cashel. »Zuvor habe ich immer ein wenig Brot und Käse für Duzi hingekrümelt, wenn ich gegessen habe. Aber ich weiß nicht, ob ein kleiner Gott wie Duzi mich hier hören würde.«

»Niemand kann dich hier hören!« sagte Krias. »Hier sind nur du und ich, Schafsjunge.«

»Ich denke, ich werde trotzdem einen Stein aufstellen und etwas opfern«, meinte Cashel. Er hatte keine Lust, mit dem Dämon zu streiten. Krias wußte zweifellos viele Dinge, aber er glaubte auch Dinge zu wissen, die niemand sicher wissen konnte. Cashel hatte vor, so weiterzumachen, wie er es immer getan hatte, ganz gleich, was andere Leute – oder Dämonen – sagten. In der Vergangenheit hatte ihm das immer gutgetan.

Den größten Teil dieses Tages war der Boden so flach gewesen wie das beste Pflugland zu Hause, aber direkt vor ihnen befand sich nun ein Hügel, der felsig, wenn auch nicht sonderlich hoch aussah. Cashel war keiner Spur gefolgt, sondern hatte den Kurs eingeschlagen, der ihm am richtigsten erschien. Und Krias hatte nicht widersprochen.

Aber das hier ...

»Meister Krias?« fragte Cashel. »Soll ich über diesen Hügel gehen oder ringsherum?«

»Woher soll ich wissen, was du tun sollst?« sagte der Ring. »Wieder nach Hause gehen und Schafe hüten, würde ich vorschlagen.«

Nach einem Augenblick, den Cashel inzwischen gelernt hatte abzuwarten, fuhr Krias fort: »Tian hier ist breiter als hoch. Und wenn du ringsherum gehst, wirst du dich an Orten finden, wo du nicht sein möchtest.«

»Danke, Meister Krias«, sagte Cashel und begann den Hügel hinaufzugehen. Der Boden bestand hier nicht mehr aus Lehm, sondern aus Felsblöcken mit einer dünnen Schicht Erde. Er mußte für jeden Schritt den Fuß sehr hoch heben. Obwohl er sich manchmal mit dem Stock stützte, war es nie so steil, daß er seine Hände zum Klettern benutzen mußte.

Es wurde dunkler. Der Regen, oder was immer es war, ließ nach, aber es bestand vermutlich keine große Chance, trokkenes Holz für ein Feuer zu finden.

Die Vegetation war ein wenig anders als dort, wo Cashel zuvor hindurchgegangen war. Zum Beispiel hatten die Bäume eine normale Rinde. Es gab auch Ranken mit faustgroßen, durchscheinenden Früchten, die in Trauben hingen. Sie sahen tatsächlich Trauben sehr ähnlich, wenn man von der Größe einmal absah.

Cashel fragte: »Kann ich die da essen, Meister Krias? Ohne daß es mir schaden würde, meine ich.«

»Das hängt davon ab, was du mit schaden meinst, Schafsjunge«, sagte Krias. »Früchte aus Tian können deinen Geist erweitern, und das ist offenbar kein Erlebnis, das dir bereits häufig zuteil wurde. Es hat in der Vergangenheit noch niemandem geschadet.«

Cashel hatte erreicht, was er für die Hügelkuppe hielt. Eine Höhlung unten an den Wurzeln einer großen Eiche sah aus wie der trockenste Platz, den er zum Schlafen finden könnte.

Aber zunächst das Wichtigste: Er kippte einen Stein hoch und benutzte den Messerknauf, um den Umriß eines Gesichts ins Moos zu ritzen. Es war nur ein einfacher Stein, aber das waren die meisten, die zu Hause als Altäre von Duzi dienten. Duzi war kein aufwendiger Gott, der auf aufwendiger Anbetung bestand.

»Bitte hilf mir, Sharina zu finden, Duzi«, sagte Cashel. »Vielleicht braucht sie unsere Hilfe nicht ... aber bitte hilf mir, wenn du kannst.«

Er seufzte, pflückte eine der großen Früchte, hockte sich hin und schnitt zwei Scheiben mit seinem Messer ab. Eine davon legte er vor den Stein. Das Fruchtfleisch sah ein wenig aus wie Bachwasser nach einem Sturm, beinahe klar, aber mit dunklen Stücken, die darin umhertrieben.

»Ich kann es ja mal versuchen, wenn es anderen nicht geschadet hat«, sagte Cashel und biß in die zweite Scheibe. Das Fruchtfleisch war sowohl säuerlich als auch süß, wie ein Stück einer Orange, und köstlich kühl. Er hatte daran gedacht, Regenwasser aus der Höhlung eines Steins zu schlürfen, aber dieses Obst stillte seinen Durst besser.

Cashel aß die gesamte Frucht und pflückte dann eine zweite. Über seine Mahlzeiten hier in der Unterwelt konnte er sich nicht beschweren – zumindest hatte er nicht hungern müssen –, aber dies war das erste Mal, daß er etwas gegessen hatte, weil es gut schmeckte, und nicht nur, um seinen Magen zu füllen.

Lächelnd und mit einem recht angenehmen Gefühl trotz des einen oder anderen Tropfens, der von der Eiche auf ihn fiel, rollte sich Cashel zusammen und schlief ein. Und er begann zu träumen.

6

Cashel or-Kenset, mit dem Stock schräg über der rechten Schulter, schlenderte zwischen wogenden Weizenfeldern auf die Stadt zu, die in der Luft schwebte. Die fest gestampfte Lehmstraße hatte Gräben auf beiden Seiten. Es war eine gute Straße, aber es herrschte nicht viel Verkehr.

Die helle Sonne glitzerte auf den spitzen, goldenen Dächern der Stadt und den Helmen von Soldaten auf den Zinnen. Regenbogenfarbene Flaggen flatterten von den Türmen.

Es war etwas Verwunderliches an alledem.

Cashel blinzelte, dann lachte er über sich selbst. Er hatte eine Stadt vor sich, ganz Schimmer und Schönheit, die in der Luft hing, ganz ohne Stütze, wenn man von einer schlanken, in Serpentinen vom Boden zum Haupttor ziehenden Straße mal absah. Selbstverständlich war das verblüffend!

Aber gleichzeitig warf er einen Blick auf seinen linken kleinen Finger und erwartete, dort einen Saphirring zu sehen. Er hatte nie einen Ring getragen – wieso sollte er jetzt glauben, daß er einen hatte?

Ein Horn erklang von einem der Tortürme. Ein zweites antwortete tiefer drinnen in der Stadt. Cashel ging in seinem üblichen Tempo weiter. Mehr Menschen erschienen auf den Zinnen, und einige von ihnen beugten sich vor, um Ca-shel besser betrachten zu können, während er näher kam. Die Seidenschals der Frauen flatterten im Wind wie bunte Bänder.

Zweimal eine Handvoll Männer marschierten rasch durch das Tor und die Rampe hinunter. Ihre Helme und die Schultern ihrer Rüstungen hatten gewaltige Ausbuchtungen, und alle hatten die Gesichter von Ungeheuern auf den Brustharnisch gemalt. Die meisten trugen Schwerter, die sie mit beiden Händen festhielten, während sie eilig marschierten; ein Mann, bei weitem der größte der Truppe, hielt eine Lanze mit schwertartiger Spitze.

Cashel ging weiter, obwohl er seine ohnehin lässigen Schritte ein wenig verlangsamte, so daß er den Beginn der Rampe kurz nach den Kriegern erreichte. Die Männer wirkten unruhiger, als man erwarten würde, aber vielleicht kamen nicht viele Fremde hier vorbei.

Cashel runzelte die Stirn. Er konnte sich nicht erinnern, ob er auf dem Weg hierher jemandem begegnet war.

Dann verzog er das Gesicht unwilliger. Er konnte sich nicht einmal erinnern, wieso er überhaupt hier war. Er war sicher auf dem Weg zu Sharina gewesen, aber sie befand sich bestimmt nicht an diesem Ort. Oder doch?

Die Krieger kamen vor Cashel zum Stehen. Die Rampe war breit genug, daß alle Männer nebeneinander paßten. Sie war Cashel nur schmal vorgekommen, weil er sie vor der ganzen Majestät der schwebenden Stadt gesehen hatte.

Die Rampe bestand auch nicht aus Metall, wie er geglaubt hatte. Sie bestand aus einem glitzernden Kristall, der das Licht zerstreute oder durchscheinen ließ, je nach dem Einfallswinkel, und die Unterseite der Stadt war aus demselben Material. Es war so glatt, daß Cashel, als er aufblickte, ein Spiegelbild der Weizenfelder und der weiter im Westen gelegenen Hügel sah.

Die Straße war hier zu Ende.

»Bleib stehen, Ungeheuer!« rief der Anführer der Truppe. Er hatte Goldquasten auf beiden Schultern, die anderen nur auf einer. »Wenn du versuchst, hier in Tian einzudringen, werden wir dich töten!«

Cashel richtete sich auf und stellte den Stock senkrecht neben sich. »Ich heiße Cashel or-Kenset«, sagte er. »Man hat mich nicht erzogen, dort einzudringen, wo ich nicht erwünscht bin. Wenn ihr mich in eurem Tian oder sonstwo nicht haben wollt, gehe ich einfach weiter.«

Er räusperte sich. Er versuchte, das Knurren aus seiner Stimme zu halten, aber es gelang ihm nicht sonderlich gut, als er hinzufügte: »Aber ich bin kein Ungeheuer. Und wo ich herkomme, behandeln wir Menschen nicht so.«

»Er ist nicht der Riese der Prophezeiung«, sagte einer der Männer zum Anführer.

»Er ist ziemlich groß«, meinte ein anderer. »Wir dürfen kein Risiko eingehen.«

Die Krieger, die Cashel gegenüberstanden, waren keine Kinder – besonders der Anführer hatte beträchtliche Falten um die Augen –, aber sie waren nicht größer als Jungen. Selbst der Größte, der mit der Lanze, wäre zu Hause als durchschnittlich durchgegangen – anders als Cashel selbst oder als Garric, der sogar noch größer war.

»Ach, komm schon, Penya!« sagte ein anderer Mann. »Wie soll er die Mauern von Tian niederreißen, sag mir das? Außerdem hat die Prophezeiung gesagt, der Riese würde morgen erscheinen und nicht heute.«

»Die Prophezeiung könnte falsch sein, Sia«, sagte der Anführer. »Wir können ...«

»Die Prophezeiung könnte insgesamt abergläubischer Blödsinn sein, den vernünftige Menschen ignorieren sollten!« fauchte Sia zurück. »Hört mir zu, König Liew, wenn Ihr an die Existenz von Göttern glaubt, die keiner von uns jemals gesehen hat ...«

»Das ist Gotteslästerung!« rief der Mann mit der Lanze. Die breite Klinge war mit Einlegearbeiten aus Silber in einem Wolkenmuster verziert.

»Ich habe keine Meinung über die Götter, Mah«, fuhr Sia fort, »aber ich glaube tatsächlich, daß das Töten von Bauern, die über Land ziehen, keine Möglichkeit ist, sich die Gunst irgendwelcher Götter zu verschaffen, falls sie tatsächlich existieren.«

»Ich bin Schafhirte«, sagte Cashel mit kehliger Stimme. »Und wenn ihr hier über Töten redet, habe ich vielleicht noch ein Wörtchen mitzureden.«

Er verlagerte sein Gewicht leicht und hob den Stab quer vor sich. Cashel war daran gewöhnt, daß Leute über ihn sprachen, als wäre er ein Stück Schafsfleisch und nicht imstande, selbst zu denken oder zu sprechen. Er war daran gewöhnt, aber die Erfahrung hatte ihm nie sonderliche Freude gemacht.

»Sia hat recht, wißt ihr«, sagte ein weiterer Krieger. »Er ist kein Riese, es ist nicht der Tag der Prophezeiung, und überhaupt, wieso bedrohen wir den ersten Besucher, den Tian seit einer Generation hat! Wir sollten ihn feiern!«

König Liew seufzte und hob mit der linken Hand den Helm. Sein Haar war weiß und fein wie das eines Babys. »Wir können über die Prophezeiung nicht hinweggehen«, meinte er beunruhigt, »aber du hast recht, Peng, dieser Cashel ist ein Gast, und wir sollten ihn wie einen behandeln.«

Er streckte die Hand aus und packte Cashels Unterarm. Für Cashel war es, als begrüße er ein halb erwachsenes Kind. »Ich bin König Liew«, sagte der Mann, »und diese Männer hier sind die Edlen von Tian. Es gibt heute abend, am Vorabend der Prophezeiung, ein Festbankett, Meister Cashel. Ich hoffe, Ihr werdet uns begleiten.«

Abermals räusperte Cashel sich. Nun zitterten seine Muskeln mit der Energie, die er für den Kampf, zu dem es nicht gekommen war, aufgebaut hatte.

»Ich würde gerne mit euch essen«, sagte er. »Und ich wäre im Augenblick besonders dankbar für einen Schluck Wasser.«

»Wasser!« sagte Sia vergnügt, während die anderen ihre

Helme absetzten. »Nur den besten Wein für unseren Besucher!«

Sia hatte ausgeprägte Züge und kluge Augen. Cashel fiel auf, daß der Bursche bei dem Gespräch zuvor nicht so sehr Cashel geholfen als den anderen gezeigt hatte, wie überlegen sein Denken dem ihren war. Tian war nicht der einzige Ort, an dem Cashel solchen Männern begegnet war.

Die Krieger gingen wieder die Rampe hinauf, und Cashel marschierte in ihrer Mitte neben König Liew. Von der Seite hatte die Rampe dünn wie eine Messerklinge ausgesehen, aber sie federte unter seinem Gewicht nicht mehr als Stein.

»Ich denke, wir sollten ihn nicht mit hereinnehmen«, murmelte der Mann mit der Lanze, der vor Cashel herging. »Die Prophezeiung ist tausend Jahre alt. Vielleicht sah vor tausend Jahren ein Riese so aus.«

»O tapferer Mah!« spottete Sia von weiter hinten. »Entschlossen, Tian vor Hirten zu verteidigen.«

Cashel schluckte. Er mochte Sia nicht wesentlich mehr als Mah; aber er war ein Fremder hier und alle waren unruhig Fremden gegenüber, es sei denn in einer großen Stadt, wo alle Fremde waren. In einer großen Stadt waren alle unruhig wegen *allen.*

»Ich habe noch nie gesehen, daß eine Stadt so in der Luft hing wie diese«, sagte Cashel zu dem König, um weitere Gespräche zwischen Mah und Sia zu vermeiden. »Wie macht ihr das?«

»Tian ist ein Geschenk der Götter«, sagte Liew ernst. »Es ist das einzige wahre Paradies, geschaffen von Himmel und Erde für ihre begünstigsten Kinder. Der erste Priester der Stadt, Lan Tee, errichtete einen Altar für Erde und Himmel, und Tian erhob sich aus dem Rauch des Altarfeuers.«

»*Und* Lan Tee sagte, daß nach fünftausend Jahren ein Riese Tian zerstören werde«, sagte Peng, drehte sich um und bedachte Cashel mit einem entschieden hochnäsigen Blick. »Aber wir bringen diesen Cashel trotzdem in die Stadt.«

»Was wir tun sollten«, rief ein Krieger von hinten, »ist, die Rampe abzureißen. Soll der Riese doch da unten tun, was er will. Wir brauchen kein Getreide, wenn die Obstgärten der Stadt so fruchtbar sind!«

»Es ist unsere Pflicht als Edle von Tian ...«, begann König Liew. Entschiedener fuhr er fort: »Unsere Pflicht und *Ehre*, Lau, die Rampe mit unseren Schwertern und unseren Leben zu verteidigen. Wenn wir versagen, dann können jene, für die wir gestorben sind, die Rampe abtrennen und auf diese Weise Sicherheit finden.«

Cashel dachte darüber nach. Es wäre vernünftiger gewesen, die Rampe jetzt gleich abzubrechen, aber das würde auch bedeuten, daß die Menschen von Tian ihr ganzes Leben in der Stadt verbleiben müßten. Selbstverständlich, wenn Sharina nicht mit den Botschaftern von König Valence weggegangen wäre, wäre Cashel selbst sein ganzes Leben in Barcas Weiler geblieben. Die hängende Stadt war nicht erheblich kleiner als die Region, die zum Dorf gehörte.

Die Rampe zog sich in anmutigen Biegungen weiter, aber Cashel und die Edlen erreichten schließlich das Tor. Der lange Weg hatte bewirkt, daß Cashels Muskeln jetzt nicht mehr zitterten. Die Tortürme und die Mauern auf beiden Seiten waren aus Stein, nicht aus dem schimmernden Kristall der Rampe. Jeder Block war mit einer kunstvoll gemeißelten Blütenbordüre verziert.

Von den Mauern aus jubelten Männer und Frauen und winkten mit Schals. Ihre Augen waren mandelförmig, und ihre Haarfarben reichten vom üppigen Braun von Sauerholzhonig bis zu schimmerndem Schwarz.

Eine der schönsten Frauen warf einen Kranz aus Rosen und Efeu hinunter zu Cashel. Er pflückte ihn aus der Luft, ohne nachzudenken. Dabei bemerkte er Mahs Gesicht, das zu einem höhnischen Grinsen verzogen war.

Der König und seine Edlen betraten die Stadt unter noch lauterem Jubel. Die Tore begannen, sich sofort zu schließen – sie klappten von beiden Seiten zu, und ein stachelbewehrtes Gitter glitt aus dem Torbogen dahinter. Die Maschinerie war so lautlos, daß Cashel nichts über die Geräusche der Menschen hinweg quietschen oder ächzen hörte. Und all das sollte tausend Jahre alt sein?

Unter den schlanken, schlaksigen Menschen in pastellfarbener Seide gab es auch kleinere, untersetztere. Die dunklere Kleidung und die dunklere Hautfarbe unterschieden dieses Volk noch mehr von dem anderen als ihre Gestalt. Sie senkten den Blick oder schauten zur Seite, wenn Cashel sie ansah, statt mutig zurückzublicken wie die in Seide Gekleideten.

Die Edlen marschierten weiter, direkt über einen Boulevard zwischen Gebäuden, deren obere Stockwerke ein wenig über das Erdgeschoß hinwegragten. Alles war aus demselben rostfarbenen Sandstein gebaut, tatsächlich sah es sogar aus, als handele es sich um ein einziges Gebäude mit vielen miteinander verbundenen Räumen und als wären die Außenmauern von Tian Teil desselben Hauses. Es war ein riesiger Bienenstock.

»Herr?« sagte Cashel, »es gibt hier Leute in Seide ...«

Er war Ilnas Bruder; er konnte Stoffe auf eine Entfernung identifizieren, wie es nur wenige Frauen und noch weniger Männer konnten.

»... und dann gibt es welche in Leinen und dunklen Farben. Was ist der Unterschied zwischen ...?«

»Leute in Leinen?« fragte Liew. »Oh, ich verstehe. Das sind die Diener. Sie kümmern sich um die Arbeit, die wir Bürger selbstverständlich nicht tun können – die Lebensmittel und das Saubermachen und solche Dinge.«

»Ah«, sagte Cashel und nickte, um zu zeigen, daß er das verstanden hatte. Er verstand es tatsächlich. Nun, an den meisten anderen Orten, an denen er sich aufgehalten hatte, war es nicht anders gewesen.

Die Bürger kamen von den Mauern und den Balkonen und gesellten sich zu König Liew und seinen Edlen. Diener traten beiseite, um sie durchzulassen, lächelten und verbeugten sich vor jenen, die ihnen kaum mehr Aufmerksamkeit gönnten als den Pflastersteinen.

Cashel lächelte dünn. Die Adligen behandelten ihn nicht auf solche Weise – nicht, daß es wirklich schlechte Behandlung war –, weil er ein Fremder an einem Ort war, wo es wenig Fremde gab; und vielleicht, weil Cashel doppelt so groß war wie sie.

Die Prozession war auf dem Weg zu einem säulengeschmückten Eingang des Gebäudes am Ende des Boulevards. Dieser Vorbau war hinreißend verziert, nicht unbedingt üppig, aber mit detaillierten Steinmetzarbeiten, die jeden Zoll des festen Steins überzogen.

Eine Frau, die sich bewegte wie eine Lavendelbrise, trat neben Cashel und nahm seinen Arm. Sie zupfte den Kranz aus Cashels Hand und setzte ihn ihm auf den Kopf, wobei sie sich an ihn lehnen mußte, um so hoch zu reichen. »Albern«, sagte sie mit wohltönender Stimme. »Ich habe ihn Euch nicht zugeworfen, damit Ihr ihn in der Hand tragt. Ich heiße Lia.«

Cashel räusperte sich. »Ah«, sagte er. »Ich habe ... ich habe noch nie Blütenkränze getragen. Ich, äh, ich bin Cashel or-Kenset.«

»Ich habe sie selbst gezüchtet, wißt Ihr«, sagte Lia. »Ihr werdet beim Bankett neben mir sitzen, nicht wahr, Cashel, mein Lieber?«

Mah sah sie an und warf ihnen einen kalten Blick zu. Lia kicherte und streckte ihm die Zunge heraus. Mah wurde dunkelrot, dann stolperte er auf der ersten der sieben Stufen zum Vorbau hinauf. Er ließ die Lanze mit einem Scheppern fallen, und ein paar Edle vor ihm riefen: »Geh schon!« und »Paß auf, Mah, oder du bringst noch jemanden um!«

Genau das hätte Mah natürlich auch gerne getan, und einen Augenblick lang, als er versuchte, die Lanze wieder zu fassen, glaubte Cashel, er würde es versuchen. Stattdessen drängte sich Mah vor seine Begleiter und betrat das Gebäude durch den Dreifachbogen.

»Ich, äh ...«, sagte Cashel und wünschte sich, er wäre woanders. Mah tat ihm leid – aber immerhin hatte er sich von Anfang an gegen ihn gestellt.

Bei dem Gedanken daran mußte Cashel grinsen, und er trat neben König Liew in den Vorraum des Gebäudes. Diener kamen auf sie zu, mehrere auf jeden Krieger, und begannen, ihnen die Waffen und Rüstungen abzunehmen. Die Edlen standen dort wie Pferde, die geputzt werden. Die Rüstung bestand aus Metallröhren, die auf leichte Ketten gezogen waren. Wenn die Männer sich bewegten, klangen sie wie Wind-glockenspiele an einem böigen Tag.

Ein paar Diener kamen auch auf Cashel zu. Lia wich zurück, was Cashel erleichterte, aber als einer der kleinen Männer versuchte, ihm den Stock abzunehmen, rief er überrascht: »Nein!«

Alles hielt einen Augenblick lang inne. Das geschah eigentlich meistens, wenn Cashel etwas laut sagte, besonders innerhalb von Häusern.

»Haben wir Euch beleidigt, Cashel?« fragte der König. »Wenn das der Fall ist, entschuldige ich mich im Namen Tians. Wir hielten den Stock nur für ein Werkzeug, aber wenn es ein religiöser Gegenstand ist, den Ihr selbst beim Essen bei Euch haben müßt ...?«

Cashel spürte, wie er errötete. »Es hat nichts mit Religion zu tun«, murmelte er. »Aber wenn es euch nicht stört, dann werde ich ihn in meiner Nähe behalten. Wißt ihr, er erinnert mich an zu Hause.«

»Oh, das ist entzückend!« sagte Lia. »Ihr seid so empfindsam, lieber Cashel.«

Was allein schon peinlich genug gewesen wäre. Als Lia sich auf die Zehenspitzen erhob, um Cashel auf die Wange zu küssen, wäre er am liebsten im Boden versunken.

Trompeten und Flöten erschallten von den Emporen auf beiden Seiten des Vorraums. Die inneren Tore öffneten sich, und König Liew betrat die Banketthalle dahinter. Cashel, an dessen Arm sich Lia klammerte, folgte dem König.

Die Gewölbedecke war auf Säulen an der Seite gestützt, so daß alle in der Halle den hohen Tisch am Ende sehen konnten. König Liew setzte sich in die Mitte neben eine Frau von strenger Schönheit. Lia führte Cashel zu dem Platz zur Rechten des Königs.

Cashel zögerte, aber Liew nickte freundlich und berührte sogar den hochlehnigen Stuhl – obwohl ein Diener ihn für Cashel zurechtzog. Er konnte den Stock nicht in der Hand behalten, so gern er das auch getan hätte, also lehnte er ihn an die Mauer hinter sich, bevor er sich setzte.

Lia setzte sich neben Cashel. Er hatte das erwartet, aber er seufzte dennoch. Er wünschte sich wirklich, Sharina wäre hier. Oder Garric oder *irgendwer*, der sich mit solchen Dingen auskannte.

Die Edlen betraten die Halle in einer Anordnung, die nichts damit zu tun hatte, wer zuerst seine Rüstung abgelegt hatte. An der Tür trat eine Frau zu jedem Edlen. Die Paare setzten sich an den hohen Tisch, abwechselnd zur Linken und zur Rechten von Liew und seiner Königin.

Cashel grinste.

»Cashel, mein Lieber?« sagte Lia und legte einen Finger

an Cashels Ohrläppchen. »Ihr lächelt, weil Euch etwas erfreut?«

»Ich dachte gerade daran«, sagte Cashel ehrlich, »daß es ganz ähnlich ist, als sähe man einer Herde zu, die am Abend zum Melken hereinkommt. Sie haben ihre bestimmte Ordnung, und alle anderen regen sich auf, wenn ein Schaf sich vordrängt.«

»Wie amüsant!« sagte Lia mit einem Trillern künstlichen Lachens. »Eine Herde, sagt Ihr?«

Cashel fiel ein, daß sie den Begriff vielleicht noch nie zuvor gehört hatte. Wußte sie überhaupt, was ein Schaf war? Er hatte hier keine Wolle – und auch kein Leder – an der Kleidung gesehen.

Ein Diener stellte Porzellankelche vor sie hin, so dünn, daß das Kerzenlicht durch die Ränder schimmerte. Cashel griff nach seinem, froh, etwas trinken zu können und seiner Begleiterin nicht erklären zu müssen, was ein Schaf war. Der Wein hatte das klare Rot von Granatapfelsaft, aber er kitzelte auf Lippen und Zunge.

Die vielen Sitzplätze der Halle füllten sich nun mit schlanken Männern und schönen Frauen. Die Diener waren überall, aber beinahe unauffällig: Sie waren flink, still und schienen in den nußbaumgetäfelten Wänden zu verschwinden, wenn sie nichts zu tun hatten. Porzellanteller, einige weiß, aber andere in Regenbogen von Pastellfarben, erschienen und wurden rasch wieder weggetragen, wenn sie leer waren oder jemand sie zurückwies.

Cashel war daran gewöhnt, mit Händen und seinem Messer zu essen, aber Reise bot den Gästen in seinem Gasthaus auch Hornlöffel an, und Cashel hatte bei Banketten in Valles gelernt, Gabeln zu benutzen. Die Menschen von Tian aßen mit Spießen. Alle Lebensmittel waren schon auf Bißgröße zurechtgeschnitten. Diener schlossen kurze Röhren mit ihren

Daumen, um diverse Soßen aufzusaugen, und zogen den Daumen wieder weg, um den Inhalt der Röhren nach Geschmack der Essenden zu entleeren.

Cashel sah Lia an, weil er wissen wollte, was er nun tun sollte. Das war ein Fehler – sie begann sofort, ihn zu füttern, als wäre er ein kürzlich gestilltes Baby. Cashel errötete, aber ihm fiel nicht ein, was er tun könnte, um sich nicht noch mehr in Verlegenheit zu bringen.

»Seid Ihr wegen der Prophezeiung nach Tian gekommen, Cashel?« fragte Lia, als sie auf einem Teller nach dem nächsten Bissen suchte, den sie an ihn verfüttern konnte.

Cashel spießte rasch etwas auf und steckte es in den Mund, um ihr zuvorzukommen. Mit dem Bissen im Mund – es war eine Paste aus gehackten Pilzen und Spinat, gebraten in papierdünnem Teig – sagte er: »Daß ein Riese Tian zerstören wird? Nein, ich hatte noch nie von der Stadt gehört.«

Er runzelte die Stirn, als er versuchte, sich zu erinnern, und nichts als Nebel über der Vergangenheit fand. »Ich erinnere mich nicht, wohin ich unterwegs bin, nur, daß ich Sharina treffen soll ... irgendwo.«

»Nun, ich bin froh, daß Ihr hier seid«, sagte Lia. Wieder stieß sie dieses trillernde Lachen aus. »Vielleicht seid Ihr ja hier, um mich zu sehen.«

In nüchternerem Tonfall, aber mit einem gar nicht beiläufigen Seitenblick fuhr Lia fort: »Ich denke, diese Prophezeiung ist einfach albern – alter Aberglaube, das ist alles. Aber ich wünschte, der liebe Liew würde die Rampe abreißen.«

»Dafür werdet Ihr noch Zeit haben, wenn ich und meine Edlen versagen, Lia«, sagte Liew und beugte sich vor, um die Frau neben Cashel anzusehen. »Ich erwarte, daß unser Mut und unsere Fähigkeit die Stadt schützen, selbst wenn es unsere Leben kostet.«

»Oh, ich wünschte, du würdest nicht so reden!« warf die Königin ein, deren Namen Cashel nicht gehört hatte. »Es läuft mir eiskalt über den Rücken, wenn ich daran denke, daß ich morgen vielleicht sehen muß, wie du gegen das Ungeheuer kämpfst.«

»Wie Ihr wißt, meine Liebe ...«, sagte der Mann auf ihrer anderen Seite. Er sah aus wie eine ältere Version von Sia, aber seine Stimme hatte den öligen Unterton eines viel schwergewichtigeren Mannes. »Ich und meine unmittelbaren Vorgänger als Priester der Stadt glauben, daß Lan Tees sogenannte Prophezeiung eine allegorische Anordnung war, die geheiligten Riten zu bewahren. ›Tausend Jahre‹ ist eine metaphorische Phrase, die im Kontext ›sehr lange Zeit‹ oder besser gesagt ›für immer‹ bedeutet.«

»Shan, ich finde Eure Vernunft sehr tröstlich«, sagte die Königin. »Aber ich sorge mich trotzdem um meinen Liew. Wir Frauen haben nicht die Kraft von euch Männern.«

Cashel hätte sich beinahe verschluckt. Man stelle sich vor, daß jemand so etwas zu Ilna sagte! Außerdem war er Ungeheuern begegnet, die weniger entschlossene Beutegier an den Tag legten als Lia, und wenn Cashel den Unterton der Königin nicht mißverstand, hatte *sie* auch nicht viele Probleme damit, ihren Willen zu bekommen.

»Wenn der Riese kommt«, sagte Mah – genauer gesagt schrie er, um dafür zu sorgen, daß Cashel ihn auch hörte; er saß weit auf der anderen Seite des Königs –, »wird er uns bereit finden. Größe allein bedeutet nichts, verglichen mit dem Mut und dem wahren Adel eines Edlen von Tian!«

Cashel spießte etwas auf, das wie eine kleine, weiße Nelke aussah. Es war eine geschnitzte Rübe, beträufelt mit Gewürzen, von denen Cashel beschloß, daß er sie mochte, nachdem er seine erste Überraschung überwunden hatte. Er kaute ungerührt weiter und ignorierte Mahs Geprahle und die höhnischen Bemerkungen Sias.

»Seid Ihr nun glücklich, Cashel?« fragte Lia, ihre Lippen so dicht an Cashels Ohr, wie es nur möglich war, ohne daß sie ihn zu sich gezogen hätte.

»Sicher«, sagte Cashel und spülte den Bissen mit einem Schluck herunter, der seinen Kelch leerte. Erneut leerte, wie er bemerkte; die Diener füllten immer schon nach, sobald Cashel den Kelch wieder auf den Tisch absetzte.

Normalerweise mochte er keinen Wein, aber dieser hier war erfrischend und hatte nicht den Nachgeschmack der Sorten, die er zuvor getrunken hatte. Das Essen war gut, selbst wenn es in winzigen Bissen serviert wurde, aber der Wein ... nun, er überzeugte ihn beinahe davon, daß Tian tatsächlich das Paradies war.

»Ich freue mich so«, hauchte Lia und lehnte sich wieder gegen ihn. Mit verändertem Tonfall fragte sie: »Cashel, *glaubt* Ihr an die Prophezeiung?«

Cashel dachte stirnrunzelnd über die Frage nach und trank einen weiteren Schluck. »Nun, das kann ich nicht sagen«, meinte er. »Ich habe gerade erst heute davon gehört, wißt Ihr. Ich wußte nicht einmal, daß Tian existiert.«

»Aber was denkt Ihr?« fragte Lia. Plötzlich war sie eine Person, nicht nur Begierde. »Ihr seid draußen in der Welt gewesen, anders als wir. Was *glaubt* Ihr, Cashel or-Kenset?«

Cashel drehte sich um, um sie anzusehen, den frisch gefüllten Kelch in der Hand. Lia war so reizend wie eine Orchideenranke, aber alles, was er bei ihrem Anblick empfand, war Einsamkeit.

»Lia«, sagte er, »ich weiß nichts über Riesen, und ich denke nicht über Dinge nach, die ich nicht ändern kann. Alles, was ich weiß, ist das.«

Er trank einen Schluck, ohne dabei den Blick von ihr zu nehmen. »Morgen werden wir die Wahrheit erfahren«, sagte er. »Und nichts, was Ihr oder ich oder ein Priester heute abend sagen, wird diese Wahrheit auch nur im geringsten verändern.«

Lia schauderte plötzlich. Ihre Hand zuckte wie aus eigenem Entschluß von seinem Arm weg.

Cashel erinnerte sich nicht mehr an viel von diesem Abend. Der Wein in Tian, wie frisch und sauber er auch schmecken mochte, war erheblich stärker als das bittere Bier zu Hause. Cashel kam noch einmal zu sich, erheblich später an diesem Abend, als viele kleine Hände ihn einen Flur entlangtrugen, und noch später, als er unter einem Baldachin auf einer Matratze erwachte, die weicher war, als ihm lieb war.

Aber überwiegend schlief er wie ein Toter.

Als sich das Machtnetz des Zauberers um sie schloß, hörte Ilna Merota irgendwo hinter der Schatzkammer rufen. Wahnsinniges Gelächter erschallte und übertönte die Stimme des Mädchens, und das umschlang Ilnas Herz enger als Ewis' Geflecht aus rotem Feuer ihren Körper.

Einen Augenblick lang konnte sie sich noch bewegen. Statt den kichernden Zauberer zu erreichen – das war sinnlos, seine wirbelnde Elfenbeinperle hätte Ilna erstickt, bevor ihr ein zweiter Schritt gelungen wäre –, wandte sie sich der hellen, beinahe nahtlosen Wand hinter sich zu. Sie streckte den Zeigefinger in einer Bewegung aus, die ihr so langsam vorkam, als beobachtete sie Eis beim Schmelzen.

Ewis hatte das offenbar begriffen. Er hörte auf zu kichern und rief: »Nein, Ihr ...«

Ilna berührte etwas, das wie ein wirbelnder grauer Fleck hinter der Oberfläche des Steins aussah. Eine Tür sprang lautlos auf.

»... dürft nicht ...«, kreischte Ewis.

Ein hageres Geschöpf sprang in die Kammer und schob Ilna beiseite. Es war einmal ein Mann von über sieben Fuß Größe gewesen; ein Medaillon mit der strahlenden Sonne darauf hing um seinen Hals. Es stank. Es war mit Dreck bedeckt, wie kein wildes Tier ihn zulassen würde, es sei denn, es war zu verzweifelt oder zu krank, um sich zu putzen.

Ewis machte eine Geste, und die wirbelnde Perle veränderte ihr Muster. Ilna war frei, und ein Kokon aus rosigem Zauberlicht umgab das Große Ding. Es lachte wie die Dämonen der Hölle und sprang durch den Raum und zog dabei die Möchtegernfesseln hinter sich her, wie ein wilder Eber durch Spinnweben tobt. Es packte Ewis mit Händen wie Krebszangen und begann, dem Zauberer das Gesicht abzufressen.

»Ilna!« rief Merota. Ilna kam auf die Beine und griff nach der Schlinge, die sie fallen gelassen hatte, als das Lichtnetz sie umgab. Das Mädchen kam durch die Tür gerannt, hinter der sich auch das Große Ding befunden hatte.

»Nein, Kind!« rief Ilna und schob Merota wieder in den Flur, aus dem sie gekommen war. Andere Portale öffneten sich rings um die Schatzkammer. Eine Gruppe von Männern mit Schwertern und Speeren kam unter Waffengeklirr herein.

Ilna drehte sich um und schloß die Tür. Ein Dutzend Wachen schlugen auf das Große Ding ein, aber es fuhr mit seinem gurgelnden Gelächter fort. Knochensplitter und Hirn trieften ihm aus dem Mund.

Die Tür krachte zu. Ilna konnte immer noch das Lachen hören. Sie umschlang Merota fest. Die rechte Hand des Mädchens in ihrer Linken, ging sie einen dunklen Flur entlang. Soweit Ilna hatte sehen können, bevor die Tür sich geschlossen hatte, waren die Mauern aus nacktem Stein.

»Ilna, ich hatte Angst«, sagte Merota.

»Ich hoffe, daß du vernünftig genug warst, Angst zu haben«, erwiderte Ilna. Sie schluckte. »Ich hatte auch Angst.«

Nicht um ihrer selbst willen, sondern weil sie befürchtet

hatte, Merota nicht retten zu können. Aber das sprach Ilna nicht laut aus – sie konnte es nicht. Das Mädchen durfte nicht denken, daß je die Möglichkeit bestanden hätte, Ilna hätte sie *nicht* retten können.

»Da kommt jemand«, sagte Merota nun lauter. Ilna erstarrte und hielt das Mädchen fest. Sie selbst hatte nichts außer den Echos ihrer Schritte gehört, die vor ihnen über den Flur hallten. Das und ihren eigenen Pulsschlag ...

»Seid Ihr das vielleicht, Ilna, meine Liebe?« rief Chalcus aus dem Dunkeln. »Und das Kind ist bei Euch, das freut mich. Es tut mir leid, daß ich erst jetzt zu Euch beiden stoße, aber ich habe nach einem Weg gesucht, der für Euch angemessener ist als dieser Spinnenpfad, den *ich* hinuntergekrochen bin.«

»Oh, Chalcus!« rief Merota, »ich bin so froh, daß du da bist.«

»Ich ebenfalls«, sagte Ilna. »Obwohl ich hoffe, daß Ihr eine bessere Vorstellung davon habt, wo ›hier‹ eigentlich ist, als ich sie habe – und einen besseren Weg nach draußen als den, den ich gekommen bin. Um ehrlich zu sein, war ich recht froh, Ewis und seinen Besucher hinter mir lassen zu können.«

»Dann gehen wir meinen Weg«, sagte Chalcus. Es war überhaupt kein Licht im Flur. Dennoch sah Ilna den Seemann deutlich vor ihrem geistigen Auge, bis hin zu seinem spöttischen Lächeln und dem Glitzern in den Augen. »Wenn Ihr mir eine Schärpe zum Festhalten gebt oder ...?«

»Das ist nicht nötig«, sagte Ilna. Der Gedanke, geführt zu werden wie ein Schaf, behagte ihr nicht, und außerdem war es möglich, daß Chalcus beide Hände bald brauchen würde. »Wir können Euch schon folgen.«

Sie gingen weiter den Flur entlang. Chalcus benutzte die Schwertscheide wie einen Stock und tippte immer wieder an die Mauer zu seiner Linken. Hin und wieder schlug der Eisenbeschlag einen Funken aus der Wand.

»Wie hast du uns gefunden, Chalcus?«, fragte Merota. »Ich dachte schon, ich würde dich nie wieder sehen. Ich habe nicht geglaubt, euch beide je wiederzusehen.«

»Nun, Kind«, sagte Chalcus, »ich habe eine Öffnung in der Klippe gefunden und bin ihr gefolgt bis zu einer Galerie oberhalb des größten Hafens, den ich in meinem ganzen Leben gesehen habe – und alles aus dem Felsen geschnitten! Der Eingang, durch den sie unsere Schiffe gezogen haben, ist mit Toren verschlossen, die keine Armee je öffnen könnte ... Es gibt jedoch Luftschlitze darüber, und einer davon war mein Eingang.«

Merota sagte beinahe im Flüsterton: »Alles war dunkel und stank, und dann ging die Tür auf und er ließ mich los und ich sah Ilna. Und dann bist du gekommen, Chalcus. Die Herrin hat mich beschützt.«

»Ich habe einen anderen Weg aus der Galerie genommen«, sagte der Seemann. »Ich dachte, es wäre ein Luftschlitz zur Landseite und würde mir eine Gelegenheit geben, wieder nach oben zu gelangen und euch zu finden. Und das ist mir, dank der Herrin der Seeleute, auch gelungen. Und vielleicht dank des Hirten der Kleinen, wie?«

Er sprach zu Ilna: Merota war offensichtlich zu sehr ins Staunen über ihr eigenes Überleben versunken, um zu verstehen, was er sagte. Ilna nahm auch an, daß es dem Kind gut tat, menschliche Stimmen zu hören, nachdem es einige Zeit als Gefangene eines Wahnsinnigen verbracht hatte.

»Huh!« sagte Ilna laut. »Wenn die großen Götter sich tatsächlich einmischen und den Menschen helfen, dann ist das etwas anderes als alles, was ich von zu Hause in Barcas Weiler her kenne. Diese Schatzkammer, in der wir uns befanden, hatte viele Türen, aber ich sollte mich lieber nicht darüber wundern, daß der Gang, den Ihr genommen habt, zu einer dieser vielen führte.«

Vor ihnen war nun schwaches Licht zu sehen; so schwach, daß nur die Tatsache, daß Chalcus' Silhouette sich jetzt schwach abzeichnete, Ilna davon überzeugte, daß sie keiner Illusion verfallen war. Sie fürchtete die Dunkelheit nicht und haßte sie noch weniger; aber sie hatten bereits erfahren, daß an diesem Ort, auf diesem *Yole*, jeden Augenblick Feinde auftauchen konnten. Sehen zu können bot keine sonderlich größere Sicherheit, aber zumindest könnte es helfen.

»Hier«, sagte Chalcus, ließ die Schwertscheide wieder sinken und schob sie in die Falten seiner Schärpe, »ist der Hafen. Ich würde lieber nicht herumhüpfen und mit den Armen fuchteln, aber so gewaltig er ist, als ich hier zum ersten Mal durchgekommen bin, war keine Menschenseele zu sehen.«

Die drei kamen aus dem Tunnel auf eine Galerie von acht Fuß Breite, die aus der Seite einer gewaltigen Höhle gehauen war. Licht drang durch Schlitze in der Felsendecke ein. Für Augen, die an totale Dunkelheit gewöhnt gewesen waren, wirkte selbst diese trübe Beleuchtung wie ein heller Sommermittag.

Die Galerie hatte kein Geländer. Merota drückte sich gegen die Rückwand. Ilna beschloß, sich von der Angst des Mädchens nicht anstecken zu lassen – Schrecken breitet sich rascher aus als jede Krankheit –, ging zum Rand und spähte nach unten.

Tief nach unten. Das Dutzend Schiffe in den Wiegen aus Mauerwerk wirkte so klein wie zu jenem Zeitpunkt, als Ilna die Triremen von der Klippe aus gesehen hatte. »Wie sind wir so hoch nach oben gekommen?« fragte sie staunend. »Ich mußte eine Treppe hinabsteigen, um die Schatzkammer zu erreichen.«

»Ach ja?« Chalcus zog eine Braue hoch. »In den Gängen, denen ich gefolgt bin, wäre kein Wasser geflossen, weder in dem Luftschacht noch in dem Flur, in dem ich euch beiden Damen begegnet bin. Der Boden war vollkommen flach.«

Die Höhle war erfüllt von Echos, die meisten nichts weiter als das Plätschern des Wassers gegen die Mauern. Geräusche konnten sich an diesem Ort ewig fortsetzen und vom glatten Stein widerhallen, bis die Sonne erfror.

»Ich verstehe«, sagte Ilna. »Gehen wir zu den Schiffen und sehen nach, ob es irgendwelche Anzeichen davon gibt, was mit der Besatzung passiert ist.«

Die Wendeltreppe, der sie bei ihrer Suche nach Merota gefolgt war, hatte in irgendeiner Weise auf ihren Geist eingewirkt. Das hätte sie eigentlich wissen müssen. Diese ›Fenster‹, die Szenen aus der Vergangenheit zeigten, gehörten nicht zur normalen Welt.

»Direkt hier vorne gibt es eine Treppe«, meinte Chalcus, »und auf der anderen Seite auch.«

Er wandte sich Merota zu und fuhr fort: »Nimm meine linke Hand. Dann können wir beide aufeinander aufpassen, damit wir auf der Treppe nicht ausrutschen. Und du kannst dich beim Gehen zur Wand drehen, wenn du willst.«

Er warf Ilna über den Kopf des Kindes hinweg einen Blick zu. Ilna nickte und ging voran. Sie hielt die Schlinge in ihren Händen, lose gebunden; noch gab es keinen Grund, sich Gedanken zu machen. Sie lachte leise.

»Ilna?« fragte der Seemann.

»Ich denke, wir sind hier ebenso sicher wie an jedem anderen Ort auf Yole«, sagte Ilna. »Und daher sollten wir erwarten, daß uns jemand angreift.«

Chalcus lachte, und einen Augenblick später lachte Merota ebenfalls. *Wenn das arme Kind bei höfischen Bällen in Erdin über die Dinge lacht, die Chalcus und ich für komisch halten,* dachte Ilna, *dann werden sie sie anstarren, als hätte sie zwei Köpfe.*

Die Stufen waren aus dem Felsen gemeißelt, was die Galerie für die Hälfte der Strecke des Abstiegs bis zum Wasser schmaler werden ließ. Die Stufen waren eng und steil und unbequem, eher eine Heubodenleiter als eine richtige Treppe.

»Ist Euch die Muschellinie an den Felsen aufgefallen?« sagte Chalcus von hinten. Ilna drehte sich nicht um; all ihre Aufmerksamkeit galt dem nächsten Schritt abwärts.

»Muscheln?« fragte sie. »Nein, was ist damit? Ihr habt selbst gesagt, daß diese Insel bis vor einem Monat noch unter Wasser gewesen sein muß.«

»Ja, aber unter tausend Faden Wasser, meine Liebe«, erklärte der Seemann. »Entenmuscheln halten sich an der Gezeitenlinie auf, nicht so tief, daß sie verhungern müssen, die armen Dinger. Es kommt mir so vor, als ob die Insel, als sie das letzte Mal an der Oberfläche war, nicht so hoch aufgestiegen ist. Dieser Hafen befand sich unter Wasser.«

»Wer hat ihn also gebaut?«, fragte Ilna. »Er ist nicht neu.«

Zauberer waren vielleicht imstande, mit Hilfe ihrer Kunst Felsen auszuhöhlen und jahrelange Arbeit in einem Tag und einer Nacht zu erledigen. Ilna konnte allerdings die Spuren von Werkzeugen auf dem Stein erkennen, und eine Schicht getrockneten Schleims blätterte von den Wänden, wo immer sie sie berührte. Dieser Ort war von Hand geschaffen.

Aber sie war nicht sicher, ob es sich um menschliche Hände gehandelt hatte.

»Ja, das ist die Frage, nicht wahr?« meinte Chalcus. »Wir werden uns darüber noch jahrelang wundern, da bin ich sicher. Nachdem wir von hier geflohen sind. Oder?«

»Das lasse ich Euch wissen, wenn wir die Insel verlassen haben«, fauchte Ilna. Die Haltung des Seemanns ging ihr auf die Nerven, aber es war gut, daß er bei ihnen war. Zumindest half er, das Kind zu beruhigen.

Sie erreichte das Ende der Treppe und wartete auf ihre Begleiter. Das Wasser roch uralt, anders als das von Häfen, die Ilna gekannt hatte – nicht einmal wie das der Schlammflächen, die bei Ebbe trockneten.

»Das ist mir von oben nicht aufgefallen«, sagte Chalcus mit gewissem Erstaunen. Er zeigte auf die Steinmauer. »Das Wasser ist nur einen Faden gesunken, seht Ihr das?«

»Ja«, meinte Ilna, »aber was hat das zu bedeuten?«

»Es ist inzwischen Ebbe«, erklärte Chalcus, »oder doch beinahe. Die Tore dieses Hafens sind Schleusentore. Ohne sie wäre dieses Becken hier jetzt so trocken wie die Kehle eines Ruderers.«

Er zeigte mit dem gebogenen Schwert auf die Schiffe. »Sehen wir uns diese Schiffe einmal an«, meinte er. »Es kann sein, daß sich an Deck eines der Handelsschiffe ein Boot befindet.«

Die Höhle hatte sowohl Anlegeplätze für Segelschiffe als auch Rampen, um Kriegsschiffe zwischen Fahrten aus dem Wasser zu ziehen.

Im Augenblick waren auf den Rampen nur die beiden Triremen zu sehen, die Mastyns Anweisungen nach Yole gebracht hatten und an den Kais lagen zwei Handvoll jener Handelsschiffe, deren Rümpfe Fracht aufnahmen statt teurer Ruderer.

Die Schiffe befanden sich nahe dem Eingang. Nachdem Ilna und ihre Begleiter eine Zeitlang rund um den Bogen des Hafens auf sie zugegangen waren, konnten sie die Größe dieser Anlage erst richtig einschätzen.

»Ich fühle mich hier klein«, sagte Merota.

»Ja, wir sind kleine Leute in einer großen Welt, Kind«, meinte der Seemann unbeschwert. »Es ist wie am Strand, denkst du nicht auch – all diese Geräusche, die Brandung oder die Echos, und es hat alles überhaupt nichts zu bedeuten.«

Er streckte die Hand aus und strich über Merotas Kopf; salzige Luft und Sand waren nicht freundlich zu dem gewesen, was einmal eine ordentlich gepflegte Frisur gewesen war. »Wir mögen klein sein, aber wir sind zusammen«, sagte Chalcus. »Und wir haben uns dem Meer bereits gestellt, nicht wahr?«

»Ja, Chalcus«, meinte Merota. »Manchmal vergesse ich das, das ist alles.«

Ilna hatte die Lippen fest zusammengekniffen und suchte mit Blicken nach ... sie wußte nicht, wonach. Sie fühlte sich hier verwundbar, aber sie suchte nicht so sehr nach Gefahren als nach Mustern.

Sie grinste. Gefahren würden schon kommen, ohne daß sie danach suchte.

Tunnel öffneten sich an einem halben Dutzend Stellen rund um die Höhle. Die meisten waren auf derselben Höhe wie das Wasser, aber einige öffneten sich auch weiter oben in der Felswand und waren durch Treppen zu erreichen. Auf der anderen Seite des Beckens befand sich eine weitere Treppe zur Galerie.

»Es fehlt nicht an Wegen nach draußen, nicht wahr?« sagte Chalcus vergnügt, *oder nach drinnen*, dachte er offensichtlich, wie auch Ilna; aber seine Worte hatten vor allem das Ziel, Merota zu beruhigen.

»Aber wir wollen lieber ein Schiff nehmen, oder?« sagte Merota.

Ilna lächelte, als das Mädchen wieder einmal bewies, daß es nicht dumm war. Laut sagte Ilna: »Ja, aber wir werden warten müssen, bis das Wasser den richtigen Stand erreicht hat und bis wir erfahren haben, wie man die Tore zum Meer öffnet. Bis dahin müssen wir im Verborgenen bleiben, wie Mäuse in der Speisekammer.«

Der Seemann lächelte die beiden an.

Wasser lief zwischen Schichten von Felsen hindurch und überzog die Mauern mit einem Film von Feuchtigkeit. Obwohl die Höhle aus einem einzigen großen Felsen gemeißelt und nicht gebaut war, hatte selbst der festeste Stein Makel.

Es gab auch vertikale Risse. Schwaden trockener Wärme pufften aus einem dieser Risse, als die drei vorbeikamen. Ilna blieb stehen und machte ein Zeichen zu Chalcus. Die rechte Seite des Risses war eine Handbreit höher als die linke, wie die schwach gestreiften Steinschichten deutlich zeigten. Ein schmales Dreieck, breit genug, daß sich am unteren Ende ein Mensch durchzwängen konnte.

»Etwas Interessantes?« fragte der Seemann und versuchte seine Anspannung hinter einem möglichst beiläufigen Tonfall zu verbergen.

»Etwas, das nicht von denen hergestellt wurde, die den Hafen gebaut haben«, sagte Ilna. »Da die Zauberer, die den Hafen benutzen, keine Freunde von uns sind, denke ich, es könnte tatsächlich interessant sein. Aber gehen wir weiter.«

Als Ilna vor dem Riß im Felsen zurücktrat, war sie wieder in der natürlichen feuchten Luft der Höhle. Sie schauderte, dann verzog sie angesichts der unbeherrschten Reaktion ihres Körpers unwillig das Gesicht.

Sie hatten jetzt die Schiffe erreicht. Die meisten waren von mittlerer Größe und unauffällig. Ihre Segel waren so unordentlich hingeworfen worden, daß von der Galerie aus die Möglichkeit bestanden hatte, es könnte sich ein Boot darunter verbergen. Von hier, aus der Nähe, wurde es offensichtlich, daß Chalcus' Hoffnung vergeblich gewesen war.

»Ich möchte mir das hier noch einmal ansehen«, sagte der Seemann beiläufig. »Ein Vergnügungsschiff, würde ich sagen, für einen reichen Mann, der nicht in solcher Eile reist, daß er sich der Unbequemlichkeit von Rudern aussetzen will.«

Die Schiffe lagen nebeneinander, jeweils zwei in einer Bucht, aber in den meisten Fällen trennten zumindest sechs Fuß eins vom anderen. Statt rund um die Steinpromenade zu gehen, um das kleinere Schiff zwei Buchten weiter zu erreichen, sprang Chalcus von einem zum anderen. Das war keine Prahlerei – Ilna war sicher, daß der Seemann daran nichts Bemerkenswertes fand. Er hielt weiter sein Schwert in der Hand. Offensichtlich war er besorgter darüber, daß sich etwas auf einem der Schiffe verbergen konnte, als daß es ihm darauf angekommen wäre, die Hände frei zu haben, falls er stürzen sollte.

»Chalcus, ist irgendwas von der Besatzung zu sehen?« rief Ilna. Ihr fiel auf, daß sie die linke Hand auf Merotas Schulter gelegt hatte. Das Mädchen schien zufrieden über den Kontakt, aber Ilna wußte, daß eher ihr eigenes Bedürfnis, ein anderes menschliches Wesen zu berühren, zu dieser unwillkürlichen Geste geführt hatte.

»Nicht einmal ein Blutfleck«, sagte Chalcus, als er die Yacht kritisch betrachtete. Er verschwand rasch in der Kabine des Schiffes, dann kam er wieder an Deck.

»Es sind Lebensmittel an Bord«, verkündete er und kehrte zu seinen Begleiterinnen zurück. »Die Weinkrüge wurden mit einem Hammer geöffnet – dort, wo sie aufbewahrt wurden, gibt es noch Reste der Hälse und Griffe – und vermutlich leer über die Reling geworfen. Ebenso wie bei den beiden Triremen.«

Er sprang vor ihnen an Land. »Was noch in den Wasserfässern geblieben ist, ist so schleimig, daß wir es eher essen als trinken müßten, aber wenn es sein muß, wird es zumindest reichen, bis wir an einem Ort mit einer Quelle an Land gehen können. Und ich *glaube,* daß ich dieses Schiff allein segeln könnte, sobald wir hier aus der Höhle kommen.«

Chalcus zog fragend die Braue hoch.

»Bitte«, sagte Merota und starrte auf ihre gefalteten Hände. »Ich würde jetzt sehr gerne gehen, wenn wir das können.«

Ilna blieb einen Augenblick schweigend stehen und dachte

über ihre Möglichkeiten nach: schlecht und noch schlechter, aber sie mußten nutzen, was sie hatten ...

»Ja«, sagte sie. »Wenn wir keine Besatzung brauchen, dann wäre ich recht froh über ihre Abwesenheit. Ich denke, der Mechanismus für die Tore sollte ...«

... nahe dem Eingang sein, hatte sie eigentlich sagen wollen. Merota unterbrach sie: »Jemand kommt!« Das Mädchen zeigte auf die nächstgelegene Tunnelöffnung, ein wenig weiter entfernt, als Ilna einen Kiesel hätte werfen können. *Wie kann sie nur in all diesem Lärm etwas hören?* dachte Ilna, aber sie schüttelte mit einer raschen Bewegung ihre Schlinge aus und drehte sich um. Chalcus verlagerte geringfügig das Gewicht. Er hielt das Schwert ein wenig höher, schräg über seine Brust.

Ein Seemann mit einem Entermesser in der Hand kam aus dem Tunnel. Ilna erkannte den Mann, aber sie wußte seinen Namen nicht. Hinter ihm kamen mehr Seeleute angeschlurft.

»Daltro!« rief Chalcus mit kaum verborgener Freude. »Piezo, Cant – ihr seid wirklich ein Anblick für ...«

Die Seeleute ignorierten ihn offenbar. Es waren Unmengen, und alle waren bewaffnet. Ilna erkannte nicht alle Gesichter, obwohl das Licht nicht sonderlich –

»Chalcus, man hat ihm die Kehle durchgeschnitten!«, rief Ilna.

Ein Zauberer in weißem Gewand und mit weißer Hautbemalung kam hinter den lebenden Toten aus dem Tunnel. Er zeigte auf die drei. »Schnappt sie euch!« rief er mit einer Stimme, die so schrill war wie ein Möwenschrei über der Brandung. »Tötet sie!«

»Hier entlang!«, sagte Ilna. Sie streckte den Arm nach Merota aus, aber Chalcus hatte sich das Kind bereits wie einen Sack Wolle über die Schulter geworfen. »In den Riß! Diese Leichen ermüden nicht!«

Sie hatte das bemerkt, als sie die Erntearbeiter beobachtet

hatte. Ihre Verfolger würden nicht nachlassen, und Ilnas Kunst konnte die Gedanken von Toten nicht verwirren. Der Riß im Felsen war zu schmal für mehr als einen Verfolger. Die Passage führte an einen Ort, wo die Luft warm und trocken war.

Vielleicht nicht unbedingt eine Route, die Menschen nehmen konnten, aber eine schlechte Chance war besser als überhaupt keine.

»Nehmt sie!« sagte Chalcus und ließ Merota in den Riß im Felsen fallen, aber er brauchte sich um das Kind keine Sorgen zu machen – sie huschte hindurch wie ein Eichhörnchen. Ilna kroch auf allen vieren hinterher. Die Füße des Seemanns berührten ihre, aber er kroch rückwärts.

Chalcus grunzte. Stahl traf auf Stahl, dann knirschte er in etwas, das die Vibrationen dämpfte.

»Das wird sie aufhalten!« sagte er mit gedämpfter Stimme. »Es wird euch freuen zu hören, meine Damen, daß Totsein unsere Verfolger nicht davor bewahrt, noch einmal getötet zu werden.«

»Ja«, sagte Ilna, während sie Merota in einen Riß folgte, der so schmal war, daß er ihr die Schultern verkratzte. »Das ist wirklich eine gute Nachricht.«

Vor ihr schien Dunkelheit zu atmen.

Sharina wandte sich mitten in der Luft und fiel dann mit einem lauten Platschen in eine gemauerte Kammer. Das Wasser am Boden reichte ihr nur bis zu den Fußknöcheln, aber ein paar Schritte weiter wurde es tiefer. Dalars stumpfe Krallen ragten aus dem rechteckigen Eingang über ihrem Kopf; sie watete rasch davon. Es war wenig überraschend, daß der Block, der einen Rand der Öffnung bildete, aus dem vertrauten hellen Granit bestand.

Der Vogel landete erheblich anmutiger als Sharina. Dalar

drehte den Kopf vor und zurück wie ein Wetterhahn an einem böigen Tag. Sein Körper blieb reglos, die Gewichte surrten bereits in seinen Händen. Sharina wich gegen eine feuchte Mauer zurück, mehr um Dalar auszuweichen als zum Schutz vor einem Feind. Sie konnte Menschen in der Nähe hören, und es fiel genug Licht hinein, um darauf schließen zu lassen, daß es draußen Tag war.

Dalar entspannte sich merklich. »Wir sind in einer Zisterne«, sagte er. Er gluckste vergnügt. »Ich bin froh, daß wir an diesem Ende hereingefallen sind ...«

Er zeigte auf die Wand gegenüber dem Eingang.

»... weil ich nämlich nicht schwimmen kann.«

»Eine so große Zisterne?« fragte Sharina erstaunt. Das Mühlhaus, das sich Ilna und Cashel mit der Familie ihres Onkels geteilt hatten, hatte eine Zisterne gehabt, die noch aus der Zeit des alten Königreichs stammte. Vom Schieferdach floß das Wasser durch Rohre in die Zisterne, eine verputzte Ziegelgrube an der inneren Ecke des Gebäudes.

Ilna hatte immer behauptet, Regenwasser sei besser für zarte Stoffe als Brunnenwasser – und sie sollte das wohl wissen –, aber dieser Raum hier war groß genug, um die gesamte Mühle und noch das Gasthaus dazu aufnehmen zu können. Er diente nicht nur einem Haus, nicht einmal nur einem einzelnen Dorf.

Sharina holte tief Luft. »Sie haben Valhocca wieder aufgebaut«, sagte sie, »daher sollte man annehmen, daß oben auf uns keine Ghule warten. Und ...«

Sie tippte an ihre Börse mit Silber, das tröstlich klirrte.

»... wir könnten etwas zu essen finden. Ich würde wirklich gerne etwas essen.«

Dalar gluckste vergnügt, als er mit Sharina zu der nach innen aufgehenden Tür platschte.

Die verschlossen war. Von außen.

»Können wir sie einreißen?« fragte Dalar. Das Türblatt war aus schwerem Holz, und es gab drinnen keinen Griff oder Riegel. Wer immer diese Zisterne erbaut hatte, hatte nicht vorgesehen, daß die innere Kammer häufig betreten wurde. Und wie man aus der Menge von Schlamm und Blättern erkennen konnte, die an den Steinen hängengeblieben waren, kam auch nur selten jemand her, um sie zu reinigen.

»Das brauchen wir nicht«, sagte sie und hob das Messer in beide Hände. Sie schlug zu und trennte den oberen Scharnierriemen unter Klirren und Funkensprühen ab. Die Tür hing bereits durch, als sie sich niederhockte und auch den unteren Riemen durchschnitt.

»Ich diene tatsächlich einer Heldin!« sagte Dalar. Er gluckste, dann fügte er hinzu: »Ich habe nur gescherzt, aber es entspricht durchaus der Wahrheit.«

Sie zogen die Tür auf sich zu, befreiten sie vom Riegel. Sharina steckte das Messer wieder unter ihren Umhang und ging hindurch. Dalar schob sich ihr in den Weg und ging voraus, seine Gewichte in den Handflächen verborgen.

Sharina folgte grinsend. Ein Teil von ihr war unzufrieden, weil sie nicht sofort die frische Kerbe aus ihrer Klinge schleifen konnte, aber die Forderungen ihres leeren Magens waren heftiger.

Es war Nachmittag, und sie befanden sich in einer geschäftigen Stadt, die erheblich moderner wirkte als das Valhocca, in dem sie Dalar begegnet war. Die schmalen Gebäude waren drei oder vier Stockwerke hoch und bestanden unten aus Ziegeln und Lehm und in den oberen Stockwerken aus Terracottaziegeln, um das Gewicht zu verringern. Einige waren ein Stück von der Straße zurückgesetzt, und Mauern mit Zieröffnungen umschlossen kleine Höfe.

»Ah«, sagte Dalar erfreut, als er das Gebäude betrachtete, aus dem sie gekommen waren. »Keine Zisterne, sondern ein

Setztank für einen Aquädukt. Ich hätte nie geglaubt, im Exil ein Bewässerungssystem zu sehen, das dem von Rokonar gleicht.«

Ein paar wohlhabend aussehende Männer mit Dienern, die ihnen folgten, kamen über die Straße, so tief in ein Gespräch versunken, daß sie beinahe mit Dalar zusammengestoßen wären. Sie hielten inne und starrten den Vogel an. Ein Mann riß seinen blauen Umhang mit einer dramatischen Geste zurück und rief zu den Passanten hin: »Seht doch! Ein Vorzeichen! Die Götter verkünden die Ankunft von Mykon dem Beschützer!«

Sharina trat vor Dalar. »Mein Freund kommt aus einem weit entfernten Land«, sagte sie. Sie hatte keine Probleme damit, den örtlichen Akzent zu verstehen, und sie hoffte, daß das auch umgekehrt so war. »Wir sind Fremde, aber mit den Göttern haben wir nichts zu tun.«

Zumindest nicht, daß wir wüßten, fügte sie im Geiste hinzu.

Eine Frau, die in einer Sänfte vorbeigetragen wurde, ließ ihre Träger anhalten. Sie flüsterte etwas ins Ohr eines Lakaien, der sich daraufhin an dem Burschen vorbeidrängte, der immer noch unter Umhanggeflatter große Töne spuckte. »Ist er echt?« fragte der Lakai Sharina.

Dalar schlug die Hand des Mannes weg, mit dem dieser an seinem Schnabel ziehen wollte. Da der Vogel das Bronzegewicht in der Hand hielt, keuchte der Lakai verständlicherweise schmerzerfüllt auf.

»Selbstverständlich ist er echt!« sagte Sharina. »Er ist ein vornehmer Herr aus Rokonar, der hier zu Besuch ist!«

»Wieso das?« fragte der Mann, der sie zuerst bemerkt hatte. »Seid Ihr in Port Hocc, um Euch mit Prinz Mykon zu treffen?«

Sharina hatte von Mykon dem Beschützer, Fürst von Cordin, gelesen, aber das bedeutete nicht, daß sie ihn tatsächlich für eine historische Gestalt gehalten hatte. Daß jemand namens Mykon die Insel Cordin vereinigt hatte, bevor Lorcan das Königreich der Inseln gründete – das hatte sie immer akzeptiert. Der Rest der Geschichte behauptete, daß Mykon der junge Bruder von Brut dem Sturmgott war und daß er manchmal seine Mahlzeiten in Bruts Wolkenpalast einnahm. Und Sharina war einmal der Ansicht gewesen, wenn ein Teil der Geschichte so unglaubwürdig war, verhielte es sich mit dem Rest wohl ähnlich.

Offensichtlich nicht. Und wer weiß? Vielleicht ist Mykon tatsächlich hin und wieder bei Brut zu Besuch.

»Komm schon, Garamon«, sagte der andere Mann zu dem Burschen, der das Theater machte. »Sei nicht dumm. Das da ist ein Emporkömmling, der mit den Schiffen nach Hocc gekommen ist. Mykon wird es dir nicht danken, daß du behauptest, ein gefiederter Gaukler sei Beweis der Göttlichkeit des Beschützers.«

»Eines Tages werden die Götter dich für deine Blasphemie niederschmettern, Malat«, sagte Garamon überzeugt. Er wickelte sich in seinen Umhang, dann sagte er leiser zu Sharina: »Ist das wahr? Kommt Ihr von den Schiffen?«

»Ja«, meinte Sharina entschieden. »Wo können wir eine Mahlzeit und ein Gasthaus für die Nacht finden?«

»Wieso fragt Ihr mich das?« meinte der Mann überrascht. »Ich nehme doch an, drunten im Hafen bei Euren Genossen.«

Garamon und sein Begleiter gingen mit ihren Dienern davon. Der Rest der Menge löste sich ebenfalls auf, obwohl die meisten, die vorbeikamen, noch den Kopf drehten, um Dalar anzustarren – ebenso wie Sharina. Sie hatten vielleicht mehr hochgewachsene blonde Frauen als intelligente, riesige Vögel gesehen, aber sie wußten die Blonde dennoch zu schätzen.

»Falls sich die Landschaft nicht geändert hat«, murmelte sie Dalar zu, »müssen wir nach Süden.«

Sie ging voraus; es war hier zu voll, um nebeneinanderher zu gehen. Ein Springbrunnen und ein Wasserbecken glitzerten am anderen Ende des gemauerten Reservoirs, gespeist von einem Siphon drinnen. Frauen füllten Eimer aus bemalter Terracotta, schwatzten miteinander und riefen manchmal Freundinnen, die in der Nähe auf ihren Balkonen standen, etwas zu.

Dalar flüsterte Sharina zu: »Was meinte er mit ›die Schiffe‹, Sharina?«

Sie grinste ihm über die Schulter zu. »Ich habe nicht die geringste Ahnung«, sagte sie, »aber ich denke, es ist immer noch besser, mit diesen Schiffen in Verbindung gebracht zu werden, als ein Vorzeichen der Götter darzustellen.«

Die Straße, der sie folgten, war nicht gepflastert, wenn man von der Abflußrinne in der Mitte absah, aber der breite Boulevard am Wasser war vollkommen aus Ziegeln gemauert und hatte steinerne Rinnsteine. Truppen mit versilberter Rüstung und Stäben statt Speeren hielten einen Durchgangsweg auf der Landseite offen, aber die Hafenseite war voller Menschen. Einige waren Bürger der Stadt in gemusterten Gewändern, aber der größte Teil waren Landbewohner im Selbstgewebten und mit den Spuren des Schlamms einer langen Reise an den Unterschenkeln und Füßen.

Der Hafen selbst war voller breiter Schiffe mit stumpfem Bug und einer Unmenge von Waren auf ihren flachen Decks. Und schon ein kurzer Blick zeigte Sharina Geflügel, Textilien und Obst in Körben – und auch diverse Alkoholausschänke. Ein Schmiedehammer klirrte auf einer Barke, die in sicherem Abstand zu den umliegenden vertäut war.

»Es mag durchaus sein«, meinte Dalar in einem Tonfall, der zu vorsichtig war, um als hoffnungsvoll bezeichnet werden zu können, »daß sich in dieser Versammlung eine weitere Person der Rokonar aufhält.«

Sharina sah ihren Begleiter an. »Dalar?« sagte sie. »Vergiß

nicht, daß wir jetzt tausend Jahre von deinem Schiffbruch aus in die Zukunft gereist sind.«

»Ja«, meinte der Vogel mit demselben Mangel an Emotion wie zuvor. »Und außerdem habe ich mich mit meiner Ehre an Euch gebunden, Sharina. Aber wenn ich könnte, möchte ich noch einmal mit einem meiner Genossen sprechen, bevor ich sterbe.«

Sein glucksendes Lachen kam Sharina künstlich vor. »Ich werde dann mit der Entscheidung darüber beginnen, welcher meiner zehntausend Gottheiten meine Gebete zustehen sollen.«

Die Schiffe selbst waren zum größten Teil eine Erweiterung des Landes, Seite an Seite vertäut, so daß man keine Laufplanken brauchte, um vom einen zum anderen zu gelangen. Sharina nickte zu einer Barke hin, die in der dritten Reihe von der Küste entfernt lag. »Das da sieht wie eine Garküche aus«, sagte sie. Zusammen mit Dalar drängte sie sich durch die Menge.

Sie hatte auch an Land Händler mit Karren und Tabletts gesehen, aber sie wollte nicht nur etwas essen, sondern auch etwas über die Schiffe erfahren. Sie waren nirgendwo in der Literatur, die Reise seinen Kindern vorgesetzt hatte, erwähnt worden.

Andererseits, wenn man Götter und Halbgötter, Schlachten und Palastintrigen – und Liebesaffären – eliminierte, schloß man damit auch den größten Teil von Reises klassischer Bibliothek aus.

Sharina versuchte sich vorzustellen, wie Rigal seinen umherziehenden Helden Dann auf der Suche nach einem Hühncheneintopf beschrieb; sie begann zu kichern.

»Sharina?« fragte Dalar besorgt.

»Alles in Ordnung«, sagte sie, nachdem sie sich wieder gefaßt hatte. »Ich bin nur ein wenig hysterisch, das ist alles.«

Aber es war tatsächlich komisch.

Sie sprangen vom Kai auf die erste Barke, auf der sich bereits die Ortsansässigen drängten und um Tuche in verschiedenen Mustern feilschten. Sharina verstand nicht so viel von Stoffen wie Ilna, aber sie wußte genug davon, um zu bezweifeln, daß all diese Stilarten von nur einem Ort kommen konnten. Ein untersetzter Mann, begleitet von zwei Dienern, versuchte, dem Barkenbesitzer Rollen von Filz zu verkaufen. Die Frauen von Port Hocc benutzten ähnliches Tuch für Ornamente auf ihren Kleidern. Die Schiffe verbreiteten zweifellos die Spezialitäten vieler Regionen über die gesamte Insel.

Die Besitzer und Mannschaften der Barken waren deutlich zierlicher gebaut und hellhäutiger als die meisten Stadtbewohner; ihre Gesichter waren vom Wind nicht gebräunt, sondern eher gerötet. Sie unterhielten sich fließend mit ihren Kunden, aber Sharina bemerkte, daß sie untereinander in einem Dialekt sprachen, der nicht die geringste Ähnlichkeit mit irgendwelchen Sprachen hatte, mit denen sie vertraut war.

Auf der zweiten Barke gab es Kartoffeln in locker geflochtenen Körben, die sich bewegten wie Weinschläuche, als der Besitzer sechs von ihnen in seine Hängewaage entleerte. Er nickte mit neutraler Miene, als Sharina und Dalar sein Deck überquerten, aber seine vielen Kinder hielten mit ihren diversen Arbeiten inne, um den Vogel offen anzustarren. Dalar ließ sich davon offensichtlich nicht stören. Tatsächlich plusterte er sein Kopfgefieder noch höher auf und führte seinen Sprung zur dritten Barke in einem Tanzschritt aus.

Die Besatzung der schwimmenden Garküche bestand aus einer Frau in mittleren Jahren am Grill und einem sauber und ordentlich aussehenden jungen Mann von etwa zwanzig, der Fisch und Gemüse schnitt und sie dann in dünne Runden von Fladenbrot rollte. Ein etwa zehnjähriger Junge servierte die gebratenen Pasteten auf einem Stück Seetang und nahm das Geld der Kunden entgegen.

Das Essen roch köstlich. Sharina war so hungrig, daß ihr selbst die rohen Algen das Wasser im Mund zusammenlaufen ließen. Als das ältere Bauernpaar vor ihnen zur Seite trat und sie staunend die einzelne Pastete betrachtete, die sie erstanden hatten – es gab schlimmere neue Erfahrungen, die man in der Stadt machen konnte –, sagte Sharina: »Drei davon, bitte, und mein Freund hier nimmt ...?«

Sie warf Dalar einen Blick zu. »Drei«, sagte der Vogel. »Für den Anfang.«

»Ihr seid also nicht von hier«, meinte der junge Mann. Er lächelte Sharina liebenswürdig zu, aber mit der linken Hand schob er weiter Fisch unter sein großes Messer, das die rechte auf dem Schneidebrett bewegte. »Jedenfalls nicht von irgendwo auf unserer Route, würde ich sagen.«

Der andere Junge reichte Sharina zwei Pasteten, die Frau wendete zwei weitere über der Holzkohle. Sie warf Sharina und Dalar einen Seitenblick zu, überließ es aber dem jungen Mann, die Fragen zu stellen.

»Ich bin auf Haft aufgewachsen, und mein Freund kommt von noch weiter her«, sagte Sharina und griff in ihre Börse. Sie hatte die Kupfer- und Eisenstücke aus ihrem Ärmel Meilen und Tausende von Jahren zuvor verloren, aber sie hatte immer noch das Silber. »Ich fürchte, ich habe keine Münzen. Ist das ...?«

»Ah, wir auf den Schiffen können euch besseres Geld für euer Metall geben, als ihr an Land bekommt«, sagte der junge Mann. »Haft – wo soll das sein?«

Die Frau schwieg immer noch, holte die beiden nächsten Pasteten vom Grill und betrachtete dann den kleinen Barren, den Sharina darbot. Der junge Mann wischte sich das Messer an der Schürze ab und reichte es ihr; sie legte den Barren auf das Schneidebrett und hielt das Messer an die Ecke. Mit einem kleinen Vorwärtsschlag und genug Druck, ihre Knöchel weiß werden zu lassen, hackte sie ein kleines Stück vom Silber ab.

»Rein?« fragte der Junge.

»Weich genug wäre es«, grunzte die Frau. Sie gab Sharina den Barren zurück, legte dann den abgehauenen Keil auf eine Messerwaage und wog ihn mit Getreidekörnern aus, bevor sie ihn in eine Waschlederbörse fallen ließ, die sie unter dem Hemd verstaute.

»Haft ist eine Insel nördlich von hier«, sagte Sharina. Die Frau gab ihr drei abgegriffene Bronzemünzen aus einem Sack, der neben dem Grill hing. Die einzigen Markierungen waren ein einzelner Buchstabe.

»Wir auf den Schiffen segeln die südlichen Küsten entlang«, sagte der junge Mann. »Nach Osten mit der Strömung, nach Westen mit unseren Segeln. Ich heiße Bantrus, und zusammen mit meiner Mutter Brasca gehört mir die *Columbine*.«

Mit dem Daumen wies er auf den Jungen. »Pilf ist ein Neffe, aber wir hier auf den Schiffen sind alle mehr oder weniger miteinander verwandt. Wenn ihr aus dem Norden kommt, wißt ihr das vielleicht nicht.«

Nein, das hatte sie nicht gewußt. »Ich heiße Sharina, und mein Freund heißt Dalar«, sagte sie, nachdem sie den ersten Bissen heruntergeschluckt hatte. Das Grillen hatte die Füllung gewärmt, aber als gekocht konnte man sie nicht bezeichnen. Zu einer anderen Zeit hätte Sharina vielleicht etwas gegen rohen Fisch gehabt, aber jetzt im Augenblick hätte sie selbst eine Meeräsche verschlungen, während sie noch zappelte.

»Seid ihr nach Port Hocc gekommen, um Mykons Prozession zu sehen?« fragte Bantrus. Er wandte sich wieder seiner Arbeit zu, aber sein Lächeln war ein offensichtlicher Versuch, das Gespräch in Gang zu halten, während Pilf die letzten Pasteten fertigstellte. »Wir haben sie nun schon zum sechsten Mal gesehen, aber es ist eine schöne Vorstellung.«

»Mykon folgt uns die Küste entlang«, sagte Pilf, als er Sharina und Dalar die letzten Pasteten reichte. »Mein Bruder Jem sagt, Mykon weiß, daß er auf diese Weise eine größere Menschenmenge für seinen Unsinn sammeln kann, also bewegt er sich an der Küste auf einer Höhe mit uns.«

»Rede nicht mit Fremden über Politik, Pilf!« sagte Brasca. »Und rede mit niemanden über *Land*politik. Jem hat weniger Verstand als ein Seeigel, aber ich schon – und ich werde dich zurück auf die *Rückenwind* schicken, und zwar mit Striemen am Hintern, wenn du vergessen solltest, was ich gerade gesagt habe.«

»Jawohl, Tante«, murmelte Pilf. Ohne weitere Anweisungen entzündete er am Grill einen Docht aus geflochtenem Gras und kletterte den zehn Fuß hohen Mast hinauf, um die Laterne anzuzünden, die dort hing. Sie wurde von getrockneter Fischhaut auf einem Korbrahmen vor Wind und Regen geschützt.

Vom Ufer her erschollen Trompeten. Der Himmel war purpurfarben, und Sterne blinzelten hell über dem östlichen Horizont.

»Es sieht aus, als würden sie gleich mit der Prozession anfangen!« sagte Bantrus. »Mutter, wie wäre es, wenn ich unsere Gäste hier mit den Mast hinauf nehme, damit sie besser sehen können? Du weißt, daß während dieses Spektakels ohnehin keine Kunden kommen.«

»Ich habe den Eindruck, als könnten sie von alleine klettern«, sagte Brasca und warf Sharina einen kühlen Blick zu. Sie zuckte die Achseln. »Du bist jetzt erwachsen und deiner Mutter keine Rechenschaft mehr schuldig – das hast du bei der Angelegenheit wegen ...«

»Mutter!«, warf der junge Mann ein. »Ich habe dir doch gesagt ...«

»Wir sollten lieber gehen«, meinte Sharina laut. Ihre Stimme war, seit sie Lady Sharina von Haft geworden war, klarer und deutlicher geworden. Es hatte ihr nicht gefallen, plötzlich eine Adlige zu sein, aber sie hatte gelernt, es genauso gut zu tun, wie sie betrunkenen Fremden auf dem Schafsmarkt Essen serviert hatte.

Sharina drehte sich um. Dalar verschlang den Rest seiner Pastete und trat zwischen sie und Bantrus. Es bestand zwar keine Gefahr, aber der Vogel reagierte, wie es jeder gute Leibwächter angesichts aufgewühlter Emotionen getan hätte.

»Wartet, das ist doch unsinnig«, sagte Bantrus, jetzt mit beherrschter Stimme. Er klang wieder wie ein erwachsener Mann und nicht wie der wütende Junge, der seiner Mutter einen Augenblick zuvor geantwortet hatte. »Sharina ... Dalar?«

Der Vogel nickte zustimmend. Niemand schien es überraschend zu finden, daß der junge Mann sich an ihren Namen besser als an den ihres Begleiters erinnerte. »Kommt mit mir nach oben, wir haben von dort einen guten Blick auf die Prozession«, sagte Bantrus. Er verbeugte sich leicht zu seiner Mutter hin. Sie starrte unbeugsam zum Heck der Barke und weigerte sich, ihn zur Kenntnis zu nehmen.

»Danke«, sagte Sharina. »Das werden wir tun.«

Ein Knotenseil hing anstelle einer Leiter vom Mastende. Sharina ignorierte es und kletterte statt dessen mit Hilfe von Händen und nackten Füßen. Sie war zu Hause öfter auf Bäume geklettert, und sie würde Bantrus nicht glauben lassen, daß sie ein zartes Stadtmädchen war und seinen Schutz brauchte.

Das Ziehen in ihren Brustmuskeln erinnerte sie allerdings daran, daß sie eine Weile auf keine Bäume mehr geklettert war. Wahrscheinlich würde sie es noch am nächsten Morgen spüren.

Sie setzte sich auf das aufgerollte Segel, weit genug draußen, damit Dalar zwischen ihr und Bantrus Platz hatte. Bantrus verstand diese Andeutung nicht – oder vielleicht verstand er sie falsch, als er sich an der Mastspitze umdrehte, um sich neben Sharina zu setzen. Dalar sprang von sechs Fuß tiefer auf das zusammengerollte Segel; seine Klauen gaben ihm einen Halt, wie kein menschlicher Akrobat ihn gehabt hätte. Dann verbeugte er sich zu Bantrus.

Der junge Mann schaute einen Augenblick lang zornig drein, dann lachte er laut und setzte sich auf die andere Seite des Mastes. Er zeigte zum Ufer, wo die Trompeten wieder erklangen. »Da«, sagte er freundlich. »Es wird bald losgehen.«

Am Ufer standen die Menschen dicht gedrängt, aber Sharina bemerkte im Licht der Hängelaternen, daß jene, die auf den Masten anderer Barken saßen, eher Landbewohner waren und nicht Leute, die auf den Schiffen lebten. Sie erinnerte sich daran, was Bantrus darüber gesagt hatte, daß Mykon den Schiffen folgte. Fackeln flackerten dort, wo die Trompeten schmetterten, und mehr wurden angezündet, während Sharina zusah. Sie konnte Pferde sehen, eines riß den Kopf im Geschirr hoch und wieherte. Ein Zuschauer schrie in offensichtlichem Entzücken auf.

»Mykon behauptet, er sei der Bruder von Brut, dem Sturmgott«, erklärte Bantrus so leise, daß seine Mutter an Deck es nicht hören konnte. »Ich nehme an, die Leute glauben ihm – die Bauern aus dem Hinterland auf jeden Fall. All dieser Aufwand hätte keinen Sinn, wenn sie es nicht täten.«

»Nach meiner Erfahrung tun Menschen nicht unbedingt etwas, weil es Sinn hat«, meinte Dalar, den Blick auf die Vorbereitungen gerichtet. »Und nach meiner Erfahrung tat das auch mein eigenes Volk nicht, als ich noch bei ihm lebte.«

Bantrus hielt inne, um darüber nachzudenken. Sharina glaubte nicht, daß er dumm war, aber sie nahm an, daß er daran gewöhnt war, mehr Informationen aus dem Tonfall einer Bemerkung zu erhalten als aus den Worten selbst. Dalar ließ niemals Gefühle in das einfließen, was er sagte, und Sharina bezweifelte, daß der Krieger jemals etwas aussprach, das er nicht haargenau so meinte, wie er es sagte.

»Nun«, meinte Bantrus, »es ist jedenfalls ein gutes Spektakel, zumindest beim ersten Mal.«

Er räusperte sich. In vertraulichem Ton fuhr er fort: »Dieser Fürst Mykon hat den Schiffen noch keinen Schaden zu-gefügt, aber er ist uns nicht ... sonderlich freundlich gesinnt, versteht ihr? Er ist entschlossen, sich alles direkt zu unterwerfen, ganz Cordin, und ich würde mich nicht wundern, wenn er noch weitere Pläne hat, bevor er auf einem Blitz zurück in die Wolken reitet – oder wie auch immer er sich das vorstellt.«

»Euch gehört das gesamte Meer«, meinte Sharina. »Könnt ihr euch nicht von Mykon fernhalten? Von Cordin fernhalten, wenn es sein muß?«

»Das ist nicht möglich«, erklärte Bantrus. »Die Schiffe gehen jeden Abend an Land. Seht uns doch an ...«

Er zeigte auf den Hafen voller Schiffe mit flachem Rumpf. »Wir können an jedem Ufer an Land gehen und tun das auch, wenn es keinen richtigen Hafen gibt, wo man übernachten kann. Aber in unseren Schiffen ist es nicht möglich, von Pare nach Yole zu segeln. Unsere Schiffe sind als schwimmender Markt gebaut, nicht zur Seefahrt.«

»Yole?« sagte Sharina. Sie hatte es nicht aussprechen wollen.

»Eine Insel im Osten«, erklärte Bantrus freundlich, da er annahm, sie hätte den Namen wiederholt, weil er ihr nicht vertraut war. »Gut geeignet für den Getreide- und Zitrusfruchthandel. Und es gibt auch Fässer mit etwas, das sie Orangenwein nennen.«

»Ah«, sagte Sharina. Sie hatte vergessen, daß Yole in diesem Zeitalter – und für die nächsten tausend Jahre – einfach eine weitere Insel sein würde. Der Irrtum eines Zauberers, der die Insel in die Tiefe versenkte und ›Yole‹ zu einer Umschreibung für das Böse hatte werden lassen, war noch nicht geschehen.

»Die Schiffe dienen den Menschen an Land«, sagte Bantrus. Sharina hörte den Stolz in seiner Stimme, aber auch einen Hauch von Sorge. »Die Flüsse, die ins äußere Meer münden, verlaufen überall auf unserer Route durch enge Täler. Es ist leicht für die Menschen an Land, mit dem Floß flußabwärts zu fahren, mit uns Handel zu treiben und dann zu ihren Häfen zurückzukehren. Sie sind vielleicht nur Meilen von den Leuten im nächsten Tal entfernt, aber das sind Meilen über Hügel ohne Straßen und mit nur wenigen Pässen.«

Am Ufer tat sich jetzt etwas, aber Sharina beugte sich weiter vor und sah Bantrus an. Er erzählte ihr Dinge, die sie nicht gewußt hatte, und von der gelehrten Neugier einmal abgesehen, die Reise an seine Kinder weitergegeben hatte, war sie vielleicht auch darauf angewiesen, zu wissen, was hier los war, um am Leben bleiben zu können.

»Die Menschen an Land brauchen uns«, fuhr Bantrus fort. Er schluckte. »Aber die Schiffe können auch ohne das Land nicht existieren. Zur Zeit meines Urgroßvaters hatte jeder kleine Flecken Küste seinen eigenen Häuptling und seine eigenen Gesetze – einige besser und andere schlechter, aber alle wußten, daß sie die Schiffe brauchten. Inzwischen ...«

Er zuckte die Achseln. »Mykon vereinigt ganz Cordin unter seiner Herrschaft«, sagte er. »Er lehnt alles ab, das sich nicht vor ihm beugt – ihn anbetet, wie er es ausdrückt, nun, da er behauptet, ein Gott zu sein. Wir von den Schiffen verbeugen uns vor keinem an Land, und selbst wenn wir wollten, könnten wir nicht gleichzeitig Mykon und der Priesterin auf Guelf auf Shengy und dem Ragga von Tisamur dienen. Und wer weiß, wie vielen anderen, bevor ich das Alter meiner Mutter erreiche?«

»Die Fürsten ganzer Inseln brauchen die Schiffe vielleicht nicht so, wie Dorfhäuptlinge es taten«, sagte Sharina in einem Versuch, ihn zu trösten. »Aber sie sind besser dran, wenn ihr ihnen dient, als wenn sie es euch unmöglich machen würden, weiterzuarbeiten.«

»Bei meinem Volk gibt es Leute«, sagte Dalar, »die lieber weniger verdienen würden, als zu wissen, daß sie sich haben etwas abnehmen lassen. Auch in jener Hinsicht habe ich viel Ähnlichkeit zwischen Menschen und meinem Volk beobachtet.«

Bantrus verzog das Gesicht und zeigte aufs Ufer. »Ich möchte nicht, daß ihr die Vorstellung verpaßt«, sagte er. »Und solange ihr nicht selbst Götter seid, gibt es nichts, was ihr tun könnt, um uns zu helfen.«

Ein langgezogener Ton aus mindestens zwanzig Trompeten erscholl. Ein Mann bellte in ein Megaphon: »Heil, Mykon, Beschützer von Cordin, Bruder des Sturmgottes!«

»Es donnert«, sagte Sharina erstaunt. Sie konnte einen Mann sehen, der aufrecht in einem Kampfwagen stand, der langsam den Boulevard entlangrollte. Fackellicht blitzte auf seiner versilberten Rüstung und auf denen der Soldaten, die neben dem Fahrzeug hergingen. Das Geräusch jedoch ... der Nachthimmel war vollkommen klar!

Ein Trupp Diener in einfachen Hemden und mit Stirnband tauchte hinter dem Wagen auf, überholte ihn und rannte weiter voraus. Sie trugen –

Sharina begann zu lachen. »Seht ihr diese dünnen Bronzeplatten?« sagte sie. »Sie legen sie vor den Wagen auf die Straße, so daß die Räder auf den Ziegeln dröhnen. Das ist der Grund von Mykons Göttlichkeit!«

»Heil, Mykon, Beschützer und Gott!« rief der Mann mit dem Megaphon, obwohl man die Worte über dem Dröhnen der Bronze fast erraten mußte. Soldaten jubelten, während sie vor und neben dem Wagen gingen und für Mykon und die Bronzeplatten Platz schufen.

Gewöhnliche Zuschauer griffen den Jubel auf. Sharina dachte an den Mann, der sie angesprochen hatte, als sie mit Dalar aus der Zisterne gekommen war. Laut sagte sie: »Einige von ihnen glauben es tatsächlich, oder jedenfalls sind sie aus eigenen Gründen bereit, so zu tun, als ob. Und nicht nur die Leute vom Land.«

»Ja«, meinte Bantrus. »Und selbst jene Landbewohner, die es nicht glauben oder denen es gleich ist – nicht einer von zehn hätte etwas dagegen, wenn Mykon verkünden würde, er wolle die Schiffe übernehmen.«

Der junge Mann beugte sich näher zu ihr und senkte die Stimme noch weiter. »Wenn wir überleben wollen, müssen wir kämpfen«, flüsterte er. »Zumindest ich wäre willens zu kämpfen. Meine Mutter will nicht einmal daran denken, aber ich und ein paar meiner Freunde haben Pläne gemacht.«

Sharina nickte ernst und hoffte, daß er sie nicht bitten würde, etwas dazu zu sagen. Wenn die Schiffe als Langstreckenfahrzeuge nichts taugten, würden sie als Piratenflotte noch weniger nützen. Die Fürsten der Insel konnten ohne die Schiffe überleben, aber die Schiffe waren vollkommen dem guten Willen der Fürsten oder zumindest ihrer Duldung ausgeliefert.

Sie verstand nun, wieso nichts über die Schiffe bis in ihr Zeitalter überliefert worden war. Sie waren eine Fußnote, eine Randbemerkung aus einer Zeit, in der Mythos zu Geschichte wurde; sie waren in Bantrus' Generation verschwunden, genau wie er fürchtete.

Die Prozession am Ufer fuhr in gemächlichem Tempo fort, blitzend und dröhnend. Nach allem, was Sharina nun wußte, kamen ihr die künstlichen Gewittergeräusche jetzt unheilverkündend vor.

Bantrus betrachtete etwas in der Nähe. Ein Mann kam über eine lange Reihe von Barken, die im Ostende des Hafens begann, auf die *Columbine* zu.

»Das ist Jem«, sagte Bantrus. »Es muß etwas passiert sein.«

Er schaute seine Gäste an. »Ich werde mit ihm reden«, sagte er. »Ihr könnt hier oben bleiben und zusehen ...«

»Nein, ich denke, wir haben genug gesehen«, sagte Sharina. Dalar nickte zustimmend und folgte Bantrus vor Sharina den Mast hinab.

Sie erreichten das Deck gerade, als Jem, ein kräftiger junger Mann mit einer Narbe, die von der rechten Augenbraue beinahe bis zu seinem rasierten Hinterkopf reichte, dort eintraf. Brasca starrte erbost von ihm zu ihrem Sohn und sagte: »Ihr braucht euch nicht einzubilden, daß ihr hierbleiben und Dummheiten reden könnt. Glaubt ihr etwa, ich weiß nicht, was ihr plant? Ich weiß es wohl!«

»Sie sind tatsächlich hier!« sagte Jem und starrte Dalar an. »Ist er echt?« fragte er Bantrus.

»Ich bin echt«, sagte Dalar und riß zur Betonung den rechten Fuß hoch in die Luft. Die Mittelzehe des anderen Fußes grub Splitter aus dem Deck. Niemand hätte sich noch vorstellen können, daß Dalar ein Mensch in einem Vogelanzug war.

»Was meint Ihr mit ›sie sind hier‹?« fragte Sharina und ihr wurde kalt dabei.

»Ihr seid diejenigen, nach denen Mykon sucht!« sagte Jem. »Jemand hat ihm erzählt, daß ein riesiger Vogel und eine wunderschöne Prinzessin auf den Schiffen seien. Mykon sagt, sein Bruder Brut, der Sturmgott, habe Euch geschickt. Er läßt seine Männer im Hafen nach Euch suchen.«

Zu Bantrus gewandt fügte er hinzu: »Ich habe es nicht geglaubt, aber ich nahm an, daß Mykon irgendeinen Grund haben müsse, die Schiffe zu durchsuchen, also wollte ich euch warnen. Ich hätte nie angenommen ...«

Er starrte Dalar an. »Ist es wahr?« fragte er den Vogel, »haben die Götter Euch zu Mykon geschickt?«

»Ihr müßt hier verschwinden!« rief Brasca Sharina aufgeregt zu. Sie griff nach dem Metzgermesser, die Augen erschrocken weit aufgerissen. »Sofort! Verschwindet!«

Dalar spannte sich an. Sharina trat vor ihn. »Ja, wir müssen gehen«, sagte sie. Sie wußte nicht, was Mykon mit Dalar im Sinn hatte, aber sie konnte sich vorstellen, was ihre eigene Rolle am Hof des Fürsten sein würde. »Und nein, wir wollen nichts mit Mykon zu tun haben. Gibt es einen Ort, wo wir uns verstecken können?«

»Sie kann nicht hierbleiben!« erklärte Brasca. Ihre Hände zitterten und sie konnte ihren Blick nicht mehr konzentrieren. Sie war eine starke, fähige Frau, aber die Angst vor einer schrecklichen Zukunft hatte sie so gut wie gelähmt.

»Jem?« sagte Bantrus, »wenn wir heute abend nach Klestis segeln, werden wir Zeit haben, alles vorzubereiten. Wir werden irgendwann ohnehin handeln müssen.«

»Also gut«, sagte der andere junge Mann nach einem kurzen Zögern. Zu Sharina gewandt fügte er hinzu: »Kommt, wir bringen Euch an Bord der *Rückenwind* und hier weg. Ihr werdet tatsächlich ein Symbol sein, aber *unser* Symbol!«

Er drehte sich um und sprang vom Bug der *Columbine* zum Heck der nächsten Barke, auf derselben Route, auf der er gekommen war. Sharina folgte ihm, ohne zu zögern. Sie wußte nicht, auf was sie sich da einließ, aber sie hatte eine gute Vorstellung von dem, wovor sie floh.

Hinter ihr raffte Bantrus ein paar Sachen in eine Decke. Seine Mutter hatte das Messer aufs Deck fallen lassen. Sie schluchzte.

Lord Waldron verbeugte sich, um anzuzeigen, daß er Garrics Frage zur Kenntnis genommen hatte, und sagte: »Acht Bataillone sind bereit, in vier Stunden aufzubrechen ...« Er verzog seine Lippen säuerlich, bevor er hinzufügte: »... Euer Majestät. Das schließt auch die Phalanx ein. Um es genauer zu sagen, können die ersten Kompanien bereits in ein paar Minuten abrücken, und der Rest kann sich ihnen später anschließen.«

Der stolze alte Adlige warf einen zornigen Blick quer über den Tisch zu Lord Attaper. »Hat der Kommandant der Blutadler nach seinen Jahren der Erfahrung etwas hinzuzufügen?«

Bei allem Hohn, den Waldron in die Frage legte, war es ein intelligenter Versuch, die emotionale Temperatur im Raum möglichst niedrig zu halten. Waldron wußte, daß Garric ansonsten selbst nach Attapers Meinung gefragt hätte – was Waldron als Beleidigung betrachtet hätte. Indem er selbst fragte, ersparte er allen Anwesenden eine gewisse Verlegenheit.

»Ich würde die Phalanx ohne Zögern in den Kampf schicken«, sagte Attaper. »Lord Zettin und seine Feldwebel von den Blutadlern haben hervorragende Arbeit geleistet ... unter der allgemeinen Anleitung des Kommandanten der königlichen Armee.« Er verbeugte sich leicht zu Waldron hin.

»Also werden wir ...«, setzte Garric an.

Die Tür hinter ihm öffnete sich. Er drehte sich um. Die anderen am Tisch schauten verärgert drein – Waldron verärgert genug, daß er zum Schwert griff –, aber Garric verspürte Angst. Eine Unterbrechung zu diesem Zeitpunkt konnte nur bedeuten, daß etwas Schlimmes geschehen war.

Sein Vater kam herein und brachte einen Mann mit behelfsmäßig verbundenem Kopf und Blut vorne auf seinem grauen Hemd herein. An dem weißen Hemdsaum des Mannes und den hochgeschnürten Stiefeln konnte man erkennen, daß er einer der Männer war, die die Sänften und Baldachine hoher Würdenträger trugen.

Lord Pitre wollte etwas sagen, aber Reise kam ihm mit einer

Geste zuvor. »Erzähl ihm, was du mir erzählt hast!« befahl er dem Sänftenträger.

»Ein fetter Bauer hat Lady Tenoctris angesprochen, als Hiller und ich Dienst bei ihrer Sänfte hatten«, sagte der Bursche. Er hielt inne, verzog das Gesicht und drückte gegen den Verband; rotes Blut drang durch den Stoff.

Liane legte ihre Schreibtäfelchen hin, ging zu dem verwundeten Mann und griff nach einem Kelch mit Wein und Wasser auf einem Beistelltisch. »Katchin der Müller«, erklärte Reise seinem Sohn und den anderen. »Es ist mein Fehler. Die Wachen am Tor wußten, daß ich Katchin einmal hereingelassen habe, also glaubten sie ihm, als er sagte, er hätte hier etwas zu erledigen.«

Garric winkte ab. Es war nicht der Zeitpunkt für Beschuldigungen, und niemand, nicht einmal Reise, konnte bedenken, wer sich auf welche Weise Eintritt zum Palast verschaffen wollte.

»Ich habe ihn gehört«, sagte der Stuhlträger. Er sprach weiter, obwohl er die Augen schloß, als Liane ihre Schärpe in den Wein tunkte und damit den Riß an seiner Kopfhaut betupfte. »Er sagte, Ihr hättet ihn geschickt, um sie an eine Stelle in der Weißen Straße zu bringen, einen Stall, der auf den Fundamenten eines alten Tempels errichtet wurde – sofort und ohne Leibwachen.«

»Ohne Leibwachen?« sagte Attaper. Seine Worte klangen metallisch.

»Das hat er gesagt, dieses Landei«, erklärte der Stuhlträger, »aber die Wachen sagten, sie würden mit ihr gehen, bis ihr Kommandant ihnen etwas anderes befahl, und es sei ihnen gleich, selbst wenn die Dame widersprach.«

Attaper nickte. Garric hätte die Miene des Blutadlers nicht unbedingt als Lächeln bezeichnet. Es war eher so, als ob ein Granitblock lächeln würde.

»Wir sind also mit diesem Landei gegangen«, sagte der Mann. »Er hatte eine gemietete Sänfte, die vor dem Tor wartete. Lady Tenoctris hatte ihre Tasche dabei. Sie tat etwas, während wir unterwegs waren, aber ich weiß nicht, was.«

Der Mann nahm den Kelch aus Lianes Hand und trank. Liane verzog das Gesicht, aber es war dem Stuhlträger gleich, ob sein eigenes Blut in den Inhalt gemischt war – falls es ihm überhaupt auffiel.

»Wir kamen also zu diesem Ort, und es ist tatsächlich ein Stall, wie das Landei gesagt hat«, fuhr er fort. Er klang immer noch heiser, aber die Hysterie in seinem Tonfall hatte sich gemildert. »Der ist nun geschlossen und leer, aber der Bauer geht zu einer Falltür und schließt sie mit einem Schlüssel auf. Er bringt Lady Tenoctris nach unten, und die Wachen gehen mit ihr. Hiller und ich, wir warten an der Sänfte, aber wir können alles hören, was drinnen passiert.«

Wir kennen den Namen seines Kollegen, dachte Garric, *aber nicht seinen. Und unter normalen Umständen wäre er mir nie als Individuum aufgefallen.*

»Lady Tenoctris sagte etwas über den Stein und was er sein müsse«, erklärte der Mann. »Und einer der Blutadler sagte etwas über eine Statue, und dann schrie jemand. Und dann gab es einen roten Lichtblitz, nur ...«

Er hob den Blick vom Boden, den er die ganze Zeit angestarrt hatte, und sagte mit verwirrter Miene: »Bei der Herrin, man konnte ihn *durch* die Steine sehen, nicht einfach nur durch die Tür. Ich schwöre, das habe ich gesehen!«

»Weiter«, sagte Garric tonlos. König Carus in seinem Kopf war angespannt wie eine Feder, aber sowohl er als auch Garric wußten, daß sie noch mehr Informationen brauchten, bevor sie handeln konnten. Attaper und Waldron hatten bereits Adjutanten aus dem Zimmer geschickt; die Truppen würden, falls das notwendig wäre, sofort bereitstehen.

»Hiller und ich rennen beide die Treppe runter«, berichtete der Mann weiter. »Er ist direkt vor mir, als wir nach unten gehen. Es ist einfach ein Keller, aber auf der vierten Seite ist keine *Mauer* – statt dessen sind da ein Eisfeld und zwei der schrecklichsten Viecher, die ich je gesehen habe. Sie sind wie Spinnen oder noch schlimmer, nur daß sie auf zwei Beinen stehen und so groß wie Ochsen sind. Sie kommen auf uns zu, und die Wachen greifen sie an.«

Der Stuhlträger warf einen sehnsuchtsvollen Blick auf die Karaffe puren Weins auf dem Beistelltisch. Garric streckte die Hand aus, reichte ihm die Karaffe und ignorierte Reises tadelnden Blick. *»Zur Hölle mit dem Protokoll«,* murmelte König Carus. *»Wenn jemals ein Mann etwas zu trinken gebraucht hat, dann dieser arme Kerl da.«*

»Hiller kommt zurück, und ich stehe da wie angewurzelt«, fuhr der Mann fort. Liane hatte seine Schnittwunde nun gesäubert. Sie schnitt mit dem kleinen Dolch, den sie immer im Ärmel trug, den Saum ihres oberen Hemdes ab. »Hiller und ich stoßen zusammen und fallen die Treppe runter. Bei den Ungeheuern ist auch ein Mann in Weiß. Lady Tenoctris sagt etwas, aber der Mann fuchtelt mit einem Ding vor ihrer Nase herum. Sie wird starr, und der Mann führt sie weg.«

»Und was haben die Wachen getan, während all das geschah?« fragte Attaper. Seine Aussprache war überdeutlich, aber die Worte bebten wie Rennpferde an der Startlinie.

Der Stuhlträger schaute ihn an. »Sie starben, Herr«, sagte er. »Ich habe Euch doch gesagt, diese Dinger waren so groß wie ein Ochse und hatten Klauen an allen sechs Beinen. Eins davon hat mich *umgestoßen*, so hab ich das da erwischt ...«

Er zeigte auf seine Stirn, achtete aber darauf, nicht Liane in den Weg zu geraten, die ihn verband.

»... und dabei war ich nur am Wegrennen. Und ich hatte mehr Glück als Hiller.«

»Bei der Herrin!« sagte Lord Waldron. »Du bist gerannt? Du hättest ...«

»Er hätte herkommen und uns über die Situation informieren sollen, Euer Lordschaft«, sagte Liane mit einem Blick über die Schulter, während sie den Verband mit einer goldenen Nadel irgendwo aus ihren Gewändern befestigte. »Wie er es auch getan hat.«

Garric zeigte auf den Stuhlträger. »Kannst du reiten?« fragte er.

»Wie?« meinte der Mann. »Ich, auf einem Pferd? Nein, Euer Lordschaft.«

Das hatte Garric bereits erwartet. »Dann gehen wir alle zu Fuß, und du führst uns«, sagte er. Vielleicht sollten sie den Mann selbst in eine Sänfte setzen? »Kannst du noch laufen?«

»Sicher, ich könnte laufen, bis man mir den Kopf abschneidet«, meinte der Mann verächtlich. »Was genau das ist, was sie mit Hiller gemacht haben, die Mistkerle.«

Er hob den Kopf wieder und fügte hinzu: »Gehen wir. Ich werde Euch hinbringen.«

Garric warf Attaper einen Blick zu und sagte: »Alle Blutadler, die im Dienst sind. Die Männer, die außer Dienst sind, bleiben hier im Palast und erwarten weitere Befehle.«

»Zu Befehl«, sagte Attaper, und ein weiterer Adjutant rannte aus der Tür. »Ich habe bereits befohlen, daß das ganze Bataillon in Alarmbereitschaft versetzt wird.«

»Lord Waldron«, fuhr Garric fort, »alarmiert die königliche Armee, aber laßt die Truppen bis auf weiteres in den Kasernen.«

»Jawohl, Euer Majestät«, sagte Waldron. Garric wußte nicht, ob es die Krise selbst war oder die stählerne Sicherheit, die Carus *während* einer Krise in Garrics Stimme legte, aber ihm fiel auf, daß diesmal in Waldrons Tonfall bei der Aussprache des Titels kein Widerwille lag. »Sie werden bereits zu den Waffen gerufen.«

»Dann gehen wir«, sagte Garric und nahm seinen Schwertgürtel von dem Diener entgegen, der ihn während der Besprechung festgehalten hatte.

7

Die Blutadler in Halbrüstung – Schilde, Brustharnische und Helme – bahnten sich einen Weg die Weiße Straße entlang und drängten dabei alle Passanten beiseite, die nicht bereits vor den berittenen Trompetern zurückgewichen waren. Sie benutzten ihre Speerschäfte, nicht die Spitzen, aber es war immer noch einen brutale Angelegenheit, der Garric nur ungern zusah.

Er konnte sich aber keine Verzögerung mehr leisten, wenn er Tenoctris retten wollte. Wenn das bedeutete, daß ein paar Bürger aufs Pflaster gestoßen wurden, dann mußte es eben sein. Ohne Tenoctris, die ihm Anleitung gab, würden die Inseln so sicher ins Chaos abgleiten, wie die Sonne am Morgen aufging.

Straßen am Rand der Stadt wie diese hier hatten als Viehpfade begonnen, vorgezeichnet von Schafen, denen Entfernung nichts ausmachte, die aber eine Erhebung im Boden spüren konnten, die nicht hoch genug war, um einen Ball rollen zu lassen. Der Stuhlträger – sein Name war Maylo – zeigte geradeaus, als Garric und seine Begleiter um eine weitere Biegung stapften, und rief: »Dort ist es!«

Eine Truppe der Stadtwache stand am Seiteneingang des Stalles. Keiner der Männer schien sich behaglich zu fühlen, und einer hatte seinen Messinghelm abgesetzt, um sich auf die Straße zu übergeben. Zivile Zuschauer beobachteten das alles aus einer gewissen Entfernung. Händler mit Wasserschläuchen und Tabletts mit Essen hatten bereits begonnen, sich unter die Menge zu mischen.

Der Anführer der Truppe sah erleichtert aus, als er die Blutadler bemerkte. »Es hat Tote gegeben!« rief er – an Attaper gewandt; Garric war für ihn nur irgendein Zivilist, während Attapers goldverzierter Harnisch sofort die Aufmerksamkeit auf sich zog. »Da unten ist ein totes Ding, und Männer. Möge der Hirte mich leiten, ich weiß nicht, wieviel Männer dort sind!«

Mehr als dreihundert Blutadler kamen geräuschvoll zum Stehen. Zumindest ein Mann hinter Garric rutschte aus und fiel mit scheppernder Rüstung hin. Die genagelten Stiefel der Soldaten waren nicht für Ziegelpflaster gemacht, das von dem Schleim des Mülls überzogen war, der in einer Stadtstraße unvermeidlich liegenblieb, und es war für Truppen, die für den Kampf gerüstet waren, ein langer Weg gewesen.

Der Stuhlträger war nicht einmal außer Atem. Garric schon; er hatte in letzter Zeit zuviel gesessen. Er übte jeden Tag mit dem Schwert, aber das hatte ihm nicht so viel Kondition für das Laufen gegeben, wie er gebraucht hätte.

Garric betete auch jeden Tag zum Hirten – etwas, das er sich in seinen Bauerntagen nicht hätte vorstellen können. Daß er Prinz Garric geworden war, hatte ihn nicht unbedingt frommer gemacht, aber es hatte ihm sicherlich das Bewußtsein dafür gegeben, daß er viel Hilfe brauchen würde, um Erfolg zu haben.

Er zog sein Schwert und spürte, wie der Geist von König Carus sich bei dem *Sring* der Klinge gegen den Eisenrand der Scheide anspannte. Der Mann von der Stadtwache wich zurück, überrascht, einen Zivilisten sein Schwert ziehen zu sehen.

»Attaper«, befahl Garric, und seine Worte folgten denen, die Carus in seinem Kopf sprach, »zehn Männer mit uns nach unten, der Rest soll sich bereithalten.«

Attaper gab einen knappen Befehl, und er und Garric brachten die Männer zu der primitiven Steintreppe hinter der schrägen Falltür. Attaper wäre vorangegangen, wäre er schnell genug gewesen, aber Garric war jünger und trug nicht die Last der Rüstung.

Der Keller war ein Schlachthaus. Den Blutadlern hatte man Arme und Beine abgerissen. Ein schwerer Schlag hatte den Brustharnisch eines Mannes bis gegen seine Wirbelsäule gedrückt, und aus dem Kopf des toten Stuhlträgers war das Hirn gegen eine Stützsäule gespritzt.

Katchin der Müller saß in einer Ecke des Raums und versuchte, sich die Eingeweide wieder durch den Riß in seinem Bauch zu stecken. Er folgte Garric mit dem Blick, als dieser die Treppe herunterkam, aber er sagte kein Wort.

Eines der Ungeheuer war ebenfalls tot; Garric hörte Attaper anerkennend grunzen. Platten aus glattem, schmutzigweißem Chitin, fest genug, eine Klinge zu verbiegen, die sie nur streiften, bedeckten den Körper des Ungeheuers und seine sechs Beine. Haare wuchsen aus den Gelenken.

Wo die Schwerter eingedrungen waren, floß gelblicher Schleim aus den Rissen. Ein Schwert steckte in einem der Facettenaugen. Das Ungeheuer hatte versucht, die Klinge herauszuziehen, als es starb. Das Schwert steckte zu fest drin, um es zu bewegen, aber die klauenbesetzten »Hände« hatten den guten Stahl verbogen.

Maylo hatte erklärt, die Geschöpfe seien groß wie Ochsen gewesen. Das war eher eine Untertreibung. Die Mundwerkzeuge öffneten sich zur Seite und schoben sich übereinander wie Reihen von Glasscherben.

»Was ist passiert, Katchin?« fragte Garric leise. Er hockte sich neben den sterbenden Mann und hob dabei die Scheide seines langen Schwerts, damit er nicht am Boden hängen blieb.

»Es hätte nicht so sein sollen«, sagte Katchin. »Ich sollte die alte Frau herbringen und die Statuette, die sie mir gegeben haben, in die Nische an der Mauer stellen.«

Er sprach mit ganz normaler Stimme; der Schock ließ ihn anscheinend keinen Schmerz verspüren. Wußte er, daß er mit ebensolcher Sicherheit tot war wie die zerfetzten Leichen neben ihm?

Garric schaute zu der Mauer, wohin Katchin den Blick gewandt hatte. Er sah die zwischen zwei Steinblöcke gemeißelte Nische, aber es gab keine Statue dort.

»Wer hat dir befohlen, das zu tun, Katchin?« fragte Garric. Attaper prüfte den Chitinpanzer des Ungeheuers mit seiner Dolchspitze, erst an einem Gelenk und dann an einer größeren Platte. Die meisten anderen Blutadler sahen ihrem Kommandanten zu, aber einer von ihnen hatte den Speer auf Katchins Brust gerichtet, und ein anderer sortierte die Teile der Toten in einzelne Haufen.

Katchin runzelte die Stirn. Seine Finger bewegten sich wie aus eigenem Willen; schleimige Eingeweide rutschten immer wieder aus seiner Bauchhöhle.

»Ich weiß es nicht«, sagte er. »Ich erinnere mich nicht. Aber es gab einen Mann in Weiß ... vielleicht einen Zauberer? Ein Zauberer hat es mir gesagt.«

Er schien seltsam zerstreut. Katchin hatte sich nie um viel anderes als um sich selbst und seine eigene Würde gekümmert. Nun war ihm alles gleich, und das war noch schlimmer. Garric sprach mit einer Leiche.

»Euer Majestät?« sagte ein Soldat. Er zeigte mit der Speerspitze auf einen Gegenstand, der in der Ecke lag, beinahe bedeckt von einem der zangenbewehrten Beine des Ungeheuers. »Ist das etwas? Die Statue?«

Garric verlagerte das Gewicht, um besser hinsehen zu können. Er konnte immer noch nur eine Spur Elfenbein erkennen.

»Heb sie auf ...«, sagte er. Dann wurde ihm klar, daß der Soldat Angst hatte, den Gegenstand zu berühren. Garric setzte dazu an, aufzustehen, weil er dem Mann nicht befehlen wollte, etwas zu tun, das ihn auf eine Weise verängstigte, wie körperliche Gefahr es niemals tun würde.

Liane war die Treppe hinuntergeschlüpft, während Garric mit Katchin sprach. Sie war den Soldaten in einer Sänfte gefolgt. Garric hatte nicht gewollt, daß sie dieses Schlachthaus betrat, aber er war nicht überrascht, daß sie hier war und so ruhig wirkte wie eine Statue der Herrin.

Liane ging an den Soldaten vorbei und hob die Statue auf. Es war ein kunstvoller Kegel, in dem mehrere weitere Kegel steckten, jeder innerhalb des größeren geschnitzt. Die einzelnen Lagen raschelten leise, als Liane Garric den Gegenstand reichte.

In die Länge gezogene, nackte Frauenbilder bildeten die Seite des Kegels. Trotz der Verzerrung hatten sie eine gewisse kühle Schönheit, die Garric an Wellen an einem hellen Wintertag denken ließ.

»Muß die Statue in eine bestimmte Richtung zeigen, Katchin?« fragte Garric. Die Oberfläche des äußersten Kegels war ein wenig vergilbt, aber die inneren Schichten – jede zarter als die darüberliegende – hatten das kalte Weiß von Sonne auf einem Schneefeld.

Katchin lächelte dünn; er sagte nichts mehr. Seine Finger bewegten sich nicht mehr, obwohl er immer noch atmete.

»Also gut«, sagte Garric und kam, die Schnitzerei in der linken Hand, auf die Beine. Der gemusterte Stahl seiner Schwertklinge schimmerte wie eine kriechende Schlange.

»Liane, bleib hinter den Soldaten«, sagte Garric, weil er erst gar nicht versuchen würde, Zeit damit zu verschwenden, ihr zu sagen, sie solle nicht mitkommen. Er grinste Attaper zu. »Sehen wir, was passiert.«

Er setzte die Schnitzerei in die Nische und wich einen Schritt zurück. Das Elfenbein verschwand, und die uralten Steine lösten sich in eine Mauer grellroten Lichts auf, hinter der Gestalten aufragten. Der Stall bebte wie von einem Erdbeben erschüttert; Erde rieselte von der Decke.

»Garric und die Inseln!« rief Attaper, als er und Garric die Truppen ins Unbekannte führten.

Garrics Haut kribbelte, als er durch das Portal trat. Einen Augenblick lang glaubte er, der kalte Wind, der ihm entgegenschlug, sei ebenfalls Zauberei.

Er taumelte auf grobem Kies und konnte wieder besser sehen. Garric und die Männer, die ihm durch einen Schimmer rosigen Lichts folgten – viel bleicher auf dieser Seite des Portals als in dem Keller in Valles –, hatten ein kaltes Ödland betreten. Moos und Bäume, die nicht größer waren als sein kleiner Finger, wuchsen zwischen den Steinen. Eine Eismauer von Horizont zu Horizont schimmerte in der Nähe, beleuchtet von einer Sonne, die sich kaum über die Felsen im Süden erhob.

»Dort ist Tenoctris!« rief Liane und zeigte zum westlichen Himmel. Eine Brücke – die Brücke aus Licht – begann dort auf der windgepeitschten Ebene. An ihrem anderen Ende sah Garric die glitzernden Gebäude von Klestis.

Ein Mann in Weiß glitt eher, als daß er ging, über diese Brücke; vor ihm schlurften vier Diener, die menschlich, aber nicht unbedingt lebendig waren und die erstarrte Gestalt von Tenoctris auf einer Sänfte trugen. Hinter dem Zauberer löste sich die Brücke Schritt für Schritt in Lichtpunkte auf. Er und die Diener mit der Sänfte waren bereits mehr als eine Bogenschußweite vom Boden entfernt. Es war unmöglich, Tenoctris von dort aus, wo Garric sich jetzt befand, noch zu erreichen.

Und es gab näherliegende Dinge, die seine Aufmerksamkeit beanspruchten.

»Hilfe!« rief die nackte Frau, die von der Eisfläche her auf sie zugerannt kam. Sie war eindeutig erschöpft. Sie war zerkratzt und hatte blaue Flecken und einen unangenehmen

Schnitt in ihrem rechten Oberschenkel. »Um der Herrin willen, schützt mich!«

Ein zweiter Trupp Blutadler kam durch den Lichtvorhang. Mehr würden folgen, und das war gut so – denn ein paar der insektoiden Ungeheuer folgten der Frau auf dem Fuß. Im allgemeinen liefen sie auf den vier Hinterbeinen, aber manchmal erhob sich eines von ihnen auch auf die hintersten zwei Beine und stieß einen Schrei aus, der klang wie Schieferplatten, die gegeneinander reiben.

»Kampfformation!« befahl Attaper. »Die erste Reihe fängt den Feind mit Speerspitzen ab, die zweite wird auf Befehl Speere werfen, bevor wir mit dem Schwert angreifen!«

Er wandte sich Garric zu. »Ihr und Lady Liane ...«, begann Attaper. Die laufende Frau taumelte und konnte sich kaum mehr auf den Beinen halten. Sie war zwanzig Schritte von der Doppellinie von Soldaten entfernt, und die Ungeheuer kaum weiter hinter ihr.

Garric steckte das Schwert ein und rannte auf die Frau zu.

»Zum Angriff!« schrie Attaper.

»Garric und die Inseln!« rief Liane. Falls einer von ihnen dachte: *Garric ist ein Idiot!,* behielt er diese Meinung im Augenblick für sich.

Carus ermutigte Garric, aber die Entscheidung, auf die Frau zuzurennen, war Garrics gewesen. Garric packte sie um die Taille, warf sie über seine rechte Schulter, in derselben Bewegung, mit der er sich in die relative Sicherheit zurückwandte. Er konnte den Leichengeruch im Atem der verfolgenden Ungeheuer riechen; er hatte auch erraten können, wovon sie sich üblicherweise ernährten, ohne den halb abgefressenen menschlichen Brustkorb zu sehen, der von den Vorderbeinen des Ungeheuers zu seiner Rechten hing.

Aus der Art, wie sie die Frau jagten, nahm er an, daß sie auch nichts gegen frisches Fleisch hatten, wenn es sich anbot.

Der Kies war zu grob, um sicher laufen zu können, aber Barcas Weiler hatte einen Kiesstrand gehabt, und Garric war dort oft entlanggegangen. Außerdem war er im Augenblick so aufgeputscht, daß er vermutlich auch geglaubt hätte, über eine Schwertschneide tanzen zu können.

»Möge die Herrin Euch segnen!« keuchte die Frau. Ihre Haut war so warm, als käme sie gerade aus einem geheizten Zimmer und sei nicht über die Tundra gerannt. Sie war erstaunlich geschmeidig und schien nicht so schwer, wie Garric angenommen hatte.

Die Blutadler stapften vorwärts, ihre nietenbesetzten Lederstreifen klirrten, und die Stiefelnägel schlugen Funken aus den Steinen. Die erste Reihe hielt die Schilde hoch, so daß jeder Mann über die rechte Kante des runden, beschichteten Holzes blickte. Die Speere hielten sie so, daß sie entweder von unten zustechen oder die Schäfte auf den Boden hinter sich stützen konnten. Die zweite Reihe - und noch mehr Soldaten, die durch das Portal kamen - hatte die Speere nach oben und hinten genommen, um auf Befehl werfen zu können.

Garric schlitterte den sich nähernden Blutadlern aus dem Weg. Er fing sich mit der linken Hand ab. Die Frau bekam ihre Füße auf den Boden; Liane umarmte sie, damit sie nicht hinfiel.

»Werft die Speere!« sagte Attaper. Seine Stimme war so laut und harsch wie eine Bronzetrompete.

»Garric!« brüllten die Soldaten hinter ihm. Sie stießen die Arme vorwärts und schickten den beiden Ungeheuern die schweren Speere entgegen.

Es war keine Zeit zum Planen gewesen, also warfen sechs Männer ihre Speere auf das Geschöpf zur Linken und nur vier auf das zur Rechten. Jedes Geschoß traf, obwohl einer der Speere abprallte, nachdem er in einer Brustplatte einen Riß verursacht hatte.

Das Ungeheuer rechts fiel zur Seite. Drei seiner Beine zuckten; die drei auf der anderen Seite erstarrten in der Position, die sie gehabt hatten, als ein Speer durch ein Facettenauge drang.

Das andere Ungeheuer rannte mit klackendem, vielgliedrigem Gang weiter. Schleim troff an den Schäften der fünf Speere entlang, die aus Torso und Bauch ragten. Die erste Reihe Blutadler drosch wie ein Hammer auf das verwundete Ungeheuer ein. Speere wurden gestoßen; Veteranen schrien mit mörderischem Zorn.

Ein Schild zerbrach in einzelne Lagen und Splitter; der starke Leim zwischen den einzelnen Schildschichten hielt, aber das Birkenholz selbst zerbarst unter dem Schlag des Ungeheuers. Es warf mit gleichzeitigem Zucken seiner Vorderbeine zwei Männer beiseite. Es drang weiter vor. Die zweite Reihe trat dem Ungeheuer mit Schwertern entgegen, während ihre Kameraden – jene, die sich noch bewegen konnten – die Flanken des gepanzerten Geschöpfs angriffen. Zwei weitere Speere baumelten jetzt aus dem Insekt, und es gab weitere Risse und Beulen im Chitin. Ein mittleres Bein baumelte, wo das Gelenk gebrochen war, aber während das Geschöpf weiter vordrang, nutzte es dieses Bein wie einen Dreschflegel und zerschlug einem weiteren Soldaten den Hüftknochen.

Garric zog sein Schwert.

»... Nekromanten haben mich gefangen genommen«, sagte die Frau, die er gerettet hatte, und ihre Stimme tanzte durch einen Riß im Kampfeslärm. Sie mochte etwas wissen, aber das war jetzt nicht wichtig.

Nichts würde mehr wichtig sein, wenn Garric die nächsten Augenblicke nicht überlebte.

Das Ungeheuer drang weiter vor und zog Leichen mit sich. Die Blutadler waren die tapfersten, bestausgebildeten Krieger der Inseln. Aber sie waren ausgebildet, um gegen Menschen zu kämpfen.

»Lord Attaper!« rief Carus mit Garrics Stimme. »Ruft Eure Männer zurück. Ich kenne mich aus!«

So war es auch – Carus und Garric hatten beide schon Ungeheuer bekämpft und Schnelligkeit und Tücke benutzt, wo Kraft nicht genügte und eine Rüstung eher eine Last als Nutzen war.

»Ruft sie zurück, oder, bei meiner *Ehre*, Ihr werdet morgen alle Latrinen leeren!«

Zumindest die Überlebenden, und das wären nicht viele.

Attaper hatte seinen Helm und das Schwert verloren; aus einem Riß vorn an seinem Harnisch drangen bronzefarbene Locken. Er war gerade dabei, auf die Leiche eines seiner Männer zuzukriechen, dessen Schwert noch in der Scheide steckte.

Der Kommandant der Blutadler schaute Garric an – schaute seinen *Prinzen* an. Er rief: »Rückzug!«

Garric trat vor und lachte mit einem Aufwall von Gefühlen, den er sich vor ein paar Monaten, als er noch Bauer gewesen war, nicht hätte vorstellen können. Dieses Geschöpf allein zu bekämpfen war nicht einmal so schlimm: Die wild um sich schlagenden Blutadler hätten ihn mehr gefährdet als das Ungeheuer.

Und es war auch keine Prahlerei für Garric, zu kämpfen, wenn er auch hätte durch das Portal zurückweichen und den Soldaten den Kampf überlassen können. Sicher, es war ihre Aufgabe; aber es war ebenso die Aufgabe von Prinz Garric, sie anzuführen. Zumindest einen Teil der Zeit mußte ein Anführer vorn stehen.

Vielleicht war es doch ein wenig Prahlerei.

Über einen Witz lachend, den nur Krieger oder Wahnsinnige verstehen würden, stürzte sich Garric mit im flachen Bogen singender Klinge auf das Ungeheuer. Die Schwertspitze schnitt durch das Gelenk eines Vorderbeins, das sich nach ihm ausstreckte. Die Zangen wirbelten davon und klackten in der kalten Luft.

Garric wich zurück.

Das Geschöpf erhob sich auf die Hinterbeine und kreischte. Es ragte hoch über Garric auf. Ein Schwertstreich hatte eines seiner Augen zerstört. Der gelbe Schleim, der aus den Wunden drang, überzog die Unterseite seines Bauchpanzers und auch einen Teil des glatten Rückenpanzers.

Garric stieß zu, durch das sich rückwärts faltende Knie des Ungeheuers. Die verbliebende Vorderzange klappte dicht genug an Garric vorbei, um ihm eine Haarlocke abzuschneiden. Er rollte sich ab, ignorierte die Steine und den gefrorenen Boden. Sicher, er würde blaue Flecken bekommen, aber das wäre erst morgen ...

Das Ungeheuer kreischte abermals und fiel zur Seite wie ein umstürzender Baum. Es prallte so fest auf wie eine große Eiche und wirbelte Steine auf; Garric hörte ein Knirschen, das nur von einem der Beine des Geschöpfes kommen konnte, das unter dem Aufprall des schweren Körpers gebrochen war.

Mundwerkzeuge öffneten sich und klackten wieder zu; das Ungeheuer versuchte, sich mit der Kraft der verbliebenen Glieder vorwärts zu schieben. Garric erhob sich zitternd und erschöpft.

»Euer Majestät?« sagte Attaper. Er hielt wieder ein Schwert in der Hand. Von dieser Seite aus konnte Garric sehen, daß der Kommandant außer dem Riß in seinem Harnisch auch eine Kopfwunde hatte. »Sollen wir dem Biest ein Ende machen?«

Garric schaute zum Horizont. Sechs weitere der großen Geschöpfe hatten ihre Höhlen im Eis verlassen und kamen auf die Menschen zu.

»Nein«, sagte er und wich ein Stück zurück. »Das überlassen

wir seinen Freunden. Wir ziehen uns zurück, aber wir nehmen unsere Toten mit.«

»Immer, Euer Majestät«, sagte Attaper, schockiert über das, was er für eine Beleidigung der Ehre der Blutadler hielt. Dann warf er einen Blick auf die sich nähernden Ungeheuer und fügte etwas milder hinzu: »Aber hier ganz besonders.«

Die letzten der Truppe standen auf der Tundra und warteten auf Befehle. Das Portal hinter ihnen bebte, schrumpfte und blähte sich wieder wie eine Flagge im Wind.

»Herr?« sagte ein Offizier, sah Attaper an, rief aber laut genug, um auch von Garric gehört zu werden. »Der Stall wird nicht viel länger stehen, so wie der Boden bebt.«

Attaper warf einen Blick zu Garric, der seinerseits nickte, und rief: »Also gut! Die Männer vorne tragen die Toten und Verwundeten!«

Liane umarmte Garric. Er erwiderte die Umarmung ungeschickt mit der linken Hand; gelber Schleim hing an der Spitze seines Schwertes, also hatte er es nicht einstecken können. Bis zu diesem Augenblick war ihm nicht aufgefallen, daß er es hätte einstecken *sollen.*

»Euer Majestät«, sagte Attaper. Seine Miene war so hart wie die weit entfernte Eismauer.

»Ja, ich war heute schon dumm genug«, sagte Garric. Zusammen mit Liane ging er ungelenk auf das Portal zu.

Die Frau, die er gerettet hatte, stand ganz in der Nähe, mit Lianes Spitzenschal über den Schultern. Das Kleidungsstück half wenig, ihren Körper zu verbergen oder den schneidenden Wind abzuhalten, aber zumindest schützte es ihre Würde ein wenig. Als sie sah, wie Garric auf sie zukam, lächelte sie strahlend.

Paare von Blutadlern, die jeweils einen dritten Mann trugen – und manchmal dabei selbst Speere als Krücken benutzten –, schlurften durch das Portal. Die Mienen der Soldaten zeigten, wie sehr sie Zauberei haßten und fürchteten, aber sie würden Garric folgen, weil ihr Eid es verlangte.

»*Gute Männer*«, flüsterte Carus. »*Was immer sie im Privatleben sein mögen, sie sind gute Männer, die einem König dienen.*«

Und möge der Hirte mich zu einem guten König machen, dachte Garric.

Zwei Blutadler, die einen geköpften Kameraden trugen, hielten inne, als sie sahen, wie Garric sich näherte. Einem von ihnen gelang es, sich zu verbeugen, obwohl er hinkte und ganz grau im Gesicht war.

Garric versuchte erst gar nicht, mit dem Mann zu streiten, er sagte nur »Kommt« zu den Frauen, aber das klang ungewollt barsch. Er ging durch das Rechteck aus Licht. Auf der anderen Seite bebte der Keller wie ein Schiff. Die Luft war warm, aber voller Staub, der aus den Wänden und der Decke rieselte.

»Auf die Straße!« rief er. »Bevor alles einstürzt!«

Als Katchin die Schnitzerei in die Mauernische gestellt hatte, hatten die Beben sie herausfallen lassen. Garric hatte das Stück fest zwischen die Blöcke uralten Steins geklemmt. Dort würde es bleiben, bis die Gewalt der Kräfte, die es losgelassen hatte, es mitsamt der Wand umriß.

Garric beugte sich vor, um die Leiche von einem von Tenoctris' Leibwächtern aufzuheben. Er hatte immer noch sein Schwert in der Hand.

»Ich nehme es!« sagte eine Frauenstimme dicht an seinem Ohr. Zarte Hände schlossen sich über Garrics Hände. Er ließ die Waffe los und stapfte auf die Treppe zu, in den Armen die Überreste eines Mannes, der treu bis in den Tod gewesen war.

Garric kam aus der Staubwolke hinaus auf eine Straße voller Soldaten. Waldron war mit mindestens einem Bataillon der königlichen Armee dort.

»Euer Majestät?« sagte der alte Adlige ungläubig. Er zischte zwei einfachen Soldaten einen Befehl zu; sie nahmen die Leiche aus den Armen ihres Prinzen.

»Wir konnten sie nicht zurückholen«, sagte Garric und war sich plötzlich seines Versagens bewußt. »Wir müssen einen anderen Weg nehmen. Ist die Armee bereit?«

»Ja«, erklärte Waldron mit hochnäsiger Selbstsicherheit, die es ablehnte zu prahlen.

»Dann werden wir es ihnen zeigen, sobald es Nacht wird und wir über die Brücke nach Klestis gehen können«, verkündete Garric den Plan, den er geschmiedet hatte, als er ins Tageslicht trat. Es war keine Zeit mehr zu zögern, sie mußten handeln. Er konnte den Zauberern, die Tenoctris mitgenommen hatten, nicht folgen, aber er konnte gehen, wohin sie gegangen waren.

Und mit der Hilfe von Duzi und den ihm unbekannten Göttern, die für Disziplin zuständig waren, würde die Armee ihm vielleicht folgen. Obwohl er auch allein gehen würde, wenn es nötig wäre.

Lord Waldron nickte und gab den Adjutanten, die hinter ihm warteten, die notwendigen Befehle. Blutadler kamen aus dem Keller, nun ein wenig rascher, nachdem alle Verwundeten draußen waren. Das Gebäude bebte nur noch heftiger. Duzi sei Dank war sein Dach, wie die Dächer von vielen Häusern am Rand von Valles, aus Stroh und nicht aus Ziegeln.

Attaper kam auf die Straße gerannt, bedeckt mit Steinstaub und zitternd vom Schmerz seiner Verwundungen. »Ich bin der letzte«, murmelte er, und in Garrics Kopf nickte König Carus grimmig und hallte: »*Selbstverständlich.*«

»Räumt die Straße!« sagte Garric. Noch während er sprach, erstickte das Grollen des einstürzenden Stalls seine Worte.

Er packte Liane und taumelte so gut vorwärts, wie er es mit geschlossenen Augen konnte. Der Trompeter an Waldrons

Seite blies zum Rückzug, obwohl Garric sich nicht vorstellen konnte, wie es ihm gelungen war, bei all dem Staub, der aus den Trümmern aufstieg, seine Lungen zu füllen.

Das Beben hatte zu Beginn des Einsturzes nachgelassen. Die Schnitzerei war endlich aus ihrer Nische gefallen oder wahrscheinlicher zu Staub zerdrückt worden, als die Steinblöcke sich bewegten. Es war gleich: Die Ebene, zu der sie den Schlüssel darstellte, war kein Ort, den Garric je wiedersehen wollte.

Einen halben Block von der Ruine entfernt, trat Garric mit Liane in einen Hof, um sich einen Überblick zu verschaffen. Die Bürger, die in den Wohnungen rund um den Hof lebten, kamen heraus, um zu sehen, was die Unruhe sollte. Blutadler betraten den Hof mit Garric und schoben sie zurück.

Liane war bei ihm. Auch die Frau, die er gerettet hatte, war da und trug nun einen Soldatenumhang, der ihr bis auf die Mitte der Oberschenkel fiel. Sie streckte die Hand aus und reichte Garric sein Schwert mit dem Griff nach vorn; der Umhang klaffte auf.

»Hier, Lord Garric«, sagte sie mit einer Stimme wie Honig. Mit ihrer anderen Hand ließ sie Lianes Spitzencape fallen, das nun von den Körperflüssigkeiten des Ungeheuers befleckt war. »Ich habe den Stahl für Euch abgewischt.«

Garric nahm das Schwert. Er legte schützend den Arm um Liane.

Die Fremde lächelte und fügte hinzu: »Ich heiße Colva.«

Trompeten weckten Cashel vor dem Morgengrauen. Einen Augenblick lang konnte er sich nicht erinnern, wo er war. Er hatte geträumt, daß er auf einem von Ranken bedeckten Hügel unter einem Himmel aus Felsen schlief. Bei ihm war ein stacheliger kleiner Mann, dessen Mundwerk schlimmer war als Ilnas ...

Cashel erhob sich von der niedrigen Couch. Er trug eine Art lockeres Seidengewand, das ihn vom Hals bis zu den Fußknöcheln bedeckte. Sein Hemd und seine Stiefel hingen an einem Gestell an der Wand. Man hatte sie gesäubert, was vermutlich notwendig gewesen war; die feste Wolle war noch ein wenig feucht. Er sollte dankbar sein, aber diese Freundlichkeit erinnerte ihn daran, wie hilflos er gewesen war.

Cashel wand sich aus dem Nachthemd und warf es auf die Couch. Es gab ihm das Gefühl, als wäre er in der Nacht im Wald in ein großes Spinnennetz gelaufen.

Auf dem Nachttisch standen eine Schüssel und ein Krug mit Wasser. Cashel trank gierig und direkt aus dem Krug, bevor ihm einfiel, daß es vermutlich als Waschwasser gedacht war. Aber seine Hände und sein Gesicht brauchten Wasser nicht annähernd so dringend wie seine trockene Kehle. Er erinnerte sich, den hiesigen Wein getrunken zu haben, aber er wußte nicht mehr, wieviel es gewesen war. Mehr, als an diesem Morgen gut für ihn war, das war nun klar.

Trompeten schmetterten, und der Nachhall zitterte weiter in der Morgenluft. Der östliche Himmel, den Cashel aus dem Fenster sehen konnte, war bereits zu hell, als daß noch Sterne sichtbar gewesen wären; keine Wolken färbten den Sonnenaufgang.

Cashels Stock lehnte diskret an dem Kleidergestell. Cashel griff danach und fuhr mit den Fingern über das glatte Hickoryholz und hoffte, daß das die seltsame Unruhe vertreiben würde, die ihn überfallen hatte, sobald er erwachte. Die vertraute Berührung half nicht. Das verstörte Cashel mehr als das ursprüngliche Unbehagen.

Er zog den Türvorhang aus Perlen aus Jaspis, Quarz und Karneol zurück und ging in den Flur. Der Flur war leer, aber er hörte Stimmen von rechts, also wandte er sich dorthin. Sobald er jemandem begegnete, würde er fragen, wie er diese Stadt

Tian verlassen könnte. Hier wegzukommen war alles, was Cashel im Augenblick wollte.

Das Ende des Korridors bog nach rechts ab und führte schließlich in die Halle, durch die Cashel den Palast am Abend zuvor betreten hatte. Diener drängten sich dort und redeten aufgeregt miteinander. Sie schwiegen, als sie Cashel sahen.

»Entschuldigt«, sagte er, aber die Menge teilte sich vor ihm, sobald er erschien. »Ich suche nach dem Weg nach unten.«

Cashel hatte um der Höflichkeit willen weitergesprochen, denn nun wußte er bereits, wo er war, und machte sich schon auf den Weg zum Tor, das zu der breiten Straße führen würde. Diener senkten den Blick oder wandten sich ab und taten so, als bemerkten sie ihn nicht. In ihrem Verhalten war nichts Feindseliges. Sie wiesen nur schweigend ab, was fremd für sie war.

Cashel hatte nichts dagegen, aber es machte ihn nur noch unbehaglicher, als ihm schon zumute war. Nun, er wollte hier ohnehin fort, also konnte er es den Bürgern der Stadt nicht übelnehmen, daß auch sie ihn loswerden wollten.

Er ging die leere Straße entlang, flankiert vom Flüstern von Dienern, die sich in jeder Tür zeigten, an der er vorbeikam. Cashel sah keinen von Tians seidengekleideten Adligen, bis ein Wirbel bunter Bewegung ihn aufblicken ließ. Die hohen Damen und Herren standen auf den Zinnen und unterhielten sich leise, während sie von diesem Aussichtspunkt aus den östlichen Horizont betrachteten.

Cashel ging zu den offenen Toren. Eine Gruppe von Adligen drängte sich um die große Winde, mit der die Tore bedient werden konnten und die aus demselben schimmernden Metall bestand wie alles in Tian. »Nun, ich denke, jemand sollte sie herholen«, sagte ein untersetzter Bursche mit ausladendem, weißem Schnurrbart. »Was für Diener sind sie denn, wenn sie nicht dienen?«

»Ich bin sicher, der König wird sich darum kümmern, wenn er ...«, murmelte ein anderer Mann und spähte verwirrt und besorgt durch das Tor. »Wenn er wieder da ist.«

Cashel ging an ihnen vorbei, den Stock schräg über der Brust, und spürte die Blicke der Adligen auf sich. Er versuchte einen entspannten Eindruck zu machen, aber er fühlte sich wie ein Kind in einem Raum voll verängstigter Erwachsener.

Durch das Tor hindurch verließ er Tian. Als er an den steinernen Torbögen vorbeikam, spähte er hinauf zu den Gesichtern, die sich über die Zinnen beugten. In diesem trüben Licht vor der Dämmerung konnte er die Gesichter nicht genau erkennen, aber er glaubte, eines der bleichen Ovale sei Lia.

König Liew und seine Edlen standen am Fuß der gewundenen Rampe, die Waffen in den Händen, und starrten dem Sonnenaufgang entgegen. Cashel ließ seine Schritte von der abschüssigen Rampe länger werden und folgte den Windungen hinab zu ihnen.

Ein paar Edle schauten nach hinten. Keiner sagte etwas, und ihre Blicke wandten sich von Cashels hoher, kräftiger Gestalt wieder ab, wie Sonnenlicht von einem Kristall gleitet.

Cashel drehte sich noch einmal um. Die aufgehende Sonne färbte die oberen Türme von Tian rötlich, obwohl der Boden darunter noch im Schatten lag.

»König Liew!« sagte Cashel. »Wenn ein Feind kommt, werde ich mit Euch kämpfen.«

Er hatte lauter gesprochen, als er beabsichtigt hatte. Der König und seine Edlen ignorierten ihn, und um ihre Aufmerksamkeit zu erlangen, mußte sich Cashel entweder an ihnen vorbeidrängen oder schreien. So nervös wie er war, hätte er sie am liebsten einfach beiseite geschoben ... aber er könnte es den Edlen wohl nicht übelnehmen, daß sie ebenfalls nervös waren.

Mah drehte sich um, seine Lanze mit der breiten Klinge zitterte in seinem zornigen Griff. »Verschwindet!« zischte er. »Ihr hattet unsere Gastfreundschaft – jetzt kehrt dorthin zurück, wo Ihr hingehört!«

Auch Sia drehte sich um. Seine Miene war verschlossen, feindselig nicht nur gegenüber Cashel, sondern der ganzen Welt außerhalb seiner selbst. Er zog die Lippen in einer Grimasse zurück, die bedrohlicher war als Mahs offener Zorn.

»Wir sind die Herren von Tian!« sagte König Liew scharf zu seinen Edlen. »Ein Herr sollte sich immer so benehmen, als wäre der nächste Augenblick sein letzter. Das ist an diesem Morgen besonders wahr.«

Sia fluchte und wandte den Blick ab. Mah starrte Cashel weiter an und sah aus wie ein Terrier, der unbedingt einen Bären angreifen will.

»Aber was Euch angeht, Meister Cashel«, fuhr der König fort, »so gibt es hier heute keinen Platz für Euch. Dies hier ist die Pflicht und die Ehre der Edlen von Tian. Macht Euch entweder wieder auf Euren Weg, oder gesellt Euch zu denen oben in der Stadt, die auf unsere Rückkehr warten.«

Liew schaute zum Himmel hinauf; ein leuchtender Bogen schob sich über die weit entfernten Hügel. »Es sollte nicht mehr lange dauern«, sagte er, aber sein Tonfall legte nahe, daß er überwiegend mit sich selbst redete.

»Danke für das Essen und das Bett«, sagte Cashel. »Ich gehe jetzt.«

Die Edlen reagierten darauf nicht mehr, als es Bäume am Weg getan hätten. Als Cashel an ihnen vorbeiging, hörte er einen rufen: »Was ist das? Was geschieht in der Stadt, Euer Majestät?«

Cashel blickte über die Schulter. Durch die Tore drängten Menschen wie eine Herde, die durch die schmalen Straßen einer Stadt getrieben wird. Das frühe Morgenlicht fiel auf ihre Bündel und ihre dunkle Kleidung.

Die Adligen riefen voller Zorn und Staunen von den Zinnen hinab. Die Diener von Tian verließen die Stadt. Ihrer Anzahl nach zu schließen, die die Rampe in einer bräunlichgrauen Masse füllte, verließen *sämtliche* Diener die Stadt.

»Das können sie nicht!« rief Sia. »Das können wir nicht zulassen! Sie laufen davon!«

»Vom hohen Turm steigt Rauch auf«, meinte Mah staunend. »Shan hat das Opferfeuer entzündet. Das tut er sonst nur zur Wintersonnenwende.«

König Liew schaute zur Stadt und zu den sich schweigend nähernden Dienern hin, dann wandte er sich wieder zur aufgehenden Sonne. »Laßt sie gehen«, sagte er im schrillen, furchtlosen Ton eines Falken am Morgenhimmel. »Es ist unter unserer Würde als Edle, uns mit solchen Dingen abzugeben!«

Cashel starrte die Straße entlang, die zu einem Ort führte, an den er sich nicht erinnern konnte. Sharina war nicht in Tian, und bei der Güte der Herrin, er hoffte, daß sie niemals dort sein würde. Nachdem er sich ein paar Schritte entfernt hatte, wurde seine Laune besser.

Das Licht wurde trüber. Der Himmel direkt über ihm war klar, aber am östlichen Horizont schoben sich Wolken vor die Sonne.

Cashel betrachtete sie stirnrunzelnd. Es gab keinen Unterschlupf in der Nähe. So schwarz, wie die Wolken über den Hügeln aussahen, würden sie einen Sturm bringen wie nur wenige, die er je erlebt hatte. Er schob die Schnur seines Bauernhutes übers Kinn, denn er wußte, falls es hageln sollte, würde die breite Lederkrempe den Unterschied zwischen Unbehagen und direkter Verletzung ausmachen.

Die Adligen von Tian schrien auf. Cashel blickte wieder zum Horizont. Es war kein Sturm, der sich über den Hügel erhob, es war eine Gestalt aus Wolken.

Der Sturmriese war schwarz und wirbelnd grau. Rote Blitze

zuckten in seinem Kopf auf wie zornige Augen, und in der rechten Hand hielt er einen Knüppel, der größer war als der höchste Baum.

Die Adligen jammerten auf den Zinnen, aber ihre vereinigten Stimmen waren leiser als ein Lämmerblöken im Vergleich zu dem Röhren des Sturmriesen. Der Riese stapfte vorwärts. Sein Kopf ragte hoch über der schwebenden Stadt auf, und sein Wolkenarm hob die Keule.

Cashel sah, wie die Gestalt sich näherte. Er setzte dazu an, den Stock zu heben, dann stellte er ihn wieder fest auf den Boden neben sich. Er konnte nichts tun, als zuzusehen oder zu fliehen. Cashel or-Kenset würde nicht fliehen, aber er würde sich auch nicht zum Narren machen.

Die Diener waren eine graubraune Masse in der Nähe und drängten sich zusammen wie Ameisen, die sich auf einem treibenden Blatt sammeln, wenn ihr Hügel überflutet wird. Der Wolkenriese ignorierte sie, ebenso wie er die Edlen aus Tian ignorierte, die beteten oder wie verrückt mit ihren Schwertern in die Luft schlugen.

Die Keule senkte sich mit zunehmender Geschwindigkeit und traf die Mitte der schwebenden Stadt. Steine barsten. Tian zuckte auf wie ein Schaf, das plötzlich versucht, vor dem Hammer des Schlachters zurückzuweichen.

Der Wolkenriese schlug abermals zu, diesmal mit einem zweihändigen Schlag von der Seite und von unten. Die Rampe flog davon wie ein Band in der Seebrise, drehte sich und löste sich in ein paar Tröpfchen auf, als sie den Boden erreichte. Die schimmernde Platte, auf der die Stadt schwebte und die bereits von dem ersten Schlag verbogen war, brach nun über dem Keulenkopf zusammen.

Die Sturmkeule wurde zurückgerissen. Die schwebende Platte löste sich auf, verschwand wie Nebel am frühen Morgen. Steinblöcke, nun ohne Stütze, regneten aus dem Himmel.

Es dauerte überraschend lang, bevor sie dröhnend auf den Boden fielen und dort weiterhüpften und einander weiter zertrümmerten. Die Stadt wurde zum Grabmal für ihre Edlen.

Auch die Adligen von Tian befanden sich in dem Regen aus Gegenständen. Ihre leuchtenden Seidengewänder flatterten den ganzen Weg abwärts.

Cashel drehte sich um und ging weiter, weg von dem, was einmal eine Stadt gewesen war. Er war immer noch auf dem Weg, als er auf dem Hügel, wo er in einem anderen Leben die riesigen Trauben gegessen hatte, im grünen Tageslicht erwachte.

»Und, was hast du gelernt, Schafsjunge?« fragte Krias.

Statt zu antworten, fuhr Cashel mit dem Zeigefinger über das Hickoryholz seines Stocks, und dann berührte er auch den Saphir. Der Stein fühlte sich warm und tröstlich an.

»He!« rief der Ringdämon. »Was soll das? Ich habe nur eine höfliche Frage gestellt!«

»Ich bin nur froh zu sehen, daß du noch bei mir bist«, sagte Cashel. »Das hier ist wirklich kein Ort, an dem man allein sein sollte, nicht wahr?«

»Ich war sehr lange allein«, sagte Krias, und diesmal klang seine Stimme nicht wirklich grob. »Dann kam Landure und schlug mich aus dem Felsen; aber er hat mich nicht aus dem Saphir befreit, Schafsjunge, ganz gleich, wie sehr ich ihn angefleht habe. Aber ich hatte Landure, also war es in Ordnung. Obwohl Landure ein Narr war, war er alles, was ich hatte.«

Cashel rieb seinen Daumen gegen den Stein, den er als Kissen benutzt hatte. Eine Seite war mit Ranken und Blüten verziert, wie jene des Speisesaals in Tian. Aber alle Mauern von Tian waren so geschmückt gewesen; dieser Block hätte von überall aus der Stadt stammen können.

»Meister Krias?« fragte Cashel. »War der Traum, den ich gerade hatte, Wirklichkeit?«

»›Wirklich‹ ist hier kein sonderlich nützliches Wort«, meinte der Ringdämon. »Nicht für Schafsjungen und besonders nicht für mich.«

Cashel stand auf. Er hatte genug Hunger, daß er wieder hätte essen können, aber er wollte lieber warten, bis er etwas fand, was weiter entfernt wuchs. Er machte sich auf den Weg über den überwachsenen Hügel, in dieselbe Richtung wie zuvor.

»Meister Krias?« sagte er. »Könntest du einen Palast in die Luft erheben und ihn dort schweben lassen?«

»Das kann jetzt niemand, Schafsjunge«, sagte der Ring. »Jedenfalls nicht hier, und nicht ohne Malkars Hilfe. Und ich werde Malkar nicht heraufbeschwören, nicht für dich und nicht für niemanden!«

Cashel räusperte sich. »Das würde ich auch nicht von dir verlangen«, meinte er entschuldigend. »Ich habe mich nur gefragt. Äh ... ich bin nicht sicher, ob es gut für Menschen ist, so zu leben.«

»Alles, was anständige Leute in der Unterwelt tun können«, fuhr Krias fort und sprach vielleicht nur mit sich selbst, aber laut genug, daß Cashel die Worte hören konnte, wenn er sich anstrengte, »ist, sie von der wachen Welt abzuriegeln. Und Landure der Wächter ist tot.«

Ilna zwängte sich durch die enge Ritze und zupfte ihr Hemd zurecht. Das Hemd hatte sich verschoben, als sie sich an den Felswänden entlangzwängte. Merota wartete, die Hände gefaltet, die Augen weit aufgerissen.

Die Mauern der Höhle waren von Bändern überzogen; mehrere der schmalen Schichten sonderten Licht ab. Es war so schwach wie Irrlicht, aber es genügte im Kontrast zur totalen Finsternis des Risses.

Ilna fuhr mit den Fingern über einen der schimmernden

Streifen und ging davon aus, sie würde dort Flechten spüren. Aber es gab nichts als Stein.

Chalcus schlüpfte aus dem Riß und drehte sich um, sobald er die größere Höhle erreicht hatte. Er lachte leise und steckte das Schwert wieder ein. »Ich glaube nicht, daß wir weitere Probleme mit ihnen haben werden, meine Damen«, sagte er.

»Chalcus?« sagte das Mädchen. Ihre leise Stimme wurde beinahe von ihren eigenen flüsternden Echos erstickt. »Hast du sie getötet?«

»Sie noch einmal getötet, Kind?« meinte der Seemann vergnügt, »nein, das habe ich nicht, nicht, als ich sah, daß Tirling sie anführte. Tirling ist so breit wie ein Ochse und beinahe ebenso dumm, und das war er schon, als seine Kehle noch nicht durchgeschnitten war. Sie waren wirklich entschlossen, unsere Besatzungsmitglieder. Ich dachte, wenn Tirling sich unbedingt in einen Riß zwängen muß, der für Ilna und mich selbst eng war, wer war ich, ihn davon abzuhalten?«

»Gehen wir«, sagte Ilna und nickte zu dem anderen Ende der Höhle hin. Sie wußte nicht, wohin sie führte, aber eine Brise kam von irgendwoher. Das andere Ende konnte nicht schlimmer sein als der Ort, dem sie gerade entflohen waren.

»Sofort«, sagte Chalcus und übernahm ohne weiteren Kommentar die Führung. »Wißt Ihr, es gab Zeiten, da hätte ich Tirling am liebsten selbst die Kehle durchgeschnitten, so dumm und faul war er. Es wäre ein wunderbares Geschenk an die Flotte des Königs, wenn alle Ruderer so entschlossen wären, ihrer Aufgabe nachzukommen, wie Tirling es war, als er sich in diesen Riß zwängte.«

»Es gab Zeiten«, sagte Ilna, »als ich glaubte, die Welt wäre ein besserer Ort, wenn ich Leute zurechtschneiden könnte wie Fäden. Ich habe allerdings gelernt, Meister Pirat, daß ich diese Welt noch weniger mochte als jene, in die ich geboren wurde.«

Sie gingen weiter, und nach allem, was Ilna sagen konnte,

bewegten sie sich eher ab- als aufwärts – aber sie wußte aus vergangener Erfahrung, daß das hier auf Yole nicht viel zu bedeuten hatte. Die Mauern der Höhle waren aus festem Stein. Die Oberflächen waren überwiegend glatt, aber an einigen Stellen erhoben sich Steinsäulen vom Boden wie gewaltige Pilze.

»Nun, was glaubt ihr, wie diese Höhle entstanden ist, meine Damen?« fragte Chalcus, der einen oder zwei Schritte vorausging. Die Höhle war im allgemeinen breit genug, daß alle drei nebeneinander hergehen konnten, aber hinter ihren Windungen und Biegungen hätten Feinde lauern können. Chalcus wollte Platz für seine Schwertstreiche, wenn sie notwendig würden.

»Ich habe keine Ahnung«, sagte Ilna. »Ich habe so etwas noch nie gesehen. Es ist Sandstein.«

»Ich auch nicht«, erwiderte der Seemann. »Nun, ich werde mich nicht über die Geschenke der Herrin beschweren.«

Ilna schnaubte bei dem Gedanken, daß die großen Götter diese Höhle als Schlupfloch für Chalcus und seine Begleiterinnen geschaffen hätten. Dennoch, etwas hatte sich durch festen Stein gezwängt, den nicht einmal Wasser unterspülen konnte. Naturkräfte der einen oder anderen Art, nahm sie an, aber weder Wasser noch Wind, und die Mauern waren zu glatt, als daß dies ein Riß sein konnte, der bei Bewegungen des Bodens entstanden war.

Laut sagte sie: »Ich denke, diese Erklärung ist auch nicht schlechter als andere.«

»Ja, wir werden der Herrin einen Altar errichten, wenn wir erst frei sind«, sagte Chalcus lachend. Aber er ging weiter voraus wie ein Luchs auf der Jagd, und Ilna zog die weiche, feste Schnur ihrer Schlinge durch ihre Finger, als sie hinter Merota herging.

Die Höhle führte *weiter*. Ilna wurde klar, daß sie angenommen hatte, die Höhle würde irgendwo hinführen, und so mußte es wohl auch sein, aber sie hatte nicht gedacht, daß sie sich hier so lange aufhalten müßten. Die Felsen spendeten weiter Licht – manchmal mehr, manchmal weniger. Für etwa eine Bogenschußweite bildete eine der schimmernden Schichten sogar den Höhlenboden. Ilna sah die Silhouette ihrer Füße bei jedem Schritt vorwärts.

Manchmal tröpfelte Wasser zwischen den Felsbändern hindurch. Beim ersten Mal gingen sie daran vorbei. Beim zweiten Mal sagte Merota leise, daß sie Durst hätte. Sie blieben stehen und drückten Ilnas Schal an die Felswand, bis die Wolle genügend Wasser aufgesaugt hatte, um es aus dem Stoff zu kauen.

Es war nicht viel – das Rinnsal war dünn, und die trockene Höhlenluft absorbierte die Flüssigkeit beinahe so schnell wie das Tuch. Aber es war alles, was sie hatten, also mußte es genügen.

Merota beschwerte sich nicht. Was Chalcus anging –

»Um das Eiskap in Frost und Schnee«, sang der Seemann leise und süß wie Garrics Flöten. *»Um das Eiskap auf unserem Weg ...«*

Sie gingen stetig weiter. Wenn Chalcus mit einem Lied zu Ende war, begann er mit dem nächsten. *»Streckt die Rücken und pullt die Ruder, hinaus mit euch auf See, nehmt Abschied von den Mädchen an Land, und tut es auch noch so weh ...«*

»Soll ich mit dir singen, Chalcus?« fragte Merota nach einer Weile. »Wir könnten ›Der Freier und das Würfelspiel‹ singen, wie du es mir beigebracht hast.«

»Oh, bitte, Kind, nicht diesmal«, erwiderte der Seemann. Seine Stimme klang, wenn er sprach, ein wenig heiser, aber wenn er sang, war sie immer noch so klar wie das Trillern einer Nachtigall. »Ich möchte gern alleine prahlen, denn ich bin ein eitler Mann.«

Das ist er tatsächlich, dachte Ilna. *Aber als erstes ist er ein Mann, und das ist in dieser Welt nichts Geringes.*

Sie kamen zu einer Stelle, wo die Felsschichten wirbelten und sich verzogen wie die Windungen in einer Walnuß. Das Licht von drinnen war heller und zeigte die dunkleren Streifen in scharfem Relief. Ilna runzelte die Stirn.

»Ich weiß nicht, wie es euch geht, meine Damen«, sagte Chalcus schließlich, »aber ich bin ziemlich müde. Sollen wir hier unsere Betten für die Nacht aufschlagen und morgen weiterwandern?«

Er weiß genau, wie es uns geht, weil er gerade einen Blick zurückgeworfen und gesehen hat, wie Merota vor Müdigkeit schwankte. Laut sagte Ilna: »Ja, aber laßt uns noch ein Stück weitergehen, bis wir ein weiteres Rinnsal finden.«

Ilna gefiel der Fleck verzogenen Lichts auf der Wand nicht. Wasser war ein guter Grund, um weiterzugehen, also erwähnte sie nicht, wie sie sich angesichts der Schattenmuster fühlte.

»Also gut«, sagte Chalcus, nickte und ging weiter. »Ich kann Wasser dicht voraus riechen.«

Merota regte sich nicht. Sie starrte das Muster auf der Wand mit einer Gier an, die nicht in das Gesicht eines so jungen, unschuldigen Geschöpfs gehörte.

»Merota«, sagte Ilna scharf, »geh weiter.«

Das Kind blieb, wo es war. *»Sofort!«*

Ilna trat zwischen Merota und die Felswand. Erst jetzt kam das Mädchen schaudernd zu sich.

»O Ilna!« sagte sie und blickte zu dem strengen Gesicht des älteren Mädchens auf. »Ich war ...«

Sie runzelte die Stirn. »Ich erinnere mich nicht, wo ich war.«

»An keinem Ort, an dem du hättest sein sollen«, sagte Ilna und schob das Mädchen mit einer Hand auf der Schulter weiter vorwärts. »Es wird uns besser gehen, wenn wir etwas getrunken und geschlafen haben.«

»Und hier ist auch schon das Wasser!« rief der Seemann hinter einer anderen Biegung im Tunnel. »Ich würde gerne behaupten, daß es sprudelt wie aus der Quelle auf dem Bauernhof meines Onkels auf Shengy, aber es ist zumindest naß und wird genügen.«

So durstig sie waren, kostete es dennoch beinahe mehr Anstrengung, als es nutzte, die Flüssigkeit in dem Tuch aufzufangen und herauszusaugen.

Chalcus zog Merota die Sandalen aus und betrachtete die Fußsohlen des Kindes mit geübtem Auge, drückte und massierte hier und da mit den Daumen. »Sie werden es aushalten, denke ich«, meinte er und tätschelte Merota freundlich den Spann, als er sie wieder gehen ließ. »Ich habe schon befürchtet, du hättest dir hier auf dem festen Stein Schlimmeres zugezogen, aber du gehst leicht wie eine Feder, und das hat dich gerettet.«

Er legte den Kopf ein wenig schief und sah Ilna an. »Und Ihr?« fragte er. Das weiche Licht verlieh dem Lächeln des Seemanns etwas Feenhaftes.

Ilna zuckte die Achseln, und dann – sie wußte nicht, warum, es paßte nicht zu ihr, etwas über sich selbst preiszugeben – sagte sie: »Ich verstehe etwas vom Tuch, Meister Chalcus, besser als jede andere, die Ihr je kennenlernen werdet, aber Felsen wie dieser ...«

Sie zeigte zur Höhlenwand.

»Falls er Gefühle hat, dann haßt er mich; und was meine Gefühle angeht, so erwidere ich diesen Haß.«

Der Seemann runzelte die Stirn. »Dann ist diese Reise, auf der wir uns befinden, sehr unangenehm für Euch«, sagte er. »Es tut mir leid, das zu hören, Mädchen. Ich wußte es nicht.«

Ilna schnaubte. »Ich erwarte vom Leben nicht, daß es angenehm ist«, meinte sie ohne sonderliche Betonung. »Und darin hat es mich nur selten enttäuscht.«

Chalcus lachte leise. Er zauste Merotas Haar und sagte: »Je eher wir schlafen, desto eher können wir wieder aufstehen und an die frische Luft zurückkehren. Gute Nacht, meine Damen.«

Ilna wickelte sich in den Umhang und legte sich neben Merota; Chalcus ließ sich auf der anderen Seite des Kindes nieder. So müde und hungrig, wie sie waren, konnten sie nicht Wache halten; aber jeder Feind, der versuchen sollte, Merota Schaden zuzufügen, würde erst an einem der Erwachsenen vorbeikommen müssen. Und wer immer das versuchte, würde feststellen, daß es ihn teuer zu stehen kam.

Ilna war nicht sicher gewesen, ob sie schlafen konnte. Sie konnte, und sie schlief traumlos.

Es war kein Geräusch, nicht einmal das Fehlen von Merotas Wärme, das Ilna weckte, sondern eher eine Veränderung irgendwo, sogar tiefer als ihr schlafendes Bewußtsein. Ein Muster hatte sich verschoben. Und Merota war verschwunden.

»Chalcus«, sagte sie, aber der Seemann erhob sich bereits. Seine Schwertklinge war eine Zunge aus gebogenem Licht.

Mit weniger Geräusch, als ein Schußfaden in den Kettfäden macht, ging Ilna zurück in die Richtung, aus der sie gekommen waren. Merota stand vor der Mauer aus verzerrtem Licht.

»Merota!« rief Ilna erleichtert. Sie war so sicher gewesen, daß das Mädchen wieder verschwunden war, entführt von – etwas, nichts; von dem Stoff der Höhle selbst.

Statt zu antworten oder sich auch nur umzusehen, ging Merota in die Mauer hinein und verschwand. Das Muster aus Licht und Schatten wirbelte einen Augenblick und erstarrte dann wieder in der Gestalt, die es zuerst gehabt hatte.

Mit einem Schrei sprang Chalcus vorwärts und hämmerte

mit dem Ballen der linken Hand gegen die Wand. Er hatte das Schwert erhoben, um beim geringsten Anzeichen einer Bedrohung zuzuschlagen, oder sobald die Wand nachgab, die das Kind verschlungen hatte.

Es war harter Fels, wie Ilna schon gewußt hatte.

»Zurück!« sagte sie und stellte sich der beleuchteten Wand gegenüber. Sie band sich die Schlinge in ihrer Hand um die Taille, und dann zog sie ein paar Schnüre aus dem Ärmel. »Ihr seid im Weg. Ich muß das Muster sehen!«

»Sehen« war nicht ganz das richtige Wort für die Art, wie Ilna Muster betrachtete, ja lebte. Sie wurde sich vage bewußt, daß der Seemann beiseite getreten war, aber selbst das war gleich. Schon ein Teil würde genügen, damit Ilna das Ganze verstand. Nun war kein Felsen mehr vor ihr, nur eine Passage aus Licht, die sich in einer Weise bewegte, die so offensichtlich war wie die Konstellationen der Sterne in einer klaren Nacht, sobald sie ...

Ilna trat in das, was einmal Stein gewesen war, und fand sich in einer Kammer außerhalb von Zeit und Raum.

»Hallo, Merota«, sagte sie leise. »Ich bringe dich jetzt zurück.«

»Ilna?« sagte das Mädchen aus dem Nest von nach innen weisenden Stacheln heraus. »Ilna, ich kann mich nicht bewegen!«

WAS IST DAS, DAS UNGERUFEN KAM? wollte eine Stimme in Ilnas Kopf wissen. Sie war so kalt wie das Herz eines toten Sterns.

Sie befand sich in einer hohlen Kammer. Die Wände waren aus buntem Kristall, wie in einer Druse, aber diese Wände hier glühten und bebten vor Leben. Viele von ihnen hatten sich zu Stacheln, so dürr und scharf wie Yuccablätter, ausgeformt und umschlossen Merota mit ihren Spitzen.

»Ich bin verantwortlich für das Kind«, sagte Ilna. Sie konnte hören, wie die Kristalle raschelten; das Licht im Herzen eines jeden pulsierte in seinem eigenen Rhythmus. »Ich bin gekommen, um sie dorthin zurückzuholen, wo sie hingehört.«

ES KANN NICHT DURCH DAS NETZ GEKOMMEN SEIN, sagte die Stimme. Es war ein Verschmelzen von Hunderten, vielleicht Tausenden nichtmenschlicher Geister, die auf einmal sprachen. DAS NETZ IST GESCHLOSSEN, UND WIR SIND UNVERWUNDBAR.

Ilna lachte. »Dann bin ich also nicht hier«, sagte sie. »Laßt das Mädchen frei und wir gehen. Dann werdet ihr nie erfahren müssen, ob ich eine Illusion war.«

Falls Fels irgend etwas für mich empfindet, ist es Haß. Und ich hasse Fels, das steht außer Frage.

»O Ilna«, sagte Merota. »Es tut mir so leid ...«

Fels bebte. Worte tanzten und flüsterten direkt außerhalb von Ilnas Verständnis. Es war, als lauschte man einem sterbenden Feuer; Zischen und Seufzen und manchmal ein unterdrücktes Locken.

WIR WERDEN DAS KIND GEHEN LASSEN, sagte die Stimme. KOMM UND NIMM SIE MIT.

Farbige Stacheln begannen sich zurückzuziehen, wurden wieder zu Kanten an den Wänden der Kammer. Drei behielten allerdings ihre Länge und waren weiterhin auf Merotas Brust gerichtet. Das Licht in ihren Kernen war blutrot.

Ilna warf das Muster, das sie geknotet hatte, während die Kristalle flüsterten und sie angelogen hatten. Die Schnüre wirbelten in der Luft, beleuchtet vom Felsen selbst.

Die Kammer kreischte. Kristalle wanden sich, zerbarsten, schmolzen wie Butter. Eines der Lichtschwerter, das Merota gefangenhielt, drehte sich und versuchte, durch seine eigene Basis zu stechen, und zerbrach in tausend Fragmente, aus denen das Licht leise erstarb.

Merota raste auf Ilna zu, heulend vor Angst. Ilna hatte sich die Ohren zugehalten, in sinnloser Reaktion auf einen geräuschlosen Schmerz. Sie schlang die Arme um das Kind, glücklich, etwas halten zu können, das Leben von einer Art war, die sie verstand.

Das Licht in der Kammer wurde trüber. Das Licht, das verblieb, hatte die schlammige Farbe eines schlecht gefärbten Kleidungsstücks.

»Hilf mir, Ilna, hilf mir!« weinte Merota.

Der Fels – die Welt – zog sich zusammen. Ilna und das Kind wurden vorwärtsgeschleudert, glitten über glatten Stein. Chalcus fing sie mit dem linken Arm auf und drückte sie an die Brust.

»Meine Damen?« fragte er. »Ist alles in Ordnung?«

Ilnas Augen paßten sich an. Sie tätschelte Merota und ließ sie los, dann wand sie sich aus dem Griff des Seemanns.

»Ihr könnt Euer Schwert einstecken, Meister Chalcus«, sagte sie. »Aber ich weiß den Gedanken zu schätzen.«

Die Wand, die Merota genommen hatte, war so matt wie Sand. Risse zogen sich über die Oberfläche, wie jene in geborstenem Eis. Steine bröckelten aus der Wand. Der ganze Bereich sackte in einen Kieshaufen zusammen.

»Ja, es ist alles in Ordnung«, beantwortete Ilna endlich die Frage des Seemanns. »Ich würde allerdings gerne weitergehen. Ich bezweifle, daß Merota oder ich in der nächsten Zeit schlafen können.«

Das Mädchen umklammerte Ilna fest. Ihre Kehle zuckte, aber sie konnte kein Wort herausbringen und nickte statt dessen zustimmend.

Sechs Barken fuhren zusammen im hellen Sonnenlicht, ihre quadratischen Segel gebläht vom Wind. Es bestand wenig Unterschied zwischen den einzelnen Elementen der Schiffe, aber Sharina glaubte, daß die *Rückenwind,* im Besitz von Jem und dreien seiner Brüder, ein wenig größer war als die *Columbine*, ein wenig neuer und erheblich schmutziger.

»Wenn wir in Klestis landen«, sagte Bantrus, der mit Sharina und Dalar am Bug stand, »gehen wir direkt zum Palast und erklären die Schiffe für unabhängig von Prinz Mykon. Die Leute werden sich uns anschließen, und die Bewegung wird sich über die ganze Südküste von Cordin ausbreiten!«

Die Entschiedenheit des jungen Mannes war verstörend, obwohl Sharina klar war, daß Bantrus nur versuchte, sich selbst zu überzeugen, indem er so sicher wie möglich klang. Dalar, der sich weniger damit auskannte, wie Menschen sich täuschen konnten, oder vielleicht einfach nur weniger empfindsam war als Sharina, fragte: »Warum wird das Volk sich Euch anschließen, Meister Bantrus?«

Jem hatte sich nahe dem Ruder der Barke mit seinen Brüdern unterhalten. Nun kam er mit zwei um ein geringes älteren Männern vorwärts und umging dabei die Stapel von Steingutgefäßen, die mit Netzen mittschiffs befestigt waren.

»Wie?« fragte Bantrus und verzog das Gesicht vor unbewußtem Ärger, weil seine Träume hinterfragt wurden. »Nun, selbstverständlich weil Ihr bei uns seid, die Boten der Götter. Und Klestis braucht die Schiffe, wie alle Inseln. Sie brauchen nur einen kleinen Anlaß, wir müssen den Menschen nur den Weg zu ihrer eigenen Rettung zeigen.«

Jem und sein Bruder hatten sie nun erreicht. Eine der Barken, nicht so schwer beladen wie die anderen, weil ihre Fracht aus Korbwaren bestand, war eine Schiffslänge voraus. Die zwei anderen waren weiter hinten miteinander vertäut, und das verbliebene Paar befand sich auf gleicher Höhe wie die *Rückenwind*.

Die Barken waren zwar sehr unterschiedlich, was die Fracht anging – die beiden in der Nähe waren ein Schnapsausschank und ein Bordell, wenn Sharina das richtig erkannt hatte –, aber niemand an Deck war älter als Mitte Zwanzig. Und abgesehen von zwei bunt gekleideten Frauen auf dem Bordellschiff waren alle anderen Männer.

»Tiglath kommt längsseits«, sagte einer von Jems Brüdern und nickte zu dem Tavernenschiff hin. Bänder flatterten von einem Netz, das zwischen der Mastspitze und Stöcken achtern und am Bug gespannt war. Ein Segeltuchbaldachin schützte das Deck. Drei Männer rafften die Segel. Ein vierter, mit schwarzem Bart, gedrungen und kräftig, stand am Ruder.

»Werft lieber die Fender aus«, murmelte Bantrus. »Ich habe oft genug gesehen, wie er versucht, sich immer vor andere Boote zu drängeln, so daß sie ihn im Hafen dichter ans Land lassen, obwohl er nicht dran ist.«

Entschlossen, nicht weiter über die Zukunft der Schiffe zu sprechen, sagte Sharina: »Ich werde Euch helfen. Sind das die Fender?«

Die Kringel aus geflochtenem Kokosfasergarn konnten kaum etwas anderes darstellen, aber es war besser zu fragen. Sie packte einen und lockerte den Knoten, mit dem er an ein Tau gebunden war, bevor Jem noch sagen konnte: »Oh, das ist nicht ...«

»Die sind nicht notwendig, kleine Dame«, rief der schwarzbärtige Mann gleichzeitig. »Ihr werdet keinen anderen finden, der so sanft ist wie ich – wenn ich das will!«

Sharina blickte auf und schätzte den Kurs der anderen Barke ab. Das war nicht schwierig: Die Geschwindigkeit wäre selbst einem Schaf träge vorgekommen. Sie hängte drei Fender ans Dollbord, an die Stellen, an denen die Schiffe am wahrscheinlichsten aneinanderstoßen würden, und hoffte, daß ihre Miene neutral blieb, als sie den schwarzbärtigen Mann ansah.

Er lachte laut auf, dann sagte er: »Haltet Euch bereit, *Rückenwind*, ich komme an Bord.«

»Ja, Tiglath!« sagte der älteste von Jems Brüdern säuerlich. »Das sehe ich.«

Die Tavernenbarke stieß gegen die *Rückenwind*, aber nicht heftiger, als Sharinas Absatz den Boden berührte, wenn sie in gemäßigtem Tempo einherging. Wenn ein so geschickter Steuermann häufiger mit anderen Schiffen zusammenstieß, dann war es tatsächlich bewußte Schikane.

»Nimm das Ruder!« befahl Tiglath. Ohne darauf zu warten, daß der andere Mann dem Befehl nachkam, sprang er auf die *Rückenwind* und zog ein Tau mit sich. Ein anderer warf Jem im Bug ein Tau zu, der es ohne Kommentar festmachte.

Das Bordellschiff stieß backbord zur Taverne. An Bord dieses Schiffes befanden sich drei Männer, alle untersetzt und mit einer gewissen Familienähnlichkeit zu einer der Frauen. Sie bewahrten mürrisches Schweigen, als sie ihre Barke an die von Tiglath vertäuten.

»Einzeln wären wir schneller, Tiglath«, sagte Bantrus, als der schwarzbärtige Mann auf ihn zukam.

»Ich denke, wir haben keine solche Eile«, erwiderte Tiglath. »Klestis wird nicht verschwinden, und der Fürst wird uns nicht jagen, oder? Ich dachte, ich sollte mir lieber einmal die Besucher ansehen, die die Götter uns geschickt haben.«

Er streckte die Hand aus und sah so aus, als wolle er Sharinas Kinn heben. Sie wich zurück, zornig, aber nicht überrascht. Sie war Männern von Tiglaths Art schon öfter begegnet; meist waren es Leibwächter und Treiber auf dem Schafsmarkt gewesen. Die wohlhabenden Viehhändler und Kaufleute waren im allgemeinen erfahrener, wenn auch im Grunde nicht anders.

»Ich bin Sharina os-Reise«, sagte sie mit hallender Stimme. »Ich bin eine Reisende, nicht die Botin eines Gottes.«

Dalar trat zwischen sie und Tiglath. Seine Gewichte hingen an kurzen Ketten, aber er wirbelte sie nicht.

»Und das ist mein Freund Dalar«, fuhr Sharina fort. »Ebenfalls ein Reisender.«

»Ich fühle mich geehrt, daß Sharina mich als Freund bezeichnet«, erklärte der Vogel. »Aber ich bin auch ihr Kämpfer, Meister Tiglath, ihr Leibwächter.«

Tiglath stützte die Hände auf die Hüften, lehnte sich ein wenig zurück und lachte noch lauter als zuvor. »O ja, eine so hübsche Dame verdient etwas Besseres für ihren Leib, als von einem wandelnden Federwisch beschützt zu werden!« sagte er. »Aber ich bin beeindruckt. Ich hatte einmal eine Krähe, die sprechen konnte, und die war nicht annähernd so gut wie du.«

Sharina packte die Pardune über ihrem Kopf, um sich zu stützen, und schwang sich dann auf die andere Seite des Decks. Ihre Füße berührten nicht einmal den brusthohen Frachtstapel. Dalar nickte zweimal in Tiglaths Richtung – zumindest sah die Geste aus wie das Nicken eines Menschen, aber Sharina nahm an, es ging um mehr. Er schlug einen Salto über die Fracht, ohne seine Hände zu Hilfe zu nehmen.

Tiglath starrte sie an. Seine Miene war eine Mischung aus Überraschung und Zorn.

»Hör mal, Tiglath«, sagte Bantrus. »Wenn du etwas zu sagen hast, sag es und verschwinde. Wir haben genug Probleme, ohne uns gegenseitig noch Ärger zu machen.«

»Genau darüber wollte ich mit dir sprechen, Junge«, erklärte der schwarzbärtige Mann. Er schlenderte vorwärts und zwang Bantrus dadurch, sich zurückzuziehen, wenn er Kontakt vermeiden wollte. Jem versuchte, seinem Freund zu Hilfe zu kommen, aber Jems drei Brüder waren im Heck der *Rückenwind*. »Ist jemand gestorben und hat dich zum Kommandanten der Schiffe gemacht? Ich denke, es ist an der Zeit, daß wir entscheiden, wer für diese Sache zuständig ist, jetzt, da wir unter uns sind.«

»Ich setze auf dich, Tiglath!« rief ein Mann von dem Bordellschiff herüber. Er ließ eine Keule in die Handfläche seiner anderen Hand sausen. »Mein Geld und das hier!«

»Hast du den Verstand verloren, Tiglath?« sagte Bantrus. »Heb dir deinen Kampfesmut für Fürst Mykon auf!«

Tiglath streckte den linken Zeigefinger aus und stieß Bantrus in die Brust. »So ist es also, Kleiner«, meinte Tiglath. »Du nennst Leute verrückt, weil sie nicht glauben, daß du Gott bist. Ich habe bereits erklärt, daß ich der Anführer bin. Wenn du anderer Meinung bist, kannst du gegen mich kämpfen, ist das klar?«

»Ich bin auch kein Gott, Meister Tiglath«, sagte Dalar. Er sprang oben auf die Fracht und landete mit äußerster Präzision auf einem großen Vorratsgefäß, das mit feinerem Steingut beladen war. »Ich habe nicht vor, Eure heroische Bande anzuführen. Aber wenn Ihr unbedingt kämpfen müßt, kämpft gegen mich.«

Tiglath starrte den Vogel erbost an. Dalar begann, seine Gewichte zu wirbeln, bewegte die kurzen Arme abwechselnd und ließ mit jedem schimmernden Kreis eine weitere Handbreit Kette nach.

»Das geht Euch nichts an!« rief Bantrus in verblüfftem Zorn.

Sharina schaute von Dalar zu Tiglath. *O ja, die Sorte kenne ich,* dachte sie. Laut sagte sie zu Bantrus: »Doch – weil Dalar mein Leibwächter ist. Ich habe eine ziemlich genaue Vorstellung, welchen Platz ich in Meister Tiglaths neuer Ordnung einnehmen werde.«

»Da hast du ganz recht, kleine Dame!« grölte Tiglath. Sharinas Kommentar hatte ihn wahrscheinlich dazu gebracht, offenzulegen, was er ohnehin vorgehabt hatte, ob er es nun zugab oder nicht.

»Diese Wirbeldinger da ...«, warnte einer von Tiglaths Besatzungsmitgliedern.

Tiglath breitete die Arme aus, die leeren Handflächen nach oben gekehrt. »Sicher, ich kämpfe gegen dich, Vogel«, sagte er. Er wies mit dem Daumen auf sein eigenes Schiff. »Mit bloßen Händen und auf der *Füllhorn*. Unter dem Baldachin wird uns die Sonne nicht blenden.«

Der Baldachin würde verhindern, daß Dalar seine phantastischen Sprünge durchführen konnte. Sharinas Miene änderte sich nicht, aber sie spähte hinüber zu dem Tavernenschiff und betrachtete es sich näher. Sie hatte erwartet, daß der Kampf an Land stattfinden würde ...

»Ansonsten«, fügte Tiglath mit dem Lächeln eines Mannes hinzu, der dazu ansetzt, das Fleisch zum Abendessen zu schneiden, »kannst du gegen uns alle kämpfen, oder, Jungs?«

Die Besatzungen – Tiglaths Männer und die Männer vom Bordellschiff – jubelten oder grölten, je nach individuellem Temperament. Alle hatten Keulen in der Hand oder Werkzeuge, die als Keulen benutzt werden konnten. Das Pewlemesser, das unter Sharinas Umhang verborgen war, zerrte an ihr und verlangte, gezogen zu werden.

Nein. Noch nicht.

»Ja, ich akzeptiere Eure Bedingungen«, meinte Dalar gleichmütig. Er riß die wirbelnden Gewichte zurück in die Handflächen, brachte die Hände zusammen und warf Sharina die Waffe zu, ohne auch nur in ihre Richtung zu sehen.

Sie fing sie mit der linken Hand; die Kette klirrte leise, als sie die Finger um das Bündel schloß. Die Bronze war schwerer, als sie unbewußt erwartet hatte.

»Wix, Twenus!« rief Jem verzweifelt seinen Brüdern zu. »Talla! Wir dürfen das nicht zulassen.«

»Jem, du hast gestern und heute genug getan«, meinte der älteste. »Jetzt sei still und komm hierher!«

Dalar zeigte auf die Männer hinter Tiglath. »Nur wir beide auf der *Füllhorn*. Habe ich das richtig verstanden?«

»Ja, geht wieder an Bord der *Süßen Göttin*«, meinte Tiglath mit einer geringschätzigen Geste. Er warf Jems Brüdern einen Blick zu. »Und ihr Burschen bleibt auf eurer Seite von meinem Dollbord, habt ihr verstanden? Falls allerdings der Klugscheißer hier ...«

Er zeigte wieder auf Bantrus. Der junge Mann wich gerade noch rechtzeitig zurück, um dem zustechenden Finger zu entgehen.

»... sich einmischen will, hätte ich nichts dagegen, mich auch noch mit ihm zu beschäftigen. Dann werden wir allerdings entscheiden müssen, wen von ihnen wir zum Abendessen in den Topf werfen, Jungs.«

Sharina schob sich zum Bug der *Rückenwind*. Bantrus war allein mittschiffs; Jem war zu seinen Brüdern ans Heck gegangen, wie sie verlangt hatten. Bantrus sah, wie Sharina sich bewegte. Er wäre sicher gern mitgegangen, aber ihr kalter Blick ließ ihn an Ort und Stelle erstarren, mit noch elenderer Miene als zuvor.

Die lachenden Besatzungsmitglieder des Bordellschiffs kehrten auf dieses zurück. Der Steuermann hielt inne, um einen Weinschlauch aus dem niedrigen Deckshaus nahe dem Heck mitgehen zu lassen.

Tiglath sprang an Bord der *Füllhorn* und spannte seine Muskeln an. Nach den Maßstäben der Schiffe war er ein hochgewachsener Mann und wäre überall als kräftig durchgegangen. »Wo bleibst du, Vogel?« rief er. Dalar war halb so schwer wie er oder noch leichter.

Dalar sprang auf das Dollbord der *Füllhorn* und schwankte dort wie eine Nachtigall auf einem Zweig. Er stieß die kurzen Arme hinter sich, als ränge er um Gleichgewicht. Tiglath grölte und führte mit der rechten Hand einen Schlag zum Bauch des Vogels, während er sich mit der linken das Gesicht gegen einen Schnabelhieb schützte.

Dalar trat gegen Tiglaths Faust, was den Mann herumwirbeln ließ und seinen Arm zum Baldachin hochriß. Blut spritzte auf das Segeltuch. Dalar sprang geschmeidig von der Reling. Er hob den Schnabel und stieß einen flötenden Schrei aus, wie ihn Sharina noch nie zuvor von ihm gehört hatte. Er hatte Blut an den Klauen.

Tiglath wich zurück und kreiste, nun leicht geduckt. Er berührte die rechte Hand mit der linken und tastete vorsichtig nach gebrochenen Knochen. Er war ein erfahrener Kämpfer und nicht feige; das war nicht das erste Mal, daß er in einer Schlägerei verwundet wurde. Von seinen Fingern tropfte Blut aufs Deck.

»Jetzt will ich wirklich deine Leber zum Fressen!« sagte Tiglath und spreizte die Finger. Er sprang vor, die Arme ausgestreckt, um sein Gesicht zu schützen.

Dalar trat wieder zu. Seine Beine waren länger als Tiglaths Arme. Die Hauptklaue traf Tiglaths Stirn so fest, daß der Mann sich rückwärts überschlug. Blut spritzte aus dem Riß an Tiglaths Haaransatz.

Wieder gab Dalar diesen wohltönenden Schrei von sich. Er hatte die Arme über der Brust verschränkt; er war seiner so sicher gewesen, daß er sich nicht einmal die Mühe gemacht hatte, sie auszustrecken, um Tiglaths Hände abzuwehren.

Der Vogel stolzierte ein wenig in winzigen Schritten umher, dann trat er hoch nach oben. Dieses Stolzieren war sogar noch beleidigender als die Schreie. Die Männer an Bord der *Rückenwind* jubelten, während die an Bord des Bordellschiffes schwiegen. Der Steuermann knetete den Weinschlauch wie eine Kehle und bemerkte gar nicht, daß die Flüssigkeit auf sein Hemd spritzte.

Tiglath stützte sich auf die Arme und schaffte es, den Kopf vom Deck zu heben. Blut von seiner Stirn blendete ihn und verklebte seinen Bart.

»Ergibst du dich, Kämpfer der *Füllhorn*?« kreischte Dalar. »Ergibst du dich meiner Herrin Sharina os-Reise?«

»Bei der Schwester, ich werde ...«, sagte Tiglath mit vor Wut erstickter Stimme. Er kam auf die Knie.

Dalar trat ihm ins Gesicht. Knochen knirschten. Tiglaths Oberkörper krachte gegen den Mast und prallte wieder nach vorn, als hätte er sich im Sitzen verbeugt.

Der Steuermann stieß einen Schrei aus, sprang auf die *Füllhorn* und stürzte sich von hinten auf Dalar. Der Vogel verbeugte sich in der Taille mit akrobatischer Plötzlichkeit und riß den Mann über seinen Rücken. Der Schläger prallte mit dem Gesicht zuerst aufs Deck.

»Dalar!« rief Sharina und zog das Pewlemesser unter dem Umhang hervor. Der Vogel sprang mit der Anmut einer Schwalbe auf die *Rückenwind* zurück.

Die Männer aus dem Bordell und die beiden verbliebenen Mitglieder von Tiglaths Mannschaft sprangen an Bord der *Füllhorn*. Ihr Mann hatte das Duell verloren; sie hatten vor, die folgende Schlägerei zu gewinnen. Sharinas schwere Klinge traf den Pfosten und beide Seile, die das Bugende des Baldachins hielten. Seile, stürzendes Segeltuch und die Sparren, die den Stoff versteiften, fingen Tiglaths Genossen ein wie Fische in einem Netz.

Dalar, der krähte wie ein ganzer Chor von Hähnen, sprang wieder auf das Tavernenschiff. Jedesmal, wenn ein Mann versuchte aufzustehen, sprang der Vogel auf die Ausbuchtung im Segeltuch. Ein paar Sekunden tanzten seine Klauenfüße rasch, dann erstickte die Aktivität unter dem Tuch zu Stöhnen.

Die Frauen auf der *Süßen Göttin* schauten staunend zu. Diejenige, die den Männern von der Barkenmannschaft ähnlich sah, begann schrill zu lachen.

»Meister Dalar!« rief Bantrus. »Meister Dalar, hört auf! Ihr habt gewonnen, seht Ihr das denn nicht?«

Dalar sprang zurück auf die *Rückenwind* und löste zum ersten Mal seit Beginn des Kampfes die verschränkten Arme. Sharina legte das Bündel von Gewichten und Kette zurück in die Hand ihres Kämpfers.

Dalar verbeugte sich vor den vier Brüdern am Ruder der Barke, dann sah er Bantrus an. »Es mag sein, daß Menschen eine andere Vorstellung vom Krieg haben als mein Volk, junger Mensch«, sagte er. »Oder es mag sein, daß ich den Krieg verstehe und Ihr nicht.«

Der Vogel warf einen verächtlichen Blick auf das Chaos an Bord der *Füllhorn*. Ein Mann, der zur abgelegenen Reling gekrochen war, schob den Kopf unter dem Segeltuch hervor. Er war nicht zu erkennen, denn seine Züge waren von seinem eigenen Blut maskiert. Er sah, daß Dalar ihm einen Blick zuwarf, und versteckte sich wieder.

»Wenn Ihr glaubt, daß ein Kampf mit solchen Banditen vorüber ist, ehe man sie gerupft und an den Zehen aufgehängt hat«, fuhr der Vogel fort, »dann ist das wohl so. Dies ist Eure Welt, also steht mir die Entscheidung nicht zu.«

»Das meint er doch nicht ernst?« sagte einer von Jems Brüdern. »Ich möchte solche Sachen nicht einmal als Witz hören.«

Dalar drehte den Kopf, um den Mann anzuschauen, der gesprochen hatte. Der Sprecher wich zurück. Dalar nickte, dann schaute er wieder Bantrus an. Der Junge sah aus, als sei ihm übel.

»Also gut«, meinte der Vogel. »Aber meine Herrin Sharina und ich werden nicht mehr mit Euch kämpfen, denn Ihr führt anscheinend dieselben Kämpfe zweimal aus, wenn das nicht notwendig ist.«

»Machen wir diese Leinen los«, sagte Sharina leise. Das große Messer zitterte, das Sonnenlicht schimmerte auf der polierten Klinge. Sharina steckte die Waffe vorsichtig wieder ein, wobei sie beide Hände benutzte.

»Ja«, flüsterte Bantrus. Er bückte sich und machte eines der Taue los, während Jem dasselbe mit dem anderen tat. »Ich denke, das ist eine gute Idee. Wir werden Euch in Klestis absetzen.«

Die Barken lösten sich voneinander. Die Verletzten an Bord der *Füllhorn* krochen mit betäubten Mienen ans Licht.

»Junge Menschen?« sagte Dalar mit einem Ton wie dem einer Trompete. »Ich werde mich nicht in Eure Angelegenheiten mischen. Aber ich glaube, daß Prinz Mykon und Euer Meister Tiglath Krieg auf dieselbe Weise verstehen wie ich; und wenn Ihr das nicht tut, solltet Ihr klug sein und gegen keinen von ihnen in den Krieg ziehen.«

Um das zu unterstreichen, vollzog der Vogel einen hohen Tritt mit dem rechten Fuß, dann mit dem linken. Die Klauen beider Füße waren rot von Blut.

8

Bitte«, sagte Colva und legte ihre Hände in Garrics Hände, als sie mit ihm und Liane am Beltis stand, »ich schaudere immer noch.«

Colva trug nun zwei für Frauen zugeschnittene Hemden – sie reichten bis zur Mitte des Unterschenkels und kurz darüber, statt knielang zu sein, wie die Hemden eines Mannes – und einen Umhang, den Liane von einem Hausierer für sie gekauft hatte, der das Glück gehabt hatte, daß sein Karren nicht umgestoßen worden war, als Waldrons Truppen auf den Stall und ihren Prinzen zumarschierten. Die Kleidungsstücke waren gebraucht, aber von hervorragender Qualität und dick. Trotz angemessener Kleidung und des warmen Abends waren Colvas Hände eiskalt.

Garric riß sich los. »Sagt uns, mit wem wir es zu tun haben«, erklärte er brüsk. Aus dem Augenwinkel bemerkte er, wie Liane sich ein wenig entspannte.

Der königliche Astrologe stand neben der Wasseruhr, die er und seine Assistenten am Ufer errichtet hatten, und kalibrierte sie mit einer tragbaren Sonnenuhr, solange es noch hell genug war, um den Schatten deutlich auf die Linien zu werfen. Er bemerkte, daß Garric zu ihm hinschaute, und rief mit wichtigtuerischer Stimme: »Zwölf Minuten bis zum vollständigen Sonnenuntergang, Euer Majestät.«

Waldron und seine Offiziere ließen die Truppen am Ufer sowohl flußauf- als auch flußabwärts antreten. Die Brücke war bereits als Schimmern blauen Lichts über dem Wasser zu sehen, würde aber nicht fest genug sein, um sie zu betreten, bis die Sonne untergegangen war. Zwölf Minuten ...

Garric hatte vier Bataillone der mit Speeren bewaffneten

Phalanx, zwei Bataillone von Kämpfern mit Bünden leichter Speere und zwei weitere schwere Infanteriebataillone mit Schwertern, kurzen Speeren und vollständiger Rüstung. Er hatte nicht die geringste Ahnung, ob sie genügen würden, um der Armee entgegenzutreten, auf die sie am anderen Ende der Brücke stoßen würden.

»Das weiß man doch nie, Junge«, meinte König Carus resigniert. *»Man kann planen und hoffen und beten, aber man weiß es nie, ehe es vorüber ist.«*

»Sieben von ihnen sind Nekromanten«, sagte Colva. »Sie haben Yole aus dem Meer aufsteigen lassen, aber ihre wahre Arbeit leisten sie in Klestis. Sie haben mich gefangengenommen, nachdem mein Ehemann, Landure der Wächter, zusammen mit einem Fremden namens Cashel in die Unterwelt gegangen ist. Ich denke, sie hatten mich für ein Blutopfer vorgesehen.«

»Geht es Cashel gut?« sagte Garric. Er hatte zuvor nicht gewußt, daß Colva seinem Freund begegnet war.

»Nichts in der Unterwelt kann Landure dem Wächter Schaden zufügen«, sagte Colva mit einem seltsamen Lächeln. »Das wissen sie dort inzwischen. Sie versuchen vielleicht, sich an Landure vorbei in die wache Welt zu schleichen, in Eure Welt, aber auch das gelingt nur wenigen.«

Garric verzog das Gesicht. Offensichtlich hatte dieser Landure seine Frau ungeschützt zurückgelassen, um sich mit Cashel auf den Weg zu machen. Das alles wäre nicht geschehen, wenn Garric nicht zugelassen hätte, daß man seine Schwester vor seiner Nase entführte.

Liane berührte Garrics Handrücken, nur um des Kontakts willen. Er wünschte sich, Tenoctris wäre hier, damit sie ihm sagen könnte, was auf der anderen Seite der Brücke wartete, aber tief im Herzen wußte er, daß er Lianes Gegenwart Tenoctris' Wissen vorzog.

»Die Nekromanten haben eine Armee von Toten«, fuhr Colva fort. »Am Ende wird ihre Armee aus den Toten aller Zeiten bestehen. Vielleicht wollten sie Eure Freundin deshalb: um eine Zauberin zu opfern, damit sie noch größere Macht gewinnen als aus dem Opfer eines Kindes ... oder zum Beispiel wenn sie mich getötet hätten.«

»Acht Minuten, Euer Majestät!« rief der Astrologe. Die Brücke hatte bereits deutlich erkennbare Gestalt, obwohl sie immer noch dazu neigte, zu verschwimmen.

Cashel fragte sich, was aus einem Menschen werden würde, der auf diesem Gebäude aus Zauberlicht stand, wenn es verschwand. Er würde mit Sicherheit fallen, aber Garric befürchtete, das Opfer würde in Schlimmerem als den schlammigen Wassern des Beltis ertrinken.

»Es ist so tapfer von Euch, sie anzugreifen, Prinz Garric«, sagte Colva. Ihre schwarzen Augen glühten schier. »Als ich sah, wie Ihr gegen den Eiskäfer kämpftet, wußte ich, daß es niemals einen Helden wie Euch gegeben hat.«

»Sagt so etwas nicht!« entgegnete Garric barscher, als die Bemerkung gerechtfertigt hätte. Dieser schmeichelhafte Unsinn war immerhin verständlich für jemanden, dessen Leben er gerettet hatte.

Das Problem war, daß sich Garric, obwohl er wußte, daß es Unsinn war, trotzdem von Colvas Worten erwärmt fühlte. Er brauchte nicht Carus' wütenden Blick in seinem Kopf und nicht das plötzliche Aufblitzen von Lianes Augen, um ihn davor zu warnen, wie gefährlich es ist, Schmeichelei zu mögen.

Lord Waldron ging hinüber zu Garric. Ein halbes Dutzend Adjutanten folgte wie ein Wirbel trockenen Laubs. Attaper sah Waldron kommen und näherte sich von der andren Seite, wo er mit den hundertsiebzig dienstbereiten Blutadlern gewartet hatte.

»Die Armee steht bereit, Euer Majestät«, erklärte Waldron mit schmallippiger Präzision.

»Vier Minuten, Euer Majestät!« rief der Astrologe, als eine weitere Schale der Wasseruhr umkippte.

Garric spähte an seinen Offizieren vorbei zu den einfachen Soldaten. Die Speere standen wie Haine von Zwanzig-Fuß-Setzlingen, so weit das Auge reichte, am Ufer entlang. Die Mienen der Männer waren starr und verängstigt.

Garric verzog das Gesicht. Er war sich bitterlich seiner eigenen Angst bewußt. *Ich habe Angst, Tenoctris. Ich habe Angst, was mit Liane und allen, für die ich verantwortlich bin, passieren wird, falls ich versage.*

»Ich weiß nicht, wie viele sich weigern werden zu marschieren«, erklärte ein Adjutant, ein blonder junger Mann mit feinen Zügen und genügend Reichtum, daß seine Rüstung vergoldet war. Er schüttelte den Kopf. »Sie haben Angst vor Zauberei.«

»Bei der Herrin, sie haben einen Eid geleistet«, sagte Waldron. »Ein Soldat, der keine Angst hat, ist ein Narr, aber sie werden den Befehlen dennoch folgen – oder sie bleiben hier, um Galgen zu dekorieren! Das schwöre ich bei meiner Ehre!«

»Sie werden gehorchen«, erklärte Colva mit ihrem seltsamen, *erwartungsvollen* Lächeln. »Sie werden Prinz Garric folgen. Jeder in der Armee hat inzwischen gehört, wie er allein gegen den Eiskäfer angetreten ist.«

Attaper nickte. »Sie hat recht, Waldron«, sagte er. »Wenn Garric führt, werden sie folgen.«

»Wir haben Pflüger und Verkäufer in unsere Phalanx gesteckt, Junge«, sagte Carus. Erinnerungen an Dutzende von Schlachten, gesehen durch die Augen des Königs, gegen Menschen und nichtmenschliche Wesen, wirbelten durch Garrics Kopf. *»Sie werden dir bis in die Hölle folgen, weil du ihnen gesagt hast, daß sie ebenso würdig sind, das Königreich zu ver-*

teidigen, wie Adlige. Und die anderen Bataillone aus Landbesitzern und Dienern der Adligen – auch sie werden folgen, weil sie Angst haben, gegenüber Landarbeitern und Verkäufern als Feiglinge dazustehen.«

Garric lachte – entspannter, als er gewesen war, seit er aus der Eiswelt zurückgetaumelt war und gewußt hatte, was er tun mußte, um Tenoctris zu retten. »Dann wird es sehr einfach sein«, meinte er. »Denn ich werde sie zweifellos anführen.«

»Eine Minute, Euer Majestät!«

Obwohl die Brücke aus Stein und Holz vor Jahrhunderten bereits weggeschwemmt worden war, standen die Fundamente ihrer Pfeiler noch. Garric grinste seine nächsten Begleiter an und sprang auf einen dieser Pfeiler. Alle in der Armee konnten ihn sehen, selbst wenn sie seine Stimme nicht hören konnten. Blaues Zauberlicht, das fester und beständiger wurde, als die Farbe aus dem Himmel sickerte, beleuchtete ihn von links und bewirkte, daß die Truppen zu seiner Rechten ihn als Silhouette sahen.

»Männer der Inseln!« rief Garric. Er zog sein Schwert und schwang es wie ein Banner. »Kameraden! Unser Königreich, unsere Familien und unsere Ehre hängen von der Überquerung dieser Lichtbrücke ab. Folgt mir!«

»Sonnenuntergang!« rief der Astrologe. Garric sah, wie sich die Lippen des Mannes bewegten, aber seine Stimme war in dem zustimmenden Gebrüll aus den Kehlen von achttausend Soldaten nicht mehr zu hören.

Garric sprang auf die Lichtbrücke. Sie war so fest wie Granit. Blutadler marschierten zu beiden Seiten an ihm vorbei und riefen: »Garric und die Inseln!«

Liane war an seiner Seite; Garric grinste ihr zu. Er hatte sich nicht die Mühe gemacht, sie zu bitten, nicht mitzukommen. Sie wußten beide, daß es auf der anderen Seite der

Brücke gefährlich sein würde, aber falls sein Versuch fehlschlug, würde es nirgendwo auf der Insel mehr Sicherheit geben.

Er warf einen Blick über die Schulter. Die reguläre Armee war hinter ihm, mit einem Bataillon der Phalanx an der Spitze. Die Männer in den ersten Reihen bemerkten Garrics Blick und jubelten.

Auch Colva folgte, einen Schritt hinter Garric und Liane. Sie lächelte. Garric wandte sich blinzelnd wieder ab. Er konnte sich keinen Reim darauf machen, was diese Frau dachte.

Die Türme von Klestis schimmerten in der Ferne. Garric hob sein Schwert abermals und zeigte damit nach vorn.

Im Augenblick hatte er nicht die Zeit, sich um mehr zu sorgen als um Klestis und was dort auf sie wartete.

Cashel erkannte den Steilhang. Das war auch kein Kunststück, denn er hatte ihn bereits in Valles und dann am Eingang zu jeder der beiden vorherigen Ebenen der Unterwelt gesehen. Diesmal befand sich statt eines richtigen Tors ein Felsblock vor der Öffnung.

»Ist das die letzte Ebene, Meister Krias?« fragte er und stützte sich auf seinen Stock, um sich alles näher anzusehen. Der Stein würde ein wenig Anstrengung kosten, aber nichts, womit er nicht zurechtkam.

»Das habe ich dir doch schon gesagt!« erklärte der Ring. »Erwartest du jetzt etwa, daß ich behaupte, es gäbe noch drei weitere Ebenen? Oder besteht das Problem eher darin, daß du nicht bis drei zählen kannst?«

Cashel lächelte. Er konnte Elfin irgendwo im Wald singen hören, nahe genug, um beinahe die Worte zu verstehen. Der junge Mann schien jede Nacht, seit Cashel den König des Waldes getötet hatte, näher zu kommen.

»Ich kann bis drei zählen«, erwiderte Cashel. Er stemmte

den Stock gegen die Klippe und untersuchte den Felsen mit den Händen. Seine Berührung würde ihm besser zeigen, wo er ansetzen sollte, als seine Augen.

»Ich kann den Stein bewegen«, sagte Krias. Er klang hoffnungsvoll.

»Schon gut, Meister Krias«, sagte Cashel. Er stützte sich mit der linken Seite gegen die Felswand, dann lehnte er sich gegen den Stein.

Der Stein gab nicht sofort nach, aber das hatte Cashel auch nicht erwartet: Ein so großer Block würde eine Senke in den Boden gedrückt haben. Cashel spürte, wie sein Gesicht rot wurde und die Sehnen am Hals vorsprangen.

»Ich weiß nicht, warum du mich auch nur mitgenommen hast ...«, sagte Krias; und noch während dieses Satzes begann der Stein zu rollen. Nachdem Cashel ihn erst einmal aus dem Griff des Bodens gelöst hatte, war es nicht anstrengender, als ein Ei zu rollen. Er schob den Stein zwei kurze Schritte zur Seite und schnappte nach Luft.

Liebevoll rieb er den Ring, »Ich habe dich mitgebracht, weil ich Gesellschaft brauchte, Meister Krias«, sagte er, »und wegen dem, was du weißt. Aber ich erinnere mich auch daran, daß du es warst, der mich vor Elfins Volk gerettet hat.«

Cashel rieb sich den Dreck des Steins am Hemd ab. Dann griff er nach seinem Stock, wirbelte ihn einmal und betrat eine Welt aus kaltem, purpurfarbenem Licht.

»Sie waren nicht sein Volk«, murmelte der Ring erfreut. »Sie haben ihn nur als Haustier gehalten, obwohl er nicht genug Verstand hatte, das zu begreifen. Ich wette, das hat er immer noch nicht.«

Cashel begann, einen Abhang hinabzuklettern, der ihm so vertraut geworden war wie der Steilhang zuvor. Diesmal gab es keine Bäume. Es gab überhaupt keine Vegetation; alles, was Cashel zuvor für Pflanzen gehalten hatte, erwies sich als Felsen. Selbst was zunächst wie Ranken aussah, die sich über die Landschaft zogen, erwies sich bei näherem Hinsehen als Kristalladern.

Auf dieser Ebene der Unterwelt gab es keinen Wasserlauf am Fuß des Hangs. Eine Ebene, durchzogen von Felsblöcken, erstreckte sich so weit, wie Cashel zu dem purpurfarbenen Horizont schauen konnte. Er hatte keinen Hunger, aber ...

»Gibt es hier etwas zu trinken, Meister Krias?« wollte er wissen. »Ich meine etwas, das für mich ungefährlich wäre?«

»Es gibt Wasser«, erklärte der Dämon. »Das Wasser des Lebens selbst, Schafsjunge. Wasser, das all deine Beschwerden heilen und dich unsterblich machen wird, wenn du jeden Tag darin badest. Aber zunächst mußt du den Brunnen erreichen, und ich bezweifle, daß du dazu in der Lage sein wirst.«

»Einfaches Wasser würde genügen«, sagte Cashel und machte sich auf den Weg, den Stock über der rechten Schulter. »Aber ich nehme an, ich muß mich mit dem zufriedengeben, was ich bekommen kann.«

Um ehrlich zu sein, hätte Cashel tatsächlich erheblich lieber einfaches Wasser gehabt. Wenn Krias sagte, dieses »Wasser des Lebens« würde ihm keinen Schaden zufügen, dann entsprach das auch der Wahrheit, aber auch das Obst aus Tian hatte ihm nicht geschadet. Er hätte allerdings ganz gut ohne die Träume jener Nacht weiterleben können.

Das Gute an dieser kargen Landschaft bestand darin, daß Cashel sich seinen Weg nicht durch das Unterholz und um Bäume herum suchen mußte wie in den Wäldern der oberen Ebene. Aber ihm war kalt; kalt genug, daß er eigentlich erwartet hätte, seinen Atem sehen zu können, wenn er ausatmete. Das war allerdings nicht der Fall.

»Gibt es hier Lebewesen, Meister Krias?« fragte Cashel und spähte auf die trostlose Ebene hinaus. Er hatte auch noch keine Tiere gesehen, obwohl das vermutlich nicht schlecht war.

»Colva hat hier gelebt, Schafsjunge«, sagte Krias. »Bevor du sie freigelassen hast, meine ich.«

»Ah«, sagte Cashel und nickte. Er hatte Colva eigentlich nicht freigelassen, aber es war sein Fehler, daß sie frei geblieben war. Er würde sich nicht wegen Einzelheiten streiten, wenn die grundlegende Wahrheit war, daß er einen großen Fehler gemacht hatte.

Dann sah er etwas direkt vor sich. Zwei zerzaust aussehende Burschen an einem Lagerfeuer.

Sie standen langsam auf und lachten kehlig. Cashel konnte spüren, wie der Boden erbebte. Diese Fremden befanden sich nicht direkt auf der anderen Seite der leichten Erhöhung, über die Cashel gerade hinwegging. Sie waren nicht weiter als einen Steinwurf entfernt.

Was bedeutete, daß sie so groß wie Bäume waren. Die Keulen, die sie trugen, waren tatsächlich Bäume.

Einer der Riesen biß ein Stück aus dem Menschenbein, das er in der linken Hand hielt; es sah nicht größer aus als ein Taubenschenkel. Bratensaft lief ihm in den buschigen Bart.

»Nun, Bruder«, meinte ein anderer Riese, »da kommt noch mehr Abendessen, bevor wir mit dem hier fertig sind.«

Cashel ging weiter geradeaus. Sein erster Gedanke war, den Stock quer vor die Brust zu nehmen, aber er wollte nicht feindselig erscheinen, bis er sicher war, daß die Notwendigkeit bestand. Er würde noch genug Zeit dazu haben, falls sich die Dinge wirklich als das erweisen sollten, was er annahm.

Und er war auch nicht sicher, wieviel ihm der Stock nützen würde.

»Meister Krias?« fragte er. »Was, glaubst du, sollte ich jetzt tun?«

Noch während er das sagte, wappnete er sich dagegen, daß Krias nur Unverschämtheiten statt einer richtigen Antwort zurückgab. Zu seiner Überraschung erwiderte der Ringdämon:

»Da sie Illusionen sind, Schafsjunge, solltest du sie ignorieren. Denkst du, das wäre möglich?«

Und dann fügte Krias hinzu, als bereute er seine klaren Worte: »Ich meinte ›denken‹ natürlich nur im weitesten Sinn!«

Cashel grinste. »Sie ignorieren?« sagte er. »Sicher. Das ist erheblich einfacher als das, was ich im Sinn hatte.«

»Wir werden hinterher mit seinem Schädel Ball spielen, Bruder«, sagte der Riese, der als erster gesprochen hatte. »Nachdem ich ihm das Hirn rausgesaugt habe.«

Der andere Riese knabberte den Unterschenkelmuskel von dem Bein, das er hielt, und warf den Rest dann weg. Sehnen hingen immer noch an den Knochen. »Warte mal!« sagte er. »Du hast schon das Hirn vom letzten gefressen!«

Ihre Stimmen waren wie naher Donner. Dennoch ... wenn diese Riesen nicht echt waren, dann waren es ihre Stimmen vermutlich auch nicht. Aber vielleicht folgte an diesem Ort das eine nicht unbedingt aus dem anderen.

»Wie weit ist es bis zum Wasser, Meister Krias?« fragte Cashel. Er ging direkt zwischen den beiden Riesen hindurch. Sie stanken schrecklich. Es war so schlimm wie in dem Sommer, als der alte Todler sich aufgehängt und drei Tage lang niemand daran gedacht hatte, in seine Hütte zu schauen.

»Ein ganzes Leben, wenn du zurückweichst, Schafsjunge!«

Todler hatte zu seinen Lebzeiten auch nicht viel fürs Waschen übrig gehabt.

»Oh«, sagte Cashel. »So schlimm ist es auch wieder nicht.«

Einer der Riesen drosch seine Keule direkt vor Cashel auf den Boden. Es war einmal ein Kiefernstamm gewesen, obwohl die häufige Benutzung die Hälfte der groben Rinde abgewetzt hatte.

Cashel ging durch sie hindurch. Er spürte überhaupt nichts, obwohl er einen Augenblick lang nichts sehen konnte. Dann war er vorbei, und die Riesen waren verschwunden und hatten ihn und Krias allein in der felsigen Einöde zurückgelassen.

»Gibt es noch mehr von denen, Meister Krias?« fragte er.

Der Edelstein im Ring blitzte einen Augenblick lang heller auf. Das Licht hier unten brachte die Farbe des Saphirs besser zur Geltung als die Sonne in der wachen Welt.

»Mag sein«, meinte Krias. »Aber das bezweifle ich. Du hast die Prüfung schließlich bestanden.«

»Ah«, nickte Cashel. »Das war also eine Prüfung?«

»Es sind alles Prüfungen, Schafsjunge!« meinte der Dämon. »Glaubst du, jeder könnte so einfach zu Landures Haus gelangen?«

»Darüber habe ich noch nicht nachgedacht«, erklärte Cashel wahrheitsgemäß. Er glaubte, am Horizont etwas zu erspähen. Es war vielleicht ein Baum, was eine nette Abwechslung bilden würde, aber er wollte sich nicht zuviel erhoffen.

»Hattest du keine Angst?« fragte Krias unerwartet.

Cashel zuckte die Achseln. »Du hast doch gesagt, sie wären nicht wirklich«, erwiderte er. »Aber wären sie das gewesen, hätte ich mich wohl gefürchtet.«

Cashel war nicht sicher, ob das stimmte, aber er wollte nicht wie ein Angeber klingen. Er hatte oft genug Angst gehabt, aber dabei war es immer darum gegangen, was einem anderen Geschöpf geschehen könnte – für gewöhnlich einem seiner Schafe. Er nahm an, daß er mit dem meisten, mit dem er zu tun bekam, zurechtkommen würde. Und bis jetzt war das auch so gewesen.

»Wenn du zurückgewichen wärst, wären sie echt gewesen«, meinte Krias. »Ich wußte nicht, was geschehen würde, wenn ich dir das gesagt hätte, bevor wir an ihnen vorbei waren.«

Cashel lachte. »Nun, ich hatte nicht vor, zurückzuweichen, Meister Krias«, sagte er. »Ob sie mich nun gefressen hätten oder nicht.«

Er dachte noch einen Augenblick nach und fügte dann nüchtern hinzu: »Ich mag nicht der Klügste sein. Aber ich laufe nicht davon, Meister Krias. Das habe ich noch nie getan.«

»Nein«, sagte der Ringdämon in einem Tonfall, den Cashel noch nie von ihm vernommen hatte, »ich habe dich wirklich noch nie davonlaufen sehen.«

Krias gab ein metallisches Geräusch von sich, was wohl einem Räuspern entsprach. Er sagte: »Der Brunnen des Lebens ist direkt vor uns. Dort wirst du essen und trinken können.«

Es war also tatsächlich ein Baum, der auf einer kleinen Insel in einem Teich wuchs. Die Äste bogen sich schwer unter Früchten, aber es waren unterschiedliche Früchte. Cashel hatte schon geglaubt, es handele sich um eine weitere Illusion wie die Riesen, aber zumindest war dies ein angenehmer Anblick.

»Wie lange dauert es noch, bis wir zu Landures Palast kommen?« fragte er. So weit er sehen konnte, war die Landschaft auf der anderen Seite dieser kleinen Oase ganz ähnlich wie das Ödland, durch das sie hergekommen waren. »Ich meine, wenn alles gut geht.«

»Bis jetzt ist alles gut gegangen, nicht wahr, Schafsjunge?« fauchte Krias. »Zumindest, seit dir aufgefallen ist, daß es vielleicht doch keine so gute Idee war, Landure den Wächter zu töten.«

Cashel sagte nichts. Der kleine Dämon hatte so unterschiedliche Stimmungen wie Schafe im Frühling.

Eine Woche zuvor hatte eine Dame im Palast darüber zu schwatzen begonnen, wie friedlich Schafe waren. Cashel hatte nur den Kopf darüber schütteln können, wie wenig manche Leute wußten.

»Du solltest den Palast morgen gegen Mittag erreichen«, meinte Krias, als sich Cashel weiter der Oase näherte. »Jedenfalls, wenn du im Morgengrauen aufstehst und dich in deiner bisherigen Geschwindigkeit bewegst. Wenn du dich beeilst, bist du vielleicht eher dort.«

Knöchelhohe Vegetation bedeckte die Ufer des Teiches. Weiche Blätter streichelten Cashels Füße; er hockte sich hin, um sie sich näher anzusehen. Nicht zwei der kleinen Pflanzen waren von derselben Art, und viele sahen aus wie Miniaturversionen von Büschen und Bäumen.

Er stand wieder auf und wackelte mit den Zehen. Es fühlte sich gut an. »Gibt es einen Grund, weshalb wir uns beeilen sollten, Meister Krias?« fragte er.

»Nicht, daß ich wüßte, Schafsjunge«, höhnte Krias. »Aber ich dachte, du wolltest deine geliebte Sharina wiederfinden?«

»So ist es«, meinte Cashel und ging weiter. »Allerdings komme ich in stetigem Schritt besser zurecht, als wenn ich laufe. Und ich mache dabei auch erheblich weniger kaputt.«

Er steckte den Stock in den Teich, um die Tiefe zu erkunden. Der Teichboden war fest. Wenn er sich weiter so neigte wie am Ufer, würde das Wasser Cashel nicht höher als bis zur Taille reichen.

Cashel watete in den Teich und hielt den Stock dabei schräg vor sich. Immerhin war es nicht notwendig, ein Risiko einzugehen. Das Wasser war weder warm noch kalt, aber es kribbelte auf der Haut.

Der Teichboden stieg zur Insel hin ebenso sanft an, wie er am Ufer abgefallen war, und insgesamt war das Wasser nicht einmal so tief gewesen, wie Cashel angenommen hatte. Die Insel war mit derselben Art von Vegetation überzogen wie das Außenufer des Teiches: mit echten Pflanzen, die aber so weich und zart wie Moos waren.

Wenn Cashel den Fuß hob, richtete sich das Laub auch sofort wieder auf. Er hätte angenommen, daß er die weichen Blätter vollkommen zerdrückte, aber man hätte nicht einmal feststellen können, wo er entlanggegangen war.

»Eine andere Möglichkeit, über die du vielleicht nachdenken möchtest ...«, begann Krias. In der Stimme des Dämons lag ein gewisser Nachdruck, aber erstaunlicherweise diesmal kein Zorn. » ... wäre, daß du vielleicht hier bleibst.«

Cashel lachte. »Oh, ganz bestimmt nicht«, sagte er.

»Denkst du nicht?« meinte Krias. »Sieh dir deinen Stock an, Schafsjunge!«

Cashel blinzelte. »Oh!« sagte er.

Es gab nichts auf der Welt, das Cashel besser kannte als seinen Stock. Er hatte diesen großen Hickorybaum für einen Bauern gefällt und einen pfeilgeraden Ast als seine Bezahlung mitgenommen. Er hatte den Ast zunächst mit einer Axt bearbeitet, dann mit einem gebogenen Block mit Sand und Fett, um das Holz besser zu glätten, als es eine Klinge konnte, und schließlich hatte er seine Arbeit mit Fetzen unbearbeiteter Wolle voller Wollfett beendet, mit denen er immer wieder über das dicht gemaserte Holz fuhr, bis die Oberfläche so glatt war wie ein Bachkiesel.

Aus dem Ende, das Cashel in den Teich getunkt hatte, sprossen Blätter rings um den Eisenbeschlag. Ein weiteres Blatt entfaltete sich, noch während er zusah, im hellen Grün neuen Laubs, und größer, als man es auf einem ausgewachsenen Hickorybaum finden würde.

»Wird er das weiter tun?« fragte Cashel. Der Stock würde in diesem Fall zu nicht viel nütze sein. Wie konnte er ihn wirbeln, wenn er statt nacktem Holz einen belaubten Ast durch die Luft schwenkte?

»Er wird wieder zu dem werden, was er war, wenn du ihn nicht jeden Tag in den Brunnen des Lebens tauchst«, sagte der Ring. »Aber genau das könntest du tun. Du könntest für immer hier bleiben, von diesem Obst leben und jeden Tag im Wasser baden.«

Die Erwähnung des Obstes erinnerte Cashel daran, welchen

Hunger er hatte. Die Äste des Baums waren so beladen, daß sie wie die Äste von Trauerweiden bis zum Boden hingen. Das Laub glich allerdings mehr den spitzen Ovalen eines Kirschbaumblatts als den schlanken Blättern einer Weide.

Cashel pflückte etwas, das wie ein Apfel aussah, obwohl das in dem bläulichen Licht schwer zu sagen war. Es gab alle Arten hängenden Obstes, einige Früchte so groß wie Melonen, und offenbar nicht zwei von ihnen gleich.

»Sind sie alle eßbar, Meister Krias?« fragte Cashel. Er erinnerte sich daran, was der Ringdämon gesagt hat, aber da es hier mehr verschiedene Arten gab, als er ohne einen Zählstock hätte zählen können, wollte er lieber nicht riskieren, daß Krias krähte, ausgerechnet die Frucht, die Cashel gerade gegessen hatte, würde dazu führen, daß er schwarz anlief und platzte.

Andererseits ... Krias hatte nie versucht, Cashel zu etwas zu veranlassen, das ihm wirklich schaden würde. Der Dämon hatte ein freches Maul, das konnte man nicht abstreiten, aber auch Ilna hatte eine spitze Zunge, und Ilna hätte nie zugelassen, daß irgendwer, nicht einmal Onkel Katchin, aus seiner eigenen Dummheit heraus ertrank.

»Eßbar?« heulte Krias. »Es ist nicht *eßbar*, Schafsjunge, es ist eine Speise für die Götter! Diese Früchte sind besser als das Beste, was du je gegessen hast – und besser als alles, was du je wieder essen wirst, wenn du dumm genug sein solltest, diesen Ort zu verlassen.«

Cashel biß zu. Es war ... nun, es war nichts, was er als Geschmack beschreiben könnte. Es war mehr wie ein Morgen auf einer sonnigen Wiese, wenn die Luft frisch und sauber und alles vollkommener ist, als es im wirklichen Leben je sein könnte.

»Ich verstehe«, sagte Cashel. Er konnte sich nicht daran erinnern, geschluckt zu haben, aber sein Mund war leer, wenn man von dem Kribbeln einmal absah. Er biß noch mal zu. Das

Obst hatte kein Kerngehäuse wie ein Apfel, und es gab auch keine im Fruchtfleisch verteilten kleineren Kerne.

Er aß die Frucht bis auf den Stiel. Jeder Bissen war so wunderbar wie der erste. Sie hatte keinen Nachgeschmack, hinterließ aber eine allgemeine Erinnerung daran, wie schön es gewesen war.

»Dieses Obst könntest du jeden Tag essen«, meinte der Dämon. »Schon davon würdest du ewig leben. Eine dieser Früchte würde einen Toten wieder zum Leben erwecken!« Cashel schüttelte den Kopf. Der Dämon meinte offenbar ernst, was er gesagt hatte. Er würde sich wahrscheinlich an das komische Licht gewöhnen können, aber es war eine alberne Vorstellung.

»Was sollte ich hier tun, Meister Krias?« fragte Cashel. »Hier gibt es keine Schafe zu hüten, oder? Und selbst wenn es welche gäbe, muß ich Sharina finden. Nicht, daß ich glaube, daß es ihr nicht gut geht, wo immer sie sein mag, aber ...«

Er hielt inne. Er hatte bereits mehr gesagt, als ihm lieb war. Cashel hatte nie zu denen gehört, die viel über ihre Gefühle sprachen, und dieser Dämon mit der Essigzunge war zweifellos nicht seine erste Wahl, sollte er sich jemals entschließen, sich einem anderen anzuvertrauen.

»Du könntest ewig leben, Schafsjunge«, sagte Krias. Seine Stimme hatte allerdings nicht die übliche Schärfe.

»Aber *warum?*« fragte Cashel in ehrlichem Staunen.

Er pflückte eine andere Frucht, diesmal eine, die mehr nach einer Aubergine aussah als alles andere, was er zuvor auf einem Baum gesehen hatte. »Ich meine, ewiges Leben mag für dich ja ganz in Ordnung sein, aber ich bin nur ein Hirte.«

»Du glaubst, es sei für mich ganz in Ordnung, Cashel or-Kenset?« fragte der Ringdämon. »Aber ich verstehe, was du meinst: Diese Insel unterscheidet sich nicht sonderlich von dem Edelstein, in den ich eingesperrt bin. Wir werden die Nacht hier verbringen und dann Landure ins Leben zurückrufen.«

Cashel biß in die zweite Frucht. Der Geschmack unterschied sich von dem der ersten – die hier schmeckte wie ein Sommerabend, kurz nachdem die Sterne im Westen aufgetaucht sind, wenn ein sanfter Wind weht und die Schafe im Pferch murmeln –, aber es war ebenso wunderbar.

»Aber nimm eine dieser Früchte in deinem Beutel mit, Schafsjunge«, sagte Krias mit einer Stimme wie dem Summen einer Biene über einer Wiese. »Sie wird sich einige Zeit halten. Zeit ist für dich immerhin wichtig. Und auch Leben, wie du noch feststellen wirst.«

Ilna hatte in ihren Füßen seit einiger Zeit das Rauschen von Wasser in einem Kanal gespürt. Als sie näher herankam, hörte sie den Bach auch, aber das Tosen, das ihr und ihren Begleitern entgegenschlug, als sie in die riesige Höhle kamen, überraschte sie dennoch.

Die Luft war so feucht wie auf einer Wiese nach einem abendlichen Gewitter, und das Kondenswasser überzog die Wände mit glasigem Schimmer. Ein Riß spaltete die Höhle; auf dieser Seite war der Felsboden nicht mehr als ein paar Spannen breit, kaum ein Sims verglichen mit dem Abgrund vor ihnen. Ilna konnte den gegenüberliegenden Schluchtrand nicht erkennen. Wolken kalten Nebels filterten und trübten das Licht aus dem Abgrund.

Ein Tau, so dick wie der Oberkörper eines Mannes, überspannte den Abgrund – oder verschwand doch zumindest im Nebel, wobei es ein wenig durchhing. Das diesseitige Ende war auf eine Art am Felsen befestigt, die Ilna von dort, wo sie stand, nicht erkennen konnte.

Ein Mann, der hoch gewachsen und selbst unter dem Kapuzenumhang, der alles bis auf sein Gesicht bedeckte, sehr dünn wirkte, wartete am Ende des Taus.

»Guten Tag, mein Freund«, sagte Chalcus, als er aus dem Höhlentunnel kam, und verbeugte sich tief. Er streckte seinen linken Arm vor und den rechten nach hinten, und es gelang ihm, die Geste höflich wirken zu lassen, obwohl er das Schwert in der rechten Hand trug.

Der Seemann ging weiter, die Klinge nach unten gerichtet, in einer Haltung, als wäre es ihm einfach zu anstrengend, sie wieder einzustecken. »Ich heiße Chalcus, und ich bin hier fremd. Darf ich fragen, wer Ihr seid?«

»Ich bin Harn«, sagte der hochgewachsene Mann – nun, da Chalcus näher gekommen war, sah Ilna erst, wie groß er war. »Wollt Ihr meine Brücke benutzen?«

Harns Stimme klang irgendwie dünn, durchdrang aber das Tosen des Wassers noch besser als der geübte Tenor des Seemanns. Ja, sie war durchdringend und quälte Ilnas Gehör wie das Knirschen von Schiefer auf Schiefer.

»Ich mag ihn nicht«, sagte Merota leise.

Ilna hatte einen Arm um die Schultern des Mädchens gelegt und die Schlinge in der anderen Hand bereit. »Ich auch nicht, Kind«, sagte sie. »Aber ich mag auch nicht viele Menschen, also solltest du meine Meinung vielleicht nicht beachten.«

»Wir möchten tatsächlich Eure Brücke benutzen, Meister Harn«, sagte Chalcus und ging ein wenig näher auf den Brükkenmann zu. »Wir werden Euch sehr dankbar dafür sein.«

»Ihr werdet mir nicht dankbar sein«, sagte Harn. »Ihr werdet bezahlen und die Brücke überqueren, oder Ihr werdet sie nicht überqueren.«

Ilna trat vor. Sie versuchte, Merota hinter sich zu schieben, aber das Mädchen blieb an ihrer Seite.

»Wohin führt Eure Brücke?« wollte Ilna wissen. Sie begann ein Muster wahrzunehmen, als wäre der Tunnel, dem sie gefolgt waren, ein Faden dieses Musters, und das da vor ihnen eine Verbindung, die selbst sie bei all ihren Fähigkeiten nicht vollständig verstehen konnte.

»Meine Brücke bringt Euch, wohin immer Ihr wollt«, sagte Harn. Die Arme unter dem Umhang verschränkt, sah er eher aus wie ein verhängter Pfosten als wie ein Mensch. »Es gibt keinen anderen Weg als über die Brücke oder umzukehren, aber Ihr müßt mich bezahlen.«

Der Boden, auf dem sie standen, war nur eine Nische, wenn auch eine relativ geräumige. In Bogenschußweite nach beiden Seiten näherten sich die Wände der Kammer immer mehr dem Abgrund. Es gab keine Möglichkeit, die Schlucht zu umgehen, und Ilna konnte sich auch nicht vorstellen, wie sie den tosenden Fluß in der Tiefe überqueren sollten, selbst falls es ihr und Merota gelingen würde, den Steilhang hinabzuklettern.

»Nun, wir sind alle drei ehrliche Leute, Meister Harn«, meinte Chalcus fröhlich, »selbst die von uns, die in der Vergangenheit etwas anderes waren. Was ist also Euer Preis für die Benutzung Eurer schönen Brücke?«

»Ihr seid zu dritt«, sagte Harn. »Einer von Euch wird mir gehören, als Zoll, und die beiden anderen können gehen, wohin sie wollen.«

Ilna lächelte dünn. Es war immer gut zu wissen, woran man war. Sie spürte, wie Merota neben ihr erstarrte, aber das Mädchen gab keinen Laut von sich.

»Das ist tatsächlich ein hoher Preis«, meinte der Seemann, »aber ich biete Euch einen noch besseren, Meister Harn. Meine Freunde und ich werden Eure Brücke überqueren, und als Bezahlung lasse ich Euch den Kopf ...« Seine gebogene Klinge sang, als sie einen Fingerbreit an Harns Gesicht vorbeischoß. »... auf Euren schmalen Schultern.«

Harn sprang – nicht auf Chalcus zu, nicht auf den sicheren

Tod zu, als der Seemann mit der linken Hand den Dolch zückte, sondern seitlich. Er huschte zu der gebogenen Wand der Kammer und drehte sich um, um sie anzusehen. Nachdem das Licht aus der Schlucht sie nicht länger blendete, konnten sie sehen, daß Harns Gesicht dreieckig und alles andere als menschlich war.

»Geht!« sagte Chalcus zu Ilna; ein Befehl, den die Umstände rechtfertigten. Er stand zwischen Harn und den Frauen: die Schwertklinge nach unten gerichtet, den Dolch nach oben.

Das Tau war entweder in den Felsen geklebt oder sogar hineingeschmolzen. »Halte dich hinten an meine Schärpe, Merota«, sagte Ilna, als sie den Fuß darauf setzte. »Und schau nicht nach unten.«

Das Tau unter Ilnas Füßen bestand aus Seide: Zahllose spinnwebdünne Fäden waren zu einem Seil geflochten, das eine ganze Stadt getragen hätte. Es war fest wie Felsen und sogar kräftiger, surrte aber vor unterdrückter Energie.

Ilna ging weiter, unbesorgt um sich selbst. Sie war daran gewöhnt, auf umgestürzten Bäumen oder Trittsteinen, die von Generationen der Benutzung deformiert waren, Flüsse zu überqueren.

Sie warf einen Blick über die Schulter. Merota sah sie vertrauensvoll an.

Ilna lächelte anerkennend. »Wir sind auf der Brücke, Meister Chalcus!« rief sie dem Seemann zu, der am Ende des Taus stand, mit dem Rücken zum Abgrund.

Harn schleuderte seinen Umhang zu Boden. Er – es – hatte acht schlanke, vielgliedrige Beine. Es kletterte den nackten Felsen hinauf wie eine Spinne eine Steinmauer.

Ilna ging mit gemessenem Schritt weiter. Sie hörte Harns Zwitschern trotz des Tosens von unten. Harn erreichte die gewölbte Decke und kletterte daran entlang, fest an den glatten Felsen geklammert.

Chalcus befand sich nun auch auf dem Seil, hielt sich aber weit genug zurück, um Merota nicht in die Quere zu kommen. Er spähte nach oben, und Ilna glaubte, ihn singen zu hören.

Das Licht kam von so tief unten, daß es milchig verschwommen war, selbst als Ilna nun direkt in die Schlucht blickte. Kalte Gischt durchtränkte ihre Kleidung. Sie lachte.

Sie drehte den Kopf, um Merota anzusehen, und sagte: »Unser Glück hat sich gewendet, Kind. Wenn wir auf der anderen Seite sind, werden wir gut zu trinken haben.«

Es gelang dem Mädchen zu lächeln, aber die Tropfen auf Merotas Wangen waren nicht nur Kondenswasser. Ilna empfand plötzlich so etwas wie Zärtlichkeit.

Mut bedeutet nicht, daß man keine Angst hat. Mut bedeutet, daß man trotzdem weitergeht.

»Und ihr werdet mich dennoch bezahlen, Menschen«, rief Harn von der Felsendecke herunter. Sein Körper war lang und schlank wie der einer Libelle, und das hinterste Segment zog ein blasiges *Etwas* aus seinem hinteren Ende. *»Ihr werdet zahlen, wie alle zahlen, die die Brücke überqueren!«*

Das seidene Tau hatte begonnen, sich wieder ein wenig nach oben zu ziehen, in dem gleichen flachen Winkel, in dem es zu Beginn nach unten geführt hatte. Ilna sah scharfe Felskanten vor sich. Der Anfang der Brücke war längst im Nebel verschwunden, aber sie näherten sich dem anderen Ende.

»Ilna!« rief Chalcus. »Das ist ein Netz!«

Ilna blickte auf. Harns Bündel fiel nach unten wie ein Stein und öffnete sich dann auf ein Zucken der Schnur, die immer noch am Bauch des Geschöpfs hing. *Ein Netz flatterte auf Merota zu.*

Ilna drehte sich um und beugte sich vor, so daß ihr Oberkörper über dem Kind war. Chalcus rannte auf sie zu, aber als die Seide sich über sie senkte, wußte Ilna, daß selbst die scharfe Schwertklinge gegen diese gummiartigen Fäden nichts nutzen würde.

»Versucht nicht, es zu zerschneiden!« rief sie. Sie erwartete, daß Chalcus sie ignorierte und seine Klinge hoffnungslos in Seide verstrickte, die sowohl klebrig als auch zu leicht war, um sich ohne Spannung schneiden zu lassen.

Wie durch ein Wunder tat er das nicht. Chalcus *hörte* auf sie, und das genügte beinahe, daß Ilna in diesen letzten Augenblicken ihres Lebens an Götter geglaubt hätte!

Merota hatte sich nicht gerührt. Sie sang ein Kindergebet zum Schlafengehen vor sich hin und umklammerte immer noch Ilnas Schärpe. Harn klickte und kicherte über ihnen, aber er hatte sein Netz noch nicht belastet, weil das vielleicht einer Klinge, die so scharf war wie die des Seemanns, erlauben würde, es zu durchschneiden.

Während Chalcus mit erhobenem Schwert dastand, das Gesicht zu einer zornigen Maske erstarrt, schlang Ilna mit einer Bewegung aus dem Handgelenk ihre eigene Schlinge um das Tau. Sie faßte das Ende der Schlinge in der anderen Hand. In gewissen Grenzen konnte sie sich immer noch bewegen.

»Laß mich los, Merota!« sagte Ilna und fragte sich, ob das Mädchen wohl gehorchen würde. *Wenn sie es nicht tut, wird sie sterben. Tod gehört zur Welt.* »Und jetzt schließ die Augen und lauf zur anderen Seite!«

Ilna warf sich selbst vom Tau herunter und nahm Harns Netz mit.

Sie hörte das Geschöpf kreischen wie eine Zikade, aber es ließ die Seide los, die es mit den Hinterbeinen gehalten hatte. Die Leine war lang genug gewesen, daß Ilnas Doppelschlinge und nicht das Netz das Gewicht ihres fallenden Körpers auffing.

»Ilna! Ilna! Ilna!« rief Merota, als sie über die letzten zwanzig Fuß der Brücke huschte wie ein Eichhörnchen über einen

Zweig. In Sicherheit! Chalcus würde sich um die Zukunft kümmern ...

Nur wenn Ilna losließ, würde Chalcus Harns Seil durchschneiden können. Ihr Sturz in den Abgrund würde dafür sorgen, daß sie nicht im Bauch dieses Geschöpfes landete – oder an einem noch schlimmeren Ort.

»Haltet Euch fest, oder die Möwen sollen Eure Augen fressen!« sagte Chalcus. Als Merota das andere Ende erreichte, kniete er sich nieder und trieb seinen Dolch schräg in das Brückentau. Was hatte er –

Ilna lachte mit dem Entzücken einer Handwerkerin, die ein Kunststück von einem ebenso guten Handwerker lernt. Der Dolch würde einen Griff für Chalcus bilden, wenn das Tau riß.

Er schlug mit dem Schwert zu. Das Tau war stark, aber es war dennoch weich. Die Stahlschneide drang eine Handbreit tief ein. Die Spannung des Taus zog die durchtrennten Enden auseinander und schuf ein breites V in der Oberfläche, in das der Seemann ein zweites Mal zuschlug.

Und selbstverständlich war dieser Schlag ebenso vollendet plaziert und so stark wie der erste.

Harn kreischte, aber Ilna hatte keine Zeit für das Geschöpf. Sie verdrehte die Hände, um die Schlinge um die Handgelenke zu ziehen. Sollten ihre Finger nachgeben, würde sie das für den Augenblick halten, den sie brauchen würde, um abermals zuzugreifen. Normalerweise zweifelte Ilna nicht an ihrer Kraft, aber das, was ihr bevorstehen würde – das Schwert zischte erneut abwärts. Ilna hatte sechs oder mehr Schnitte erwartet, aber nicht mit der Kraft des Seemanns gerechnet.

Seide rauschte unter der Klinge; die wenigen verbliebenen Schnüre streckten sich und begannen zu reißen. Ein Seidenfaden ist leichter als die Luft, aber diese Fäden waren zu einem so dicken und langen Tau gesponnen, daß es vermutlich schwerer war als Onkel Katchins beide Mühlsteine zusammen.

Chalcus steckte das Schwert mit einem Triumphschrei ein, dann schlang er die Beine und den rechten Arm um das Tau. In der linken Hand hielt er den Dolchgriff umklammert, so daß selbst der Tod ihn nicht hätte losreißen können.

Die letzten Fäden gaben nach. Das längere Ende der Brücke schnappte zurück zu der Seite, von der Ilna und ihre Begleiter gekommen waren. Das kürzere Ende, vier- oder fünfmal eine Manneslänge, schwang auf die Klippe zu.

Harn hatte sein Netz weit genug gesponnen, daß Ilnas Sprung sie nicht befreit hatte, aber dieser zusätzliche Sturz war zu heftig. Sie spürte, wie das Netz sie an Kopf und Oberkörper packte und sie mit aller Kraft des Klebstoffs vom Tau zu reißen drohte.

Ilna klammerte sich fest, und das Brückenfragment schwang weiter nach unten. Sie erwartete, daß Harn sein Ende des Netzes losließ. Aber dazu war das Geschöpf nicht imstande, denn die Seide war ein Teil seines Körpers, der sich nicht einfach abtrennen ließ.

Harn wurde von der Decke gerissen und stürzte in einem langgezogenen Bogen auf die Steinwand zu.

Ilna versuchte, die Füße nach vorn zu bringen, um den Aufprall abzufedern, aber das Seidentau drehte sich, als es sich nun zusammenzog. Sie schlug seitlich gegen den Felsen, ein heftiger Aufprall, aber nicht heftig genug, um ihre Finger vom Tau gleiten zu lassen. Ihre Schlinge und Chalcus, der sie stützte – der Seemann hinter ihr mußte gelandet sein wie ein Vogel –, waren zusätzliche Sicherheiten, die sie nicht brauchte.

Harn, der am Ende dieser gigantischen Peitsche hing, schlug gegen den Felsen und zerschellte wie ein Krebs, der aus großer Höhe fallen gelassen wird. Seine Muskeln krampften sich zusammen, dann entspannten sie sich wieder; nun endlich ließ das Geschöpf die Seide des Netzes los.

Harn fiel in den Nebel hinab. Seine zuckende Gestalt war länger sichtbar, als Ilna es für möglich gehalten hätte, aber endlich verschwand sie doch.

»Könnt Ihr klettern, Ilna?« fragte Chalcus. »Soll ich Euch tragen?«

»Ich kann klettern«, sagte Ilna. Und da sie das gesagt hatte, schlang sie nun die Beine um das dicke Tau und begann, nach oben zu kriechen. Das Netz lag immer noch über ihr wie ein Honigbart, widerwärtig, wenn sie sich gestattete, daran zu denken, aber im Augenblick sogar nützlich, weil es ihr half, sich ans Tau zu klammern.

Sie würde es nach oben schaffen, aber danach würde sie sich längere Zeit hinlegen müssen.

»Ihr wart wunderbar, meine Liebe!« rief Chalcus. »Ich hätte nie gewußt, wie ich dieses dürre Mistvieh von der Decke zupfen kann, wenn Ihr mir nicht den Weg gezeigt hättet.«

»Ich denke, Ihr lügt«, sagte Ilna, weil sie Ilna war. Aber aus demselben Grund fügte sie hinzu: »Aber ich bin Euch dankbar, und es ist eine sehr freundliche Lüge.«

Sie erreichte den Rand der Klippe und spürte, wie Merotas kleine Hände ihre Handgelenke packten. Chalcus begann, vergnügt vor sich hin zu singen.

»Halber Schlag!« rief Jem vom Ruder der *Rückenwind* aus. Seine Brüder und Bantrus hatten die Ruder bemannt, die die Barke bei leichtem Wind oder auf engem Raum benutzte. Die Sterne glitzerten am Himmel, aber der Mond war noch nicht aufgegangen.

Nun standen die Ruderer auf und schoben die Ruder, statt zu pullen, bis die Barke sanft auf das schlammige Ufer auflief. Es war ein warmer Abend. Lampen schimmerten aus den Fenstern der Gebäude am Hafen, und irgendwo in der Ferne spielte ein Musiker seine Fiedel.

Dalar und Sharina gingen an Land. Seit dem Kampf mit Tiglath an diesem Morgen hatten sie sich ruhig im Bug des Schiffs aufgehalten. Sie waren der Besatzung aus dem Weg gegangen und, was wichtiger war, Bantrus und seine Freunde konnten einfach so tun, als existierten die Passagiere nicht. Sie hatten ihnen Lebensmittel hingestellt, aber selbst dabei nur wenige Worte gewechselt.

Dalar streckte, indem er in der Luft einen Spagat vollführte, den rechten Fuß nach vorn und kehrte dann mit einem Tritt um, der seinen Körper kaum vom Boden zu heben schien. Dann stand er auf und verbeugte sich vor der Besatzung der *Rückenwind*, die als dunkle Gestalten im Sternenlicht standen.

»Frieden ist etwas Wunderbares«, sagte der Vogel leise zu Sharina. »Aber ein Volk, das so friedlich ist, daß selbst Rebellen davon krank werden, wenn sie zusehen, daß solche Schläger ihre Strafe erhalten – so etwas hätte bei meinem Volk nichts zu suchen. Bei Eurem vermutlich auch nicht mehr lange, fürchte ich, Sharina.«

Sharina nickte. Sie wollte sich gerade auf den Weg machen, als Bantrus seine Verwandten stehenließ und ihr folgte.

»Meister Bantrus«, sagte Sharina so laut, daß die anderen sie ebenfalls hören konnten. »Ich danke Euch und Euren Freunden für Eure Gastfreundschaft. Ich bedaure die Schwierigkeiten, die wir Euch verursacht haben.«

»Schon gut«, murmelte Bantrus und klang dabei, als müsse er eine Entscheidung über die Art seiner eigenen Hinrichtung treffen. Er schaute zur Stadt hin und fügte hinzu: »Normalerweise reisen wir nicht nach Einbruch der Dunkelheit.«

Die Bemerkung hatte durchaus ihre Bedeutung: Die anderen vier Barken der kleinen Gruppe hatten schon Stunden zuvor in einer Bachmündung Zuflucht gesucht. Die Besatzung der *Rückenwind* hatte sich kurz verständigt – und dabei Bantrus ebenso wie die Fremden ausgeschlossen – und war weitergesegelt. Offensichtlich war es ihnen so wichtig, ihre Passagiere loszuwerden, daß sie es lieber wagten, im Dunkeln weiterzufahren.

»Wenn wir Euch Eure Unkosten irgendwie erstatten könnten ...«, setzte Sharina an.

»Nein!« rief einer von Jems Brüdern. »Wir brauchen Euer Geld nicht. Wir haben mit Euch nichts zu tun und Ihr nicht mit uns!«

»Noch einmal: vielen Dank«, sagte Sharina. Sie drehte sich um und ging so rasch davon, wie es sicher war. Dalar ging die ersten paar Schritte hinter ihr her, aber als ihm sein Instinkt sagte, Bantrus und seine Genossen stellten keine Bedrohung mehr dar, ging er neben ihr her.

Sharina lächelte bei dem Gedanken, daß Bantrus *jemals* eine Bedrohung gewesen sein sollte, aber es war ein trauriges Lächeln. Dalar hatte recht: Die Leute von den Schiffen verdienten Besseres vom Leben, als sie wahrscheinlich erhalten würden.

Klestis hatte einen schönen, natürlichen Hafen, aber nicht die Kaianlagen und die Hafenmauer von Port Hocc. Fischerboote wurden einfach an den Strand gezogen. In einigen von ihnen saßen Männer unter Hängelampen und flickten Netze; ihre leisen Gespräche brachen ab, als sie eine blonde Frau und einen mannsgroßen Vogel sahen, aber niemand rief etwas zu den Fremden hin. Die Gemeinde hinter dem Hafen war mehr als ein Dorf, aber erheblich weniger als die glitzernde Metropole, die, den Legenden aus Sharinas Zeit zufolge, Ansalem tausend Jahre später regieren würde.

»Ich hatte schon wenig für Schiffe übrig, bevor ich Schiffbruch erlitt und in dieses Land geweht wurde«, meinte Dalar, als sie sich den ersten Gebäuden näherten. »Und bisher haben weitere Erfahrungen mich nicht gelehrt, sie mehr zu mögen;

aber vielleicht ist ein Gott entschlossen, mich zu zwingen, sie gegen meinen Willen zu akzeptieren.«

»Ich würde gerne einen Schlafplatz finden«, sagte Sharina. Sie sollte wohl hungrig sein, aber die Atmosphäre an Bord der *Rückenwind* hatte ihrem Magen nicht gut getan.

Die Häuser hier waren einstöckig und hatten Rieddächer. Klestis hatte keine richtigen Straßen, nur Durchgänge zwischen Gebäuden, die nicht unbedingt parallel standen. Dalar trat vor Sharina, als sie eine Gasse betraten, die zum anderen Ende hin schmaler wurde.

»Wird Euer Herr imstande sein, sich an diesem neuen Ort mit Euch in Verbindung zu setzen?« fragte der Vogel, als sie weitergingen. Er gluckste vergnügt. »Nicht, daß ich es vorgezogen hätte, in Port Hocc zu bleiben.«

»Ich weiß es nicht«, sagte Sharina. Verzweiflung überwältigte sie. Was, wenn sie den Rest ihres Lebens hier verbringen mußte? Fern von Cashel, fern von all ihren Freunden, fern von der Zeit und dem Ort, wo sie *hingehörte.*

Sharina bezweifelte nicht, daß sie überleben würde. Das Silber in ihrer Börse stellte ein beträchtliches Vermögen dar, und sie vertraute darauf, daß ihre Intelligenz und ihre Arbeitswilligkeit aus diesem Kapital genug machen würden, damit sie den Rest ihres Lebens davon bestreiten konnte. Vielleicht würde sie ein Gasthaus aufmachen. Aber ...

Laut sagte sie: »Ich könnte überleben, wenn wir hierbleiben müßten. Aber ich bin nicht sicher, ob ich das wirklich will.«

»Ich weiß, was es bedeutet, für immer von zu Hause fort zu sein«, sagte Dalar. »Aber wir machen weiter, wie ich weitergemacht habe, bevor Ihr mich eingestellt habt.«

Sharina roch den Reptiliengeruch, bevor sie das helle Rechteck auf der Mauer sah, die noch leer gewesen war, als Dalar daran vorbeiging. »Warte!« rief sie ihrem Begleiter zu.

Der Drache bedachte sie mit einem zahnstarrenden Lächeln

von hinter seinem Schreibtisch. »Ich grüße dich, Sharina os-Reise«, sagte er. »Du brauchst keine Angst zu haben, daß wir nicht in Verbindung bleiben können. Für mich ist ein Ort wie der andere.«

Der Eidechsenmann trillerte sein Lachen. »Das traf auch zu, als ich noch am Leben war«, sagte er. »Vor sehr langer Zeit.«

»Dennoch, ich bin froh, ein vertrautes Gesicht zu sehen«, sagte Sharina. Sie lächelte und fügte hinzu: »Ich grüße dich, Meister. Was tun wir als nächstes?«

»Deine Reisen für mich sind beinahe beendet«, erklärte der Drache. »An der Stelle, die im Klestis dieser Tage als Marktplatz durchgeht, wirst du einen Brunnen mit einem Rand finden, der das Oberflächenwasser draußen halten soll. Der Rand besteht aus Ballast von Schiffen, die hier beinahe leer eintrafen und mit Fracht wieder davonfuhren. Einer der Blöcke sollte dir inzwischen bekannt sein. Entfernt ihn und kriecht durch die Öffnung.«

Sharina nickte. Sie warf einen Blick zu Dalar, der schweigend wie die Sterne wartete. Er hatte die Gewichte in den Händen.

»Meister?« sagte Sharina. »Wenn – *falls* ich in meinen Pflichten für Euch erfolgreich sein sollte, könntest du meinen Leibwächter Dalar dorthin zurückbringen, wo er zu Hause ist?«

»Wenn du deine letzten Pflichten erfüllt hast«, sagte der Drache, »werde ich nicht mehr existieren.«

Er lächelte auf seine nichtmenschliche Art. »Und so sollte es auch sein, da ich nun schon so viele tausend Jahre tot bin. Hattest du vor, das als weitere Bedingung für deinen Dienst hinzuzufügen?«

»Selbstverständlich nicht!« protestierte Sharina. »Ich habe bei meiner Ehre geschworen.«

»Und ich schwor bei meiner«, sagte der Drache, »daß du und deine Freunde nur Vorteile aus deinem Dienst haben werdet. All deine Freunde.«

»Ah«, sagte Sharina. Der Drache nahm seine Versprechen so ernst wie sie – sie und ihre Freunde – die ihren. »Dann werde ich weitermachen.«

Der Drache sagte nichts mehr; er verzog nur die langgezogenen Kiefer zu einem Lächeln, während sein Abbild verblaßte. Dalar drehte den Kopf und starrte Sharina an.

»Auf dem Marktplatz gibt es einen Brunnen«, sagte Sharina. »Der Stein gehört zu der Mauer ringsumher. Wir ziehen ihn heraus und gehen durch, wie üblich.«

Der Vogel ging weiter und wartete auf Sharina, als sie an der engen Stelle vorbei waren. Licht, das aus ein paar Fenstern fiel, beleuchtete die unregelmäßige Fläche vor ihnen. Es war ein Platz, der für Gemeindeversammlungen genutzt werden konnte, aber Sharina nahm an, daß hier hauptsächlich Vieh verkauft wurde, das von den Bauernhöfen der Umgebung nach Klestis getrieben wurde.

»Dalar, hast du unser Gespräch gehört?« fragte Sharina.

Der Vogel legte den Kopf einen Augenblick schief. »Ich habe Eure Worte gehört, Sharina«, sagte er. »aber ich habe Euren Herrn weder sehen noch hören können.«

»Der Drache betrachtet es als seine Pflicht, als Bezahlung für meine Dienste meinen Freunden zu helfen«, erklärte Sharina. »Und du bist mein Freund.«

»Als erstes allerdings«, meinte Dalar nüchtern, »müssen wir überleben. Obwohl man wahrscheinlich sagen könnte, wir hätten unsere Probleme selbst gelöst, wenn wir *nicht* über-leben.«

»Ich werde unseren Tod nicht als Ergebnis einer Wahl betrachten«, erklärte Sharina in gleichem Ernst. »Aber ich bin selbstverständlich nur eine Dienerin, und man kann von mir nicht erwarten, daß ich die Wahrheit in ihrer ganzen Tiefe begreife.«

Sie lachten miteinander, auf ihre unterschiedliche Art. *Wenn ich heute abend zur Herrin bete,* dachte Sharina, *sollte ich auf jeden Fall erwähnen, wie dankbar ich für einen Begleiter mit Sinn für Humor bin.*

Der Mond war über die Dächer aufgestiegen und verhalf Sharina zu einem guten Blick auf den Platz. Der taillenhohe Brunnenrand und Steinsockel, auf denen Holzbuden errichtet werden konnten, waren die einzigen Zeichen öffentlichen Bauens hier. Ein paar Leute saßen auf Bänken vor ihren Häusern und beobachteten die Fremden schweigend. Sharina sah kein Gasthaus, nicht einmal eine Schenke.

Sie beugte sich vor, um den Brunnenrand zu betrachten. Klestis hatte offenbar keine eigenen Steinbrüche, wenn die Bürger Stücke unbehauenen Steinballasts für ihre Gebäude benutzten. Das ließ die wunderbare Stadt, über die Ansalem herrschte – wenn man den Legenden und der Reise, die Garric im Traum gemacht hatte, glauben durfte –, nur noch erstaunlicher erscheinen.

Ein heller Granitblock hob sich im Mondlicht von seinen dunkleren Nachbarn ab: die andere Hälfte des Blocks aus Port Hocc. Er gehörte hier zum Sockel des Brunnenrandes. »Da ...«, sagte Sharina.

»Wer kommt auf meine Herrin zu?« fragte Dalar mit klingender Stimme. Er begann seine Gewichte zu wirbeln, und die Kette surrte auf eine eindeutige Weise.

»Sharina?« rief ein Mann. *Bantrus. Er ist uns doch gefolgt.* »Ich bin es, Bantrus. Ich konnte Euch nicht einfach so gehen lassen. Kommt mit uns zurück, und ...«

Dalar fing die Gewichte wieder ein, die laut in seine Handflächen klatschten. *Er muß Schwielen wie ein Schmied haben.*

»Meister Bantrus, wir müssen gehen«, sagte Sharina. »Euer

Freund hatte recht: Wir haben nichts miteinander zu tun, Euer Volk und meines. Geht zu Euren Freunden zurück.«

»Aber ...«, sagte Bantrus und versuchte näher zu kommen.

Dalar sprang vor Bantrus, dann schob er den jungen Mann einfach zurück, indem er in kleinen Schritten auf ihn zuging. Sharina betrachtete die Szene stirnrunzelnd, dann wurde ihr klar, daß Dalar der lebende Beweis für die Bedeutung ihrer Worte war. Bantrus war schwerer als der leichtgebaute Vogel, aber er dachte offenbar nicht einmal daran, standzuhalten.

»Kehrt zu Euren Freunden zurück«, sagte Dalar so freundlich, wie es sein Schnabel erlaubte. »Schließt Frieden mit Fürst Mykon, junger Mensch; Ihr alle: schließt Frieden. Für Eure Hilfe kann ich Euch nur den einzigen Rat bieten, der Euer Leben retten könnte. Aber *geht.*«

Dalar drehte sich auf klauenbewehrten Fersen herum und hängte seine Gewichte an eine Schlinge seines geflochtenen Geschirrs, um die Hände frei zu haben. »Ziehen wir den Block heraus und gehen wir, Sharina«, sagte er.

Sie knieten nieder. Sharina bewegte die Platten hin und her. Wie schon zuvor in Valhocca hatten sie nur das Gewicht des Granits gegen sich: Der Stein bewegte sich problemlos.

»Aber ...«, sagte Bantrus.

»Erst auf dich zu«, sagte Sharina und schob den Block mit den Fingerspitzen nach draußen. Er stand jetzt einen Fingerbreit vor.

»Jetzt zu Euch«, erwiderte Dalar und schob im Gegenzug, während Sharina ihre Seite stützte. Sie hielten nicht inne, als der Block begann, sich zu bewegen, sondern zogen ihn weiter, eine Hand um die andere.

»Wir haben etwas dabei gelernt, Herrin«, sagte Dalar. »Später im Leben werden wir damit Geld verdienen können.«

Ein entferntes Flackern wie von Sternen oder von Feuerlicht war durch die Lücke sichtbar, wo sich der Block befunden hatte. Bantrus starrte verblüfft die geisterhaften Farben an, wo er nur Schatten erwartet hatte. »Seid Ihr Götter?« fragte er. »Ist es also doch wahr ...«

Dalar legte den Kopf schief und bedachte den jungen Mann mit einem Blick, der so hart war wie der eines Adlers, um ihn zum Schweigen zu bringen. »Ich denke, ich werde Euch folgen, Herrin«, sagte er.

»Gut«, meinte Sharina. Sie rutschte mit den Füßen zuerst durch die Öffnung. Zum ersten Mal hatte sie das Gefühl, sich auf ein Ziel zuzubewegen und nicht mehr nur einer unangenehmen Gegenwart zu entgehen.

In gewisser Weise verstörte das Schicksal, dem die Schiffe entgegensahen, Sharina mehr als die körperliche Gefahr durch die Ghule in den Ruinen des alten Valhocca. Die Schiffe waren etwas zu Sanftes, als daß sie in einer Welt, die »zivilisiert« wurde, weiterexistieren konnten.

Der mondbeleuchtete Platz wirbelte wie Wasser in einem Abfluß. Dalar und Bantrus, reglos in ihrer Gegenwart, tanzten zum Rhythmus des Kosmos; dann verschwanden sie. Sharina kletterte durch die Seite der Brunnenmauer ins Zentrum eines veränderten Klestis.

Ein Dach bedeckte den Brunnen, bewahrt als Schutz für alte Monumente. Der Platz war mit glatten Steinen gepflastert, und hin und wieder gab es Blumenkübel und Springbrunnen, um Schatten und Bequemlichkeit zu bieten.

Das Gebäude vor Sharina war ein Palast. *Sämtliche* Gebäude rings um den Platz waren großartig, hoch aufragend und mit schimmerndem Metall verkleidet. Ihre Oberflächen glitzerten nun unter einer Kuppel roten Zauberlichts, wo sich der Himmel befinden sollte.

Tausende von Menschen standen auf dem Platz, obwohl es noch Raum für viel mehr gab. Ihre Blicke waren auf den Palast gerichtet. Keiner von denen in der Nähe bemerkte Sharinas

Ankunft und auch nicht, daß Dalar sich Augenblicke später rückwärts aus dem Brunnenrand schob.

Der Vogel spähte zum Himmel hoch, dessen Nebel von zornigen Blitzen durchzuckt wurde. Die Luft selbst surrte. Das rote Licht dämpfte die grellbunten Gewänder der Zuschauer zu Farben, die mehr zu der derzeitigen Atmosphäre paßten.

»Herr?« wandte sich Sharina an den nächststehenden Mann. Er war in mittleren Jahren, neben ihm stand eine jüngere Frau mit sechs Kindern, bis hinunter zu einem Kleinkind in den Armen einer Amme.

Er drehte sich um und starrte sie an. *Er hat Angst. Sie haben alle Angst.* »Was ist?« sagte er. »Habt Ihr etwas gesagt?«

Sharina kannte sich genug mit Zauberei aus, um zu wissen, daß ihre Angst berechtigt war.

»Mein Freund und ich sind Fremde hier«, sagte Sharina, sie mußte die Stimme heben, um sich über das Surren hinweg verständlich zu machen. »Könnt Ihr uns sagen, was ...« Sie verzog das Gesicht, denn sie wollte nicht direkt über das Geräusch oder das Licht am Himmel von Klestis sprechen.

»... hier heute geschieht?«

Der Bürger warf Dalar einen Blick zu. Er hatte nicht mehr genug Kraft, um über einen mannsgroßen Vogel überrascht zu sein. Der gesamte Himmel flackerte scharlachrot auf und kehrte dann zu der vorherigen trüben Färbung zurück.

Der Mann verzog das Gesicht, aber er sagte: »Dies ist das Werk von Ansalem dem Weisen, unserem Anführer. Das Königreich steht kurz davor, ins Chaos zu fallen. Ansalem und seine Schüler arbeiten daran, uns davor zu bewahren ...«

Die nächsten Worte erstickten im trockenen Hals des Bürgers. Er schluckte und schloß die Augen, als wolle er versuchen, sich die Tränen zu verbeißen. Seine ganze Familie starrte an ihm vorbei die Fremden an, aber niemand sagte ein Wort.

»Ansalem rettet uns vor diesem Ende«, sagte der Mann. »Das ist alles. Ansalem ist unser Beschützer!«

»Sie sind oben auf dem Dach des Palastes«, sagte die Amme mit dem Akzent von Sandrakkan. »Ansalem und die anderen Zauberer. Dort arbeiten sie an unserer Rettung.«

Trotz der Menschenmenge auf dem Platz schien sich hinter den Fenstern des Palastes nichts zu regen. Die Tore waren offen und unbewacht.

»Hat Ansalem Euch das gesagt?« fragte Dalar. Der Vogel bewegte nur seinen Kopf, aber sein Körper war so angespannt wie ein mit Schlingen gebundener Setzling.

»Wir wissen es!« rief der Mann. »Ansalem hat uns immer beschützt! Er beschützt uns auch jetzt!«

Vom Dach des Palastes schrie ein unsichtbarer Mann: »Mein Sohn! Nicht meinen Sohn!«

Sharina spürte, wie ihr Magen sich zusammenzog. Sie warf Dalar einen Blick zu.

Der Mann schrie weiter; nur wer seinen vorherigen Schrei gehört hatte, hätte noch darauf schließen können, daß das Geräusch von einem Menschen kam. Der Himmel flackerte wie sonnenbestrahltes Blut.

Der Mann und seine Frau hielten sich an den Händen. Die Amme sank auf die Knie und flüsterte: »Ansalem wird uns retten! Ansalem wird uns alle retten!«

Sharina zog das Pewlemesser und lief auf den Palasteingang zu. Dalar, seine Gewichte dicht an den Händen wirbelnd, sprang an ihr vorbei, um ihr vorauszueilen.

9

Sie haben schwere Kavallerie!« schrie der Kommandant des ersten Trupps von Blutadlern, die von der Brücke herunter ins Licht von Klestis traten. Augenblicke später blies die Trompete das Signal für *Feind voraus.*

»Und die wird ihnen viel nützen!« höhnte König Carus. *»Nur ein Zauberer kann glauben, daß Pferde auf Steinpflaster zu mehr nütze sind als auf Eis.«*

Die Blutadler formierten sich, um den Brückenkopf zu schützen. Die ersten Truppen der Phalanx nahmen in einer Kakophonie von Trompeten, gebrüllten Befehlen und dem Geräusch von Stiefeln auf Stein ihre Position ein. Garric lief zur rechten Flanke und steckte sein Schwert wieder ein, nachdem er nun Kommandant und nicht mehr nur ein Anführer war.

Lord Waldron und seine Adjutanten, Standartenträger, Signalgeber und Kuriere – und seine persönliche Leibwache – folgten Garric. Normalerweise wären sie beritten gewesen, um besser sichtbar zu sein, aber Garric hatte nicht riskieren wollen, daß die Pferde angesichts der Zauberei in Panik gerieten. Die Menschen waren schon nervös genug.

Die rechte Flanke war für die Kommandanten ebenso geeignet wie jeder andere Platz. Von dieser Stelle aus hatte König Carus für gewöhnlich seine Schlachten geführt.

»Euer Majestät, haltet Euch zurück!« zischte Attaper, als er Garric neben sich erblickte. Während sich die Phalanx aufstellte, bewegten sich die Blutadler von einer weit auseinandergezogenen Linie zurück in eine dichte Masse von Schwertkämpfern an der Flanke. Attaper war bei den Truppen auf der rechten Seite.

Die sechzehn Reihen tiefe Phalanx war von vorn eine erschreckende, beinahe unwiderstehliche Kraft, aber es war so gut wie unmöglich, die Speere schnell genug zu wenden, um Attacken von den Flanken oder von hinten zu begegnen. Ehe die vier Bataillone schwerer Infanterie die Brücke überquert hatten, würden die Blutadler die Flanken bewachen, ebenso wie sie die leichten Truppen ersetzten, die sich ebenfalls in der Nachhut befanden.

»Ich bin nicht als Kämpfer hier, Attaper«, sagte Garric. »Aber ich muß mir einen Überblick über die Situation verschaffen, mit der wir es zu tun haben ... und immerhin bin ich hier der Kommandant!«

Garrics Unterton kam von seinem Urahnen – aber Garric meinte die Worte ernst, und sie waren zu diesem Zeitpunkt angemessen. Attaper, Waldron und die anderen königlichen Offiziere waren gewöhnt, eigenständig zu handeln, weil König Valence selbst in jüngeren Jahren nicht viel mehr als eine Galionsfigur gewesen war. Prinz Garric von Haft würde mit Hilfe von König Carus tatsächlich *herrschen.*

Oder bei dem Versuch sterben.

Klestis war dieselbe glitzernde Ruine, die Garric in seinen Träumen gesehen hatte. Unter einer Sonne, die von einer Kuppel aus Zauberlicht gedämpft wurde, befand sich eine Landschaft aus vergilbtem Gras, gekippten Pflastersteinen und Gebäuden, von denen die Metallverkleidung langsam abrutschte. Garric spähte hinauf zu dem Alabasterfiligran rings um die Audienzkammer auf dem Palastdach.

Um den Palast zu erreichen, würde er sich durch die Masse bewaffneter Reiter drängen müssen, die sich auf dem Platz sammelten. Neben der Kavallerie gab es acht zottelige Mammuts mit gepanzerten Brustplatten; auf den Plattformen auf ihren Rücken standen Soldaten mit Speeren und langen Piken.

Das Haar der Mammuts fiel ihnen in Büscheln aus. Fische

oder Krebse hatten die Hälfte eines Rüssels weggefressen. Die Rüstungen der Kavalleristen waren rostig, und wo die Visiere offenstanden, sah Garric leere Augenhöhlen und verfaultes Fleisch. Aber sie bewegten sich ...

Attaper und Waldron starrten dem Feind ausdruckslos entgegen. Der Trompeter an Waldrons Seite begann zu zittern. Obwohl er sich seine Trompete fest an die Brust drückte, klapperte sie auf seiner Bronzerüstung.

Garric legte dem Trompeter den Arm um die Schultern; der Soldat war noch jünger als er selbst, und er hatte keinen König Carus, der ihm half.

»Sie sind schon einmal gestorben, Junge«, sagte Garric laut genug, daß alle in Sichtweite ihn hören konnten, trotz des Lärms der Truppen, die sich aufstellten. »Sie werden wieder sterben – und, bei Duzi, das wird bald passieren!«

Drei Zauberer standen um ein Kohlebecken auf einem dekorativen Bogen auf der Westseite des Platzes. Zwei waren schwarz gekleidet, einer weiß. Aus der Entfernung war nicht zu erkennen, ob sie Männer oder Frauen waren, und das hatte auch keine Bedeutung. Als sie die Hände bewegten, stieg Rauch aus dem Kohlebecken auf, und die Kavallerie griff an.

Waldron gab einen Befehl, der Trompeter gab das Signal. Die Phalanx schauderte vorwärts und öffnete dabei die Reihen. Obwohl die Speerkämpfer nie zuvor in einer Schlacht gestanden hatten, hatten sie ausführlich mit Rudern und ihren Waffen geübt. Die Routine, mit der sie das komplizierte Manöver ausführten, ließ Garric jubeln. Carus lächelte mit grimmiger Freude.

Mehrere hundert Speerkämpfer schlüpften durch die Öffnung in der Phalanx und trabten vorwärts, um der Kavallerie entgegenzutreten. Wäre Zeit gewesen, sich richtig aufzustellen, wären noch mehr Männer in Position ...

»Willkommen im Krieg, Junge«, meinte Carus. *»Das einzige,*

was dich wirklich überraschen sollte, ist, wenn alles verläuft wie geplant.«

Garric hatte sich vorgestellt, daß ein Kavallerieangriff eine gewisse Ähnlichkeit mit einem Pferderennen hatte, aber die Truppen, die hinter dem Krebsbanner von Yole angriffen, begannen im Schritt und steigerten die Geschwindigkeit nur langsam. Das Gewicht eines gepanzerten Mannes war auch für ein kräftiges Pferd eine Last. Die Nekromanten konnte tote Armeen wiedererwecken, aber offensichtlich konnten sie das Wesen der Menschen und Tiere, die sie belebt hatten, nicht verändern.

Die schweren Infanteristen waren die letzten, die die Brükke überquerten und ihre Stellung einnahmen. Die Männer, die an Garric und den Kommandanten vorbeitrabten, ächzten unter dem Gewicht ihrer Waffen und Rüstungen. Ihre Offiziere keuchten die Befehle; Signalgeber hielten inne und atmeten mehrmals rasch, bevor sie die Trompeten an den Mund nahmen.

»Der letzte Mann in einer Marschlinie muß immer rennen«, erklärte König Carus. *»Das erste Bataillon hat schon die Zelte aufgestellt und gegessen, bis die letzten hereinkommen. Das ist so sicher, wie der Himmel blau ist.«*

Die Phalanx schloß die Ränge wieder und stapfte dröhnend vorwärts, da nun die anderen Kämpfer an ihr vorbei waren. Die Kommandanten waren immer noch an der rechten Flanke der Phalanx, und ein reguläres Bataillon mit Rüstungen, Schwertern und kurzen Speeren schloß die Flanke rechts von den Offizieren und Blutadlern ab.

Selbst Lord Waldron schien mit der Formation zufrieden zu sein. Valence III. und seine Urahnen hatten inmitten der königlichen Linie gestanden, aber Waldron konnte akzeptieren, daß die Phalanx dem Feind eine ungebrochene Reihe von Speerspitzen bieten mußte.

Carus grinste in wilder Erwartung. Er hatte die Hand um einen Schwertgriff gelegt, der nur in Garrics Geist existierte.

Garric trug einen versilberten Brustharnisch und einen Helm, hatte aber keinen Schild. Seine Aufgabe bestand nicht darin, zu kämpfen, aber ein Kommandant kann nicht vorhersagen, wie eine Schlacht sich entwickelt ...

»Oder auch, was er mitten im Kampf tun wird«, meinte Carus. »Versuch zu erraten, was sie tun werden, und versuch dich zu beherrschen ... aber halte dich bereit, für den Fall, daß du dir einen Weg durch einen Schindwall erkämpfen mußt!«

Der König klang nicht so, als hätte er etwas gegen diese Aussicht. Im Augenblick, während Emotionen wie eine Springflut durch Garrics Blut rasten, verspürte Garric auch selbst ein gewisses Entzücken bei dem Gedanken, auf den angreifenden Feind zuzustürzen.

Die Speerkämpfer der königlichen Armee trugen Lederharnische und Korbschilde. Einer von ihnen stieß einen Schrei aus und warf den ersten seiner drei Speere auf die Kavallerie aus Yole. Als wäre das ein Signal, begannen alle Speerwerfer mit dem Angriff und drangen weiter vor.

Die Geschosse hatten kurze Schäfte und schlanke Eisenspitzen. Sie wurden meist in hohen Bögen geworfen und regneten auf die Kavallerie nieder. Es war möglich, daß die Spitzen ihren Weg durch die Gelenke einer Rüstung fanden, aber heute waren ihre Ziele die Pferde, die bereits mit dem geborstenen Pflaster zu kämpfen hatten. Speere drangen tief in ihre Hälse und Kuppen. Pferde stürzten, warfen ihre Reiter ab und brachten die aus der nächsten Reihe ebenfalls zum Sturz.

Die verwundeten Tiere traten allerdings nicht vor Schmerzen um sich und verwandelten Verletzungen in Chaos. Jene, die nicht getroffen waren, trabten weiter vorwärts. Sie rochen das Blut nicht, und sie gerieten wegen der Schreie ihrer Artgenossen nicht in Panik.

Ein Wallach lief mit einer Schlinge von Eingeweiden um ein Hinterbein gewickelt weiter; jeder Schritt riß mehr davon aus der klaffenden Wunde in seinem Bauch. Er schaffte noch zwanzig Schritte, bevor er endlich zusammenbrach.

»Ruft sie zurück!« schrie Garric, als er begriff, was geschehen würde. »Holt sie zurück, oder sie werden überrannt!«

Waldron öffnete den Mund, um den Befehl an den Trompeter weiterzugeben. Die Speerwerfer hatten die Gefahr bereits erkannt und eilten auf die Sicherheit der gepanzerten Linie zu.

Für viele war es bereits zu spät. Die Kavallerie brach über sie herein wie Hochwasser durch eine Schlucht. Obwohl viele gestürzt waren, blieben die verbliebenen Reiter und Pferde angesichts von Tod und Schmerz furchtlos. Lanzen trafen die fliehenden Speerwerfer und schleuderten die Leichen dann mit raschen Drehungen beiseite, um die Spitze wieder freizubekommen.

Tod und Wiederbelebung hatten den Reitern ihre Fähigkeiten nicht genommen. Nur selten traf ein fehlgeleiteter Lanzenkopf auf das Pflaster, nur selten brach ein Schaft, oder ein Reiter wurde aus dem Sattel gehoben.

Die überlebenden Speerwerfer tauchten hinter die Schilde der Phalanx und der schweren Infanterie, wie Wühlmäuse die Sicherheit in den Felsen suchen. Attaper schrie einen Befehl. Acht Reihen von Blutadlern schoben sich vor die Kommandanten, Schildrand an Schildrand.

Garric sah die Reiter aus Yole über der Infanterie aufragen, wie sich die Brandung biegt, wenn sie den Strand erreicht. Die Reihen trafen aufeinander: Metall auf Metall, Metall auf Stein, Metall auf knirschenden Knochen. Der Lärm und der Gestank waren nichts, was in die Welt der Menschen gehörte.

»Normale Pferde würden nicht so angreifen!« schrie Carus. *»Aber die da haben aufgehört, Pferde zu sein, als sie starben. Möge die Schwester die Herzen aller Zauberer fressen!«*

Die Reittiere und die gepanzerten Männer wogen Tonnen, und sie trafen die königliche Armee in vollem Trab. Männer schrien, Pikenschäfte knickten wie knisternder Blitz. Die erste Reihe der Phalanx brach in die Schilde und Brustpanzer der Reihe hinter ihnen zurück, und auch diese Reihe wankte.

Aber die Phalanx war sechzehn Reihen tief. Alles, was die Pferde mit ihrem Tempo und ihrer Furchtlosigkeit erreichten, war, sich selbst und ihre Reiter fest genug in eine Hecke von Speerspitzen zu rammen, daß es genügte, auch die Rüstungen zu durchdringen.

Der Angriff zerbarst wie ein Schlammbrocken auf einem Stein. Die letzten Reiter waren so geistlos tapfer wie die vorn; sie ritten in das Gedränge und hoben die Lanzen, um an bereits zweimal getöteten Männern und Tieren vorbeizukommen. Einigen gelang es sogar, ihre Reittiere darüberklettern zu lassen. Sie stießen auf weitere Speere und starben abermals. Selbst zerbrochene Speerschäfte wiesen mit langen Eschensplittern in das Gesicht des Feindes.

Jubelnd und fluchend – gedrängt von ihren Offizieren und ihrer eigenen wilden Entschlossenheit – begannen die Männer der Phalanx, vorwärts zu marschieren. Ihre Stiefelnägel bissen in verfaulendes Fleisch oder rutschten auf glitschigen Pflastersteinen, aber wenn ein Mann stolperte, stützten die Kameraden direkt dahinter ihn auf beiden Seiten, bis er wieder Boden unter den Füßen hatte. Reiter ritten weiter in die Überreste ihrer gestürzten Genossen, und die Phalanx spießte alle auf, die noch nicht gefallen waren.

»Sie haben nicht mehr Führung als ein Weizenfeld«, sagte Carus. *»Und wir sind die Sense!«*

Die Zauberer hatten ihre Truppen auf dem Platz aufgestellt, aber die königliche Armee hatte an einer breiteren Front am Rand der Stadt Stellung bezogen. Weil ihre Anführer Zauberer waren und keine Soldaten, nicht einmal schlechte Soldaten, hatten sie ihre Armee direkt vorwärts geschickt, so daß die Speere der Phalanx in der Mitte beinahe den gesamten Angriff abgefangen hatten.

»Beinahe« – das waren etwa zwanzig bewaffnete Reiter, die nun auf Garrics Leibwächter stießen. Vier zottige Mammuts folgten dicht dahinter.

Die Männer der Phalanx hängten sich leichte, ovale Schilde um den Hals, so daß sie beide Hände für ihre Waffen frei hatten. Die Blutadler hatten statt dessen schwere Schilde an ihren linken Unterarmen. Sie hoben sie nun, um ihre Gesichter gegen die Lanzen der Angreifer zu schützen, während sie mit ihren kürzeren Speeren nach Brust und Kehle der Pferde stachen.

Einige Reiter brachen durch die erste Reihe, obwohl ihre Reittiere bereits am Sterben waren. Soldaten, die ihre Speere verloren hatten, zogen Schwerter und bückten sich, um die Pferde von unten aufzuschlitzen oder ihre Beinsehnen zu durchtrennen und dann auf die Reiter einzuschlagen, die von ihren Rücken fielen. Soldaten aus den hinteren Reihen stießen die Reiter, die sie mit ihren Speeren erreichen konnten, zurück, und die Infanterie an der Flanke bewegte sich vorwärts, um ihren Feind einzukreisen.

Garric sah einen Reiter aus Yole, der versuchte, sein langes Schwert zu schwingen, obwohl ihm schon ein Speer in der Halsberge steckte. Er fiel mit einem Scheppern hintenüber, das trotz des Lärms zu hören war.

Die Mammuts, so tot, daß sie bei jeder Bewegung Stücke ihrer Haut verloren, drangen in die königliche Linie vor. Ihre Schritte waren träge, aber jeder von ihnen reichte über eine Mannslänge.

Der Kommandant des Flankenbataillons schrie einen Befehl. Seine Truppen warfen ihre Speere, trafen die zottigen Ungeheuer Dutzende Male. Der Regen schwerer Geschosse tötete die Männer, die im Genick jeden Tieres saßen, und fegte alle bis auf zwei der sechzehn Soldaten auf den Kampfplattformen weg.

Die Mammuts, lebende Tote, bevor sie ihre erste Wunde durch die königliche Armee erhielten, trampelten weiter vorwärts. Ihre konzentrierte Masse trug sie in die Reihen, die schon durch den Kavallerieangriff geschwächt waren, und in die erhobenen Schilde der Männer hinter ihnen.

»Schneidet die Sehnen durch!« schrie Garric. Kein Mann aus dem heutigen Ornifal hatte je gegen Mammuts gekämpft, aber König Carus hatte ihnen gegenübergestanden, als er die Rebellionen in seinem Königreich niederschlug. »Schneidet die Beinsehnen durch!«

Garric wich zurück, zusammen mit Waldron und seinem Stab. Lord Attaper war vorn in der Linie, aber das war sein Platz als Kommandant der Leibwache. Garric hatte sein Schwert gezogen, war aber nicht hier, um ...

»Colva!« rief Liane laut. »Komm zurück!«

Garric versuchte, einen Blick über die Schulter zu werfen, aber um um das Wangenstück seines Helms schauen zu können, würde er sich zurücklehnen und in der Taille drehen müssen. Colva huschte vorbei und bewegte sich auf den Kampf zu.

Garric packte die Frau mit der linken Hand. Sie drehte sich um und sah ihn mit vollkommen veränderter Miene an, dann riß sie sich los. Sie schien über nicht mehr Skelett zu verfügen als ein Wasserlauf.

Das sterbende Mammut stampfte über die schreienden, zustoßenden Soldaten hinweg, die für ein Geschöpf seiner Größe nicht mehr Hindernis darstellten als ein Brombeergebüsch. Die Bewegung des Kopfes warf dank der gebogenen Stoßzähne ganze Reihen von enggedrängten Truppen zur Seite. Der Rüssel des Tiers war fest gegen die Stirn gerollt.

Colva hatte den Kopf erhoben und die Arme ausgebreitet. Nun war nichts mehr zwischen ihr und dem Mammut.

Garric trat vor und schob die Frau beiseite. Er dachte nicht über das nach, was er tat.

Zu beiden Seiten von ihm ragten die Stoßzähne vor. Er schwang sein Schwert nach oben. Die Spitze der Klinge schnitt den Rüssel ab, drang tief in den schwammartigen Schädelknochen ein. Ekelhafte schwarze Flüssigkeit ergoß sich aus den riesigen Blutgefäßen des Rüssels.

Das Mammut stapfte weiter und schob Garric zurück. Garric stolperte über den Arm eines gefallenen Soldaten. Er hielt inne, um sein Schwert aus der Wunde zu reißen, und packte die Stoßzähne mit beiden Armen.

Das Mammut senkte den Kopf, um ihn zu zerquetschen. Eine seiner Augenhöhlen war leer; das andere Auge starrte den Mann zwischen den Stoßzähnen mit nicht mehr Emotionen an, als ein Stein sie hat. Der Rüsselstumpf zuckte; wäre der Rüssel noch vorhanden gewesen, hätte das Tier Garric zu Boden gestoßen und sich auf ihn gekniet. Nun konnte es ihn nur mit dem letzten wieder verflüssigten Blut besprühen.

Das Auge wurde glasig. Das Mammut taumelte vorwärts, abermals tot und endlich in Frieden. Garric schob sich von der einstürzenden Ruine weg. Er glaubte, sein Schwert ver-loren zu haben – es würde nicht schwierig sein, auf diesem Schlachtfeld ein neues zu finden –, aber das Tier rollte zur linken Seite, und er sah den Griff herausragen. Garric bewegte die Klinge auf und ab wie eine Pumpe und zog sie dann heraus.

Der Kampf war vorüber. Die Truppen Yoles waren niedergemetzelt. Selbst wenn sie schon nicht mehr am Leben gewesen waren.

Liane hatte Colva die Arme auf den Rücken gedreht. Ihre

Miene war so kalt wie ein Pflasterstein – und trotz dieser Beherrschung unglaublich wütend.

»Es tut mir so leid«, sagte Colva mit ersterbender Stimme, als befände sie sich auf dem Höhepunkt der Leidenschaft. »Die Kräfte haben mich angezogen ... solche Kräfte sind hier freigesetzt!«

Garric war durchtränkt von den Körperflüssigkeiten eines tausend Jahre toten Tieres und umgeben von Leichen, einige von ihnen *seine* Männer, andere die Toten der Vergangenheit. Er blickte in Colvas ausdrucksvolle Augen und fühlte sich elend.

Ein Offizier der Blutadler starrte von den beiden Frauen zu Garric hin und zog fragend die Brauen hoch. »Haltet sie fest!« sagte Garric. »Nicht Liane, die andere.«

Garric wandte sich ab. »Haltet sie einfach fest und aus dem Weg«, fügte er hinzu und fiel beinahe um ... eine Reaktion auf den Kampf, nahm er an. Und eine Reaktion auf das, was er in Colvas Augen gesehen hatte.

Liane berührte Garrics Schulter. Das stützte ihn mehr als die Hand, mit der er sich am Boden abstützte.

Die drei Nekromanten kletterten eine Leiter hinab, die an dem Torbogen lehnte. Sie bewegten sich, als wären sie selbst lebendig tot. Solcher Zauber war so erschöpfend wie hohes Alter.

Garric zeigte mit dem Schwert auf sie. »Holt sie euch!« rief er. »*Tötet* sie!«

Denn solange sie lebten, waren sie gefährlich.

Die leere Verzweiflung, die Garric in dem einzelnen Auge des Mammuts erblickt hatte, hatte jede Möglichkeit, daß er den verantwortlichen Zauberern Gnade gewähren würde, zerstört. Zweifellos waren sie für noch Schlimmeres verantwortlich, aber *das hier* hatte Garric selbst mit angesehen.

Er ging vorwärts. Als erstes mußte er über Leichen steigen,

aber die Toten bildeten hier an der Flanke keine so hohe Barriere wie in der Mitte der königlichen Armee.

Hinter der Linie des Gemetzels machte geborstenes Pflaster den Boden unsicher. Garric rannte dennoch, sprang von einem gekippten Block zum nächsten und zögerte nicht länger als ein Eichhörnchen, das von einem Baum zum anderen springt.

Die drei Nekromanten hatten das Kohlebecken bei ihrer Flucht umgestoßen; ein dünner Rauchfaden stieg von dem Torbogen auf. Eine weitere Rauchwolke, dicht und aus abwechselnd schwarzem und weißem Rauch bestehend, wand sich vom Palastdach zum Himmel.

Garric wußte, wenn er seinen derzeitigen emotionalen Höhepunkt hinter sich hatte, würde er nur noch ein schwankendes Wrack sein – aber das war später. Im Augenblick mußte er zum Palast gelangen.

Offiziere kümmerten sich um die Phalanx. Die Reihen waren durch den Sieg in gewaltige Unordnung geraten – allerdings nicht annähernd so schlimm wie bei einer Niederlage.

Die Truppen konnten die Nekromanten nicht verfolgen, es sei denn, sie warfen ihre langen Speere weg.

Die Blutadler und die normale Infanterie waren beinahe ebenso belastet. Jene, die Garrics Befehl gehört hatten, stampften hinter den Zauberern her, aber es war unwahrscheinlich, daß sie die drei einholen würden, bevor sie den Palast erreichten.

Die leichte Infanterie jedoch – diejenigen, die den geistlosen Mut des feindlichen Angriffs überlebt hatten – sprintete durch die Reihen ihrer schwerer bewaffneten Kameraden. Wenn Garric wie ein Eichhörnchen sprang, waren diese Männer wie ein Schwarm von Hornissen, der an ihm vorbeisauste, um Rache zu nehmen.

Die ersten drei Soldaten erreichten die Zauberer, als Garric immer noch zwanzig Schritte zurücklag. Sie hatten keine Speere mehr, aber immer noch die kleinen Äxte, wie sie Bauern im Osten Ornifals häufig benutzten.

Der Nekromant in Weiß drehte sich um und streckte die Hände nach den Soldaten aus. Der Soldat, der ihm am nächsten war, versenkte seine Axt bis zum Griff im Gesicht des Zauberers. Das schwarzgewandete Paar schaffte noch einen weiteren Schritt, bis rasche Schläge ihre Wirbelsäulen durchtrennten.

»Wartet, Euer Majestät, wartet!« keuchte Attaper. »Bei der Herrin, Euer Majestät!«

Garric warf einen Blick zur Seite. Der Kommandant der Blutadler hatte Schild und Helm weggeworfen und kämpfte nun mit den Schnüren seines vergoldeten Brustpanzers. Zwanzig seiner Männer folgten ihm auf dem Fuß, einer von ihnen hatte sogar einen Speer.

»Die Schwester soll Euch holen, Euer Majestät!« schrie Attaper. Sein geschmückter Harnisch fiel mit einem Scheppern aufs Pflaster, und Attaper hatte den viel jüngeren Prinzen endlich eingeholt.

»Nicht das Palasttor«, warnte König Carus. Während der Augenblicke, in denen Garric dem Mammut gegenübergestanden hatte, hatte Carus Garrics Handlungen ebenso beherrscht wie der junge Mann selbst, aber nun war der uralte König wieder nur ein Geist in Garrics Hinterkopf. *»Über die Außentreppe zum Dach!«*

Die toten Nekromanten lagen wie weggeworfene Kleidung am Boden. Die weiß bemalte Hand, die aus einem Ärmel reichte, war kaum weniger dünn als ein Skelett. Die Macht, die diese Zauberer besaßen, hatte sie abgetragen wie Stahl auf einem Wetzstein; bald würde von ihnen nichts mehr übrig sein. Garrics Angriff hatte ihr Schicksal nur geringfügig beschleunigt.

Aber dieser geringe Unterschied genügte vielleicht, um die

Welt zu retten, die die Zauberer mit sich zu Fall gebracht hätten.

»Nehmt den Treppenturm!« sagte Garric und zeigte mit dem Schwert darauf. Er hatte die Klinge abgewischt, obwohl er sich nicht einmal daran erinnerte. Einer von Carus' Reflexen, nahm er an. »Die Tür wird von innen verriegelt sein!«

Der Alabasterschirm war eine wirksame Barriere gegen Bürger, die versuchten, sich näher an ihren Herrscher zu drängen. Er würde Soldaten, die es eilig hatten, nicht aufhalten.

Garric war nicht der erste auf der Wendeltreppe. Die leichte Infanterie war jetzt, nachdem sie mit den Nekromanten fertig war, bereit für weitere Einsätze. Mehr als zwanzig von ihnen liefen schon vor Garrics zeigender Schwertspitze her. Einige hatten sogar ein paar Speere aufgelesen, die sie zu Beginn des Angriffs geworfen hatten.

Die wiederbelebten Leichen begannen zu verfallen, sobald das Leben sie wieder verlassen hatte. Carus, der durch Garrics Augen über das Schlachtfeld spähte, runzelte verblüfft die Stirn. Er hatte viele Erinnerungen an ähnliche Szenen, aber in solchen Augenblicken hatten sich immer schon die Vögel niedergelassen: Geier und Adler, Krähen und besonders, da kein Teil der Inseln weit vom Meer entfernt war, die Möwen mit ihren großen, gebogenen Schnäbeln.

Klestis war eine Stadt der Toten. Es gab nur Pflanzen und ein paar Insekten, die in dem überlebt hatten, was die Nekromanten aus Ansalems Paradies gemacht hatten.

Garric rannte die Treppe hinauf und nahm mit jedem Schritt drei der flachen Stufen. Er würde das nicht ewig tun können, aber das wäre auch nicht notwendig. Sie hatten nicht ewig Zeit – weder Garric noch die Inseln.

Während er kletterte, spähte er zwischen den Steinsäulen des Turms zur Stadt hinaus. Klestis war genauso, wie er es in Ansalems Traum gesehen hatte, nur daß nun die königliche

Armee geordnet über den Platz vorrückte. Lord Waldron war ein guter Kommandant.

Auch Prinz Garric von Haft ging seiner Arbeit nach – einer, von der nur er wußte, wie sie zu tun war.

Liane sah ihn vom Platz aus nach und winkte mit ihrem weißen Seidenschal. Auch das war eine Veränderung gegenüber Garrics Träumen, eine, die im Augenblick mehr wert war als die Soldaten.

Die Brücke von Valles her berührte den Lichtvorhang, durch den Ansalem Klestis vom Rest des Universums abgetrennt hatte. Das war vertraut ...

Aber statt einer einzelnen Brücke gab es nun unzählige von ihnen, die einander rings um die Barriere überlagerten. Die überlebenden Nekromanten öffneten andere Passagen nach Klestis und von Klestis zu den Inseln.

Immer noch gefolgt von Attaper und den Blutadlern, erreichte Garric jetzt den Dachgarten. Die Speerkämpfer hatten sich nicht die Mühe gemacht, einen Pflanzenkübel als Ramme zu benutzen. Sie schlugen mit ihren Äxten auf den weichen Alabaster ein und fraßen ein Loch in den durchstochenen Stein, das groß genug für Menschen war.

Ein Kohlebecken aus Dolomit in Gestalt eines Drachenmauls stand inmitten von Ansalems Kammer. Rauch drang aus dem Maul und durch die Löcher in dem Alabasterschirm und bildete sich dann weiter oben zu einer einzigen Rauchfahne aus.

Tenoctris lag erstarrt auf der Bahre, die Ansalem in seiner Traumwelt benutzt hatte. Am Kopfende der Bahre stand ein Nekromant in Weiß. Unter der Farbe erkannte Garric ein dünnes, verängstigtes Gesicht aus der Truppe der Schüler, denen Carus in Ansalems Palast begegnet war. Die Frau hielt einen Dolch an Tenoctris' Kehle, bereit zuzustoßen, wenn der Befehl kam.

Die Gestalt am Fuß der Bahre war Purlio. Seine linke Seite war schwarz, die rechte weiß.

In Purlios Händen befand sich der fossile Ammonit. Ein böses Leuchten drang aus der schimmernden Makasitschale. Die Kammer erbebte an ihrem Platz im Universum, als Purlio einen Bannspruch rezitierte.

»Haltet sie auf!« schrie Garric. Er trat mit dem rechten Fuß gegen den Alabasterschirm. Die Steine flogen nach innen, und ein kopfgroßes Loch entstand.

Die Blutadler folgten Garrics Vorbild und droschen mit ihren Nagelstiefeln auf den Alabaster ein. Mehrere Infanteristen hackten ebenfalls weiter, obwohl ihre Axtschläge inzwischen ihre Kameraden eher gefährdeten.

Die Zauberin in Weiß ließ den Dolch fallen und taumelte davon. Purlio schrie mit schrecklicher Stimme ein Wort der Macht. Er hob das Makasitfossil vor sein Gesicht.

Es gab ein rotes Aufblitzen, so tief wie ein Sonnenuntergang über einer sterbenden Welt. Die Schale – der Große – verschmolz mit Purlio, um anstelle seines Schädels auf seinen Schultern zu ruhen. Rauchige Tentakel schoben sich aus der Öffnung, wie es Tentakel aus Fleisch und Blut im wirklichen Leben getan hatten.

Soldaten warfen die Waffen weg und taumelten davon. Attaper schrie: »Vorwärts! Vorwärts!« und schlug mit dem Schwertgriff gegen den Alabaster, aber selbst er war blind vor Entsetzen über diesen Anblick.

Die fliehende Zauberin drehte sich um und sah ihren ehemaligen Führer an. Sie begann zu schreien. Die Tentakel des Großen umschlangen ihren Kopf und zogen ihn auf den papageienartigen Schnabel zu. Knochen knirschten mehrmals, bevor das Schreien aufhörte.

Garric sprang gegen den Schirm, diesmal mit beiden Füßen gleichzeitig. Ein Stück von der Größe einer Palasttür fiel nach innen und zerbrach in tausend cremefarbene Fragmente.

Purlio drehte sich um und starrte Garric durch die Augen des Ammoniten an. Die Pupillen waren gebogene Schlitze. Die tote Zauberin lag auf dem Rücken; ihr Gesicht war weggefressen. Die Tentakel des Großen waren nun blutrote Muskeln.

Garric schwang sein Schwert in einem schrägen Bogen. Purlio wurde zu Funken scharlachroten Lichts. Er wirbelte und verschwand, als der blitzende Stahl ihn durchdrang. Vor Garric war Leere.

Tenoctris rührte sich auf der Steinbahre wie ein Spatz, der erwacht. Garric sank auf die Knie. Er ließ das Schwert aus seinen tauben Fingern gleiten und stützte sich auf den Rand der Bahre.

»Bei der Herrin!« rief ein Soldat draußen auf dem Dach. »Über all diese Brücken kommen Armeen! Bei der Herrin! Eine Million Soldaten kommen auf uns zu, und sie sind alle tot!«

»Dies ist der Palast von Landure, Schafsjunge«, sagte der Ringdämon. In halb verblüfftem Tonfall fügte er hinzu: »Wir sind da. Ich hätte wirklich nicht gedacht, daß wir herkommen würden.«

»Es war doch gar nicht so schlimm«, meinte Cashel wahrheitsgemäß. »Dank deiner Hilfe, meine ich.«

Das Gebäude war in den Felsen geschnitten wie all die anderen, die jede neue Etappe von Cashels Reise durch die Unterwelt angekündigt hatten. Davor befand sich eine Art Veranda mit vier Steinsäulen, die so gemeißelt waren, daß sie wie Palmen aussahen. Ihre Sockel waren von einer Farbe, die Palmwedel, die das Kapitell bildeten, von einer anderen, und die Stämme selbst waren in kontrastierenden Streifen bemalt – obwohl Cashel nicht erraten konnte, welche Farben das im richtigen Sonnenlicht gewesen wären.

Das blaue Licht hier war kalt. Es ließ das Gebäude aussehen wie ein Grabmal.

Statt einer hölzernen oder metallenen Tür fiel ein Vorhang aus silbernen Perlen über die Türöffnung. Sie schimmerten, als die leichte Brise sie bewegte. Cashel konnte das Muster der Bewegungen nicht lesen, aber er wußte, daß es eines gab.

»Ich sollte wohl hineingehen«, meinte Cashel. »Es sei denn, es gibt etwas anderes, das ich tun sollte, Meister Krias?«

»Nein, Schafsjunge«, erwiderte der Ring. »Du mußt nur noch hineingehen und das Plättchen dorthin legen, wo ich es dir sage, dann bist du fertig. Du bist frei.«

»Also gut«, sagte Cashel und ging auf die Veranda zu. In der Stimme des Dämons lag mehr als nur die Worte selbst, aber Cashel wußte nicht, was. Das Leben wäre erheblich einfacher, wenn die Menschen einfach sagen würden, was sie meinten, aber das taten sie im allgemeinen nicht, und Cashel hatte schon vor langer Zeit gelernt, daß es nicht half, wenn er sie bat, endlich auszuspucken, was sie wirklich wollten.

Schafe wären wahrscheinlich genauso schlimm, wenn sie reden könnten. Zum Glück konnten sie das nicht.

Als Cashel den Vorhang mit der ausgestreckten Hand beiseite schob, hörte er einen Klang aus der Ferne, der sich mit dem Klirren der Silberperlen vermischte. Elfin war irgendwo da draußen. Cashel verzog das Gesicht, obwohl Elfins Probleme nicht mit ihm zu tun hatten, oder zumindest nicht viel.

Weißes Licht aus keiner sichtbaren Quelle durchflutete den langgezogenen Flur hinter dem Vorhang. Cashel berührte den Boden mit dem Stock, um zu sehen, wohin der Schatten fallen würde. Es gab keinen Schatten, weder den des Hickoryholzes noch den seines eigenen Körpers.

Die Decke war hoch, wenn man von einem Bauernhaus ausging, aber nicht sonderlich im Vergleich mit den Palästen, die Cashel seit seinem Abschied aus Barcas Weiler gesehen hatte; er hätte sie mit dem Stock berühren können, wenn er gewollt hätte. Er konnte allerdings nicht sagen, wie weit sich der Flur nach rechts und links erstreckte. Wenn nicht unendlich, so doch jedenfalls über die Entfernung hinaus, die Cashel mit seinen recht guten Augen noch erkennen konnte. Auf der gegenüberliegenden Mauer gab es ein Wandgemälde, das Landure in einer endlosen Reihe von Beschäftigungen zeigte.

»Nach rechts«, meinte Krias säuerlich. »Es ist nicht weit.«

»Oh«, sagte Cashel, als er langsam den Flur entlang weiterging. Wenn man näher hinsah, sah man, daß in dem, was Landure auf dem Wandgemälde tat, keine sonderliche Abwechslung lag, nur der Hintergrund veränderte sich. Der Zauberer streckte mit dem Schwert ein geflügeltes Geschöpf nieder, das man, wäre es nicht größer gewesen als ein Ochse, vielleicht als Fledermaus hätte bezeichnen können; der Zauberer streckte die geballte Faust aus, so daß sein Saphirring Menschen von der Größe von Wühlmäusen versengte, die aus dem felsigen Boden schwärmten; der Zauberer stand an einem Strand und trieb haiköpfige Geschöpfe wieder ins Meer zurück; der Zauberer ...

»Hat Landure nichts anderes getan, als zu kämpfen, Meister Krias?« fragte Cashel.

»Einmal ist er gestorben, Schafsjunge«, sagte der Dämon. »Wenn ich mich recht erinnere, warst du anwesend, als es geschah.«

Sie kamen zu einer Szene, die Landure auf einem Thron aus Licht zeigte. Der Künstler hatte es geschafft, daß Landures grimmige Miene königlich und nicht nur nörglerisch und gereizt wirkte. Vor ihm, in so tiefen Verbeugungen, daß ihre Stirnen den Boden berührten, befanden sich die ersten Reihen einer Versammlung, die sich weit nach rechts und links erstreckte.

Die Versammlung war eine von Ungeheuern: Halbmenschen und Nichtmenschen, schlanke Geschöpfe, die Cashel als das Volk erkannte, das ihn hatte verschlingen wollen, Geschöpfe mit Insektenfühlern und Facettenaugen, Riesen und Zwerge und alle anderen Arten unterschiedlicher Unannehmlichkeiten. Selbst jene, die weit entfernt auf den Seiten abgebildet waren, waren noch genau zu erkennen. Cashel war sicher, daß er auch ihre Mienen hätte lesen können, hätte er einen Vergrößerungskristall gehabt, um sich das Gemälde damit genauer anzusehen.

Landures Abbild starrte nach außen und machte Cashel zu einem Mitglied dieser Versammlung. Cashel packte seinen Stock ein wenig fester.

Er war im allgemeinen ein recht unbeschwerter Mensch – er war zu groß und stark, um sich anderes erlauben zu können, wenn er vorhatte, mit anständigen Leuten zurechtzukommen. Aber selbst als Gemälde wußte dieser Landure offenbar, wie er ihn reizen konnte.

»Nun, worauf wartest du, Schafsjunge?« kreischte Krias schrill. »Sagtest du nicht, du wolltest frei sein? Steck das Leben unter Landures Zunge in dem Bild, und du bist fertig!«

»Ah«, sagte Cashel. Die Leute regten sich immer wieder auf, weil Cashel irgendwelche Dinge nicht wußte, die sie ihm nie in irgendeiner Weise mitgeteilt hatten, die er verstand. Meistens geschah dies, weil sie ungeduldig waren oder weil es einfach Leute waren, die sich gerne aufregten.

Er griff in seine Börse, schob die pflaumengroße Frucht beiseite, die er von dem Baum mitgenommen hatte, und holte das Kristallplättchen heraus. In der schattenlosen Beleuchtung dieser Halle schimmerte es wie ein Regenbogen.

Cashel schaute seinen Ring an; Krias war kaum mehr als ein Funken im Herzen des Saphirs. Er hob das Plättchen zum Mund des gemalten Landure und stellte fest, daß es leicht hineinglitt – denn er hatte nun keine Mauer mehr vor sich, sondern den Mann selbst, der herrisch vortrat, um ihn anzuschreien: »Wer seid Ihr, und was macht Ihr hier?«

Cashel wich zurück. Der gemalte Thron war leer. »Ich bin Cashel or-Kenset«, sagte er.

»Er ist der Bursche, der dir das Leben zurückgibt, das du verloren hast, Herr«, meinte Krias. »Oder war dir das nicht aufgefallen?«

»Still!« sagte der Zauberer. »Ich könnte wahrscheinlich an Altersschwäche sterben, wenn ich darauf warten würde, daß ein Bauer mir sagt, was ich wissen muß.«

Symbole und Worte waren bereits im Mosaikboden eingelegt. Landure löste die Goldklammer seines Schulterumhangs – sie war so geschmiedet, daß sie aussah wie ein Egel, der sich auf seine Kehle zubewegte – und kniete nieder. *»Sukk kala bowe«,* murmelte er und benutzte die Nadel der Schließe als Zauberstab, *»Badawa balaha war-ry.«*

Cashel blieb schweigend stehen, den Stock senkrecht an seiner Seite. Seine Hand kribbelte; so war es immer, wenn er in der Nähe von Zauberei war. Er hätte den Stock lieber quer vor sich gehalten, aber das hätte vermutlich feindselig gewirkt.

Er *fühlte* sich feindselig, das war wahr. Landure der Wächter war beim zweiten Mal kein bißchen besser als bei der ersten Begegnung, aber dagegen ließ sich wohl nichts machen.

»Risauda!« rief der Zauberer und berührte mit der Nadel die Mitte des fünfzackigen Sterns im Mosaik vor sich. Lichter wirbelten in der Luft. Manchmal glaubte Cashel, Gestalten zu sehen, aber es bewegte sich alles zu schnell für ihn.

Landure erhob sich. Einen Augenblick lang schien er ein wenig zitterig von der Zauberei, aber er war zu wütend, um sich lange aufhalten zu lassen. »Du hast mich also getötet, Bauer!«

»Ja«, erwiderte Cashel. Er hob die Stimme nicht, er versuchte nicht zu erklären, was der Zauberer bereits wußte, und ganz besonders wich er nicht vor Landures zornigem Blick zurück.

Landure wich ebenfalls nicht, aber sein Tonfall war ein wenig vernünftiger, als er fortfuhr: »Ich sehe, du hast mit meinen Ring zurückgebracht. Wo ist mein Schwert?«

Cashel drehte den Ring in eine, dann in die andere Richtung und zog ihn dann über den Fingerknöchel. Der Goldreif war so fest auf seinem kleinen Finger gewesen, wie es gerade noch bequem war.

»Hier ist Krias«, sagte er und reichte dem Zauberer den Ring. »Er war mir eine große Hilfe. Was Euer Schwert angeht, das habe ich gelassen, wo es lag. Ich will mit Schwertern nichts zu tun haben.«

»Nur manchmal bringt er Leute um, die versuchen, sie gegen ihn zu benutzen«, zwitscherte der Ringdämon. »Leute, deren treue Diener versucht haben, sie zu warnen.«

Landure warf dem Ring einen bösen Blick zu, als er ihn auf den Mittelfinger seiner linken Hand streifte. Dann sah er wieder Cashel an.

»Ich nehme an, Ihr wißt, was Ihr getan habt?« fragte der Zauberer. Er benutzte die Nadel wieder als Schließe für den Umhang. »Ich rede nicht nur davon, daß Ihr Colva freigelassen habt. Es gibt eine ganze Flut von Dämonen, die gerade in die wache Welt eintreten, um die Armeen zu beleben, die ein Nekromant wiedererweckt!«

»Das wußte ich nicht«, sagte Cashel ruhig. Er war größer als Landure und stärker als drei Landures zusammen ...

Und er hatte Landure schon einmal getötet. Der Zauberer war wütend, und er hatte zweifellos Grund dazu, aber Cashel würde nicht zurückweichen, ganz gleich, was Landure sagte oder versuchte.

»Die Dämonen würden ohnehin in die wache Welt eindringen«, meinte Krias. »Die Nekromanten benutzten die Leiche des Drachen als Talisman.«

»Ich hätte ...«, sagte Landure.

»Du hättest dich gegen den Drachen stellen können?« kreischte der Ringdämon. »Du? Du konntest nicht einmal einen *Bauern* davon abhalten, dir deinen dummen Kopf einzuschlagen. Es sieht aus, als wärst du als Landure der Hofnarr ins Leben zurückgekehrt!«

Der Zauberer lief rot an. Einen Augenblick lang fürchtete Cashel, er würde einen Fluch aussprechen – einen richtigen Fluch, nicht das, was man sagt, wenn einem ein ungeschickter Ochse auf den Fuß trat.

Statt dessen holte Landure tief Luft. »Ich hätte einige von ihnen zurücktreiben können«, meinte er leise, »aber es hat keinen Sinn, jetzt noch darüber zu sprechen. Es gibt viel zu tun, und dazu werde ich mein Schwert brauchen.«

»Sag ihm, wieso du hier bist, Schafsjunge!« meinte Krias, »oder bist du ganz umsonst hierher gekommen?«

»Was ist los?« fragte Landure. Ein Hauch der schlechten Laune war in seine Stimme zurückgekehrt.

»Ich suche nach meiner Freundin Sharina«, sagte Cashel und spürte, wie seine Wangen warm wurden. »Tenoctris sagte, Ihr könntet mir helfen. Sie sagte, es sei vielleicht wichtig, Sharina zu finden. Ich meine, nicht nur für mich.«

Landure runzelte die Stirn. »Tenoctris von Guelf?« fragte er. »Ich habe von ihr gehört, aber ich verstehe nicht, was ...«

Er zuckte die Achseln. »Ich habe ohnehin keine Zeit«, sagte er. »Ihr könnt mit mir an die Oberfläche kommen, und von dort aus schicke ich Euch nach Hause.«

»Er will nicht zur Oberfläche«, meinte Krias unerwartet. »Er will zur Kluft und sie dorthin überqueren, wo das Mädchen ist.«

»Er kann die Kluft nicht überqueren!« sagte Landure. Er streckte die Hand aus, wenn er mit dem Ring sprach.

»Er kann es, wenn er Hilfe hat, wie du ...«

»Dämon, soll ich dich in einen Basaltfelsen einschließen, der bis ans Ende aller Zeit stehenbleibt?« brüllte der Zauberer. *»Dieser idiotische Bauer hat mich getötet und Ungeheuer auf seine eigene Welt losgelassen!«*

»Du bist nicht gestorben, weil dieser *Mann* nicht zugehört hat«, meinte der Ringdämon, »sondern weil du nicht erklärt hast, was los war. Und du lebst jetzt wieder, weil dieser *Mann* eine Reise hinter sich gebracht hat, die nur einer von tausend auch nur versucht hätte!«

»Meister Krias«, meinte Cashel mit trockenen Lippen. »Wenn du mir den Weg zu dieser Kluft zeigst, dann kümmere ich mich selbst um den Rest. Ich brauche keine Hilfe von Leuten, die zuviel zu tun haben.«

Landure ballte seine beringte Faust. »Ich habe es nicht nötig, mich von Dienern über meine Pflicht belehren zu lassen«, meinte er, »und auch nicht von Bauern!«

»Aber irgend jemand sollte es tun«, sagte Krias. »Und was die Diener angeht – ich habe aufgehört, dir zu dienen, Landure der Wächter. Nun, da ich weiß, wie ein richtiger Mann sich benimmt, werde ich in Zukunft dasselbe tun. Selbst wenn du mich in Bernstein kochst, wie du bereits gedroht hast!«

Landure blinzelte. Er legte den Kopf schief, als vernähme er Stimmen, die Cashel nicht hören konnte. Der Zorn wich aus ihm, und er zog sich den Ring vom Finger.

»Hier«, sagte er und reichte ihn Cashel. »Das bin ich Euch schuldig, weil Ihr mich zurück ins Leben gebracht habt. Der Dämon Krias wird Euch leiten und schützen, wohin Euer Weg Euch führen wird.«

Cashel schob sich den Ring wieder an den Finger. Er fühlte sich gut an. Landure warf einen erbosten Blick auf den Saphir und fügte hinzu: »Krias weiß, daß es Folgen haben wird, wenn er Euch verrät.«

»Vor deinen Folgen habe ich keine Angst!« sagte Krias. Cashel glaubte ihm eigentlich nicht, aber er hielt ihn allemal für einen Burschen, der so etwas sagen würde, selbst wenn er zu Tode verängstigt war. »Und was die Hilfestellung für Meister Cashel betrifft: das ist mir ein Vergnügen. Du kannst dir nicht vorstellen, was für eine Veränderung das ist, Landure, mit einem echten Mann zusammen unterwegs zu sein.«

Krias kicherte höhnisch. »Er ist selbstverständlich auch ein wirklich *dummer* Mann«, fügte er hinzu, »aber das ist schon in Ordnung.«

Cashel lachte. Zu dem wutschnaubenden Zauberer sagte er: »Ich hatte schon Angst, was aus dem Krias, den ich kannte, geworden war, aber ich weiß jetzt, daß er noch derselbe ist.«

Er schlug kurz mit dem Stock auf den Boden, um das Gespräch abzuschließen. »Meister Krias?« fragte er förmlich. »Wohin gehen wir jetzt?«

Landure selbst zeigte den Flur entlang, in die Richtung, in die sie bereits zuvor gegangen waren. »Ihr findet, was Ihr wollt, in fünfzig Schritten Entfernung«, sagte der Zauberer. Dann bemerkte er Cashels unsichere Miene und fügte hinzu: »Sagen wir, in der Höhe eines großen Baums, wenn Euch das weiterhilft.«

»Ich sage dir schon, wenn wir da sind, Schafsjunge«, keifte der Dämon. »Geh einfach.«

Cashel verbeugte sich vor Landure und ging. Der Zauberer runzelte die Stirn. Diesmal war es kein Zorn, sondern offensichtlich Staunen.

Cashel grinste. Er und Krias gaben wohl tatsächlich ein ziemlich komisches Paar ab. Das Grinsen verging ihm, als er sich fragte, was Sharina wohl mit dem kleinen Burschen anfangen würde. Dennoch, die meisten kamen mit Sharina zurecht.

Die Szenen auf der Mauer blieben dieselben: Landure kümmerte sich um Recht und Ordnung, was überwiegend bedeutete, daß er alle Arten von Ungeheuern dorthin trieb, wo er sie haben wollte, und sie abschlachtete, wenn sie sich nicht schnell genug bewegten.

Cashel verzog das Gesicht, aber er wußte, daß es Leute gab, die man einfach so behandeln *mußte* – die vom Volk zum Beispiel. Höflichkeit hatte Cashel bei ihnen nicht weitergebracht, als zu ihrer Hauptmahlzeit zu werden ...

»Ich kann mir schon vorstellen, warum Landure so, äh, reizbar ist«, meinte Cashel zum Ring.

»Ha!« fauchte Krias. »Landure ist reizbar geworden, indem er zur Welt kam. Du mußt ihm nur zuhören: Angeblich ist er ein Märtyrer, der sich opfert, um die wache Welt zu beschützen – aber in Wahrheit hat er sich diese Arbeit selbst gesucht, damit er sich so benehmen kann, wie es ihm paßt.«

Und dann rief der Dämon: »Bleib stehen! Du gehst direkt daran vorbei. Bist du denn blind?«

Cashel blieb vor einem Fresko stehen, das eine Landschaft zeigte. Landure war auf diesem Bild nicht zu sehen und auch sonst niemand, aber von den enormen Ausmaßen her zu schließen, hätten sich ganze Regimenter von Menschen hinter den Bäumen verbergen können.

Steile Klippen begrenzten eine nebelerfüllte Klamm. In der Mitte erhoben sich flache Gipfel über den Wirbeln. Es gab vielleicht auch Felsen am anderen Ende, aber darauf hätte Cashel lieber nicht geschworen. Ein Regenbogen überquerte die Schlucht. Wenn Cashel seinen Kopf ein wenig zur Seite bewegte, schien sich das Band aus Licht ebenfalls zu bewegen.

»Also los, geh schon!« sagte Krias. »Geh einfach vorwärts! Oder ist das zu schwierig für dich?«

»Nein, Meister Krias«, meinte Cashel. Lächelnd – er wußte nicht, ob er mit dem Dämon wirklich richtig warm werden würde, aber zumindest brauchte man sich keine Sorgen zu machen, daß der kleine Bursche Dinge heimlich sagte, die er einem nicht auch ins Gesicht sagen würde – ging er vorwärts.

Es gab keine Wand. Es war genau so, als wäre Cashel von einer Wiese in den Wald gegangen, obwohl diese Bäume gewaltig waren. Es waren Fichten und Schierlingstannen, und ihre Äste begannen an einer Stelle, die höher lag als die Wipfel der meisten Bäume, die Cashel je gesehen hatte.

Er wirbelte seinen Stock. Vor sich, dann über den Kopf, und am Ende benutzte er das Hickoryholz als Stütze und wirbelte sich selbst in einem Kreis herum.

»Das ist ja reizend, Schafsjunge«, meinte der Dämon säuerlich. »Glaubst du, du kannst über die Schlucht springen?«

»Nein, Meister Krias«, sagte Cashel und ging weiter. »Aber ich möchte auch nicht steif sein, wenn ich diese Klippe herunterklettern muß. Wie tief ist diese Klamm?«

Krias schnaubte. »Du würdest nicht lange genug leben, um den Grund zu erreichen«, sagte er, »selbst wenn du vom Rand springen würdest. Was ich nicht *empfehlen* würde, Schafsjunge – und außerdem gibt es eine Brücke.«

Cashel ging einen Augenblick lang schweigend weiter. Er konnte die Felsen hinter den letzten Bäumen schon sehen. Ein Steinkeil ragte in die Wolken vor wie der Bug eines Schiffs. Eins war sicher: Hier sah nichts auch nur entfernt nach einer Brücke aus.

»Wie finde ich die Brücke, Meister Krias?« fragte Cashel. Er ging auf den Felskeil hinaus und spähte in die gewaltige, kochende Wolke hinab. Die Luft glitzerte vor Leben und Feuchtigkeit, wie in der Ruhepause zwischen zwei Hälften eines gewaltigen Sturms.

»Du rufst sie zu dir, Schafsjunge«, sagte der Ring. »Aber bevor du das tust, solltest du wissen, daß es einen Wächter gibt, und selbst du kannst nicht gegen ihn kämpfen.«

Cashel zog die Braue hoch, sagte aber nichts.

Krias kicherte nervös. »Oh, ich habe keine Zweifel daran, daß du es versuchen würdest«, sagte er, »aber du kannst nicht gewinnen, es sei denn, du hörst auf, ein Mensch zu sein. Hast du das vor, Cashel or-Kenset?«

Cashel runzelte die Stirn. »Ein Mensch sein« gehörte nicht zu den Dingen, über die er nachdachte, er war es einfach. Aber wenn er aufhörte zu sein, was er war, könnte er genausogut gleich sterben.

»Nein, Meister Krias«, sagte Cashel. »Ich fürchte, dann werde ich ihn so bekämpfen müssen, wie ich bin. Wenn das nicht genügt, dann genügt es eben nicht.«

Er ließ seinen Stock ein paarmal langsam wirbeln, um sich zu überzeugen, daß alles immer noch funktionierte. Cashel wußte, daß es möglich war, daß er einen Kampf verlor; so etwas war allerdings noch nicht geschehen, nicht, seit er ein Junge gewesen war.

»Ich kann ihn bekämpfen«, sagte Krias. Die Stimme des Dämons war ganz Funkeln und Stacheln. In Krias' Kopf ging offensichtlich *erheblich* mehr vor, als er durch diese Worte ausdrückte. »Ich kann ihn bekämpfen, aber du mußt mich befreien.«

»Dich befreien?« sagte Cashel überrascht. »Das werde ich selbstverständlich tun – ich wußte nicht, daß ich das kann, Meister Krias.«

»Du wußtest es nicht?« sagte Krias. Seine Stimme hatte schon schrill begonnen und endete wie das Sirren von Moskitoflügeln. »Ich habe mehr Zeitalter in diesem Saphir verbracht, als es Sandkörner an einem Strand gibt, und du *wußtest* nicht, daß ich frei sein wollte?«

»Ich wußte nicht, daß *ich* dich befreien könnte«, sagte Cashel ruhig. »Sag mir, was ich tun soll, und ich werde mich sofort darum kümmern.«

Viele Menschen glauben, daß sie sich winden und drehen müssen, um zu bekommen, was sie wollen. Es mußte einen guten Grund geben, wieso sie das taten, oder es würden nicht so viele tun, aber Cashel sah wirklich nicht ein, worin der Sinn lag.

Wenn Cashel etwas brauchte, fragte er direkt, und ihn direkt zu fragen war auch der beste Weg, ihn dazu zu bringen, etwas zu tun. Und sei es nur, weil er es im allgemeinen nicht verstand, was die Leute meinten, wenn sie es auf indirekte Weise versuchten.

»Ich werde für dich gegen den Wächter kämpfen«, erklärte Krias mit derselben stacheligen Nervosität wie zuvor. »Aber danach hast du keine Macht mehr über mich. Ich werde keine Befehle mehr entgegennehmen!«

Cashel lächelte. »Meister Krias«, sagte er, »ich kann mich nicht erinnern, dir zuvor jemals einen Befehl gegeben zu haben, es sei denn, wenn du mir gesagt hast, ich müsse die Worte aussprechen. Und was das Kämpfen für mich angeht – ich habe nie jemanden gebeten, das zu tun, und ich bin vollkommen überzeugt, daß ich das auch jetzt nicht tue. Sag mir, wie ich dich befreien kann. Dann kannst du deinen Angelegenheiten nachgehen, während ich mich um meine kümmere.«

Krias schwieg länger, als Cashel erwartet hätte. »Also gut, Schafsjunge«, sagte der Dämon schließlich. »Wir werden es folgendermaßen tun: Leg mich auf einen Stein. Dann rufst du: ›Brücke, bring mich zu meiner Sharina‹ – nur das. Und dann zertrümmerst du den Edelstein mit dem Ende deines Stocks – oder mit einem Stein, wenn dir das lieber ist.«

»Oh, ich denke mein Stock wird genügen«, sagte Cashel. Er zog sich den Ring vom Finger. »Geht in Ordnung ...«

Cashel schwieg, als er den Ring auf den Boden legte, dann

mußte er ihn noch zurechtrücken, weil der Wind ihn von der Felsspitze schubste. Hier oben gab es viel Wind. Er schien auf den Nebel in der Klamm, der wie Wasser brodelte, nicht einzuwirken, aber Cashels Ärmel und sein Hemdsaum flatterten wie ein kleiner Vogel, der etwas zu fressen wollte. »Mit diesem Stock habe ich schon Schwierigeres getan«, schloß Cashel leise. Er wandte sich der Klamm zu. »Brücke, bring mich zu Sharina!«

Er spähte nach unten und betrachtete den Ring. Der Saphir blinzelte ihm zu. Er hielt den Stock wie einen Stößel und brachte den Eisenbeschlag direkt auf den Stein nieder. Der Saphir zerbarst mit einem Krachen.

Cashel hob den Stock schräg vor sich. Die goldene Fassung war zerdrückt, der Saphir war purpurfarbener Staub, der begann im Wind zu verwehen.

»Meister Krias?« sagte Cashel. Es gab keine Antwort, außer dem Echo seiner Stimme: »Sharina ... Sharina ... Sharina ...«

Cashel sah sich um. Der Nebel schien im Licht dichter zu werden. Er sah aus wie – er sah aus wie ein Regenbogen, der sich bildete, nur daß dies direkt vor ihm geschah.

Es war ein Regenbogen. Es war auch eine Brücke. Der Regenbogen überspannte die Kluft von dem Felsen, auf dem Cashel stand, zu einem Punkt, der zu weit entfernt war, um ihn zu erkennen.

»Danke für deine Hilfe, Meister Krias«, sagte Cashel. Er hatte geglaubt, daß etwas geschehen würde, wenn er den Ring zerschmetterte. Hatte er vielleicht etwas falsch verstanden und den Dämon zusammen mit dem Gold der Fassung platt gedrückt? »Nun, dann mache ich mich wohl lieber auf den Weg.«

Sharina ... Sharina ... Sharina ...; flüsterten die Wolken.

Der Nebel in der Mitte der Kluft türmte sich. Hätte Cashel dasselbe an einem Sommerhimmel gesehen, hätte er gesagt, daß ein Gewitter heraufzöge. Diesmal hatte die Wolke Schultern und einen Kopf, in dem rote Blitze glitzerten.

Das hatte er tatsächlich schon einmal gesehen. In Tian.

Die Farben der Brücke veränderten sich in einer ununterbrochenen Kaskade, aber sie schimmerten weiter und waren so wirklich wie Sonnenlicht auf dem Meer. Cashel hatte den Stock ausgestreckt, um festzustellen, wie solide die Brücke war – nun zog er ihn zurück.

Er hatte nicht vor, mitten über dem Abgrund zu stehen, wenn er gegen den Sturmriesen kämpfen mußte – nicht, daß das sonderlich viel ausmachen würde. Er fragte sich, ob er wohl ebenso jämmerlich aussah wie König Liew und seine Edlen an dem Morgen, als Tian fiel.

Es würde Sharina auch ohne ihn gut gehen. Ganz bestimmt.

Cashel begann, seinen Stock zu drehen und seinen Rhythmus zu finden. Ein blauer Funke sprang von einem Eisenbeschlag, dann vom anderen. Zauberlicht.

Der Riese erhob sich weiter aus dem Nebel wie ein Mann, der aus dem Meer an den Strand klettert. Er hob seine Keule, eine Masse wirbelnder Gewitterwolken. Die Waffe sah so fest aus wie aus Basalt gemeißelt. Und nach allem, was sie mit Tian gemacht hatte, war das auch keine Illusion.

Selbst wenn Cashel ein größerer Zauberer gewesen wäre als jeder, dem er je begegnet war – und er hatte einige kennengelernt –, hätte das wohl nicht genügt. Der Sturmriese war einfach zu groß, um von einem Zauberspruch aufgehalten zu werden, der nicht einfach den Boden unter ihm wegriß. Einfach zu groß ...

Arme Lia, armes Tian.

Am Boden neben Cashel knackte es. Die Haare auf seinen Armen sträubten sich, und es kribbelte ihn im Nacken. Er schaute nach unten. Purpurfarbene Blitze zischten, wo er den

Ring zerstört hatte, und wuchsen mit der plötzlichen Geschwindigkeit eines Funkens, der in Disteldaunen fällt.

Cashel trat zurück und blinzelte, als brennende Luft ihn in Augen und Nase stach. Die fauchenden Blitze wuchsen zu einer Gestalt.

Zur Gestalt von Krias.

Der Dämon war so groß wie ein Haus, dann wie ein Baum. Er sprang von einem Felsen zum anderen, beugte seine blitzenden Arme ...

... und sprang auf den Sturmriesen zu, als dieser seine Keule hob.

Die beiden Gestalten krachten zusammen und beleuchteten sowohl den Himmel als auch die Tiefen der Schlucht, aus der der Riese sich erhoben hatte. Ein Wolkenarm schmetterte Krias gegen die Klippe und zertrümmerte ein paar Felsen zu Kieselsteinen. Krias prallte ab wie ein Ball und sprang seinem Gegner an die Kehle. Statt dessen erwischte er die Schulter und biß in Donner. Regen strömte aus der Wolke und drosch den Nebel tiefer, als ein Auge sehen konnte, nieder.

»Geh schon, Schafsjunge!« knisterte eine Stimme aus purpurnem Feuer. »Kümmere dich um deine Angelegenheiten, und ich kümmere mich um meine!«

Cashel schulterte seinen Stock und ging über die Brücke. Die Oberfläche war kühl und gab nicht nach; sie fühlte sich an wie gefrorener Boden, bevor der Schnee darauf fällt. Cashel begann schneller zu gehen. Er lief nicht, aber er hatte genug Kämpfe gesehen, um ein schlechtes Gefühl zu haben. Sharina war auf der anderen Seite der Brücke. Nun, nachdem Cashel sich entschlossen hatte weiterzuleben, war das wieder wichtig.

Krias' knisternde, violette Gestalt war riesig, aber der Wolkenriese hatte die Größe einer Insel angenommen. Das hier war, als sähe man zu, wie eine Ratte gegen eine Bulldogge kämpft.

Der Ringdämon löste sich von seinem Gegner und hing mitten in der Luft. Der Riese hob die Keule. Krias sprang unter der Waffe hindurch und wieder an die Kehle des Riesen. Zähne aus zischenden Blitzen setzten eine andere Regenflut frei, diesmal aus dem Handgelenk, das der Riese noch rechtzeitig in den Weg geschoben hatte.

Krias war keine Ratte. Krias war ein Wiesel, und vielleicht ...

Cashel begann zu laufen. Er hatte die Mitte der Schlucht schon hinter sich gelassen. Er konnte die andere Seite immer noch nicht sehen, aber der kalte, feste Regenbogen senkte sich jetzt abwärts. Wenn er direkt in die Klamm starrte, sah er Lichter, die so zahlreich waren wie die Sterne an einem Winterhimmel.

Es *waren* Sterne. Cashel erkannte Sternbilder: die Schleppe der Herrin, das Höllenmaul mit den zwei Leitsteinen, die Herde ...

Er wandte den Blick ab, als ihm plötzlich schwindelig wurde. Wenn die Sterne unter ihm lagen ...

Die Brücke, das feste, wechselhafte Licht, fand direkt vor Cashel ein Ende. Er konnte dahinter nichts erkennen, nur eine Abwesenheit in der Art, wie ein Baum in den Himmel aufragt und dann aufhört.

Wenn die Sterne unter ihm lagen, würde er dann für immer fallen?

Donner krachte, und Blitz färbte den Himmel violett. Cashel sah sich um, lief aber weiter vorwärts.

Wolken begannen, sich über der Schlucht aufzulösen. In ihrer Mitte, herumtollend wie der Dämon, der er war, befand sich Krias, und er schrie: »Frei! Ich bin frei! Ich werde ewig frei sein!«

Cashel trat in eine Wand eisiger Dunkelheit. Er war nicht sicher, ob er den letzten Schrei wirklich gehört hatte: »Cashel, ich bin frei!«

Aber er hoffte, daß es der Wahrheit entsprach.

»Nun, wenn Harns Brücke uns dorthin bringt, wohin Ihr gehen wolltet, Herrin Ilna«, sagte Chalcus, als er sie mit gezücktem Schwert durch die Eishöhle führte, »dann unterscheiden sich Euer und mein Geschmack gewaltig.«

»Davon bin ich überzeugt«, meinte Ilna spitz. Die Höhle war wie ein Wurmloch, sie führte geradeaus von dem Sims weg, wo der Rest von Harns Tau immer noch hing. Es fiel genügend bläuliches Licht durch die Decke und Wände, um ihnen den Weg zu beleuchten. »Ich hätte sie allerdings nicht für so unterschiedlich gehalten. Vielleicht hat Harn sich einen Witz mit uns erlaubt. Seinen letzten Witz.«

»Ich sehe Soldaten im Eis«, sagte Merota leise. »Glaubst du, sie sind echt, Ilna?« Ilna verzog das Gesicht. Das Licht war ein wenig besser, als es hätte sein müssen: Es zeigte nicht nur den Weg der drei, sondern auch die Gestalten, die in dem Gletscher eingeschlossen waren. Ihre spitzen Helme hatten Nakkenschützer aus Bronzeketten. Die einfacheren Truppen trugen Hemden aus scharlachrotem Stoff mit Goldstickerei über ihren Kettenhemden, aber ihre Anführer hatten juwelengeschmückte Harnische aus Silber und Gold.

»Das nehme ich an«, meinte Ilna wahrheitsgemäß. »Aber sie können uns nicht weh tun, also denke ich nicht, daß es einen Unterschied macht.«

Die zweite Hälfte von Ilnas Bemerkung entsprach nicht ganz der Wahrheit. Sie hätte es vorsichtiger ausgedrückt, wenn sie so ehrlich gewesen wäre, wie sie eigentlich hätte sein sollen. Sie kniff die Lippen zusammen.

»Genau, Kind«, meinte der Seemann vergnügt. Er griff nach

einem Stück Metall vom Höhlenboden und fuchtelte damit hinter sich herum, damit die anderen es sehen konnten. Es war die Hälfte einer Dolchklinge, unter deren Grünspan noch eine eingravierte Jagdszene zu sehen war. »Ihre Klingen sind aus Bronze.«

Chalcus warf das Metall beiseite und lachte. »Wie lange ist es her, seit die Menschen mit Bronze kämpfen, was glaubt Ihr? Wer immer unsere kalten Freunde unter dieses Eis verbannt hat, hat sie dort lange genug behalten, daß wir sie in der kurzen Zeit, in der wir an ihnen vorbeigehen, nicht fürchten müssen.«

Ilna war aufgefallen, daß die Dolchklinge *abgefressen* war. Sie und ihre Begleiter brauchten von diesen Toten nichts zu befürchten, aber was immer sich durch das Herz des Gletschers bohrte, um die Toten zu fressen, war etwas anderes.

»Ich glaube, wir kommen aus dem Tunnel heraus«, sagte der Seemann. »Er wird mir nicht fehlen.«

Sein Lachen klang fröhlich, trotz des heftigen Windes, der an dem Tunneleingang vorbeipfiff. »Obwohl ich das vielleicht nicht sagen sollte, sonst fühlt sich die Herrin noch versucht, mir das Gegenteil zu beweisen.«

»Wenn ich an die Herrin glaubte«, erklärte Ilna gereizt, »dann hätte die Herrin, an die *ich* glaube, etwas Besseres mit ihrer Zeit zu tun, als solche Witze zu machen.«

»Glaubst du nicht an die Herrin, Ilna?« fragte Merota überrascht.

»Ich weiß nicht mehr, an was ich glaube«, sagte Ilna barsch. »Ich habe einmal geglaubt, daß die Welt ein einfacherer Ort ist, als ich vor kurzem herausgefunden habe. Sie ist kein *besserer* Ort, Kind, aber einfach ist sie auch nicht.«

Seite an Seite gingen sie hinaus auf eine windige Ebene. Ihr Tunnel war einer von vielen in einem Gletscher, der sich bis zum Horizont erstreckte; aus jedem dieser Tunnel flossen kleine Bäche über den steinigen Boden und verbanden sich zu größeren. Flechten und verkrüppelte Vegetation ließen die Umrisse von Felsen weiter im Süden weicher wirken.

»Ich hätte nichts dagegen, diesen Ort mit anderen zu teilen«, sagte Chalcus leise und betrachtete sechs Gestalten, die einen Bogenschuß weit entfernt standen. »Aber nicht mit diesen da.«

»Nein«, sagte Ilna, band sich die Schlinge um die Taille und zog die Schnüre aus dem Ärmel. Das hier würde nicht einfach werden, falls es überhaupt möglich war. »Ich bezweifle auch, daß sie unsere Gegenwart akzeptieren; aber wir können sie auf keinen Fall mit dem, was sie da tun, fortfahren lassen.«

Ein Zauberer, dessen Kleidung halb schwarz, halb weiß war, stand auf einer Seite eines Kohlebeckens, ihm gegenüber befand sich die mumifizierte Leiche von etwas Menschengroßem, aber nicht Menschlichem. Die vom Alter vergilbten Leinenbänder der Mumie flatterten im Wind. Sie – der Zauberer und die Mumie – rezitierten etwas. Ilna spürte die Worte, die sie nicht hören konnte, wie sie das Tosen des Flusses gespürt hatte, noch bevor sie Harns Höhle betraten.

Ein weiterer Zauberer war anwesend, ganz in Schwarz, aber er hatte keinen Anteil an dem Ritual. Er beobachtete eine Lichtsäule, die aufrecht inmitten eines Kreises stand. Das Licht bog sich auf Ilna zu, dann verschwand es.

Der Zauberer blickte auf und schrie einen Befehl. Die Worte waren, bis sie Ilna erreichten, nur noch ein Geräusch.

»Der andere Mann hat keinen Kopf«, sagte Merota, ihre Stimme stand kurz vor der Hysterie. »Er hat dieses Ding, wo sein Kopf sein sollte. Einen der Großen.«

»Das ist tatsächlich so, Kind«, meinte der Seemann, »aber ich denke, er läßt sich abhacken wie echte Köpfe.«

Er vollzog mit dem Schwert eine anmutige Bewegung.

»Obwohl ich mich vorher vermutlich noch mit dringenderen Angelegenheiten auseinandersetzen muß.«

Die drei anderen Gestalten waren riesige, insektenartige Ungeheuer. Auf den Befehl des Zauberers hin erhoben sie sich und gingen auf die Eindringlinge zu. Ihre Mundwerkzeuge öffneten sich seitlich und schoben Sägezähne gegeneinander, wenn sie sich wieder schlossen.

»Ich kümmere mich um den Zauberer«, sagte Ilna. *Ich versuche, mich um den Zauberer zu kümmern.* »Ich fürchte, den Rest muß ich Euch überlassen, Meister Chalcus.«

»Ich werde helfen«, sagte Merota.

Ilna und der Seemann schauten sie beide an. Keiner sagte ein Wort.

»Das werde ich tun!« verkündete das Kind zornig. »Sie werden mich jagen, und Chalcus kann sie dann töten!«

»Tatsächlich«, sagte Chalcus, »wenn sie nicht intelligenter sind, als sie aussehen, und wenn sich Ilna um den Burschen kümmert, der sie anführt ... dann könntest du recht haben.«

Ilna hockte sich nieder, um sich besser gegen den Wind schützen zu können, der ihr Muster zu stören drohte. Ihre Begleiter gingen vorwärts, in einem anderen Winkel zu der direkten Linie zwischen Ilna und dem Kohlebecken, wo ein Zauberer und eine Mumie sich immer noch auf Angelegenheiten konzentrierten, die nichts mit dieser Welt zu tun hatten.

Weder Ilna noch Chalcus nahmen sich die Zeit zu erklären, daß Merota in Gefahr sein würde. Das Kind wußte das, und in dieser kalten Einöde gab es ohnehin keine Sicherheit.

Ganz bestimmt keine Sicherheit für unsere Feinde, bei meiner Ehre!

Ilnas Finger woben mit der lautlosen Sicherheit von Sternen, die sich am dunklen Himmel drehen, die Schnüre. Der schwarzgekleidete Zauberer intonierte seinen Bannspruch in einem Singsangton, der Ilna nur als Rhythmus erreichte.

Während er rezitierte, streckte er den linken Arm nach Chalcus aus und spreizte drei Finger.

Die Ungeheuer stürzten vorwärts wie eine Gruppe von angeleinten Hunden und verteilten sich dabei ein wenig. Ganz gleich in welche Richtung der Seemann versuchen würde auszuweichen, eines würde immer schon auf ihn warten.

Ilna lächelte und zog ihr Muster zusammen. Der Zauberer keuchte. Sein Arm zuckte nach unten, die Finger verkrampften sich zu einem arthritischen Knoten. Er drehte sich, und statt Chalcus anzusehen, begegnete er über das Geröll hinweg Ilnas Blick.

Chalcus mußte etwas zu dem Mädchen gesagt haben. Der Seemann blieb stehen, und Merota rannte nach links. Nachdem der Zauberer sie nun nicht mehr beherrschte, drehten sich die drei Ungeheuer alle um, um ihr zu folgen.

Der Zauberer warf seinem Anführer einen Blick zu, aber das kopflose Geschöpf am Kohlebecken war auf seine eigene Rezitation konzentriert. Der Zauberer kniete sich nieder. Er zog einen Athame aus Silber aus seiner Schärpe und begann, einen Kreis in den kiesigen Boden zu ziehen.

Ilna band einen weiteren Knoten. Die Hand des Zauberers zuckte auf ihn zu. Der Athame war zu stumpf, um das Gewand zu durchdringen, aber die Spitze traf ihn fest genug in den Bauch, daß er vor Schmerz vornübersackte.

Ilna atmete heftig, aber ihre Finger konzentrierten sich weiterhin darauf, Schnüre zu komplizierten Mustern zu knoten. Und immer noch lächelte sie.

Chalcus tänzelte vorwärts und vollführte mit dem Schwert eine Acht in der Luft, als er hinter dem ersten Insekt vorbeikam. Er schlug von innen zu und schnitt das unterste Glied von den Hinterbeinen des Geschöpfs. Die Insektenbeine hatten zwar keine Sehnen, aber trotzdem ähnliche Verbindungen.

Das Ungeheuer drehte sich auf dem verbleibenden Beinpaar um und stieß einen schrillen Schrei aus. Chalcus war bereits dabei, das zweite Geschöpf mit einem ähnlichen Schnitt zu verkrüppeln. Die Bewegung war so anmutig wie die Biegung eines Möwenflügels, aber die gekrümmte Schwertkante ließ Schleimtropfen wie ein Bernsteinhalsband in die Luft spritzen, als der Schlag vollendet war.

Der schwarzgekleidete Zauberer taumelte auf Ilna zu und verzog den Mund zu Worten der Macht. Ilna spürte, wie die Luft um sie herum sich verdickte, als würde gleich ein Blitz einschlagen. Sie öffnete einen Spalt in ihrem Muster und schloß ihn dann mit einem anderen Knoten. Der Zauberer taumelte und fiel vornüber, was ihm die Luft aus den Lungen preßte.

Ilna schwitzte wie ein Landarbeiter im Hochsommer. Der Wind ließ sie schaudern, aber sie hatte immer noch Schweißperlen auf der Stirn, und ein Rinnsal lief ihr über die Wirbelsäule. All ihre Muskeln bebten; alle bis auf die ihrer Hände, die ein Muster knoteten, das so subtil war wie das Spiel von Wolken am Sommerhimmel.

Das dritte Insekt drehte sich zu Chalcus um. Statt zurückzuweichen, sprang der Seemann auf es zu und schlug nach den Kniegelenken des mittleren und hinteren Beines auf der ihm zugewandten Seite. Das Ungeheuer wäre umgefallen, hätte es nicht das linke Vorderbein aufgestützt. Chalcus lachte, schlug erneut zu und schnitt auch das Vorderbein ab. Er sprang erst zur Seite, als das Geschöpf seitwärts rollte wie eine Made, die aus einem Kadaver fällt.

Der Zauberer kam auf die Knie. Ilna drehte eine Schnur und zog sie fest. Sie biß die Zähne zusammen, aber sie klapperten immer noch.

Der Zauberer wäre beinahe auf die Beine gekommen, bevor er wieder niederfiel. Ilna mußte ihre flache Hand auf den Boden stützen, damit sie nicht ebenfalls stürzte. Sie schloß die Augen, holte tief Luft und wartete, bis sie wieder mehr Kraft hatte.

Chalcus atmete keuchend durch den offenen Mund. Er hatte sich auf ein Knie niedergelassen und fuchtelte mit dem Schwert, um die Aufmerksamkeit der beiden Insekten, die immer noch bewegungsfähig waren, auf sich zu lenken. Vielleicht glaubte er, daß bei diesen verkrüppelten Ungeheuern sechs Schritt Abstand genügten.

Es genügte, aber knapp. Die Insekten griffen an wie Widder, die um eine Herde kämpfen, und ließen große Steine hinter sich auffliegen. Der Seemann wollte aufspringen, begriff, daß die Ungeheuer viel zu schnell auf ihn zurasten, und warf sich zwischen sie.

Die Insekten drehten sich um, beide nach innen. Ihre Mundwerkzeuge verfingen sich einen Augenblick, statt sich jeweils über Chalcus' Brust zu schließen. Der Seemann rollte unter dem Bauch eines Insekts nach rechts.

Die Reste der Hinterbeine dieses Ungeheuers baumelten nutzlos, aber das schien in Bezug auf Beweglichkeit und Tempo wenig auszumachen. Diesmal allerdings war Chalcus bereit. Er vollführte eine weitere Acht mit dem Schwert und durchtrennte beide Kniegelenke auf der linken Seite des Geschöpfs. Wie Chalcus' vorheriges Opfer krachte auch dieses auf seinen Thorax nieder und zog eine Furche in den kiesigen Boden.

Der Seemann duckte sich und benutzte das Ungeheuer als Schild. Die beiden ungebrochenen rechten Beine versuchten, das Insekt herumzuschieben, wo die Mundwerkzeuge seinen Gegner erreichen konnten.

Der Zauberer kam nun wieder auf Ilna zu: Er kroch, aber er kroch stetig. Er sprach dabei weiter seine Worte der Macht. Seine rechte Wange blutete von einem Sturz auf die Felsen.

Ilna hob ihr Knotenmuster. Sie konnte nur noch verschwommen sehen. Sie glaubte, daß ihre Finger die Schnüre zogen, war aber nicht sicher ...

Merota rannte über das Ödland, wobei sie einen großen Stein an die Brust gedrückt hatte. Der Zauberer hörte sie offenbar kommen, denn er wandte sich ihr zu und hob die Hand.

Nun war Ilnas Bewußtsein wieder kristallklar. Sie riß die Schnüre *fest*, als wolle sie eine Viper erwürgen.

Der Zauberer schrie auf; sein Arm zuckte zurück an seine Seite. Merota schwang den Stein halb, halb warf sie ihn nach dem Schädel des Zauberers. Der Zauberer fiel flach zu Boden, Arme und Beine ausgestreckt wie bei einer zerquetschten Spinne. Das Kind hob den Stein noch einmal und wiederholte den Schlag.

Das Insekt, das immer noch vier gute Beine hatte, begann über seinen verkrüppelten Genossen zu kriechen. Chalcus hob den Kopf, um mit einem Lächeln zuzusehen. Das Geschöpf, hinter dem er Schutz gesucht hatte, röhrte und wand sich vor Zorn.

Das kriechende Insekt schob den Kopf über den Bauch des anderen. Der Seemann kam auf die Beine und riß das Schwert nach oben, so glatt, als hätte die kurze Pause ihn vollkommen erfrischt. Die leichte Biegung der Klinge verhinderte nicht, daß sie wie eine Ahle durch das dünne Chitin am Hals des Ungeheuers drang.

Chalcus zog sein Schwert in einem Strom gelblicher Flüssigkeit heraus. Das Ungeheuer ruckte vorwärts. Es war eine Zuckung und kein Angriff, aber das Ergebnis wäre ähnlich fatal gewesen, wäre der Seemann nicht beiseite gesprungen. Er lachte.

Das Insekt bog sich abwärts und begann, mit dem Bauch auf die Felsen zu rutschen. Aus jedem anderen Winkel als direkt von unten verbargen der gepanzerte Kopf und der Thorax die empfindliche Verbindung am Hals. Hatte Chalcus das geplant, oder hatte sich der Kampf einfach so entwickelt und er hatte die Möglichkeit ergriffen?

Vielleicht entsprach beides der Wahrheit. Ilna kam auf die Beine. Der Seemann war ein sehr guter Kämpfer.

Und nach Ilnas Maßstäben ein sehr guter Mann.

Merota hatte es nicht geschafft, den Stein noch einmal zu heben. Sie war zweifellos beinahe so erschöpft wie Ilna selbst. Ilna legte dem Kind die Hand auf die Schulter und sagte: »Mach dir um den keine Sorgen mehr, Merota. Der wird uns nicht mehr stören.«

Der Schädel des Zauberers war eingeschlagen. Das Blut, das sich unter seinen Ohren und der Nase sammelte, bildete einen leuchtenden Kontrast zu seinem schwarzen Gewand.

Chalcus stand in vorsichtiger Entfernung zu den übereinanderliegenden insektoiden Ungeheuern. Nur eines war tot, und es schlug heftiger um sich als seine beiden verkrüppelten Genossen.

In den Mundwerkzeugen eines der Insekten flatterte ein Ärmel. Chalcus schätzte die Entfernung ab, dann trat er näher und schnippte das Tuch mit der Schwertspitze weg. Er benutzte es, um die Flüssigkeit von der Klinge zu wischen. Als die beiden Geschöpfe auf ihn zugerannt waren, war das gefährlicher gewesen, als Ilna aus ihrer hockenden Position hatte wahrnehmen können.

Chalcus nickte zu den nichtmenschlichen Gestalten am Kohlebecken hin. Er zog eine Braue hoch. Ilna nickte.

»Komm, Kind«, sagte sie und ging vorwärts. Sie hatte ihre alten Knoten gelöst; sie würde etwas anderes brauchen, um diese beiden zu binden. Die Arbeit würde nicht wesentlich leichter sein, als das Universum selbst zu binden, während es durch die Zeit stürzte. »Es wäre mir lieb, wenn du in meiner Nähe bliebest, solange du kannst.«

Der Seemann kam aus seiner eigenen Richtung auf das Kohlebecken zu, immer noch durch den Mund atmend, aber dabei sang er leise vor sich hin.

Statt Rauch bildeten sich nun Gestalten aus Licht in einem Ball oberhalb des Kohlebeckens.

Die Rezitation brach ab. Die Ammonitenschale auf den menschlichen Schultern drehte sich. Augen mit Schlitzpupillen, älter als das Leben auf trockenem Land, starrten die Menschen hinter einem Schirm aus Tentakeln her an.

Merota hatte einen weiteren Stein aufgehoben, diesmal nicht ganz so groß. Chalcus lachte, ging weiter und schwang dabei seine Klinge. Ilna schlang ihren ersten Knoten ...

Die Luft blitzte rot und verfestigte sich zu solidem Rubin.

Die Schreie, dic Sharina und Dalar in den leeren Glanz des Palastes gezogen hatten, waren innerhalb der Mauern gedämpft, aber das Summen war sogar noch deutlicher.

Sharina hatte auch hier drinnen eine Menschenmenge erwartet. In Valles hatte sie sich daran gewöhnt, daß gewöhnliche Bürger, die meisten einfach nur Zuschauer, sich im Palast einfanden; Wachen und Lakaien dirigierten Bittsteller zu Beamten, die wenigstens so taten, als ob sie ihnen zuhörten; höhere Würdenträger kümmerten sich um Magnaten und wichtige Nachrichten und sortierten die relativ wenigen aus, die tatsächlich Prinz Garric sehen mußten; und überall waren Diener so verbreitet, daß man sie im allgemeinen ignorierte; sie putzten und kochten und führten Botengänge für Höflinge und Besucher und Würdenträger aus.

Klestis war nur eine einzelne Stadt, nicht die Hauptstadt eines Königreichs, aber dennoch sollte es in einem Palast wie diesem zumindest eine Spur von Dienern und anderen Leuten geben. Statt dessen war Ansalems Palast ein einziges Grabmal.

»Wir müssen herausfinden ...«, sagte Sharina und sah sich in der Eingangshalle um. »Hier ist eine Treppe«, erklärte Dalar und schob einen Vorhang beiseite, der hinter einem Paar von Dreifachsäulen hing. Er begann, die Treppe hinaufzugehen.

»Ich gehe voran!« sagte Sharina. Der Vogel drehte den Kopf, um sie über die Schulter anzusehen; er trat nicht beiseite.

»Ich gehe voran«, wiederholte Sharina, »wenn wir auf einer Treppe sein werden, wo deine Gewichte nütz...«

Sie hielt inne und fuhr dann fort: »Weniger nützlich sind als mein Messer.«

Dalar lachte und trat beiseite. »Wenn wir nach unten gingen«, meinte er, »würde ich Euch daran erinnern, daß ich treten kann. Aber da das nicht der Fall ist ...«

Sharina schob sich an ihm vorbei und nahm immer zwei Stufen auf einmal. Sie hatte lange Beine, und die Stufen waren nicht so steil, wie sie es gewöhnt war. Die Leute, die diese Treppe benutzten, erwarteten, daß ihnen die Anstrengungen so einfach wie möglich gemacht wurden.

Das Summen – eher eine Präsenz als ein Geräusch – war auf der Treppe noch durchdringender als in der Eingangshalle. Das nervöse Glühen des Himmels beleuchtete die Treppe durch Fensterschlitze, die draußen breiter waren als innen. Wachsgetränkte Fackeln standen in Wandhaltern bereit, um entzündet zu werden, wenn es Nacht wurde. Falls ...

»Dalar, glaubst du, daß es hier jemals wieder Nacht wird?« fragte Sharina, als sie den ersten Treppenabsatz erreicht hatte.

Der Vogel gab ein Geräusch von sich, das weder Lachen noch Stöhnen war. »Ich würde statt dessen lieber fragen, ob die Sonne jemals wieder aufgeht, Sharina«, sagte er. »Und ich fürchte, die Antwort ist nein.«

Sie hatten den zweiten Treppenabsatz erreicht und gingen

weiter nach oben. Sharina konnte die Schreie nun deutlicher hören.

Sie spähte durch eines der schmalen Fenster. Die Bürger von Klestis starrten nach oben wie Karpfen, die an einem heißen Tag nach Luft schnappen. Jemand hatte begonnen, vor Angst und Verzweiflung zu weinen.

Sharina hatte Dinge überlebt, die sie nicht zu überleben erwartet hatte. Daß sie immer noch lebte, war ein Geschenk. Wenn die Herrin dieses Geschenk nun wiederbeanspruchte, dann hatte man Sharina nicht dazu erzogen, zu winseln.

Als teilte er den Gedanken, der Sharina durch den Kopf ging, sagte Dalar: »Ich bin dreißig Tage auf einem Floß hierher getrieben, habe die Fische gegessen, die ich fangen konnte, und den Regen getrunken, der auf mich fiel. Jeden Tag bin ich dem Tod wieder begegnet. Was habe ich an diesem Ort zu fürchten, wo der Tod und ich doch alte Freunde sind?«

Dalar war ein Freund und ein unerschütterlicher Krieger. Dennoch wünschte sich Sharina, daß Cashel an ihrer Seite wäre, weil er allem, was ihn umgab, etwas Solides vermittelte. Cashel hätte selbst mit dieser Hölle aus Summen und Schreien fertig werden können.

Sie hatte das Ende der Treppe und einen weiteren, durch einen Vorhang abgetrennten Eingang erreicht. Dalar machte eine Geste.

Sharina nickte. Statt den Vorhang zur Seite zu schieben, packte sie das Tuch mit der linken Hand und riß es herunter. Dalar sprang mit wirbelnden Gewichten durch die Öffnung, bereit zuzuschlagen, falls ein Feind im Hinterhalt wartete.

Nichts geschah. Dalar fing seine Gewichte wieder auf. Sharina folgte ihm in einen kleinen Vorraum. Die Schreie kamen aus dem vergitterten Sichtschlitz in der gegenüberliegenden Tür. Dalar warf einen Blick durch die Öffnung, dann trat er beiseite, damit Sharina hineinschauen konnte.

Sieben Zauberer in Schwarz oder Weiß oder Schwarz und Weiß standen in einem Kreis um die zerstückelte Leiche eines kleinen Jungen. Die achte Gestalt, gegenüber dem zweifarbig gekleideten Anführer der Zauberer, die die Worte der Macht zusammen mit den anderen zischte, war eine reptilische Mumie, eingewickelt in vergilbtes Leinen. Sharina stand endlich dem Drachen leibhaftig gegenüber.

An einer Seitenwand beobachtete ein großer, schlanker Mann, dessen Sehnen wie Seile hervortraten, die Zauberer und schrie. Schlangen aus rotem Zauberlicht wanden sich eng um seine Glieder. Auf der Steinbahre neben ihm schlief ein rundlicher Mann mit einem Kindergesicht und einem weißen Haarkranz.

»Das ist Ansalem«, sagte Sharina. »Mein Bruder hat von ihm geträumt. Wir haben ...«

Aber es war keine Zeit zum Sprechen. Sharina trat zurück, hob das Pewlemesser mit beiden Händen über den Kopf und stieß es dort nieder, wo sie annahm, daß sich auf der anderen Seite der Riegel befand.

Ihr Schlag riß einen langen Holzsplitter los und prallte vom Metall ab. Sharinas Hände waren taub, und ihre Klinge zitterte noch immer. Der Kern unter dem Holz hatte den Glanz polierten Silbers, aber kein Metall, das Sharina kannte, hätte diesen Schlag verkraften und vollkommen heil bleiben können.

»Zurück!« sagte Dalar. Er drehte das Gewicht in seiner rechten Hand und schleuderte es auf die Lücke im Furnier zu. Es war ein kurz geführter Schlag, da der Vorraum nicht viel Platz für die Ketten ließ, aber Sharina hatte gesehen, was Dalar mit dieser Waffe anrichten konnte. Stahl hätte sich verbogen, Stein wäre geborsten.

Das Gewicht prallte mit einem *Krack!* ab und wackelte schlaff, aller Energie entledigt. Die Tür klirrte nicht einmal von einem Schlag, der einem Menschen den Schädel eingeschlagen hätte.

In dem Raum hinter der Tür spielte goldenes Licht über Ansalem hinweg. Eine Schlange mit Köpfen an beiden Enden begann, sich über dem schlafenden Zauberer zu zeigen und wieder zu verschwinden. Ansalems Körper war starr wie eine Statue geworden.

»Die Wand!« sagte Sharina, aber sie bestand aus festen Sandsteinblöcken, die zu fest aufeinandersaßen, als daß sie ihr Messer hätte dazwischenschieben können. Sie sah sich nach etwas um, das als Spitzhacke oder Ramme hätte dienen können, aber der Vorraum war so leer wie eine Pferdebox.

Sie *mußten* den Bannspruch unterbrechen! Sharina wußte dank Garrics Traum, wenn sie das nicht taten, würden sie in Klestis bleiben: außerhalb von Zeit und Raum, ohne Hoffnung, bis sie und die Bevölkerung der Stadt starben. Jemand würde gegen die Zauberer kämpfen, dessen war Sharina sicher; aber der Sieg würde erst erfolgen, nachdem sie und Dalar längst zu Staub zerfallen waren.

Der Vogel ging zurück zur Treppe und suchte nach einem Werkzeug. In diesem Augenblick löste sich die Außenmauer in regenbogenfarbenes Licht auf.

Sharina schrie und hob ihr Messer. Dalar sprang an ihre Seite zurück und ließ die Gewichte wirbeln. Etwas kam aus dem hellen Schimmer auf sie zu, riesig und unvermeidlich.

Cashel trat aus dem Licht, den Stock vor den Körper gehoben. Seine Miene war aufmerksam, aber freundlich; als er Sharina sah, lächelte er.

»Cashel!« rief Sharina. »Dalar, er ist ein Freund!«

Hinter Cashel löste sich der Regenbogen auf wie Quarzsand, der durch Sonnenlicht fällt. Das Universum schloß sich und wurde wieder zu einer Steinmauer mit einem Fenster, durch das man die erschrockenen Bürger der Stadt sehen konnte.

»Wer ...?« fragte Dalar. Er bedrohte den hochgewachsenen Fremden nicht mehr, der aus dem Nichts erschienen war, wirbelte aber weiter die Gewichte.

»Cashel, wir müssen in dieses Zimmer!« sagte Sharina und zeigte auf die Tür, deren Furnier sie zerkratzt hatte. »Dort sind Zauberer, und sie haben ein Kind ermordet.«

»Ah!« sagte Cashel. Seine Miene veränderte sich nur unmerklich, aber es war plötzlich nichts Sanftes mehr an ihm. Er packte den Stock ein wenig anders. »Zurück«, befahl er, ohne die Stimme zu heben.

»Die Tür ist aus Stahl oder noch härterem Material!« sagte Dalar. »Ihr könnt ...«

Cashel nutzte das Ende seines Stocks wie eine Ramme. Der Beschlag traf gegen die Mitte der Tür. Statt dem Krachen von Metall auf Metall gab es ein Aufblitzen blauen Lichts, das sowohl Fleisch als auch Stein durchdrang. Das Universum klirrte. Die Zeit erstarrte.

Geräusch und Bewegung kehrten zurück. Cashel taumelte rückwärts. Die Tür brach aus den Angeln und segelte durch den dahinterliegenden Raum.

Die Zauberer waren verschwunden, alle bis auf einen, der als gesichtslose Leiche auf dem Boden lag. Das tote Kind und der gefesselte Vater waren ebenfalls weg. Jahrhunderte hatten das Zimmer verwüstet, aber auf der Bahre lag immer noch jemand, und eine Gruppe Bewaffneter brach durch den zerstörten Schirm, der eine weitere Wand bildete.

Die Gestalt auf der Bahre versuchte, sich aufrecht hinzu-setzen.

»Tenoctris!« rief Sharina. Und dann: »Garric, ich bin es!«

»Bei der Herrin!« schrie jemand. »Eine Million Soldaten kommen auf uns zu, und sie sind alle tot!«

Garric taumelte auf die Knie. Er ließ das Schwert fallen und streckte die Hand aus, um Tenoctris zu berühren. Ihre Finger wirkten so zerbrechlich wie Elfenbeinstäbchen, als er sie in seine eigene gebräunte, kräftige Hand nahm.

Cashel trat ins Zimmer, ein wenig erschüttert, aber aufrecht. Sharina schlang die Arme um ihn. Sie hätte das Messer erst einstecken sollen, aber nur die flache Seite der Klinge traf auf Cashels Schultern.

So, wie er sie hochhob und durch die Luft wirbelte, hätte es ihn auch nicht gestört, wenn sie ihn geschnitten hätte. Attaper wich mit einem Fluch zurück, um Sharinas Füßen auszuweichen, und Dalar drehte den Kopf weg.

Garric tastete nach seinem Schwert. Die Luft war erfüllt mit Alabasterstaub, dem Qualm aus dem umgekippten Kohlebekken und Flüssigkeiten, die aus der toten Zauberin aufstiegen.

Was war aus dem toten Mann geworden? Er war zweifellos böse, aber hatte Garric ...?

»Liane ist drunten«, murmelte Garric. »Ich muß hinunter zu ihr und der Armee.«

»Nein!« sagte Tenoctris. Sie sah so aus, als könnte sie ohne Hilfe kaum aufrecht sitzen, aber ihre Stimme war kräftig.

»Wo ist Purlio hingegangen? Der oberste Zauberer?«

Cashel setzte Sharina ab, ließ sie aber nicht los. Dalar hatte dem Paar den Rücken zugewandt. Er drehte seinen Kopf in raschen Halbkreisen und sah die Soldaten an, die in immer größerer Anzahl in den Raum stürmten. Der Vogel hatte seine Gewichte wieder in den Händen, und sein Gesicht war noch ausdrucksloser als üblich.

»Er ist verschwunden«, sagte Garric und kam vorsichtig auf die Beine. Sein Gesicht war hager und gräulich, selbst wenn einiges davon dem Alabasterstaub zuzuschreiben war. »Er stand dort ...«

Er zeigte zum Fußende von Tenoctris' Bahre.

»... und verschwand in einem Aufblitzen von Rot. Aber wenn Armeen uns angreifen, muß ich ...«

»Nein«, erwiderte Tenoctris. »Purlio beherrscht alle Toten aller Zeiten, um sie gegen uns zu entsenden. Wir müssen ihn aufhalten, dann werden seine Armeen nicht mehr zählen. Und jetzt stört mich bitte nicht. Ich hoffe, ich kann das Tor öffnen, das er gerade benutzt hat. Dies hier ist ein Ort großer Macht, also ist es vielleicht möglich ...«

Sie glitt von der Bahre. Cashel erriet, was sie vorhatte, bevor andere das taten. Er fing sie auf und setzte sie auf dem Boden ab, wo sie sich im Schneidersitz hinsetzte.

Man brauchte sich nie zu fragen, wer helfen würde, wenn Cashel in der Nähe war ...

Tenoctris zeichnete mit dem Zeigefinger ein Sechseck in den Staub, dann schrieb sie kurze Silben in der alten Schrift an jede der sechs Seiten. Sharina lächelte und reichte der alten Frau einen Holzsplitter. Er hatte zum Furnier der Tür gehört.

Tenoctris erwiderte das Lächeln. *»Darzah howa walab«*, sagte sie und benutzte den Holzsplitter, um beim Sprechen auf die Worte der Macht zu tippen, *»warzaho beha getayat ...«*

Auf dem Platz erklangen Trompeten. Sharina hörte Geschrei und das Klappern von Ausrüstung, als die Truppen angesichts der neuen Bedrohung Stellungen bezogen. *Alle Toten aller Zeiten ...*

»Re son lampse«, sagte Tenoctris. *»Lak othi kalak ...«*

Sharina ging in den Vorraum, in dem sie in einem früheren Zeitalter gewesen war, um nicht zu nahe neben der halb gefressenen Leiche der Zauberin zu stehen. Cashel stellte sich hinter sie.

Dalar, der sowohl Aufmerksamkeit als auch athletische Anmut demonstrierte, sprang an ihnen vorbei, um beiden zuvorzukommen. Cashel grinste. Sharina fiel zum ersten Mal auf, daß ein Beschlag des Stocks sich vollkommen von dem Hickoryholz gelöst hatte. Das Holz war kaum versengt.

Sie sah aus dem Fenster. Aus dieser Höhe war Klestis immer noch eine strahlende Metropole mit schimmernden Gebäuden und üppigen Gärten. Man mußte nach Einzelheiten Ausschau halten, die zeigten, daß dies falsche Schönheit war: Stellen, an denen die Verkleidung von den Fassaden gerutscht war, und die Art, in der die Vegetation sich vereinheitlicht hatte, wenn bestimmte Arten die anderen erstickten, mit denen sie zuvor ein Beet geteilt hatten.

Von überall rings um die rote Membran her marschierten Armeen auf Klestis zu. Sharina konnte die Banner kaum zählen und erst recht nicht die einzelnen Soldaten, die ihnen folgten. Tote Kavalleristen ritten tote Pferde. Schwere Infanteristen trampelten in Rüstungen weiter, aber unter den Visieren ihrer Helme schimmerten Knochen. Steinschleuderer und Speerwerfer, die kaum mehr waren als bewaffnete Skelette, trabten über Brücken, die sich weiter erstreckten, als das Auge sehen konnte.

»Nachdem sie Klestis eingenommen haben«, sagte Sharina, »werden sie nach Valles und auf die anderen Inseln weiterziehen.«

Cashel zuckte die Achseln. »Sie werden es versuchen«, sagte er. »Garric wird wissen, was zu tun ist. Und Tenoctris.«

Dalar sah ihn an. Cashel lächelte.

»Nosaba!« rief Tenoctris.

Sharina spürte ein Schaudern. Das rote Licht wurde dunkler, dann wich es einem hellen Winterhimmel. Alle, die bei Garric gewesen waren, waren immer noch anwesend, aber nun befanden sich noch weitere Gestalten in der veränderten Landschaft.

Das Dach von Ansalems Palast war ein Schimmern in der Luft. Statt auf einem gepflasterten Fußboden befanden sich

Sharina und ihre Begleiter in einem eisigen, felsigen Ödland. Das Licht vergangener Zeiten schimmerte über einem Kohlebecken. In diesem Licht waren Miniaturarmeen von Toten zu sehen, die dem Ende zu marschierten, das der Zauberer ihnen vorbestimmt hatte. Auf der anderen Seite des Kohlebeckens stand die Mumie des Drachen und murmelte einen Bannspruch.

Ilna stand ganz in der Nähe, wie eine grimmige Statue mit Schnüren in den Händen; neben ihr war ein kleines Mädchen mit einem Stein in der Hand. Ein paar Schritte weiter hatte ein lächelnder Mann sein Schwert gehoben, das gebogen war wie der Stachel eines Skorpions. Rubinfarbenes Licht umspielte Ilna und ihre Begleiter.

Der Schwertstreich war auf einen Zauberer gezielt, dessen Gewand halb schwarz und halb weiß war; das Makasit-fossil eines Ammoniten befand sich an der Stelle seines Kopfes.

Der Große sah sich um, um Sharina anzublicken. Das Tier in seiner Schale war gelblich grün und hatte geschlitzte, s-förmige Pupillen. Der Schnabel öffnete sich zu einem krächzenden Schrei. Die menschlichen Arme bewegten sich nicht, aber die Tentakel bebten in kompliziertem Muster. Sharina schwang ihr Messer ...

Cashel stieß mit dem Stock zu ...

Dalars Gewichte wirbelten in immer rascheren Kreisen ...

Garric schwang sein Schwert in einem langgezogenen Bogen ...

Speere, Schwerter und Äxte schlugen auf eine Gestalt ein, die einmal menschlich gewesen war, nun aber nicht mehr. Sharina spürte eine eisige Lethargie roten Lichts.

Ilna, von ihrer Fessel befreit, zog einen Knoten fest. Der Mann mit dem Schwert schwang seine Waffe abwärts, und das Mädchen warf den Stein nach dem Nekromanten.

Der Nekromant löste sich nach unten auf, fiel mit einem Schrei, der gleichzeitig lautlos und intensiver war als alles, was ein lebendes Wesen erfassen konnte, nach innen. Das gebogene Schwert traf nur noch Luft. Einen Augenblick später trafen andere Waffen dieselbe Leere, Sharinas Messer unter ihnen.

Sie waren wieder in Ansalems Palast. Alle schrien aufeinander ein. Tenoctris versuchte, eine Erklärung hervorzustottern, die zu hören die anderen zu aufgeregt waren.

Der Nekromant war verschwunden, aber die Mumie starrte Sharina über das Kohlebecken hinweg an. Sie steckte das Pewlemesser ein und hob das Kohlebecken an einem seiner drei Beine hoch. Sie trat die Mumie zu Boden. Das Leinen wurde bei ihrer Berührung zu Krümeln, aber das trockene, schuppige Fleisch darunter war fest. Die Mumie zwinkerte ihr zu; doch das hatte sie sich wohl nur eingebildet.

Sharina ließ die glühenden Kohlen auf Brust und Bauch des Drachen fallen. Sie wich rasch zurück, aber das Feuer stieg so rasch aus dieser mit Natron und Zedernharz durchdrungenen Leiche auf, daß es ihr die Härchen vom rechten Arm brannte. Cashel riß sie zurück.

Die Flammen flackerten aufwärts bis zur Decke von Ansalems Kammer. »Raus hier!« befahl Garric mit einer Stimme, als fiele ein Baum. »Raus hier, aber schnell!«

Cashel warf sich Sharina trotz ihres Aufschreis und Dalars protestierenden Glucksens über die Schulter. Zwei Soldaten trugen Tenoctris, während Garric sich zwischen die alte Zauberin und das plötzliche Feuer schob. Statt zu warten, bis alle sich durch das bereits bestehende Loch gedrängt hatten, trat Cashel gegen den Alabasterschirm. Ein weiteres Stück davon flog nach außen.

Cashel hielt inne, als ein weiterer Block löchrigen Alabasters von der Größe einer Tischplatte wackelte und dann beschloß, nach innen zu fallen. Er ging nach draußen, ohne sich ducken zu müssen, und setzte Sharina wieder ab.

Das Dach der Kammer stürzte ein, verschlungen von einem Feuer mit übernatürlicher Kraft. Einen Augenblick lang tobten die Flammen durch das Loch, das sie gebrannt hatten, dann dehnte sich der Rauch zu einer Gestalt aus, die dreißig Fuß hoch war und einen langgezogenen Reptilienkiefer hatte.

»Du hast mir gut gedient, Sharina os-Reise«, sagte der Drache. Die Feuergestalt streckte eine dreifingrige Hand aus und wischte damit über den Horizont. Während sich die Hand bewegte, explodierten die Armeen der Toten wie Disteldaunen über einem Feuer. Schwarzer Rauch stieg auf und wurde dann weggesaugt. Die Brücken blieben, zarte Gebäude aus Zauberlicht, aber das Feuer hatte alles Leben oder ehemalige Leben aus ihnen getilgt.

Der Drache fuhr fort, bis seine Geste den ganzen Horizont umfaßt hatte. Ein paar von Garrics Soldaten zuckten zusammen, als der flammende Arm über ihre Köpfe hinwegzeigte, aber Sharina spürte nichts weiter als das Kribbeln, das von der Nähe großer Macht kam.

Der Drache schüttelte sich vor zischendem Lachen und sprang himmelwärts. Seine flammende Gestalt dehnte sich aus, immer weiter, bis sie gegen die Lichtkuppel stieß, die Klestis von der Zeit abgeriegelt hatte.

Feuer breitete sich über das Zauberlicht aus, verschwamm mit ihm und verschwand mit einem Donnern. Einen Augenblick lang rollten die Echos über Klestis. Dann verschwanden auch sie, und kein Geräusch war mehr zu hören.

»Wir haben gesiegt«, sagte Garric. Er klang zu erschöpft, als daß es ihm etwas auszumachen schien.

»Nein«, erwiderte Tenoctris. Sie strengte sich an, konnte aber erst aufstehen, als Cashel ihr half. »Nein, Garric, ich fürchte, wir haben nicht gesiegt. Purlio ist jetzt an einem Ort, an den kein lebendes Wesen ihm folgen kann, und die Brücke ...« Sie zeigte auf den Horizont. Sharina folgte der Geste mit dem Blick. Sie wußte nicht, wie Tenoctris imstande war, eine Brücke aus den offensichtlich Tausenden herauszufinden, die Klestis mit anderen Ebenen verband, aber sie bezweifelte auch keinen Augenblick, daß sich am anderen Ende *dieser Brücke* Valles und Sharinas eigene Zeit befanden.

»Die Brücke bleibt, ebenso wie all die Gefahren, die ich schon beschrieben habe«, sagte Tenoctris. »Die Brücke wurde nicht von den Nekromanten geschaffen. Solange sie bleibt, kann Purlio oder etwas Schlimmeres als Purlio sie wieder benutzen, und wieder und wieder, bis wir versagen und das Böse triumphiert. Nur Ansalem kann die Bedrohung beenden, und wir können Ansalem in der Kammer, die Purlio um ihn herum verschlossen hat, nicht erreichen.«

»Aber Sharina und ich haben Ansalem gesehen«, meinte Dalar. »Nur vor einem Augenblick.«

Männer, die bisher mit ihren eigenen Aufgaben und Ängsten beschäftigt gewesen waren, starrten den Vogel an, und einige sahen ihn zum ersten Mal. Ein Blutadler hob den Speer; Attaper riß die Hand des Mannes zurück.

»Ihr müßt ihn in dem Augenblick gesehen haben, wo die Nekromanten ihn einschlossen«, sagte Tenoctris. »Nur die Amphisbaena, die Schlange mit den zwei Köpfen, kann ihn befreien, und die Amphisbaena ist zusammen mit ihm eingeschlossen.«

»Oh«, sagte Sharina. Sie wickelte sich die Schlangenhaut, die der Drache ihr in den Ruinen seines Palastes gegeben hatte, von der Taille. »Ich denke, das hier könnte ...«

Tenoctris' entzückter Aufschrei schnitt den Rest von Sharinas Worten ab.

10

Garric wollte schlafen, aber er war zu müde. Er lauschte Tenoctris, während er seinen Blick auf das Schwert konzentrierte, das er mit dem kleinen, festen Stein von seinem Gürtel schärfte. Nachdem die Emotionen aus seinem Blut gebrannt waren und sich sein Geist aus den Trümmern des Kampfes, die in keiner bestimmten Ordnung durch seinen Kopf flackerten, erholt hatte, würde er vielleicht schlafen können.

»Wenn ich wieder ich selbst bin ...«, sagte Tenoctris. Sie zwang sich zu einem müden Lächeln. Liane saß auf einer Seite neben ihr, Sharina auf der anderen. Cashel hockte wie ein Felsblock hinter der alten Zauberin.

»Wenn man überhaupt davon sprechen kann«, fuhr Tenoctris fort, »kann ich zumindest versuchen, den Ort aufzuschließen, an dem Ansalem schläft. Gegen Purlio kann ich allerdings nichts unternehmen. Es mag sein, daß er Tausende von Jahren nicht in unsere Zeit zurückkehrt, aber wir können ihn nicht aufhalten, wenn er das will. Wenn *es* es will, sollte ich lieber sagen.«

Garric hatte Waldron und den größten Teil der Armee zurück nach Valles geschickt. Es hatte nur wenige Verluste gegeben.

»*Erstaunlich wenige*«, stimmte Carus ihm zu. »*Zauberer sind auf ihre eigene Art gefährlich, aber wir wollen hoffen, daß wir immer in der glücklichen Lage sind, daß die Armeen, gegen die wir antreten müssen, Zauberer als Generäle haben.*«

Auch der Geist in Garrics Kopf sah erschöpft aus, obwohl König Carus keinen Körper hatte, der in all dem Chaos hätte ermüden können. Aber Kämpfe wirken sich auf mehr als nur auf die Muskeln aus.

Garric und der Rest seiner Streitkräfte – die Blutadler und eine Kompanie von Speerwerfern, um die leichten Truppen für ihre Initiative beim Kampf mit den Zauberern zu ehren – drängten sich in den überwachsenen Mittelstreifen von Klestis' Boulevards. Garric hätte am liebsten überhaupt keine Truppen hierbehalten, aber Attaper hatte keinem Befehl gehorchen wollen, seine Einheit über die Brücke zurückzubringen, und zur Abwechslung hatte Waldron seinem Rivalen aus ganzem Herzen zugestimmt.

Garric und seine Freunde hatten in Klestis noch zu tun.

»Du hast mich zu Landure geschickt«, sagte Cashel mit seinem üblichen trägen Knurren. »Wenn du mich dahin schicken würdest, wo dieser Purlio ist, schicke ich ihn an einen Ort, von dem aus er nicht mehr zurückkehren kann.«

Von den Wachen einmal abgesehen, waren alle anderen Soldaten in Klestis in ihren Zelten. Die rote Kuppel über der Stadt war harmlos, aber ihr Licht ging den Menschen auf die Nerven.

Garric hatte sogar daran gedacht, sich nach Valles zurückzuziehen, bis Tenoctris stark genug für einen neuen Zauber war ... aber das hätte bedeutet, die Brücke zweimal zu überqueren, und das wäre für alle Beteiligten vielleicht sogar noch schlimmer gewesen.

»Du willst ihn töten«, meinte Tenoctris mit einer Spur von Ärger. Sie waren alle erschöpft, aber die alte Zauberin hatte mehr durchgemacht als sie alle. »Purlio ist bereits tot. Purlio ist in dem Augenblick gestorben, als er sich dem Großen ergab. Aber weil er tot ist, ist er vor den Lebenden sicher.«

»Mit allem Respekt vor Eurer Weisheit ...«, sagte Ilnas neuer Freund. Er hieß Chalcus, und er war ein Seemann.

»Ein Seemann?« schnaubte König Carus. *»Dann war ich ein Jockey, weil ich manchmal auf einem Pferd gesessen habe!«*

Chalcus hockte an der Zeltwand, neben Ilna und dem Kind, das sie mitgebracht hatten und das jetzt zwischen ihnen schlief. Das Mädchen – offensichtlich eine Nichte von Lord Tadai – hatte sich geweigert, sich von seinen Begleitern zu trennen, selbst wenn das bedeutete, in Klestis zu bleiben, da Ilna beschlossen hatte, »diese Angelegenheit hier zu Ende zu bringen«.

Was immer *das* für Ilnas kalten, messerscharfen Verstand bedeutete.

»Aber in meiner Erfahrung sind Menschen, nachdem sie tot sind, erheblich weniger problematisch als vorher«, fuhr Chalcus fort. »Wenn Euer Zauberer tot ist, dann ist es doch besser so.«

»Es ist tot«, sagte Tenoctris. Ihre Stimme klang nach Chalcus' angenehmem Tenor besonders dünn. »Leider handelt es sich um keinen Menschen mehr. Es ist ein Ding, das seit mehr Zeitaltern, als Ihr Jahre habt, Meister Chalcus, nicht mehr gelebt hat, aber solange es eine Verbindung zu unserer Welt hat, werden wir nie sicher vor ihm sein.«

Garric hatte seinen Wetzstein in Waltran getränkt, um die Stahlpartikel von der Oberfläche zu schieben, wenn er ihn über die Schwertschneide zog, erst über eine, dann die andere Seite. Er hatte in eine Zahnwurzel geschnitten, als er dem Mammut den Rüssel abschlug; das Elfenbein hatte im Metall eine Kerbe hinterlassen.

Das rhythmische Kratzen von Stein auf Stahl beruhigte Garric wie kaum etwas anderes. Eine einfache, präzise Tätigkeit, die er wieder und wieder ausführte. Sie war beruhigend, sogar einschläfernd.

Eine Lampe mit drei Dochten hing vom Mittelpfosten des Zeltes. Das Licht beleuchtete kaum die Gesichter derer, die sich darin befanden, aber es half das rote Glühen zu dämpfen, das durch die Nähte drang. Die Truppen hatten Lagerfeuer errichtet, die sie mit Holz von Pflanzen nährten, die sich zu Dickichten ausgewuchert hatten, aber sie merkten bald, daß Feuer allein nicht gegen den roten Schimmer schützte. Lederne Zeltwände und eine Lampe machten es beinahe möglich, sich vorzustellen, man befände sich wieder in der wachen Welt.

Garric schloß die Augen. Er versuchte, den Wetzstein wegzustecken, aber nach zwei Versuchen ließ er ihn einfach ins Glas gleiten.

Er wischte mit einem Lappen, der vom Hemd eines toten Soldaten stammte, die Metallspäne und das Öl von der Klinge, dann steckte er das Schwert mit Hilfe von König Carus' Instinkt ein. Der König hätte die Klinge wahrscheinlich auch dann noch zurückstecken können, wenn man ihn vorher enthauptet hätte.

Das Gespräch der anderen verschwamm zu einem Summen. Liane sagte etwas. Garric lächelte zur Reaktion, aber die Worte drangen nicht mehr durch die dichten Schichten der Müdigkeit.

Er war sich vage bewußt, daß seine Freunde aufstanden und das Zelt verließen; Liane war die letzte, und sie nahm die Lampe mit.

Garric träumte. Er war in einem tiefen Wald. Ein Sturm erhob sich und bog die Bäume, riß Blätter ab. Die Angst, die über Garric lag, verringerte sich während des tobenden Sturms. Sie wurde geringer, obwohl sie nie vollkommen verschwand.

Die Wolken verflogen. Sterne in Konstellationen, die Garric nicht erkannte, schwirrten auf ihn nieder. Es gab einen Ort, von dem Garric wußte, daß er dort erwartet wurde, aber er konnte sich nicht erinnern, wo das war, und er konnte sich ohnehin nicht bewegen. Er war eine steinerne Figur unter einer Eiche.

Der Mond ging auf. Garric glaubte, die belaubten Zweige würden ihn schützen, aber das Licht fiel hindurch, als wäre die Eiche durchsichtig.

Ranken kalten Mondlichts umfaßten Garric. Sein steinerner Körper begann zu zerbrechen. Einzelne Stücke lösten sich zu Staub auf und sickerten in den Boden. Er sah zu und staunte, während er die Form verlor, zu einem Hügel, dann nur noch einem Rinnsal wurde und schließlich mit dem Gras verschmolz, als hätte er selbst nie existiert.

Der Mond beugte sich vom Himmel. Er küßte den Boden, wo Garric einmal gelegen hatte. Garric glitt durch eine Barriere aus Licht, das so kalt war wie der Staub zwischen den Sternen. Er spürte nichts weiter als Kälte.

»Colva!« schrie jemand in einer Welt, in der Garric keinen Platz mehr hatte. Er wollte etwas sagen, aber er existierte nicht mehr.

Es gab nichts mehr als Kälte.

Ilna fuhr mit dem Elfenbeinkamm durch Merotas Haar, aber immer nur mit ein paar Zähnen gleichzeitig. Das Haar des Kindes – ebenso wie Ilnas eigenes – war in den Tagen seit der Meuterei schmutzig geworden. Armeeseife brannte, und Ilna hatte nicht darauf gewartet, daß das Lagerfeuer mehr als die schlimmste Kälte aus dem Teichwasser nahm. Jetzt waren die beiden zumindest wieder sauber. Das Kämmen, das nächste Projekt, war dank einem Kamm, den ein Offizier ihnen geliehen hatte, bereits im Gang.

»Wird Onkel Tadai mich jetzt zurück nach Erdin schicken, Ilna?« fragte Merota leise.

»Ich kann nicht in die Zukunft schauen!« sagte Ilna, bevor sie über die Frage nachdachte, die Merota *wirklich* stellte;

dann verzog sie das Gesicht. Das Kind hatte sich nicht über die beißende Seife oder über die Seidelbastbüsche beschwert, die Ilna benutzt hatte, weil sie keinen richtigen Schwamm hatte. Das Kind hatte sich die ganze Zeit, seitdem Ilna es gekannt hatte, über überhaupt nichts beschwert.

»Ich kann nicht in die Zukunft schauen«, wiederholte sie freundlicher, »aber ich erwarte nicht, daß man dich nach Erdin schickt, um dich zu verheiraten, nein. Denn ich werde das nicht zulassen. Es sei denn, du willst es.«

Merota drehte sich um und klammerte sich an Ilnas Schulter. »Ich will nicht«, sagte sie. Sie weinte. »Ich will es nicht. Ich habe es nie gewollt.«

Im Nachbarzelt hörte man Würfel klappern. Die vertraute Stimme des Seemanns rief: »Die Herrin! Seht ihr, wie sie ihrem Anbeter vergibt? Und wer von euch guten Soldaten will nun darauf wetten, daß ich das nicht noch einmal tun kann?«

Cashel schlief auf der anderen Seite des Achtmannzeltes, das er mit Ilna und dem Kind teilte, den Schlaf der Gerechten. Einer der Soldaten, der das Zelt errichtet hatte, hatte – in aller Unschuld, wie Ilna nun annahm – gefragt, ob die dritte Deckenrolle für Chalcus sei. Ilna war näher daran gewesen, den Burschen mit ihrer Schlinge zu erwürgen, als ihm vielleicht klar geworden war, aber dann hatte er begriffen, daß dieser Vorschlag nicht willkommen war, und sich unter gestotterten Entschuldigungen zurückgezogen.

Sie schnaubte. Sie war Ilna os-Kenset, also würde sie sich nicht selbst belügen. Der Vorschlag war durchaus willkommen gewesen; *deshalb* hatte sie so reagiert.

»Sitz still, dann flechte ich dir Zöpfe«, sagte Ilna und nahm eine Strähne von Merotas langem, feinem Haar in die Hand und ließ sie sich durch die Finger gleiten. Die Berührung würde ihr sagen, wie sie die Strähne flechten mußte, und ...

Ilna erstarrte, als sie begriff, was das Muster ihr mitteilte.

»Cashel, steh auf«, sagte sie und erhob sich selbst. Sie schob die Zeltklappe zurück und rief: »Garric! Prinz Garric!«

Die beiden Blutadler am Eingang starrten sie überrascht an. »Kommt!« rief Ilna und ging auf das große Zelt mit den Seidenwänden zu, wo sie Garric schlafend zurückgelassen hatte.

Merota folgte ihr auf dem Fuß. Das war gut, denn Cashel stieß gegen einen Pfosten des Zeltes – er war nicht an Zelte gewöhnt – und brach ihn mittendurch, als er seiner Schwester folgte. Das Zelt stürzte hinter ihm zusammen.

»Garric!« rief Ilna abermals. Die Lichtkuppel lieferte soviel Beleuchtung wie ein Vollmond, aber sie verzerrte die Dinge auch. Ein Kirschbaum warf einen Schatten wie ein Troll auf eine Wand des königlichen Zeltes. Seine Äste schienen sich zu winden, obwohl die Luft sich nicht bewegte.

Die Blutadler, die Garric bewachten, standen reglos wie Statuen da. Eine Laterne hing an einem der Zeltpfosten und beleuchtete den Kreis rings um sie her durch ihre Hornlinsen, aber die Männer selbst standen im Schatten. Ihr Offizier trug einen versilberten Harnisch statt der schwarz emaillierten Rüstungen seiner Truppen.

»Wir müssen Prinz Garric *sofort* sehen«, sagte Ilna, als sie auf ihn zuging. Sie erwartete, daß man ihnen den Eintritt verweigerte – und das Muster, das ihre Finger knoteten, würde ihre Antwort sein. Die Gefahr, die Ilna gesehen, *gespürt* hatte, als sie Merotas Haar flocht, verlangte unverzügliches Handeln. Die Blutadler blinzelten nicht. Sie *waren* Statuen, versunken in einen erstarrten Schlaf im Stehen.

»Hol ein Licht!« sagte Ilna. Die Laterne hing zu hoch für sie. Chalcus sprang und hatte sie dann in der linken Hand, packte sie an ihrem heißen Eisenfuß. Chalcus drängte sich ins Zelt, schob mehrere Wachen mit den Schultern beiseite. Als die Männer umfielen, erwachten sie mit verblüfftem Schreien.

Ilna folgte ihrem Bruder. Chalcus war neben ihr und hielt die Laterne jetzt am Griff. Er hatte sich verbrannt. Die verbrannte Haut stank, aber seine Rudererschwielen waren so dick, daß er es vermutlich nicht einmal spürte.

Einen Augenblick lang glaubte Ilna, daß Garric unter einem Spinnennetz in der Ecke lag. Das Netz bewegte sich, drehte sich um. Es hatte das Gesicht einer Spinne.

»Colva!« schrie Cashel. Er sprang vor und hatte den Stock in beiden Händen wie eine Ramme.

Das Gewebe wurde fester. Das Gesicht wurde wieder zu dem einer attraktiven Frau statt eines Geschöpfs aus einem Alptraum. Ilna erkannte sie nicht.

»Cashel, mein Held ...«, sagte die Frau.

»Colva!« wiederholte Cashel. Er schlug mit dem Stock nach ihrem Gesicht. Das Hickoryholz ging hindurch, als wäre sie aus Rauch.

»Eisen!« rief Tenoctris von hinter ihnen. »Du mußt Eisen ...«

Ilnas Schlinge legte sich über den Hals der Frau und glitt durch das flüssige Fleisch, statt sich festzuziehen. Cashel drehte den Stock herum, um mit dem verbliebenen Eisenbeschlag zuzustoßen. Der Stock blieb am Zeltdach hängen. Seide zerriß, aber es verlangsamte Cashels Bewegung.

Colva lachte. Als Chalcus auf sie zukam, ging sie durch die Zeltwand.

Sie taumelte rückwärts wieder herein. Ein kleiner Dolch mit Goldverzierungen am Griff steckte in ihrer Brust, links von ihrem Brustbein. Sie schrie noch kurz, bevor der Seemann ihr den Kopf abschlug, aber sie war bereits am Sterben.

Das Ding, das sich Colva genannt hatte, begann zu schrumpfen wie Eiweißschaum, der gerinnt. Das Geschöpf sah immer weniger menschlich aus, als nach und nach die Schichten der Illusion verschwanden.

Die Zeltwand wurde hochgezogen. Liane zwängte sich

durch, ihr Gesicht war bleich. Sie hielt immer noch die vergoldete Scheide des kleinen Dolchs in ihrer linken Hand.

»Ist er ...«, flüsterte sie Ilna zu.

Tenoctris kniete neben Garric. Während Sharina sie stützte, berührte die alte Zauberin Garrics Kehle mit den Fingerspitzen. Sie schloß die Augen, öffnete sie dann wieder und sah die anderen an.

»Wir sind zu spät«, sagte Tenoctris. »Es tut mir leid. Garric ist tot.«

Vollständiges Schweigen herrschte. Dann begann Ilna zum ersten Mal in ihrem Leben laut zu weinen.

Garric ging einen Boulevard der toten Stadt entlang, und die Dunkelheit oder die Meilen von Wasser über ihm störten ihn nicht. Yole war in die Tiefen zurückgekehrt, aber das war für Garric unwichtig.

Denn Garric war tot.

Fische, die auf ihren Flossen einhergingen, spürten Garrics Gegenwart. Sie drehten sich um, schoben sich vom Meeresgrund hoch und schwammen steif davon.

»Ich habe versagt«, sagte Garric. Er hatte sich daran gewöhnt, mit König Carus zusammen zu sein. Im Tod war er vollkommen allein, aber er sprach trotzdem weiter.

»Ich bin gestorben, bevor ich die Inseln vereinigen konnte. Ich habe versagt.«

Zu beiden Seiten der Straße standen die Häuser, in denen die wohlhabenden Bürger zu jener Zeit lebten, als Yole selbst noch lebte. Fensterläden hingen offen; die Scheiben waren aus den Fenstern gefallen, als Zauberei Yole verschlang.

Dachziegel lagen auf den Pflastersteinen. Garric sah sie als rot, obwohl es in dieser Tiefe keine Farbe gab.

Er lächelte. Er war tot, aber an diesem toten Ort existierte er immer noch, und er hatte immer noch etwas zu tun.

Der Palast der Herzöge von Yole, durch seine Befestigungsanlagen in heftigem Kontrast zu dem bequemen Luxus der ihn umgebenden Häuser, erhob sich vor ihm. Die Tore waren offen gewesen, als die Insel sank. Der äußere Torturm war in dem letzten Erdbeben eingestürzt, und das Fallgitter war zu ein paar Resten von salzzerfressenem Eisen auf einem Rahmen schwammigen Holzes verrostet.

Es hätte Garric ohnehin nicht aufgehalten. Nichts würde ihn aufhalten. Drei riesige Ammoniten waren im Palasthof. Sie hatten die Luft in ihren gewundenen Schalen so angepaßt, daß sie direkt über den Pflastersteinen schwebten. Als Garric näher kam, fuchtelten sie mit ihren Tentakeln.

Garric lachte. »Glaubt ihr, ich habe Angst vor euch?« fragte er. »Ich bin bereits tot!«

Er bückte sich und griff nach einem Stein, der aus der Fassade gefallen war. Es war die Nase eines Wasserspeiers, gebogen und verzerrt. Er hätte ihn gern nach den Großen geworfen, aber seine Finger glitten durch den Sandstein.

Die Geschöpfe erhoben sich mit wild schlagenden Tentakeln und bewegten sich, als seien sie alle Teil desselben Wesens. Nachdem sie sich über die Hofmauer erhoben hatten, ließen sie sich rückwärts davontreiben. Ihre Schalen hatten die durchscheinende Schönheit von Regenbogen am Himmel der Hölle.

Das letzte, was Garric von den Großen sah, waren ihre starren und zornigen Augen.

Er ging in einen Vorraum, der in der oberen Welt ärmlich gewirkt hätte. Die dicken Mauern und schmalen Fenster, die zur Verteidigung notwendig waren, bedeuteten, daß es hier drinnen dunkel und eng war. Das Herzogtum von Yole war nicht wohlhabend genug gewesen, um Gebäude zu errichten, die sowohl Verteidigungsfunktionen erfüllten als auch strenge Majestät ausstrahlten.

Licht war für Garric nicht mehr wichtig. Er hatte nur noch eins zu tun, bevor er sich für ewig in das Reich der Schwester begab. Garric hatte versagt, aber bei dieser Aufgabe würde er nicht versagen.

Er ging durch einen Spitzbogen; der Vorhang, der ihn einmal verschlossen hatte, war nun ein Klumpen von Gold- und Silberdrähten, die sich immer noch an ein paar leinerne Kettfäden klammerten. Am Ende des Raums dahinter saß eine Gestalt auf dem Thron des Herzogs.

»Ich grüße dich, Bruder«, rief die Gestalt. Ihre Lippen bewegten sich nicht, denn sie hatte keine Lippen. »Ich grüße dich, Garric, König der Welt und aller Zeiten.«

Garric lachte. »Ich grüße dich, Purlio«, sagte er. »Ich bin gekommen, um dich zu töten.«

»Nein, Bruder, nein«, sagte Purlio. Der Ammonit, der seinen Kopf ersetzte, bewegte die Tentakel in einem subtilen Muster. »Du kannst mich nicht töten, weil ich bereits tot bin. Aber ...«

»*Ich* kann dich töten, Lügner«, sagte Garric.

Er lächelte, wie er vielleicht angesichts eines besonders leckeren Bratens gelächelt hätte, bevor er ihn zu zerschneiden begann. In dieser Existenz hatte er kein Schwert, aber das war gleich.

»Ich bin nicht für deinen Tod verantwortlich, Garric!« sagte Purlio. »Aber ich kann dir dein Leben zurückgeben. Wenn wir zusammenarbeiten, wird sich niemand gegen uns wehren können!«

»Du kannst dich auch jetzt nicht gegen mich wehren, Purlio«, sagte Garric und ging weiter vorwärts. Er nahm an, daß Bewegung ebenso eine Illusion war wie der Körper, den er sich vorstellte – aber vielleicht auch nicht. Die versunkene Stadt schien wirklich genug, obwohl die Hand, mit der er versuchte, sie zu berühren, es nicht war.

Die Tentakel an Stelle von Purlios Gesicht wurden aufgeregter. »Du wolltest König der Inseln sein, ihr wirklicher König. Ich kann dir Leben *und* Macht geben, Bruder. Garric, König der Welt! Garric der Unsterbliche!«

Der Thron stand in einem Erker, der von drei Seiten von Fenstern begrenzt wurde. Der Herzog hatte im Licht sitzen sollen, während seine Bittsteller im Schatten blieben. Ursprünglich war das Glas hier farbig gewesen, aber nur die gebogenen Bleistreifen, die die Scheiben gehalten hatten, hatten das Erdbeben überlebt. Purlio sah aus, als säße er nach dem ersten mörderischen Frost in einem Weingarten.

»Ich wäre eher gestorben, bevor ich zu deinen Bedingungen König geworden wäre, Zauberer«, sagte Garric. Er lachte. »Ich bin gestorben. Das einzige, was mich jetzt noch auf dieser Welt hält, ist die Gelegenheit, dich für immer zum Verschwinden zu bringen. Leb wohl, Purlio!«

Garric griff an. Die Tentakel von Purlios Gesicht umschlangen Garrics rechte Hand und zogen seine Finger auf den zermalmenden Schnabel zu.

Garric riß den Zauberer zur Seite. Zu seiner Verblüffung zerbrach der Thron unter dem Aufprall von Purlios Körper. Stücke von Elfenbeineinlegearbeit und Blattgold trennten sich von dem durchtränkten Rahmen. Purlio – oder das Ungeheuer, das die Herrschaft über Purlio übernommen hatte – existierte im Reich der Toten, wo Garric es erreichen konnte, aber ein Teil des Zauberers hatte auch immer noch eine Verbindung zur wachen Welt.

Garric lachte und riß sich los. Diese Verbindung sollte Purlios Untergang sein.

Die Tentakel des Großen wanden sich. Ilna würde den Bann verstehen, den sie versuchten zu weben, aber das Muster betraf nur die Lebenden. Garric bewegte sich einfach weiter vorwärts.

Er hatte versucht, gegen einen Menschen zu kämpfen, aber der Mensch Purlio war nicht mehr wichtig. Garric packte den Zauberer bei der Taille. Ein Mensch hätte gekontert, indem er Garric an Kehle oder Schultern packte, aber Purlio bewegte seine Arme nicht. Der Zauberer beugte sich vor und versuchte, die Tentakel dicht genug an Garrics Gesicht zu bringen. Garric schob sich weiter auf seinen Gegner vor und verlagerte das Gewicht. Laufen und Ringen waren die Hauptsportarten der Jungen im Dorf gewesen, und Garric hatte sich in beidem hervorgetan.

Der Große kreischte in Garrics Kopf wie eine Säge, die Glas schneidet. Garric wurde schwindlig vor Schmerz, aber er schmetterte Purlio mit dem Kopf voran gegen eine Steinsäule neben dem Thron.

Der Ammonit zerbrach. Stücke von Makasit, dünn wie Eierschalen und von der Farbe angelaufenen Goldes, trieben in einem Wirbel umher. Das Fleisch in der Schale löste sich in rosigen Schleim auf – die Bestandteile, aus denen der Große seine körperliche Existenz geschaffen hatte.

Purlio war tot. Seine ausgetrockneten Muskeln waren so zerbrechlich wie seine brüchigen Knochen. Fetzen vom Fleisch des Zauberers trieben aus seiner Kleidung heraus, abgerissen als Ergebnis von Garrics Gewalt.

Garric spürte, wie eine Kraft an ihm zerrte. Die versunkene Stadt verlor ihre Farbe, dann verschwammen auch ihre grauen Umrisse im Grau der Ewigkeit.

Mit dem letzten Funken eines Wesens, das um Erfolg angesichts drohenden Versagens rang, schrie Garric: »Du wirst meine Welt nie wieder berühren, Purlio!«

Und dann wurde alles schwarz.

Sharina spürte, wie der Kopf, den sie im Schoß hielt, sich bewegte; sie betete lautlos zur Herrin, daß es nicht nur eine Zuckung in den toten Muskeln war. »Er kommt zu sich!« sagte sie laut.

»Meister Krias hätte mich nicht angelogen«, sagte Cashel. »Er sagte, ich würde das Obst irgendwann brauchen, und damit hatte er recht.«

Cashel hockte am Boden, den Stock aufrecht neben sich und ein wenig von der Gruppe rings um Garric entfernt.

Dalar stand auf der anderen Seite des Zeltes Cashel gegenüber. In dieser Versammlung angespannter Menschen verhielt er sich vollkommen reglos.

Liane hielt die Pflaume in der Hand, die Cashel aus seinem Beutel geholt hatte. Sie drückte einen letzten Tropfen in Garrics offenen Mund. Er spuckte, und seine Lider zuckten, aber sie blieben geschlossen.

»O Herrin«, flüsterte Liane. Bisher waren ihre Augen trokken geblieben, aber nun liefen ihr Tränen über die Wangen. »Ich danke dir für deine Gnade.«

Tenoctris ließ sich gegen Ilnas stützenden Arm sinken. »Ich wünschte, ich könnte an die Götter glauben«, sagte sie, »damit ich auch jemandem danken könnte. Vielleicht kannst du an meiner Stelle beten, Liane.«

Sie schaute Cashel an. »Ich bezweifle die Ehrlichkeit deines Dämonenfreundes nicht, Cashel«, fuhr sie fort. »Zumindest jetzt nicht. Aber ich verstehe nicht, warum es so lange gedauert hat, bis dieses Obst wirkte.«

Garric murmelte wie jemand, der aus tiefem Schlaf erwacht. Er sagte etwas, aber die Worte waren zu schleppend, als daß Sharina sie hätte verstehen können.

»Weil bisher die Zeit noch nicht gekommen war, diesen Faden in das Muster zu weben«, sagte Ilna mit dem Blick auf Garric – und Liane. »Wer, glaubst du, sitzt am Webstuhl, Tenoctris?«

»Ich würde eher annehmen«, meinte Ilnas Freund Chalcus,

»daß Meister Garric noch eine Aufgabe zu beenden hatte. Was vielleicht dasselbe ist.«

Er lächelte Ilna auf eine Art an, wie nie zuvor jemand Ilna angelächelt hatte; aber Sharina hatte gesehen, wie Chalcus mit dem Schwert umging. Von allen Menschen wußte *dieser*, was Ilna tief im Herzen war.

Garric hustete. Er öffnete erstaunt die Augen. Sharina spürte, wie ihr Bruder dazu ansetzte, sich aufzurichten, aber ein Hustenanfall hielt ihn davon ab. Statt dessen drehte er sich zur Seite, damit er nicht erstickte.

Endlich setzte er sich hin. Liane umarmte ihn. Sie wollte etwas sagen, aber die Worte gingen im Schluchzen unter. Sharina stand ein wenig verlegen auf und ließ sich neben Cashel nieder.

Liane ließ Garric los, rosig und lächelnd. Sie betupfte sich die Augen mit einem Spitzentaschentuch aus ihrem Ärmel und nickte dann dankbar, als Ilna ihr schweigend das Stück fest gewebten Leinens reichte, das *sie* immer dabeihatte.

»Aber ich bin tot!« sagte Garric erstaunt.

»Nein«, meinte Tenoctris, »du *warst* tot.«

Garric streckte die Hände aus und bewegte sie, beobachtete das Spiel von Muskeln und Sehnen. Er sah sich mit einem schrecklichen Lächeln im Kreis seiner Freunde um.

»Ich verstehe«, sagte er. »Aber Purlio ist tot, Tenoctris. Und das wird er auch bleiben.«

11

Auf dem Boden von Ansalems Kammer lagen zerbrochene Fragmente eines Ammonitenfossils und eine Leiche, die nur noch aus Haut und trockenen Knochen bestand. Die Leiche hatte keinen Kopf.

»Räumt diesen Müll weg!« rief Lord Attaper seinen Truppen zu. Dann erstarrte er. Er sah Garric an und fügte hinzu: »Es sei denn, Euer Majestät ...«

Garric schüttelte den Kopf. »Räumt diesen Müll weg«, sagte er und wiederholte demonstrativ Attapers Worte. »Ich würde sagen, verfüttert es an die Hunde, aber in Klestis gibt es keine Hunde.«

»Ich *mag* Hunde«, sagte Liane und betrachtete die Leiche angewidert.

Zwei Soldaten ergriffen die Leiche. Purlios rechter Arm riß dabei ab. Der Mann, der ihn hielt, fluchte, aber der andere Soldat merkte nicht einmal, daß er die Leiche nun allein trug. Der ausgetrocknete Kadaver wog beinahe nichts mehr.

Ilna breitete ihr Taschentuch aus und wischte die Makasitstücke vom Boden auf. Sie breitete den Stoff über die Schale und reichte das Päckchen einem Soldaten. »Werft auch das Tuch weg«, sagte sie. »Ich will es nicht zurückhaben.«

Garric wechselte einen Blick mit Tenoctris. Dann wandte er sich dem Kommandanten seiner Wache zu und sagte: »Wir sind bereit, Lord Attaper. Wenn Ihr Eure Männer auf den Dachgarten bringt, können sie von dort aus eingreifen, falls das nötig sein sollte.«

»Wir werden ganz bestimmt keine Soldaten brauchen«, sagte Tenoctris überrascht zu Garric.

»Tu mir den Gefallen, ja?« sagte Garric mit einem Lächeln.

Während ich Attaper einen Gefallen tue. Wenn ich ihm sagte, er wäre nutzlos, würde er nur mit mir streiten. Wenn ich ihm sage, er soll sich bereithalten, aber aus dem Weg bleiben, wird er ohne Frage gehorchen.

König Carus, der in einem Garten seiner Jugend vor einem Spalier von Buchen auf einer Bank saß, lachte leise. *»Die Hälfte des Königseins besteht darin, zu bedenken, was ein anderer hören will, und nicht, was man selbst sagen möchte. Du bist darin jetzt schon besser, als ich es je war, Junge.«*

Die Blutadler marschierten durch den zerbrochenen Ala-basterschirm nach draußen. Nachdem die Soldaten und Cashel damit fertig waren, hätte man durch das, was einmal zartes Filigran gewesen war, ein Mammut treiben können.

Die Atmosphäre veränderte sich, nachdem die Soldaten gegangen waren. Es lag nicht so sehr daran, daß es so viele gewesen waren, sondern daß sie für Garric und seine Freunde mehr oder weniger Fremde waren.

Garric sah sich lächelnd unter den Verbliebenen um. Es waren immer noch Fremde dort: der Vogel Dalar, von dem Sharina sagte, er sei ein Krieger, und der sich zweifellos wie einer bewegte; die kleine Merota, die Garrics Blick mit aristokratischer Ruhe begegnete, die ein ganzes Stück unter die Oberfläche ihres Gesichts reichte, und Chalcus.

Chalcus grinste Garric an. Der Seemann trug einen breiten Ledergürtel, der in der Farbe zu seinen ebenso neuen hochgeschnürten Sandalen paßte. Diese und Chalcus' besticktes Hemd stammten offenbar aus dem persönlichen Gepäck eines der wohlhabenderen Blutadler.

König Carus lachte wissend. *»O ja, für den da können wir einen Platz finden«*, murmelte er Garric zu. *»Aber ein unabhängiges Kommando – irgendwo, wo er nicht der Stadtwache begegnet.«*

Tenoctris schüttelte leicht den Kopf. Sie nahm das Päckchen, das Cashel für sie getragen hatte, und öffnete es.

Die Zauberin hatte Sharinas Schlangenhaut in Schichten von Stoff – ein abgelegtes Hemd – gerollt, um sie zu schützen. Die Haut war bräunlich und blitzte hin und wieder golden auf. Die Amphisbaena war im Verhältnis dicker gewesen als eine normale Schlange, ein wenig kürzer als sechs Fuß, aber mit einem Durchmesser von beinahe einem Fuß.

»Ich habe Angst, das zu tun«, sagte Tenoctris und versuchte zu lächeln. »Aber vom Warten wird es nicht einfacher werden.«

»Besteht Gefahr?« sagte Garric. Seine Hand zuckte zum Schwertgriff, obwohl er wußte, daß eine Waffe kaum etwas gegen die hier zu erwartende Gefahr ausrichten konnte.

Die alte Frau zuckte die Achseln. »Nur die, daß ich versage«, sagte sie. »Und ich fürchte, in diesem Fall wird die anhaltende Störung der Kräfte das Königreich vernichten.«

Cashel runzelte die Stirn. »Du wirst nicht versagen, Tenoctris«, sagte er. Sein Tonfall hätte auf jemanden, der Cashel nicht kannte, bedrohlich gewirkt.

Ilna sah erst Garric, dann Tenoctris an. »Es ist nicht mein Muster«, sagte sie, »aber ich bezweifle, daß der Handwerker am Webstuhl hier eine Katastrophe einweben würde.«

»Bist du sicher, daß es ein Muster gibt?« fragte Tenoctris scharf.

Ilna zuckte die Achseln, dann verschränkte sie die Finger. »So sicher, wie das meine Hände sind«, sagte sie.

»Du bist sicher, daß das Gute das Böse besiegt?« wollte Tenoctris wissen.

»Ich weiß nichts von Gut und Böse«, sagte Ilna ruhig. »Ich kenne mich mit Mustern und mit Handwerk aus.«

Tenoctris nickte. Sie ging zu der leeren Bahre und breitete die Schlangenhaut über der Travertinoberfläche aus. Die durchscheinenden Schuppen schienen mit dem Muster des Steins aus braunen Flecken auf gelblichem Untergrund zu verschwimmen. Tenoctris kniff vor Konzentration fest die Lippen zusammen und rückte die Schlangenhaut noch besser zurecht.

Die Oberflächen, Haut und Stein, verschwammen zu einem einzigen Muster.

»Es sind Worte«, flüsterte Liane. »Worte in der alten Schrift!«

Cashel lächelte zufrieden. Er reichte Tenoctris den Bambusstab, den er bereitgehalten hatte.

»Tenoctris, können wir dir helfen?« fragte Sharina leise. »Beim Sprechen der Worte, meine ich?«

»Eine Stimme genügt, denke ich«, sagte Tenoctris. »Und ... obwohl du ... obwohl einige von euch die alte Schrift lesen können, denke ich, daß dieser Spruch einen Zauberer braucht. Ich kann allerdings nur hoffen, daß eine Zauberin mit meiner geringen Macht genügt.«

Tenoctris holte tief Luft. Sie mußte aufrecht stehen, um die Symbole oben auf der Bahre lesen zu können. Garric ging auf sie zu, aber Ilna war bereits dort und legte den Arm stützend um die alte Frau, falls die Anstrengung des Zaubers zuviel für sie werden sollte.

Da Tenoctris ihn nicht brauchte, wandte Garric ihr den Rücken zu. Er wußte, daß er die Worte im Kopf mitsprechen würde, wenn er zusah. Vergangene Erfahrung hatte ihn gelehrt, daß ein Bannspruch, der für einen Zauberer gedacht war, ihm nur die Kehle austrocknen und die Zunge an den Gaumen kleben würde.

»Jedem das seine, Junge«, meinte Carus mit gekünsteltem Lachen. *»Dafür ist die Dame dort keine sonderlich gute Schwertkämpferin.«*

Garric hatte nicht die Macht eines Zauberers, aber Carus

hatte Zauberer während seines ganzen Lebens gehaßt und sogar gefürchtet. Carus' Schwert allein hatte nicht genügt, um die Inseln zu retten, aber es stimmte auch, daß niemand, nicht einmal ein mächtigerer Zauberer als Tenoctris, die Bedrohung durch das Chaos nur mit Zauberei hätte abwehren können.

Garric bewegte die Schwerthand und lachte. Jedem das Seine, in der Tat.

»Phouris chaphouris on«, sagte Tenoctris, *»thala matro armatro ...«*

Garric betrachtete die Trümmer des Alabasterschirms. Es machte ihn traurig, ein solches Kunstwerk zerstört zu sehen, aber es hatte keine andere Möglichkeit bestanden, Purlio rechtzeitig zu erreichen. Männer waren an diesem Nachmittag gestorben, weil nur ihr Opfer zwischen den Inseln und dem Chaos gestanden hatte. Es wäre krankhaft, das Produkt der Kunst eines Steinmetzes zu beweinen und ihre Leben zu vergessen.

Liane legte Garric die Hand auf die Schulter. Er nahm die rechte Hand vom Schwertgriff und bewegte sie, um den Krampf zu lockern. Er legte den Arm um Liane, und es gelang ihm zu lächeln.

»Alaro alo ara«, sagte Tenoctris. *»Marta max scumarta.«*

Dalar gab ein erstauntes Krächzen von sich. Garric drehte sich instinktiv um. Der Vogel starrte die Bahre an, ebenso wie Chalcus, der sein gebogenes Schwert in der Hand hielt. Solange Ilna neben Tenoctris stand, hatte Chalcus nicht Garrics Möglichkeit, der Angelegenheit den Rücken zuzuwenden. Aber Zauberei beunruhigte ihn offensichtlich.

Ein Schimmern wie das eines goldenen Wasserfalls bebte oberhalb und innerhalb der Steinbahre. Einen Augenblick lang sah Garric einen Schlangenkopf, und die Schlangenzunge schoß vor, um die Luft zu schmecken. Dieses Bild verschwand, aber am anderen Ende des fließenden Lichts ...

»Zochraie satra!« sagte Tenoctris und tippte mit dem Zauberstab in die Mitte der Schlangenhaut. Sie trat zurück und wäre gestürzt, wenn Ilna sie nicht aufgefangen hätte. Ansalem der Weise lag auf der Bahre auf einem Samtkissen. Er wandte sich den Besuchern zu und blinzelte überrascht.

»Wer ...?« sagte er und versuchte sich zu erheben. Cashel reichte ihm einen stützenden Arm und half ihm in eine sitzende Haltung.

»Lord Ansalem?« fragte Garric. Die Sicherheit des Königreichs war *seine* Verantwortung, nicht die seiner Freunde. »Wir haben Euch aufgeweckt, damit Ihr die Brücke zurückziehen könnt, die unsere Welt bedroht.«

»Ich erinnere mich an Euch«, sagte Ansalem. Seine Miene war ein wenig verstört gewesen, jetzt war er konzentrierter. »Aus meinem Traum. Wo sind meine Schüler?«

»Tot«, meinte Garric schlicht. »Bevor sie noch größeren Schaden anrichten konnten. Es war schon schlimm genug.«

Ansalem seufzte. »Ja, das hatte ich befürchtet«, sagte er. Er setzte vorsichtig seine sandalenbeschuhten Füße auf den Boden neben die Bahre, dann stand er auf. »Ich verstehe nicht, wieso sie mich so eingeschlossen haben. Ich wollte nur das Beste für sie und mein Volk.«

»Sie waren nicht so stark wie Ihr«, sagte Tenoctris. Sie hatte sich offenbar erholt, obwohl Ilna bereitstand, um sie zu stützen, falls das notwendig würde. »Was für Euch nur Sammlerstücke waren, veränderte sie in einer Weise, die sie ... weniger menschlich machte.«

»Ich kenne Euch auch, nicht wahr?« meinte Ansalem. Sein Blick war beunruhigend scharf. »Aber aus einer Zeit, bevor ich versuchte, meine Stadt vor dem kommenden Zusammenbruch zu schützen. Ihr seid selbst eine Art Zauberin.«

»Ja«, sagte Tenoctris. »Ich habe Klestis besucht, aber ich gehörte nicht hierher, also habe ich die Stadt wieder verlassen, bevor es zu spät war.«

»Ihr wärt willkommen gewesen«, sagte Ansalem staunend. »Ihr hättet nicht gehen müssen, nur weil Ihr nicht die Macht hattet wie Purlio und die anderen.«

»Eure Macht allein hat genügt, alle Bürger, die Euch vertrauten, zum Untergang zu verurteilen, Lord Ansalem«, sagte Garric. Er wußte nicht, ob die Worte seinem eigenen Entsetzen über das, was geschehen war, entstammten oder ob König Carus mit seinen Lippen sprach. Ganz gleich, Garric war sicher, daß der Zauberer die ganze, brutale Wahrheit erfahren mußte. »Ohne Eure Kunst konnten die Pflanzen und Tiere hier nicht ein Zehntel von dem produzieren, was das Volk zum Leben brauchte. Sie haben alles gegessen, was da war, und dann haben sie wahrscheinlich einander gegenseitig verschlungen. Und dann sind sie gestorben.«

Ansalem riß entsetzt den Mund auf. »Aber ich wollte nicht ...«, begann er.

Er hielt inne und schluckte. Sein rundliches Gesicht war plötzlich grau geworden. »Es tut mir leid, Carus«, sagte Ansalem. »Es war falsch. Ich habe einen schrecklichen Fehler gemacht.«

Garric packte den Arm des Zauberers am Ellenbogen. »Alle haben damals Fehler gemacht«, sagte er und machte sich nicht die Mühe zu erklären, daß er Garric war, nicht Garrics Urahn. »Wichtig ist, was jetzt geschieht. Könnt Ihr die Brücke zurückziehen, die sich zu meiner Welt hin spannt?«

Ohne Kommentar ging Ansalem zu dem Fenster, das zur Stadt hinausblickte. Offensichtlich erwartete er, daß die Menschen ihm automatisch aus dem Weg gingen – was sie auch taten, Sharina in eine Richtung, Chalcus mit Merota in die andere. Chalcus hatte sein Schwert jetzt mit einem Grinsen eingesteckt, aber auch mit genügend großer Geste, um es zu einem Kommentar zu machen. In dieser Versammlung hatte Ansalem kein Monopol auf Arroganz.

»Ich habe das in meinem Traum getan?« fragte Ansalem und wandte sich wieder den anderen zu.

»Ihr habt einen Knotenpunkt gebildet«, sagte Tenoctris. »Ich schätze, Eure Schüler haben ihn in der Weise, die Ihr seht, vervielfältigt, aber ja, es ist Euer Werk.«

»Und das im Traum!« wiederholte der Zauberer entzückt. »Ich glaube nicht, daß sonst jemand dazu imstande gewesen wäre. Nicht während er eingeschlossen war!«

»Aber könnt Ihr es zurücknehmen?« fragte Tenoctris. Ihre Worte waren ruhig und fest, als unterhielte sie sich mit einem Kind. »Es stellt eine große Gefahr für andere Ebenen dar. Eine Gefahr für alle anderen Ebenen.«

»Ja, ja, so ist es«, meinte Ansalem, nun wieder vollkommen zerknirscht. »Es tut mir so leid, ich wollte nie ...«

Plötzlich entdeckte er Dalar. »Oje«, sagte er und vergaß ganz seine vorherigen Gedanken. »Ihr seid ein Rokonar, nicht wahr? Mir war nicht klar, daß Euer Volk die Katastrophe des dritten Zeitalters überlebt hat.«

Garric sah, wie Sharina zusammenzuckte. Der Vogel nickte nur und sagte: »Ich bin ein Krieger der Rokonar. Ja, ich bin weit von meinem Land und meinem Volk entfernt, und ich fürchte, ich werde mein Zuhause nie wiedersehen.«

»Oh, Euch nach Hause zu schicken ist kein Problem«, sagte Ansalem. Er schien beinahe wieder verärgert über den Gedanken, daß jemand glaubte, er könne etwas so Einfaches nicht tun. »Ist es das, was Ihr wollt? Dann werde ich das tun, bevor ich die Knotenpunkte auflöse.«

Plötzlich kehrte die Konzentration zurück. Er sah Tenoctris an. »Aber nur ... aber nur, wenn das in Ordnung ist. Ich habe solch schreckliche Fehler gemacht.«

Tenoctris sah Sharina an. Sharina umarmte Dalar und trat dann zurück.

»Der Drache hat mir gesagt, daß ich und meine Freunde nur gewinnen können, wenn ich ihm diene«, meinte sie. »Ich würde viel gewinnen, wenn Ihr Dalar helfen würdet, der mich auf einer langen Reise beschützt hat.«

»Ich hätte keine bessere Herrin finden können als Euch, Sharina«, sagte der Vogel, verbeugte sich tief und richtete sich wieder auf. »Aber ja, ich möchte gerne nach Hause zurückkehren.«

»Wir wären Euch alle dafür verpflichtet, Lord Ansalem«, erklärte Tenoctris förmlich. »Und dafür, daß Ihr die Bürde dieses Knotenpunkts von unserer Welt nehmt.«

»Ja, ja, selbstverständlich«, erwiderte Ansalem mit einem Aufblitzen seiner alten Launigkeit. Er faßte sich sofort wieder. »Es tut mir leid«, fuhr er fort. »Ich weiß, es ist alles meine Schuld. Ich werde mich darum kümmern, sobald Ihr weg seid.«

Er runzelte die Stirn. »Ihr wollt doch gehen, oder? Obwohl, falls jemand hierbleiben möchte ...?«

»Nein«, sagte Garric mit einem erleichterten Seufzen. »Wir möchten wirklich gern in unsere eigene Welt zurückkehren.«

Mehr, als ich mir selbst je hätte vorstellen können, dachte er, *bevor ich den größten Teil eines Tages in diesem Paradies, das zur Hölle geworden ist, verbracht habe.*

»Lord Attaper«, rief er durch den zerbrochenen Schirm nach draußen. »Haltet die Truppen für eine sofortige Rückkehr nach Valles bereit!«

»In Valles wird es gerade Morgen«, sagte Liane, als sie sich dem Ende der Brücke näherten. »Ich war noch nie so froh, *sauberes* Licht zu sehen.«

»Ich auch nicht«, sagte Garric und spürte, wie sein Herz sich bei diesem Anblick hob. »Obwohl ich nicht jubeln werde, ehe ich meinen Fuß nicht auf …«

Andere waren weniger zurückhaltend. Chalcus, der mit Ilna und dem Kind hinter den Speerträgern an der Spitze ging, zeigte mit dem Schwert auf den östlichen Horizont. »Die Sonne!« rief er.

Bevor er die Worte auch nur ausgesprochen hatte, hallten sie aus einem Dutzend Kehlen wider. Augenblicke später jubelten alle Soldaten, die Blutadler nicht weniger als die Speerwerfer.

Attaper starrte sie wütend an. Garric warf ihm einen Blick zu, lächelte und rief: »Die Sonne!« Attaper setzte ein schiefes Grinsen auf.

Garric wußte, daß Waldron die königliche Armee an den Straßen rings um die Brücke in Stellung gebracht hatte, aber die Bürger, die sich auf Dächern und Balkonen drängten, waren eine Überraschung. Als sie die Soldaten rufen hörten, begannen auch sie, zögernd zu jubeln.

»Sie glauben, wir jubeln, weil wir gesiegt haben«, sagte Garric mit einem Blick von Liane zu seiner Linken zu Sharina an seiner Rechten. »Sie wissen nicht, daß wir nur froh sind, überlebt zu haben.«

»Wir haben gesiegt, Garric«, sagte Cashel, der neben Sharina herging und Tenoctris auf den Armen trug. Attaper hatte vorgeschlagen, daß die Soldaten aus Speeren und einem Umhang eine Sänfte für die Zauberin bauen sollten, aber Cashel hatte nichts davon hören wollen. »Stimmt das etwa nicht, Tenoctris?«

»Ja, ich denke schon«, sagte sie. Sie sah immer noch schwach aus, aber zufrieden. Garric mußte Tenoctris' Lippen betrachten, um über den Jubel hinweg ihre Worte verstehen zu können, aber ihr Lächeln hätte genügt. »Wir haben erreicht, was wir tun wollten; oder wir werden es zumindest erreicht haben, wenn Ansalem tut, was er versprochen hat.«

Garrics Nagelstiefel trafen auf den Stein der Brücke aus dem alten Königreich – der Brücke aus Holz und Mauerwerk, nicht Zauberlicht. Er zog sein Schwert und hielt es hoch über den Kopf. »Die Inseln!« schrie er. »Auf das Königreich und all seine Bürger!«

Der Jubel war für alle, die aus Klestis zurückgekehrt waren, so freudig wie Vogelgesang. Garric umarmte Liane. Wenn er nicht die Klinge in der Hand gehabt hätte, hätte er sie hochgehoben und herumgeschwenkt, wie beim Erntetanz.

Lord Waldron stand am Rand der Brücke, inmitten seines Stabs und eines Dutzends anderer Adliger. Seine Miene war so grimmig wie die eines Falken und zeigte weder Angst noch Hoffnung. Es war das Gesicht des Mannes, der am Steinernen Wall neben König Valence gestanden hatte, sicher, daß der Tag verloren war, aber ungerührt von diesem Wissen.

König Valence – die Armee des Königs – hatte am Steinernen Wall schließlich gesiegt, ebenso wie Garric und seine Freunde in Klestis erfolgreich gewesen waren, aber man konnte Schlimmere an seiner Seite haben als Pessimisten, die sterben würden, bevor sie aufgaben. Garric und der König in seinem Kopf verspürten plötzlich Zuneigung zu dem alten Krieger.

Attaper hatte nicht zugelassen, daß Garric Klestis als letzter verließ, wie er gewollt hatte. Ein letzter Trupp von Blutadlern kam von der Brücke, jubelnd und mit den Speeren gegen die Schildbeschläge hämmernd. Die Bürger und selbst die geordneten Reihen der Armee hielten in einer Mischung aus Hoffnung und Angst die Luft an.

Garric drehte sich um. Die Brücke blitzte, als bestünden ihre Umrisse aus frisch gefallenem Schnee. Blaues Licht, das Augenblicke zuvor noch fester gewesen war als der Sandstein der alten Brückenfundamente, brach zusammen. Garric konnte sehen, wie jedes einzelne Teilchen in eine Richtung davonschwebte, die mit normalen Entfernungen nichts zu tun hatten.

Der Beltis, dunkel von Schwemmsand und angeschwollen vom Regen im Hochland, floß weiter aufs Innere Meer zu. Die Strömung wurde über den Resten des Piers, der einmal die Brücke des alten Königreichs gestützt hatte, stärker.

Weder im Wasser noch in der Luft darüber war eine Spur der Zauberbrücke geblieben. Garric steckte sein Schwert wieder ein.

»Ich nehme an, was von Klestis übrig ist, wird wieder an der Küste von Cordin stehen«, sagte Tenoctris. »Aber ich frage mich, was Ansalem selbst vorhat ...«

Nach würdevollem Zögern kamen Waldron und die anderen Mitglieder des königlichen Rates auf Garric zu. Lord Tadai blieb, wo er gestanden hatte, und unterhielt sich weiter mit Ilna. Garric war einen Augenblick lang überrascht zu sehen, daß Chalcus ein paar Schritte entfernt von den beiden stehengeblieben war und Merota dadurch unterhielt, ein Goldstück verschwinden und erst aus dem Ohr des Mädchens, dann aus ihrer Nase wieder erscheinen zu lassen.

»Deine Freundin braucht keine Hilfe«, bemerkte Carus mit einem Grinsen. *»Und wenn sie in ihrer augenblicklichen Stimmung ist, hält ein kluger Mann Abstand.«*

Cashel setzte Tenoctris ab, hielt aber seinen Stab quer in der Hand, um dafür zu sorgen, daß die Wohlwollenden sie und Sharina nicht niedertrampelten. Garric lachte und stellte sich mit Liane hinter denselben Schutz. Die Leute riefen ihm Fragen und Glückwünsche zu – und Kanzler Royhas sagte etwas über den Grafen von Sandrakkan.

Das konnte warten. Sandrakkan war eine Gefahr, und es würde andere Gefahren geben, die schlimmer waren als diese, bevor das Königreich sicher war, aber für heute konnte das alles warten.

»Das Königreich der Inseln!« rief Garric dem Volk – *seinem* Volk – zu. »Möge es für immer in Frieden bestehen!«

»Und mögen seine Herrscher immer willig sein, sich gegen Feinde dieses Friedens zu wenden«, rief König Carus über die Zeitalter hinweg. *»So wie Prinz Garric heute!«*

KATHARINE KERR

DIE CHRONIKEN VON DEVERRY

Band 1: Der Wanderer von Deverry

Band 2: Die Ausgestoßenen von Deverry

Band 3: Dämmerung über Deverry

Band 4: Der Magier von Deverry

Band 5: Zeit der Verbannung

Band 6: Zeit der Omen

Band 7: Zeit des Dunkels

Band 8: Zeit des Feuers

Band 9: Der rote Drache

Weitere Bände in Vorbereitung.

EXCALIBUR

bei

Knaur